CAÇADOR
SEM CORAÇÃO

O Arqueiro

GERALDO JORDÃO PEREIRA (1938-2008) começou sua carreira aos 17 anos, quando foi trabalhar com seu pai, o célebre editor José Olympio, publicando obras marcantes como *O menino do dedo verde*, de Maurice Druon, e *Minha vida*, de Charles Chaplin.

Em 1976, fundou a Editora Salamandra com o propósito de formar uma nova geração de leitores e acabou criando um dos catálogos infantis mais premiados do Brasil. Em 1992, fugindo de sua linha editorial, lançou *Muitas vidas, muitos mestres*, de Brian Weiss, livro que deu origem à Editora Sextante.

Fã de histórias de suspense, Geraldo descobriu *O Código Da Vinci* antes mesmo de ele ser lançado nos Estados Unidos. A aposta em ficção, que não era o foco da Sextante, foi certeira: o título se transformou em um dos maiores fenômenos editoriais de todos os tempos.

Mas não foi só aos livros que se dedicou. Com seu desejo de ajudar o próximo, Geraldo desenvolveu diversos projetos sociais que se tornaram sua grande paixão.

Com a missão de publicar histórias empolgantes, tornar os livros cada vez mais acessíveis e despertar o amor pela leitura, a Editora Arqueiro é uma homenagem a esta figura extraordinária, capaz de enxergar mais além, mirar nas coisas verdadeiramente importantes e não perder o idealismo e a esperança diante dos desafios e contratempos da vida.

KRISTEN CICCARELLI

CAÇADOR

SEM CORAÇÃO

TRADUZIDO POR JANA BIANCHI

Título original: *Heartless Hunter*

Copyright © 2024 por Kristen Ciccarelli
Copyright da tradução © 2024 por Editora Arqueiro Ltda.

Publicado mediante acordo com Taryn Fagerness Agency
e Sandra Bruna Agencia Literaria, SL.

Todos os direitos reservados. Nenhuma parte deste livro pode ser utilizada ou reproduzida sob quaisquer meios existentes sem autorização por escrito dos editores.

coordenação editorial: Gabriel Machado
produção editorial: Guilherme Bernardo
preparo de originais: Beatriz D'Oliveira
revisão: Helena Mayrink e Milena Vargas
diagramação: Giovane Ferreira
mapa: Cartographybird Maps
capa: Kerri Resnick
imagens de capa: Sasha Vinogradova e Shutterstock
imagens do verso de capa: rawpixel.com/Freepik
adaptação de capa: Natali Nabekura
impressão e acabamento: Lis Gráfica e Editora Ltda.

CIP-BRASIL. CATALOGAÇÃO NA PUBLICAÇÃO
SINDICATO NACIONAL DOS EDITORES DE LIVROS, RJ

C499c

    Ciccarelli, Kristen
        Caçador sem coração / Kristen Ciccarelli ; [tradução Jana Bianchi]. - 1. ed. - São Paulo : Arqueiro, 2024.
        368 p. ; 23 cm. (Mariposa Escarlate ; 1)

        Tradução de: Heartless hunter
        ISBN 978-65-5565-637-4

        1. Ficção canadense. I. Bianchi, Jana. II. Título. III. Série.

24-89051   CDD: 813
                                CDU: 82-3(71)

Gabriela Faray Ferreira Lopes - Bibliotecária - CRB-7/6643

Todos os direitos reservados, no Brasil, por
Editora Arqueiro Ltda.
Rua Artur de Azevedo, 1.767 – Conj. 177 – Pinheiros
05404-014 – São Paulo – SP
Tel.: (11) 2894-4987
E-mail: atendimento@editoraarqueiro.com.br
www.editoraarqueiro.com.br

PARA TODAS AS PESSOAS
QUE TEMEM SER QUEM SÃO

ÁGUAS ABERTAS DO NORTE

BAÍA RASA

MAR INVERNAL

PALÁCIO DAS ROSEBLOOD

PORTO RARO

TEATRO DE ÓPERA

PRAÇA CENTRAL

RECANTO DAS AZINHEIRAS

ZONA PORTUÁRIA

PALACETE DO ESPINHEIRO

ESTREITO DO SEPULCRO

RUNE

Camaradas! Apenas através da morte do velho mundo podemos impedir o retorno do mal. Devemos destruir as bruxas e extinguir sua magia. Tudo é permitido em nome deste objetivo maior: nos libertar de sua opressão.

Que o sangue delas manche as ruas para sempre.

– Nicolas Creed, seu Nobre Comandante

PRELÚDIO

QUANDO A GUARDA SANGUÍNEA suspeitava que uma mulher fosse bruxa, arrancava as roupas dela e procurava cicatrizes em seu corpo.

Durante o governo das Rainhas Irmãs, bruxas ostentavam os estigmas de conjuração com orgulho, exibindo seu poder como joias preciosas e vestes de seda. Estigmas eram um sinal de riqueza e distinção – e, acima de tudo, de *magia*.

Agora, eram as marcas das mulheres caçadas.

Fazia dois anos desde a última vez que Rune vira as marcas de uma bruxa, logo após as rainhas bruxas terem sido assassinadas enquanto dormiam e o sangue de seu conselho ter sido derramado nas ruas. A Guarda Sanguínea assumira o controle da cidade e começara os expurgos.

O sol se punha conforme a multidão se apinhava no centro da cidade imersa em bruma. Rune estava no meio da turba e não podia deixar de notar os olhares sedentos e febris ao redor. As pessoas queriam vingança. Queriam beber o sentimento como se fosse um vinho tinto encorpado.

As gaivotas guinchavam no céu enquanto a velha bruxa era empurrada degraus acima até a plataforma de expurgo. Ao contrário das que vinham atrás, ela não chorou nem implorou por misericórdia, encarando seu destino com um olhar estoico. O membro da Guarda Sanguínea rasgou a manga da camisa da mulher, revelando a evidência de seus crimes: estigmas que desciam pelo braço esquerdo, o padrão branco gravado na pele dourada como uma renda delicada.

Rune não pôde evitar achar bonito. Antes um sinal de posição elevada, as cicatrizes tinham se tornado impossíveis de esconder, transformando a idosa em presa fácil para os caçadores de bruxas.

Era por aquele motivo que Rune nunca se cortava.

Não podia se dar ao luxo de que encontrassem os estigmas.

UM

RUNE

MIRAGEM: (s.f.) a categoria mais básica e inferior de feitiços.
Miragens são ilusões simples, mantidas por curtos períodos de tempo, que exigem pouco sangue. Quanto mais fresco o sangue, mais forte a magia e mais fácil a conjuração.

– Regras da magia, *de rainha Callidora, a Destemida*

RELÂMPAGOS SERPENTEAVAM PELO CÉU enquanto Rune Winters abria caminho pela floresta úmida, mal protegida da chuva pela copa dos pinheiros altos. A luz de seu lampião iluminava a trilha adiante, o chão pontuado aqui e ali por raízes retorcidas e poças de água.

Era uma noite péssima para conjurações. A chuva se infiltrava por seu manto e a umidade desfazia as marcas de feitiço que ela desenhara com sangue no pulso. Precisaria retraçar os símbolos antes que se apagassem de vez, levando consigo a magia.

A ilusão que camuflava Rune tinha que perdurar até ela ter certeza de que Seraphine não a mataria.

Seraphine Oakes, ex-conselheira das Rainhas Irmãs, era uma bruxa poderosa. Depois de dois anos de busca, Rune enfim a localizara. Restava saber o que encontraria ao chegar ao topo daquele promontório arborizado: uma amiga ou uma inimiga?

Mordendo o lábio, Rune se lembrou das últimas palavras da avó, dois anos antes: *Me prometa que vai encontrar Seraphine Oakes, meu bem. Ela vai lhe contar tudo o que eu não pude.*

Depois de prender sua avó e arrastá-la para fora de casa, a Guarda Sanguínea marcara um X sangrento na porta da casa delas, declarando a todos que uma inimiga da República havia sido encontrada ali e estava sendo encaminhada ao expurgo.

A lembrança apunhalou Rune como uma lâmina.

Uma vibração de ansiedade agitava seu sangue enquanto ela prosseguia avançando. Como o prelúdio de uma sonata, cada vez mais alto e acelerado. Se Seraphine percebesse a ilusão que protegia Rune antes de ouvir o que a jovem tinha a dizer, talvez a expulsasse de sua casa – ou pior, lançasse sobre ela um feitiço fulminante.

Porque, aonde quer que Rune Winters fosse, sua reputação cuidadosamente construída a precedia.

Ela era uma informante. Odiava bruxas. Era uma queridinha da Nova República.

Rune era a garota que traíra a própria avó.

Por isso, estava disfarçada como uma velha vendedora ambulante, puxando uma mula carregada de mercadorias. O cheiro de pelagem molhada pairava no ar e a carga de panelas e frigideiras tilintava a cada passo do animal – detalhes invocados pela magia no sangue de Rune e mantidos pelos símbolos traçados em seu pulso, que atavam o feitiço a ela.

Era uma miragem, um feitiço da mais básica categoria, mas que, ainda assim, exigira toda a sua energia mental ao ser conjurado e provocara a enxaqueca que ainda pulsava em suas têmporas.

A chuva agitava os galhos. Raios iluminavam o pequeno chalé encarapitado na beira do penhasco onde terminava a floresta. As janelas revelavam a luz cálida de candeeiros, e Rune sentia o cheiro da fumaça soprada pela chaminé.

Com as marcas de feitiço se desfazendo rápido, a ilusão começou a vacilar. Ela precisava que a miragem aguentasse só mais um pouco.

Baixando o lampião, Rune pegou o frasco de vidro do bolso e arrancou a rolha. Em seguida, enfiou a ponta do dedo no sangue e, estendendo o pulso para que fosse banhado pela luz, reforçou o traçado dos símbolos. Um deles alterava sua aparência – tornava seu cabelo grisalho, enrugava sua pele, curvava suas costas –, enquanto o outro invocava a manifestação da mula a seu lado.

No instante em que terminou, o feitiço rugiu em seus ouvidos e o gosto salgado se espalhou por sua língua. A ilusão, agora ancorada com mais força em Rune, se restaurou na mesma hora, intensificando o latejar em sua cabeça. Engolindo o gosto salobro da magia, ela ajeitou o capuz, cerrou os dentes para suportar a enxaqueca cada vez pior, pegou o lampião e enfim saiu da mata, continuando pela trilha em direção ao chalé.

Suas botas afundavam na lama. A chuva fustigava seu rosto.

O coração parecia prestes a sair pela boca.

O que aconteceria quando aquela porta se abrisse estava agora na mão das Ancestrais. Se Seraphine não se deixasse enganar pela magia e a matasse com uma maldição, seria merecido. E se demonstrasse misericórdia...

Rune mordeu o lábio. Não, melhor não criar esperanças.

Ao entrar na propriedade, ouviu o relinchar ansioso de um cavalo. Vinha do estábulo, que era possível ver recortado contra a noite. O animal provavelmente estava com medo da tempestade. Quando chegou à casa, Rune encontrou a porta já aberta, e uma fresta de luz âmbar banhando a soleira.

Ela apertou a alça de latão do lampião com os dedos endurecidos. Será que Seraphine estava a sua espera?

Algumas bruxas podiam prever fragmentos do futuro – embora, atualmente, fosse uma habilidade rara e em geral instável. Nada como as profecias nítidas das poderosas sibilas do passado. Talvez Seraphine fosse uma delas.

O pensamento fez Rune endireitar as costas e se forçar a avançar. Se Seraphine tivesse previsto aquele encontro, sabia quem Rune era e que estava a caminho.

Mais um motivo para acabar logo com isso.

Deixando a ilusão da mula no quintal, ela adentrou o chalé. Não havia ninguém esperando. O fogo morria na lareira, as brasas vermelhas centelhando. Um prato de comida jazia sobre a mesa, com o molho de carne solidificado, como se estivesse largado ali havia um tempo. A chuva que entrava pela porta aberta molhava o piso de pedra.

Rune franziu a testa.

– Olá?

Em resposta, apenas o silêncio.

– Seraphine?

A casa rangeu em reação ao nome de sua moradora: as vigas do teto estalaram e as paredes se agitaram ao vento. Rune olhou ao redor, procurando qualquer sinal da mulher que morava ali. Era um casebre de cômodo único, com uma cozinha num canto e uma pequena escrivaninha do outro lado.

— Você deve estar por aqui...

Uma escada rústica de madeira no centro do recinto levava a um mezanino. Rune subiu e, no andar de cima, encontrou uma cama desarrumada e três velas acesas, a cera amarelada pingando nas tábuas do assoalho. Voltou a descer e conferiu a porta dos fundos, que levava a um jardim vazio.

Nenhum sinal de Seraphine.

Rune sentiu um calafrio.

Cadê ela?

O cavalo relinchou de novo ao longe.

No estábulo. É claro. O animal parecia assustado e era provável que Seraphine tivesse ido até lá para acalmá-lo.

Com a lamparina na mão e a cabeça ainda latejando, Rune saiu para a chuva, deixando a porta entreaberta e pegando a ilusão de mula no caminho. A chuva respingava em seu pulso, fazendo o feitiço tremular na tentativa de se sustentar. A jovem apertou o passo, e estava na metade do caminho até o estábulo quando pisou em algo. Era difícil enxergar direito na escuridão e no meio da tempestade, então se abaixou para iluminar a lama.

Era uma peça de roupa.

Rune estendeu a mão para pegar o tecido encharcado. Voltou a ficar de pé e analisou à luz do lampião o que havia encontrado: um vestido simples de lã. Do tipo que uma criada usaria enquanto estivesse esfregando o chão.

Com a diferença de que alguém havia cortado a parte de trás.

Por que alguém...

Ela voltou a olhar para a trilha e encontrou uma segunda veste. Ao se inclinar, viu a roupa íntima de algodão, suja de lama. Também cortada nas costas. *Não*, pensou Rune, os dedos fustigados pela chuva percorrendo as extremidades desfiadas do pano. *Não foi cortada.*

Rasgada.

Sentiu o estômago se revirar.

Com o pulso tão exposto ao tempo, a chuva enfim desfez todas as marcas de feitiço e a ilusão cedeu. A dor de cabeça sumiu junto com a magia. Antes que pudesse refazer os símbolos, o vento se avivou de repente e uivou como um lobo furioso.

BLAM!

A porta do chalé se fechou com um estrondo.

Rune largou o vestido de lã e se virou na direção da entrada, sem fôlego. Com a porta fechada, era possível ver o grande X sangrento que tingia a madeira de um lado a outro.

A marca da Guarda Sanguínea.

Seraphine não estava no estábulo acalmando o cavalo. Soldados a haviam encontrado, arrancado suas roupas e a levado.

A mais antiga amiga da avó de Rune estava nas mãos da Guarda Sanguínea – o inimigo mais perigoso de uma bruxa.

DOIS

RUNE

RUNE CAVALGAVA A TODA velocidade a égua cansada da avó, Lady, pelas ruas cobertas de neblina da capital.

Lâmpadas elétricas iluminavam o caminho, zumbindo enquanto a luz branca revelava os estabelecimentos fechados de ambos os lados da via. O som dos cascos galopantes de Lady contra os paralelepípedos se destacava no silêncio dos arredores.

Dois anos haviam se passado desde que o sangue de bruxas fora derramado naquelas ruas e a República da Paz Rubra nascera. Rune passara todo aquele tempo procurando por Seraphine Oakes, determinada a realizar o último pedido da avó.

O regime havia executado todas as amigas dela, tomara seus bens e heranças. A única que escapara do expurgo fora Seraphine, mas apenas porque a antiga rainha a enviara para o exílio quase duas décadas antes e ninguém a vira desde então.

Naquela noite, Rune enfim identificara o paradeiro da mulher, mas caçadores de bruxas a tinham capturado primeiro.

Seria coincidência? Ou havia alguém atrás de Rune? Isso estava mesmo fadado a acontecer, mas agora precisaria tomar ainda mais cuidado. Se alguém da Guarda Sanguínea suspeitasse dela, precisaria dar um jeito de despistá-los.

Rune tentou não pensar no X de sangue desenhado na porta da bruxa ou nas roupas rasgadas abandonadas na lama. Sabia exatamente o que havia acontecido com Seraphine. Vira tudo com os próprios olhos no dia em que a Guarda Sanguínea capturara sua avó.

A própria Rune os convidara a entrar.

Imediatamente após a revolta, soldados tinham capturado e expurgado todas as bruxas conhecidas. O exército da Nova República passara a controlar os portos, garantindo que nenhuma pudesse deixar a ilha.

Haviam apreendido os navios da avó de Rune, e fora só uma questão de tempo até os caçadores irem à Casa do Mar Invernal para prendê-la.

Mas a senhora tinha um plano. Um antigo parceiro de negócios possuía um barco usado de forma clandestina para transportar bruxas para fora da ilha. A embarcação deixaria a enseada particular do sujeito à meia-noite e havia lugar tanto para Rune quanto para a avó, caso chegassem a tempo de embarcar.

Na época, Rune tinha apenas dezesseis anos e sua magia ainda não despertara. Ela sequer cogitava que um dia despertaria – sua mãe biológica não era bruxa, e apenas bruxas podiam gerar outras. A magia, no entanto, às vezes saltava descendentes, e até gerações inteiras, de forma que era difícil prever seu surgimento. Os pais de Rune haviam se afogado em um naufrágio terrível quando ela era criança, deixando a garota órfã e sem familiares que pudessem acolhê-la. Foi quando a mulher que ela chamava de avó a adotara.

Mas não importava que Rune não fosse bruxa ou sequer parente de sangue da senhora. Sob a lei da Paz Rubra, só importaria que Rune não a entregara. Quando a Guarda Sanguínea fosse atrás da idosa, declararia a jovem como simpatizante e a executaria junto com Kestrel Winters pelo crime de não denunciar uma bruxa.

Aquela era a única chance delas de escapar.

Rune embalava apressadamente suas coisas quando recebeu uma mensagem de Alexander Sharpe, seu amigo mais antigo.

Alguém traiu você, dizia o bilhete. *A Guarda Sanguínea sabe dos seus planos. Soldados prenderam o pescador esta noite e estão esperando por vocês duas na enseada dele.*

Mas as notícias na mensagem de Alex ficavam ainda piores: *As estradas que saem da cidade estão bloqueadas e estão prendendo qualquer pessoa que não tenha permissão para viajar.*

Não havia para onde correr; estavam encurraladas na Casa do Mar Invernal. Podiam até se esconder, mas por quanto tempo?

Você precisa entregar sua avó, Rune. Antes que seja tarde demais.

A mensagem era clara: se Rune não denunciasse a senhora imediatamente, as duas seriam executadas.

Caso se recusasse a entregar Kestrel, Rune teria uma morte brutal. Mas era sua *avó*. A pessoa que Rune mais amava no mundo. Entregar a mulher seria como arrancar o próprio coração do peito e dá-lo de bandeja. Então ela mostrou o bilhete para a idosa, confiando na avó para encontrar uma forma de sair daquela situação.

Ela ainda se lembrava do olhar férreo da bruxa enquanto lia a mensagem. Em vez de propor um novo plano de fuga, porém, Kestrel disse: *Ele tem razão. Você deve me entregar imediatamente.*

Horrorizada, Rune balançou a cabeça. *Não. Deve ter outro jeito.*

A avó puxou Rune para um abraço bem apertado. Ainda se recordava do cheiro do óleo de lavanda que a idosa passava atrás das orelhas. *Querida, vão matar você se não fizer isso.*

Rune chorou e correu para o quarto, trancando a porta.

Se me ama de verdade, me poupe da agonia de ver eles matarem você, disse a avó do outro lado da porta.

Os olhos de Rune ardiam com as lágrimas; ela soluçava de tanto chorar.

Por favor, meu bem. Faça isso por mim.

Rune fechou os olhos com força, torcendo para acordar daquele pesadelo. Mas não era pesadelo algum. Suas opções eram denunciar a avó ou sofrer uma morte horrenda a seu lado.

Lágrimas quentes escorriam por suas bochechas.

Enfim, Rune abriu a porta e saiu.

A avó a envolveu em um abraço apertado. Afagou seu cabelo, como costumava fazer quando ela era novinha. *Você vai precisar ser muito esperta, meu amor. Esperta e corajosa.*

Com a ajuda de Lizbeth, uma das empregadas, a avó colocou Rune em um cavalo e a fez galopar noite adentro.

Rune ainda tinha lembranças do vento cortante e da chuva implacável. Ainda se recordava de como tremia. A noite estava congelante, mas o medo em seu coração era ainda mais gélido.

Ela poderia ter se negado. Poderia ter marchado direto até os soldados e se entregado no lugar da avó. Mas não foi o que fez.

Porque, lá no fundo, Rune não queria morrer.

Lá no fundo, ela era uma covarde.

Encharcada e trêmula, entrou no quartel da Guarda Sanguínea e proferiu as palavras que condenariam a avó.

Kestrel Winters é uma bruxa e está planejando fugir, contou a eles, desamparando a pessoa que mais amava no mundo. *Posso levar vocês até ela. Mas precisa ser rápido, antes que ela vá.*

Assim, ela guiou a Guarda Sanguínea até a Casa do Mar Invernal, onde eles prenderam sua avó e a arrastaram para fora de casa enquanto Rune assistia, silenciosa e imóvel. Guardando tudo dentro de si.

Foi apenas depois que os soldados estavam a uma distância segura que ela desmoronou no chão e chorou.

Rune tinha passado os dois anos seguintes tentando compensar aquela noite.

Mas a avó estava certa: ao entregá-la, Rune passara a ser vista como alguém tão leal à Nova República quanto seus demais aliados. *Mais* leal, até. Afinal, quem entregava a própria avó? Alguém que odiava bruxas acima de todas as coisas.

A vida de inúmeras bruxas agora dependia daquele disfarce.

Trêmula, Rune apertava com tanta força as rédeas de Lady que as tiras de couro machucavam suas mãos, apesar das luvas de pele de cervo, enquanto corria os olhos pelas ruas enevoadas da capital. Se tivesse sorte, a Guarda Sanguínea manteria Seraphine em uma detenção provisória. Esperariam até que mais algumas bruxas tivessem sido caçadas antes de transferir todas juntas para a prisão do palácio.

Se Rune não tivesse sorte...

Pensar na alternativa – em Seraphine já presa sob o palácio, esperando para ser expurgada – fez seu estômago revirar.

Rune forçou a égua a intensificar o galope, tentando fugir da sensação.

Era o que precisava descobrir naquela noite: se Seraphine ainda estava viva e, caso estivesse, onde a Guarda Sanguínea a mantinha.

Conforme ela e Lady se aproximavam do centro da cidade, uma imensa estrutura com teto abobadado despontou da penumbra, rivalizando com o palácio em magnitude.

O teatro de ópera.

Devia haver caçadores de bruxas por lá, sem falar em membros do Tribunal. Alguns ali com certeza saberiam o novo local de detenção provisória.

A primeira coisa a surgir foi o pavilhão com domo de cobre, onde carruagens deixavam os espectadores. Cinco colunas imensas, com cinco andares de altura, contornavam o pavilhão.

Rune nunca deixava de se surpreender com o fato de que o Nobre Comandante permitira que o espaço permanecesse aberto. Pouco depois da revolução, patriotas tinham pilhado o teatro de ópera, e o local perdera boa parte de seu esplendor prévio. Pinturas, estatuetas e outros itens de decoração que remontavam ao Reinado das Bruxas tinham sido destruídos, queimados ou jogados no mar. Porém, o interior continuava intocado, com suas superfícies folheadas a ouro e seus assentos de veludo vermelho – um lembrete austero da decadência das rainhas bruxas.

Assim que entraram no pavilhão, Lady diminuiu o ritmo a um mero trote e um cavalariço idoso com uniforme preto imaculado surgiu do arco da entrada.

Rune desmontou do cavalo. Quando as sapatilhas de seda tocaram a calçada de pedra, suas pernas quase cederam. Todos os ossos em seu corpo doíam por ter cavalgado naquela velocidade para chegar ao local na mesma noite.

– Cidadã Winters. A senhorita está terrivelmente atrasada.

A garota se retraiu por dentro ao ouvir a voz familiar. Preferia o jovem cavalariço àquele velho patriota. Os mais novos se admiravam não só com a fortuna e as conexões de Rune, mas também com sua reputação de heroína da revolução.

Carson Mercer, no entanto, não se impressionava nem um pouco com Rune, e a baixa estima que tinha por ela perturbava a jovem. Será que suspeitava de algo, ou o sujeito era apenas um velho infeliz?

– A ópera já está na metade.

Ao ouvir o tom de reprovação em sua voz, Rune assumiu seu papel e começou a atuar. Baixando o capuz do sofisticado manto de lã, balançou o cabelo e o deixou cascatear em um mar de ondas da cor de ouro velho.

– Prefiro perder o primeiro ato, Sr. Mercer. É tedioso demais. Tudo que preciso saber é como a história termina. Quem se importa com o resto?

– De fato – falou Carson, semicerrando os olhos. – Me pergunto por que a senhorita frequenta os espetáculos.

Ele se virou para levar a égua dela até os estábulos do teatro de ópera. Incomodada com o tom de voz do homem, ela exclamou:

– Pela fofoca, é claro!

Assim que o sujeito saiu de vista, Rune tateou nervosamente o bolso escondido no avesso do vestido, onde havia um frasco de sangue. Mais calma, se obrigou a esquecer o rabugento cavalariço e entrou no teatro de ópera, onde membros da Guarda Sanguínea estariam se vangloriando por suas capturas recentes. Tudo de que Rune precisava naquela noite era manter os ouvidos aguçados e fazer as perguntas certas; quando as cortinas se fechassem, teria a informação de que precisava para salvar Seraphine.

No caminho até a entrada do teatro, passou por várias crianças mendigando moedas ou comida. Pelas marcas que tinham na testa, dava para saber que eram Penitentes. Descendentes de simpatizantes de bruxas. Aquilo significava que alguém da família daquelas crianças havia se recusado a dar informações sobre bruxas ou as escondera dos caçadores.

Em vez de executar ou prender os descendentes desses simpatizantes, o Nobre Comandante tinha gravado o símbolo dos Penitentes na testa de cada um, de modo que todos soubessem o que haviam feito. Era um aviso. Uma forma de dissuadir outras pessoas de ajudarem bruxas.

Os dedos de Rune comicharam de vontade de levar a mão à bolsa de moedas e distribuir algumas, mas era ilegal ajudar Penitentes de forma direta. E, com Carson por perto, era imprudente arriscar, então ela apenas abriu um sorriso. O sorriso de resposta das crianças fez seu coração se apertar de culpa enquanto passava por elas.

Lá dentro, Rune descobriu que Carson estava certo: a ópera *de fato* estava na metade. Diante dela, a escadaria cerimonial – dividida em dois lances de degraus divergentes que se entrelaçavam – estava quase vazia. A cacofonia de vozes vinda do saguão principal lá em cima era um sinal inconfundível de que ela havia chegado bem na hora do intervalo.

Apertando com força a balaustrada de mármore frio, Rune tirou as Penitentes da cabeça e avançou. Sentia a presença dos homens ao redor enquanto subia, o olhar atento deles a acompanhando mesmo muito depois de ela passar, fazendo-a se lembrar da conversa recente que tivera com a amiga Verity.

Não acha que está na hora de escolher alguém?

Um pretendente, ela queria dizer. Um dos vários pretendentes que faziam fila para pegar uma das fitas de dança de Rune durante bailes, que a convidavam para jantares românticos e a acompanhavam em longos passeios de carruagem. Não era *Rune* que os atraía. Claro, alguns podiam estar de fato interessados na bela figura que ela apresentava ao mundo;

a maioria, porém, estava interessada na fortuna da avó de Rune, em seu lucrativo negócio de transportes marítimos e em sua imensa propriedade. Tudo "dado de presente" a Rune como recompensa por seu heroísmo durante a revolução.

Ela vinha enrolando os pretendentes úteis havia mais de um ano – todos de famílias cheias de conexões, com acesso a segredos de que ela precisava. Segredos que ela arrancava deles em cantos escuros e alcovas imersas em sombras.

Mas não podia continuar fazendo aquilo para sempre. A paciência dos rapazes era limitada, e Rune não podia correr o risco de criar inimizades.

Verity fizera uma lista dos pretendentes mais valiosos e a deixara sobre o travesseiro da amiga na manhã seguinte à conversa.

Ela precisava escolher alguém, e tinha que ser logo.

Mas não esta noite, pensou, subindo a escada a passos largos. Naquela noite, ela se misturaria aos filhos e às filhas da revolução, roubando quaisquer segredos que pudesse.

Quando Rune chegou ao topo da escadaria, o saguão principal se abriu diante dela, cheio de espectadoras da ópera vestidas em sedas de tons pastel e rendas e pérolas trançadas ao cabelo, todas iluminadas por mais de uma dezena de lustres cintilantes que pendiam do teto do imenso salão.

– Rune Winters – disse uma voz que a fez estacar. – Chegando de fininho depois da hora, pelo visto. Estava em um encontro com algum de seus amantes?

Várias risadinhas escandalizadas se seguiram.

A voz era de Verity de Wilde – melhor amiga de Rune.

Verity estava bem debaixo de um dos lustres, as mãos apoiadas na cintura e um sorriso brincalhão lhe curvando a boca. Cachos castanhos emolduravam seu rosto, e olhos escuros espiavam por trás dos óculos. Ela usava um vestido amarelo feito um girassol, com mangas de renda branca e costas decotadas – um traje de segunda mão que Rune usara na temporada anterior. Originalmente, era um vestido sem mangas, mas, como modelos sem manga agora estavam fora de moda, Rune colocara a própria costureira para adequar a peça antes de dá-la a Verity.

Ao redor dela, um grupo de amigos bem-vestidos. Rapazes e moças que já haviam comido à mesa de Rune e dançado nos salões de baile de sua casa centenas de vezes – e o fariam de novo naquela noite, na festa que daria após a ópera.

Amigos talvez fosse um termo generoso demais, já que nenhuma daquelas pessoas pensaria duas vezes antes de delatá-la se soubessem quem ela era de verdade.

– Ou talvez – começou outra voz, que fez todos se virarem – Rune estivesse resgatando bruxas por aí. Dizem que a Mariposa Escarlate só age sob o manto da escuridão.

As palavras fizeram Rune estremecer, e ela encarou diretamente os olhos penetrantes de Laila Creed. Laila era vários centímetros mais alta que Rune – o que dava a impressão de que estava sempre olhando de cima – e era membro da Guarda Sanguínea.

Ela também era bonita, com maçãs do rosto proeminentes e cabelos muito pretos, naquela noite presos em um penteado bem alto. Rune reconhecia o modelo do vestido azul-celeste de cintura alta: era uma peça de Sebastian Khan, famoso estilista do continente cuja lista de espera durava mais de um ano, criador dos vestidos queridinhos da temporada. Era impossível adquirir uma peça a menos que se tivesse fortuna e conexões consideráveis.

Rune possuía dois em seu armário.

O fato de Laila estar usando um vestido raro e não seu uniforme significava que estava de folga naquela noite. Provavelmente não fora uma das caçadoras responsáveis por capturar Seraphine.

O sangue de Rune gelou quando ela se lembrou da casa vazia da velha bruxa. De como os membros da Guarda Sanguínea haviam encontrado Seraphine pouco antes de sua chegada. Caso estivesse sendo vigiada, a espiã poderia muito bem ser Laila, que nunca gostara de Rune, por algum motivo desconhecido.

Vestindo a máscara que escondia a verdadeira Rune Winters, ela inclinou a cabeça para trás e caiu na gargalhada.

– Rá! Podem imaginar? *Eu*, passando noites vagando por esta ilha condenada, com esse clima horrendo e lama e chuva que não acabam mais? Têm ideia de como ficariam minhas *Minews*?

Ela ergueu a barra do vestido para mostrar as sapatilhas de seda, feitas sob encomenda por Evelyn Minew, estilista de alta-costura que morava do outro lado do mundo, cujos modelos de calçados eram únicos e impossíveis de copiar. Rune demorara meio ano para conseguir entrar em contato com ela, e esperara outro ano inteiro até que os calçados chegassem.

Tome essa, Laila Creed.

Em reação aos olhares de choque e inveja, Rune soltou o vestido e, sorrindo, entrou no círculo que se formava ao seu redor, parando um pouco à frente de Laila para deixá-la de fora. Baixando a voz, sussurrou de forma um tanto conspiratória:

– Ficaram sabendo? A justiceira conseguiu evacuar mais um grupo de bruxas pelos dutos de esgoto. Pelo *esgoto*! Imaginem só!

Os presentes franziram o nariz de nojo.

Rune nem precisou fingir a reação: seu estômago se revirou ao lembrar a ocasião. O cheiro pútrido de esgoto bruto pairava no túnel escuro, a água chapinhando na altura de seu joelho enquanto ela e as irmãs gêmeas resgatadas – que mal tinham treze anos – andavam por quilômetros sob a cidade em meio ao fedor. Uma criada havia encontrado os lençóis das meninas escondidos sob o assoalho e as denunciara. As manchas de sangue não eram vermelhas, e sim pretas – sinal de que uma bruxa havia adquirido seus poderes junto com a chegada da primeira menstruação.

Naquela noite, Alexander Sharpe – o mesmo amigo que contara a Rune que a Guarda Sanguínea estava seguindo os rastros de sua avó – ficara esperando na saída dos dutos com roupas limpas e um cavalo que levaria as garotas direto até as docas, onde um dos navios de carga de Rune estava pronto para zarpar. Alex estava sempre esperando do outro lado. Às vezes, com cavalos ou carruagens; outras, com embarcações. Era o responsável pela válvula de escape nas fugas que planejavam e nunca deixara Rune na mão.

O navio de carga chegara ao destino já fazia dois dias, e as gêmeas tinham enviado uma mensagem codificada que informava que estavam seguras no continente.

– Que alguém prefira vagar em meio às fezes em vez de dormir profundamente numa cama macia e limpa é... bem, *revoltante* – comentou Rune sentindo cada vez mais calor sob o manto, soltou os cordões do pescoço.

Os presentes murmuraram, concordando. Exceto por uma pessoa: Laila.

– Mas não é exatamente isso que a Mariposa Escarlate diria?

Os dedos de Rune se tensionaram ao redor dos cordões do manto. A peça escorregou de seus ombros nus; antes que ela pudesse segurá-lo, no entanto, alguém se aproximou por trás para pegar a peça refinada de lã e acomodar o manto na dobra do braço.

– Ora, amigos... – disse uma voz reconfortante perto de seu ouvido. – Se Rune fosse a Mariposa, teria entregado a própria avó para o expurgo?

Quando o recém-chegado se colocou ao lado de Rune, ela ergueu o rosto. Alex Sharpe. Na presença de seu amigo mais antigo – um amigo de verdade, como Verity –, todos os músculos de seu corpo relaxaram.

O rapaz parecia um leão naquela noite, com o cabelo dourado brilhando à luz dos lustres. Seu olhar era cálido e firme, mas ele franzia a testa de leve, mostrando que sabia onde a amiga estivera e que se preocupava com ela.

Noah Creed – irmão de Laila, um rapaz que fazia parte da lista curta de *Pretendentes que Rune precisa levar em consideração* – se intrometeu.

– A Mariposa Escarlate não age há semanas – falou o rapaz, também defendendo Rune. Para apoiar a própria teoria, acrescentou: – Ouvi dizer que prenderam outra bruxa esta noite, sem dificuldades. A Mariposa nem *tentou* resgatar a mulher.

Rune voltou toda a atenção para Noah.

Me pergunto onde você ouviu isso...

Noah tinha os mesmos olhos castanhos e profundos, as mesmas maçãs do rosto proeminentes e a mesma pele ocre da irmã. Não apenas era belo, com seu sobretudo escuro de ombros acolchoados e lapela de seda, como também era filho do Nobre Comandante. Aquela posição o colocava *muito* perto de uma fonte primária de quase todos os tipos de informações confidenciais, sendo de fato uma ótima opção de pretendente.

Mas será que vai notar a esposa saindo da cama de madrugada? Ou voltando para casa exausta depois da aurora... às vezes com hematomas?

Rune deu um sorriso para Noah.

– Uma bruxa? Apreendida *esta noite*? Não brinque assim conosco, Noah. Conte mais.

Os olhos de Noah se arregalaram quando notou que era alvo da atenção da jovem, mas ele só ergueu as mãos em protesto.

– Foi Gideon Sharpe que a capturou. É tudo que sei.

Gideon Sharpe.

Os lábios de Rune quase se arreganharam ao ouvir o nome do irmão mais velho de Alex. Devotamente leal à Nova República, o sujeito era um caçador inclemente e sanguinário que mandara mais colegas de Rune para o expurgo do que qualquer outro membro da Guarda.

Também gozava da fama de ter ajudado a matar as Rainhas Irmãs, acendendo a fagulha da revolução.

Rune o odiava.

Os dois irmãos Sharpe não podiam ser mais diferentes.

Ao ver a expressão de Rune, Verity ergueu uma sobrancelha escura em uma pergunta silenciosa. Em resposta, a jovem ajeitou uma mecha de cabelo atrás da orelha, exibindo os brincos de rubi da avó. Havia colocado as joias naquela manhã, e elas pendiam de suas orelhas como gotas de sangue. Os brincos eram sua resposta: *falhei*. Informavam à parceira de crimes tudo que ela precisava saber a respeito do andamento da noite. *Seraphine está em mãos inimigas*. Verity compreenderia o resto sozinha ou Rune a informaria de tudo na festa que daria naquela noite após a ópera.

Ao ver os rubis, a boca de Verity se contraiu. Desviando o olhar, ela pigarreou na mesma hora.

– Bem, *eu* sempre achei que a Mariposa Escarlate fosse a Sra. Blackwater – comentou ela, atraindo a atenção do grupo ao olhar para o outro lado do salão barulhento e iluminado, para a mulher de meia-idade, cabelo crespo e pescoço adornado com inúmeras pérolas. A Sra. Blackwater estava sentada sozinha na varanda do café do teatro de ópera, murmurando consigo mesma. – Conseguem imaginar aquela velha mexeriqueira atraindo a Guarda Sanguínea a uma caçada falsa? Que disfarce perfeito!

Com a piadinha, todos irromperam em gargalhadas.

Enquanto pessoas sugeriam outros nomes, Rune aproveitou a chance dada por Verity e se misturou discretamente à multidão, movida por um novo propósito: encontrar Gideon Sharpe.

TRÊS

GIDEON

OUTRA NOITE, OUTRA BRUXA.
Gideon Sharpe apoiou os punhos nos azulejos da parede do chuveiro. Deixando a água escaldante descer pelas costas, observou o sangue escorrendo como tinta de sua pele e depois rodopiando ralo abaixo.

Não sabia dizer se o sangue era real ou imaginário. Os pesadelos não se limitavam mais às horas de sono; agora, com frequência perturbavam suas horas de vigília.

Mas aquilo não era um pesadelo. Ele sabia muito bem a quem aquele sangue pertencia. Era tão real quanto ele próprio.

Você não devia tê-los deixado sozinhos com ela.

Os irmãos Tasker sentiam prazer em desobedecer a ordens. E, embora o próprio Gideon não sentisse amor algum pelas bruxas, não tolerava crueldade desnecessária. Já se decidira a dispensar os irmãos depois que eles haviam espancado uma bruxa quase até a morte, mas seus superiores tinham dito que bater em uma bruxa até deixá-la inconsciente não era diferente de surrar um rato maculado por doenças.

Assim, o abuso continuara. Aquela noite era só mais um exemplo.

E o que você vai fazer a respeito?

Gideon fechou os olhos e mergulhou o rosto na água quente.

Esse é um problema para amanhã.

Naquele momento, estava cansado demais para pensar. Cansado demais para se mover. Demorara quase um ano para rastrear a bruxa de alto escalão que tinha prendido naquela noite, e cavalgara duramente para chegar até ela.

Se pudesse escolher, passaria longe de uma sela por pelo menos uma semana.

Mas havia concordado em ir à ópera para encontrar com uma de suas fontes, Harrow. A jovem lhe indicara o paradeiro de Seraphine e também tinha novidades sobre a Mariposa Escarlate – aquela eterna pedra no sapato de Gideon. Ele estava desesperado para ouvir o que a informante tinha a dizer.

O pensamento renovou sua motivação. Esfregou o sabão nas mãos e espalhou a espuma pelo corpo, lavando tudo até chegar à marca gravada do lado esquerdo do peito: uma rosa com espinhos afiados dentro de uma lua crescente.

O símbolo *dela*.

Apesar do calor da água, Gideon estremeceu.

A Rainha Irmã podia estar morta, mas tinha deixado sua marca nele para sempre.

Gideon com frequência cogitava cortar aquele pedaço de carne, se livrar de cada maldito traço daquela mulher. Mas arrancar a marca da pele não removeria as memórias da mente. Tampouco o livraria dos lampejos vívidos daquele dia ou amenizaria os pesadelos.

Não importava. Toda vez que sacava o punhal e encostava a lâmina afiada na pele, suas mãos tremiam demais para que pudesse realizar o serviço. Então, por enquanto, o símbolo continuava ali.

Ao pensar nela, se perguntou se o espírito de bruxas particularmente más podia viver após a morte, voltando para assombrar aqueles que tinham atormentado.

Imediatamente desejou não ter tido aquele pensamento. Gideon fechou a torneira, observando o cômodo cheio de vapor enquanto o ar gelado entrava e ele sentia os pelos dos braços e das pernas se arrepiarem.

Ela está morta, seu idiota. E fantasmas não existem.

Cressida podia estar morta, mas havia bruxas igualmente perigosas soltas por aí. Três noites antes, outro corpo mutilado fora removido da água sob uma ponte. Peito aberto. Sangue drenado. Gideon não se surpreendera ao saber que era um oficial da Guarda Sanguínea. Como sempre. Fora o terceiro só naquele mês.

Não podia provar que a Mariposa Escarlate era a responsável pelos terríveis atos, mas tinha um forte pressentimento. Os assassinatos geralmente aconteciam logo antes das investidas dela, quando libertava prisioneiras de celas e escapava de esquemas de segurança cada vez mais rígidos. Para isso, a Mariposa precisava de feitiços, e feitiços exigiam sangue. Sangue *fresco*.

Quem de nós vai ser o próximo?

Correndo as mãos pelo rosto, Gideon sacudiu o cabelo, pegou uma toalha e se secou, dirigindo os pensamentos para outro assunto. Qualquer outro assunto.

O teatro de ópera.

Sim. Ótimo. Repassaria o plano da noite na cabeça e a preparação o livraria da sensação sinistra do banheiro.

Primeiro, Gideon vestiria o uniforme no corpo cansado e se arrastaria até o teatro. Lá, enquanto alguma história inútil se desenrolasse no palco, Harrow lhe diria o que precisava saber sobre a Mariposa. E, enfim, Gideon voltaria para casa, pensaria em um plano enquanto caía na cama, dormiria profundamente – ou assim esperava – e retomaria a caça por aquela demônia assim que acordasse, dotado de novas informações.

E, daquela vez, iria pegá-la.

Mas primeiro Gideon precisava sobreviver a uma noite de ópera. Uma atividade ainda *menos* tolerável do que vagar pela lama e pela chuva a cavalo, caçando uma bruxa.

A única boa notícia era que perderia a primeira metade do espetáculo.

QUATRO

RUNE

ALI NO SAGUÃO, os membros da Guarda Sanguínea se destacavam feito papoulas vermelhas em uma campina. Era impossível ignorar os uniformes, mesmo em meio à multidão vestida de forma espalhafatosa. Mas nenhum deles era Gideon.
Talvez ele não tenha vindo esta noite.
Se o irmão mais velho de Alex de fato fosse o responsável por capturar Seraphine, era possível que ainda estivesse cuidando dela. Ou talvez tirasse o resto da noite de folga.
Rune não conseguia parar de pensar em Gideon arrancando as roupas da mulher e forçando-a a andar nua na chuva enquanto ele e os soldados corriam o olhar por seu corpo, procurando cicatrizes.
O pensamento a fez cerrar os dentes.
Gideon Sharpe.
Ela o odiava.
Enquanto a raiva de Rune fervilhava como um carvão em brasa, ela se movia habilmente pela multidão, exibindo sempre uma expressão sorridente e feliz, comentando roupas ou penteados novos ou falando sobre os *encantadores* jantares das prósperas famílias da Nova República que havia frequentado ao longo da semana anterior. Nunca se demorava muito no mesmo lugar, procurando constantemente o próximo uniforme rubro.
Passou por seus contatos de sempre: afiliados da Guarda Sanguínea, filhas e filhos de membros do Tribunal – pessoas que não apenas tinham muitos contatos como gostavam de exibi-los e, no processo, acabavam deixando informações escaparem. Conversas zumbiam pelo ar como abelhas embriagadas de pólen.

Os lustres iluminavam o teto, que era pintado para parecer um céu azul-petróleo repleto de estrelas, um aspecto da construção que fora mantido intocado depois do rescaldo da revolução. Havia dois salões, um de cada lado do saguão; ao longo da parede, atrás de colunas enfileiradas por toda a lateral do recinto, diversas alcovas menores podiam ser usadas para encontros... mais ilícitos.

Rune se dirigia para um dos salões, onde membros da Guarda Sanguínea costumavam se reunir, quando alguém a agarrou pelo pulso e a puxou do meio da multidão para um dos nichos escuros.

Ao girar para ver quem a abordava, encontrou olhos de um castanho-dourado espiando sob sobrancelhas escuras.

A tensão se esvaiu de seu corpo.

Era apenas Alex.

– Rune. – Os dedos dele apertavam a pele sensível do pulso da jovem enquanto ele a arrastava mais para dentro das sombras. – Você está com a cara de uma mulher que se prepara para atravessar o inferno.

Rune foi tomada pela vontade de descansar ali com ele por um tempo, onde era seguro, antes de se jogar de novo no perigo.

– O que aconteceu? – continuou ele.

Rune rejeitou o próprio instinto, lembrando-se de sua missão.

– Você ouviu o que Noah disse? *Seu irmão* aconteceu – respondeu ela, irritada com o pensamento. – Gideon chegou até Seraphine antes de mim.

Alex franziu a testa.

– Então você...

Um coro de vozes – incluindo a de Laila Creed – ecoou de um ponto próximo. Por instinto, Rune puxou Alex mais para dentro da alcova, até ficarem com os corpos quase grudados. Ela não se preocupava com a ideia de alguém vê-los ali juntos. Apenas presumiriam que a acusação de Verity tinha fundamento: estava tendo mais um casinho.

A preocupação dela era ser entreouvida.

Ambos se calaram, esperando que as vozes passassem. A ponta do nariz de Rune estava a poucos centímetros do queixo de Alex, e o cheiro dele – uma mistura de couro e carvalho – pairava no ar. O espaço diminuto pareceu encolher ainda mais ao redor deles e, por um instante, Rune se lembrou da noite em que havia entregado a avó. Alex correra até a Casa do Mar Invernal, e ela passara a noite chorando em seus braços.

– Estou preocupado – sussurrou ele no ouvido da amiga. Sua voz era cautelosa e suave, como se Rune fosse feita de vidro e ele precisasse ter cuidado ao mexer com ela. – Você passa os dias cuidando das outras pessoas, mas quem está cuidando de você?

– Você – sussurrou ela, a boca rente à lapela dupla do rapaz. – Sem falar em Verity. E Lady.

– Lady é uma égua – rebateu ele. – E Verity se joga de cabeça no perigo, igualzinha a você.

Ele parecia prestes a falar mais alguma coisa quando a sineta que indicava o fim do intervalo ressoou pelo saguão. Rune se afastou do corpo familiar e robusto do amigo e espiou para fora da alcova. Uma coluna bloqueava boa parte de sua visão, mas deu para vislumbrar o cabelo preto de Laila, trançado naquela coroa estilosa, entrando pelas portas que levavam ao auditório. O burburinho de conversas já começava a diminuir. Em alguns minutos, o saguão estaria vazio e silencioso.

E Rune ainda precisava encontrar Gideon.

Ela se recusava a permitir que a noite fosse desperdiçada. *Precisava* descobrir o paradeiro de Seraphine.

– Seu irmão está aqui? – sussurrou ela, analisando o saguão vazio como um falcão procurando um gordo ratinho campestre.

– Não sei. Passei a semana sem falar com ele. Por quê?

Ela não respondeu. Não precisava. Alex sabia cada um dos seus pensamentos.

– Rune, não. Meu irmão é um perigo. – Com gentileza, ele a puxou pelo ombro nu para ficarem frente a frente. – Principalmente para você.

– Seu irmão é um perigo para todas as bruxas da Nova República – rebateu ela, desvencilhando-se. – Principalmente para *Seraphine*. Se eu não descobrir onde ele a colocou...

Será que ele não entendia? Rune não sabia o paradeiro de Seraphine nem o local para o qual planejavam transferi-la. Até onde sabia, ela podia já estar sendo encaminhada à prisão do palácio. Se esse fosse o caso...

Nunca vou conseguir tirá-la de lá. Ela vai ser morta, como a vovó.

Depois que a Guarda Sanguínea levava alguém para dentro da prisão, Rune não tinha mais como ajudar. O lugar era impenetrável.

E, se eu não salvar Seraphine, vou fracassar em cumprir a última coisa que vovó me pediu.

Era algo inaceitável.

– Rune.

– Que escolha eu tenho? – disse ela, voltando para perto dele. – *Você é que não vai ajudar.*

Por mais leal que Alex fosse à Mariposa Escarlate, a *Rune*, o irmão mais velho estava além dos limites dele. Sob circunstância alguma ele manipularia Gideon da mesma forma que fazia com outras pessoas. Rune já pedira uma vez, e vira seus brilhantes olhos dourados ficarem sombrios. *De jeito nenhum*, dissera, e sua atípica resposta cortante a desestimulara a pedir de novo.

Rune sabia que Alex ajudara a matar a Rainha Irmã mais nova, Cressida Roseblood. Nunca falava daquilo, exceto para afirmar que fizera tudo por Gideon. Quando chegava àquele ponto, ele mudava de assunto. Rune não sabia o que isso significava. Será que Gideon pedira a Alex que matasse Cressida? Será que tinha *forçado* o irmão? Ou Alex cometera o assassinato para salvar Gideon de alguma forma? A última hipótese parecia improvável, pois o primogênito era o mais violento, um predador natural. Alex era o oposto, caloroso, gentil e contrário à matança das bruxas, além de ser devotamente leal a Rune.

O problema era que ele era igualmente leal a Gideon. Às vezes, ela suspeitava que fosse ainda *mais*. Por alguma razão estranha, porém, aquilo não a fazia confiar menos nele. No fundo do coração, sabia que Alex jamais a trairia.

Mas tampouco trairia o irmão.

Vez ou outra, isso os colocava em um embate.

No passado, Rune talvez compreendesse a devoção de Alex ao irmão. Anos antes da revolução, ela mesma tentara conquistar a aprovação de Gideon. Alex era seu melhor amigo na época e, embora Rune ainda não tivesse conhecido Gideon pessoalmente, já ouvira histórias sobre ele. Histórias enviesadas, ela agora sabia, contadas por Alex, que idolatrava o irmão mais velho.

A jovem e inocente Rune acreditara nas narrativas. E quanto mais Alex lhe contava sobre ele, mais ela sentia que conhecia Gideon. Logo desenvolvera o que alguns chamariam de uma quedinha pelo rapaz. Assim, era importante passar uma boa primeira impressão quando se conhecessem.

Em retrospecto, a situação toda tinha sido infantil e absurda.

Quando enfim se encontraram, Rune tinha treze anos, e Gideon estava com quinze. Ele se negara a cumprimentá-la com um aperto de mão e insultara as roupas da garota – um vestido que ela havia escolhido com o único objetivo de impressioná-lo. Alex pedira que Gideon se desculpasse, mas ele se negara.

As histórias de Alex estavam erradas. Muito erradas. Naquele dia, Rune descobrira o único aspecto do amigo em que não podia jamais confiar: a opinião que tinha do irmão.

Gideon era um garoto horrível e Rune nunca mais se dera ao trabalho de tentar conquistar a estima dele.

– Vou conjurar uma ilusão – disse ela a Alex ali na alcova, os dedos tocando a rolha do frasco de sangue escondido no forro do vestido. Sangue que ela coletara de sua última menstruação. – Ele não vai saber que sou eu.

O problema era que Rune só tinha mais um frasco cheio além daquele. Depois que acabasse, não teria escolha a não ser aguardar o próximo ciclo mensal. E precisava de tanto sangue quanto possível para salvar Seraphine.

Alex negou com a cabeça.

– Ele vai sentir o cheiro de magia em você. Gideon não é um de seus pretendentes apaixonados, Rune. Ele é...

– Então o convide para a minha festa.

Lá, ela manteria a taça dele cheia de vinho encantado e o bombardearia de perguntas inocentes que levariam às respostas de que precisava.

– Ele odeia festas.

Rune ergueu as mãos.

– Então pense em alguma outra coisa! – sibilou.

Deu as costas para Alex e estava prestes a se afastar quando ouviu sua voz contida:

– Não aguento mais ver você se colocando em risco.

Ela se deteve, suspirando enquanto encarava o saguão vazio.

– É só não olhar, então.

E não esperou que ele respondesse. Rune saiu da alcova...

... e trombou com tudo em um membro da Guarda Sanguínea.

CINCO

RUNE

SUA TESTA BATEU com força contra um peito sólido como concreto. O soldado andava tão acelerado que a teria jogado longe se ele não a tivesse segurado pelo braço, equilibrando ambos.

– Perdão...

Rune ergueu os olhos. E se viu diante de íris negras e gélidas como o mar abissal.

Gideon Sharpe.

A expressão penetrante dele pareceu abri-la ao meio, arrancando as camadas da mocinha boba que fingia ser. Como uma faca descascando uma maçã para alcançar a polpa macia e vulnerável logo embaixo.

O estômago de Rune se revirou. Ela se desvencilhou da mão dele e cambaleou para trás, o coração em disparada. O capitão da Guarda Sanguínea diante dela – responsável por mandar mais bruxas para a execução do que qualquer outro militar – aprumou a postura, as feições indo de uma surpresa aturdida para algo sombrio e inescrutável.

Rune praguejou mentalmente. A Mariposa Escarlate talvez tivesse motivos para temer aquele monstro. No entanto, Rune Winters – a tola e superficial herdeira que fingia ser – sequer se abalaria com o encontro.

Antes que ela conseguisse criar coragem, Gideon a fitou de cima a baixo. A intensidade de sua atenção era como um fuzil apontado para seu peito. O coração da jovem acelerou e a respiração travou na garganta. Rune era um cervo e ele, o caçador. Analisando a presa diante de si, assimilando cada detalhe e defeito, tentando decidir se a caçada valia a pena.

Um segundo depois, ele franziu a testa e desviou o olhar.

Evidentemente, não valia.

– Cidadã Winters. Peço perdão, eu...

O olhar incisivo de Gideon disparou para um ponto além do ombro de Rune, atraído pelo movimento súbito de seu irmão mais novo saindo da alcova. Quando viu Alex, ele relaxou a postura rígida.

Gideon passou por Rune como se ela tivesse não apenas desaparecido, mas também fosse completamente esquecível.

– Alex. O que foi? Você parece perturbado.

– Como assim? Ah. – Alex negou com a cabeça. – Não é nada. Deve ser essa iluminação péssima. – Ele gesticulou para as lâmpadas a gás que cintilavam nas paredes.

Gideon inclinou a cabeça, nada convencido, mas Alex logo mudou de assunto.

– Quando você voltou?

– Hoje, no fim da tarde.

Os irmãos eram reflexos invertidos um do outro. Tinham a mesma compleição alta e as mesmas feições belas: maxilar firme, cenho proeminente. Mas Alex era dourado e caloroso como um dia de verão, enquanto Gideon era fechado e sombrio como um recinto trancado e sem janelas.

Os dois também eram filhos do Dueto Sharpe – um casal que havia começado como humildes alfaiates durante o Reinado das Bruxas. Quando o trabalho deles chamou a atenção das Rainhas Irmãs, os pais de Alex e Gideon foram recrutados pela família Roseblood para serem os costureiros reais, gozando um breve período de fama. Ambos morreram naquele mesmo ano, logo antes da revolução.

Quem tinha um mínimo interesse por moda ainda ficava calado em reverência quando alguém mencionava o casal de costureiros.

– E então? – perguntou Alex, a voz um tanto contida. – A caçada foi bem-sucedida?

Gideon suspirou e correu a mão pelo cabelo úmido em um gesto descuidado.

– Apesar de um infeliz incidente, foi. Pegamos a bruxa.

Ele está falando de Seraphine.

Rune sentiu a máscara escorregar ainda mais quando se lembrou das roupas rasgadas descartadas na lama. Será que ele e os outros guardas haviam rido ao rasgar os trajes da mulher? Pensou no X vermelho marcado na porta dela, sabendo de quem era o sangue que o capitão havia derramado para traçar o símbolo.

Como um cervo se livrando do medo paralisante de seu caçador, Rune se forçou a falar, espantando o ódio:

– Que tipo de infeliz incidente?

Gideon olhou para o lado, como se estivesse surpreso por ela ainda estar ali.

Depois se deteve, reconsiderando a jovem.

Dessa vez, Rune o analisou também, deixando o olhar percorrê-lo. Sob o uniforme vermelho bem ajustado, sobressaía sua compleição rígida e eficiente. Nada suave. Nada cálido. Apenas músculos e força inabalável, como uma fortaleza impenetrável.

Ele tinha uma boca firme e cruel e seu cabelo preto ainda estava úmido, por causa da chuva ou de um banho. Embora devesse estar exausto depois de caçar Seraphine, estava ali, recomposto e limpo, da pistola na cintura às fivelas de latão das botas. Rune pensou que ele sabia limpar sangue com a mesma precisão de seus pais ao costurar os trajes elaborados das rainhas.

A única coisa nele que não estava impecável eram os nós dos dedos da mão direita. Pareciam vermelhos e esfolados, como se tivessem acertado alguma coisa.

Ou alguém.

Rune sentiu o sangue ferver nas veias. Temendo que ele visse a fúria em seus olhos, lançou-lhe um olhar por baixo dos cílios, sabendo o efeito que o gesto exerce sobre rapazes.

– Espero muito que não tenha se ferido nesse... incidente.

Ele parecia prestes a responder quando foi interrompido pelo súbito e derradeiro soar da sineta do fim do intervalo.

Os três olharam ao redor, vendo o saguão principal transformado. Sem a multidão socializando, o vazio se estendia. Os lustres acima pareciam de repente gigantes e brilhantes demais, e o teto pintado, mais glorioso do que eles, meros mortais, mereciam.

Os funcionários começaram a apagar as lâmpadas a gás, olhando para eles de cara feia. Atrás das portas do auditório, a orquestra começou a tocar.

Aproveitando a deixa, Gideon começou a se afastar do irmão.

– Reservei o ringue para amanhã à noite. Quer lutar alguns rounds?

Alex assentiu.

– Claro. Seria ótimo.

Antes de se virar, Gideon olhou de Alex para Rune e enfim para a alcova de onde ambos tinham saído. Seus lábios se entreabriram de leve e algo tomou seu olhar. O que quer que fosse, o capitão guardou para si e saiu a passos largos.

Alex suspirou.

Rune praguejou baixinho. Tinha permitido que Gideon a intimidasse e reencontrara a coragem tarde demais, arruinando a chance de conseguir a informação de que precisava.

Cerrou os punhos. Precisava consertar a situação, e rápido. Não tinha muito tempo até que Seraphine fosse transferida para a prisão do palácio.

Alisando o vestido, substituiu o esgar raivoso nos lábios por um sorriso doce, preparando-se para assumir o papel que aperfeiçoara ao longo dos dois anos anteriores. Alex percebeu e se aproximou dela.

– Rune, não...

Ela deu um passo para escapar do amigo.

– *Rune* – repetiu Alex.

Mas ele não a seguiu quando ela saiu atrás de seu irmão. As sapatilhas de seda mal faziam barulho no chão de mosaico do saguão, de modo que Gideon não tinha como suspeitar que estava sendo seguido. O papel de ambos se invertera: Rune era a predadora agora; ele, a presa. E ela estava cada vez mais perto.

No fim do corredor, onde os arcos da galeria emolduravam a cidade enevoada lá fora, Gideon se virou e subiu por uma escadaria, que levava ao camarote reservado aos membros da Guarda Sanguínea.

Rune logo o seguiu.

Erguendo a barra do vestido, correu degraus acima, empurrando de lado as cortinas de veludo no topo, e entrou no mar vermelho que preenchia o mezanino escuro.

O ambiente estava fervilhando de caçadores de bruxas.

Rune hesitou.

Era a Mariposa Escarlate – uma criminosa procurada, além de uma bruxa, escondida em plena vista. Mas aquela não seria a primeira vez que ela entraria em um espaço cheio de pessoas que caçavam gente como ela. Havia feito aquilo em centenas de outras ocasiões sem sequer pestanejar.

Então por que sentia uma minúscula semente de medo brotando dentro de si?

Porque Alex está certo.

Em um arsenal cheio, Gideon era a arma mais mortal de todas, e Rune estava rumando direto para a ponta afiada da lâmina, com a garganta exposta.

Ele não suspeita de nada, disse a si mesma, tentando acalmar a vibração em seu sangue. *Tudo que esses brutamontes idiotas veem quando olham para você é exatamente o que você quer que eles vejam: uma socialite tolinha. Gideon Sharpe não é diferente.*

Armada com esse lembrete, Rune seguiu na direção do assento vazio na parte da frente do camarote. Gideon estava reclinado na cadeira ao lado, repousando o braço sobre o encosto do lugar vago. Perfeitamente relaxado. Como se a execução iminente de Seraphine não o abalasse em nada.

Rune reuniu sua coragem da mesma forma que levantava a barra do vestido. Sentando-se ao lado do capitão, perguntou:

– Se importa se eu me juntar a você?

SEIS

RUNE

GIDEON TIROU IMEDIATAMENTE o braço do encosto, sobressaltado pela presença de Rune. Enquanto o burburinho da orquestra se erguia em um crescendo, as luzes do auditório em formato de ferradura se apagaram. O segundo ato estava prestes a começar.

– Na verdade, esse lugar...

– Nunca assisti a uma ópera daqui – comentou ela, cortando o rapaz. A emoção do perigo a percorreu enquanto olhava para a plateia lá embaixo. Estava cheia, exceto por alguns atrasados que passavam por cima das pernas dos espectadores já sentados para chegar a seus lugares. – A vista é ótima.

Na quase escuridão, ela conseguia sentir o peso do olhar inescrutável dele.

– É mesmo. Alex está com você?

– Não. Ele... – Rune ergueu o rosto e seus olhares se encontraram.

Um zumbido elétrico fez os pelos do braço dela se arrepiarem. Era como ser pega no meio de uma tempestade, no momento que antecede o raio.

– Srta. Winters? Está tudo bem?

A pergunta a fez voltar a si.

Você é uma atriz, lembrou a si mesma. *E isto é uma peça.*

Mas que personagem estava interpretando? A heroína, a vilã ou a tola?

A tola.

– Está tudo *maravilhoso* – disse ela, recomposta. – Eu amo ópera, e você?

As luzes do palco se acenderam, iluminando os vestidos de cetim e as lantejoulas coloridas dos atores posicionados no palco. Iluminando Gideon, que a observava da escuridão.

– É tudo tão *bonito* – continuou ela, projetando a imagem que queria que ele tivesse dela. – Os figurinos, os cenários, as vozes... – Rune abriu para ele o sorriso mais cintilante que conseguiu. – Mas as histórias podiam ser mais curtas. Bem mais curtas, concorda? Acho elas meio... tediosas, entende? E tão complicadas de acompanhar! Sempre que termina, fico um pouco confusa.

Ela riu para solidificar o papel que interpretava. Lá no fundo, porém, sua alma murchava.

Antes da morte da avó, ela ia à ópera todos os sábados. Era o dia da semana favorito de Rune. A avó a maquiava e arrumava seu cabelo e a deixava pegar emprestadas todas as joias que quisesse. Rune amava rodopiar escadaria acima até o saguão, com seus vestidos novos cheios de frufrus, amava ser incluída nas conversas com os amigos sofisticados da avó, amava ser transportada para outro mundo assim que entrava no auditório. Mas gostava mais ainda da *volta* – quando, a caminho de casa, ela e Kestrel tinham discussões acaloradas sobre as histórias que se desvelaram no palco.

Aquilo tinha sido antes da Paz Rubra proibir as velhas óperas. Os simulacros de espetáculo que exibiam agora eram todos pré-aprovados pelo Ministério da Segurança Pública. Não eram histórias – não boas histórias, ao menos. Eram lições apenas levemente veladas de como se comportar sob o novo regime. Lembretes de quem eram os inimigos e por que deviam ser odiados. As vilãs eram sempre bruxas ou suas simpatizantes; a parte heroica ficava com quem as entregava ou caçava.

Tudo repugnantemente previsível.

A avó teria odiado aquelas peças.

Rune olhou de relance para Gideon. *Ele provavelmente acha que isso é o suprassumo da arte.*

– O intervalo é minha parte favorita – continuou Rune. – E as festas depois da ópera, claro. – Ela se inclinou na direção dele, como se fosse contar um segredo, e sentiu o cheiro de pólvora que seu uniforme emanava. – É por isso que estou aqui. Para convidá-lo para minha festa.

A irritação fez a boca dele se transformar em uma linha severa.

– Quem me dera ter paciência para fofocas fúteis e companhias rasas – disse o capitão. – Infelizmente, não tenho.

Com o insulto, Rune sentiu o calor desabrochar pelo pescoço, lembrando-se da ocasião em que haviam se conhecido e dos comentários pejorativos que ele fizera. Ficou grata pela escuridão. Cerrando os punhos ao redor da seda macia do vestido, Rune assentiu, simpática.

– Compreendo *perfeitamente*. É óbvio que alguém como você prefere a companhia de brutos estúpidos com péssima noção de moda.

Ele a fitou de soslaio.

Rune se repreendeu mentalmente. *O que estou fazendo?* Precisava fingir que os cutucões verbais dele estavam passando despercebidos, não retribuir com outros ainda mais incisivos. *Deixe que ele a insulte. Não se esqueça da razão de estar aqui.*

Lutando para encarcerar o próprio orgulho, ela sorriu com inocência para o capitão.

Ele analisou Rune, um tanto cauteloso. Pareceu concluir que havia entendido errado e voltou a atenção para a ópera.

Isso vai ser mais difícil do que eu imaginava.

Claramente Gideon não apenas a considerava digna de insultos, como também idiota demais para sequer compreender que estava sendo ofendida. Em geral, Rune usaria aquilo a seu favor. Mas, quando ele se virou, cruzando os braços e fitando o palco, ela notou que ele estava apenas se fechando mais, e não se abrindo.

A presença dela o irritava. Como no dia em que haviam se conhecido.

Ele odeia festas, alertara Alex. Mas aquele era o melhor dos recursos de Rune. A forma mais efetiva de baixar a defesa de um homem era manipulá-lo com vinho encantado, ficar sozinha com ele e flertar até que o feitiço soltasse sua língua o bastante para que despejasse todos os segredos de que ela precisava.

Rune tamborilou no joelho, tentando pensar.

Notara como Gideon se animou ao ver o irmão. Rune tinha deixado de existir no instante em que Alex saíra da alcova. Os irmãos Sharpe podiam ser opostos e discordar em todos os assuntos importantes, mas algo profundo e inominado conectava os dois rapazes. Não era a primeira vez que Rune presenciava a ligação.

– Alex ia amar se você fosse.

Gideon ficou tenso ao lado dela.

– Acho que a senhorita não conhece bem meu irmão, se acha que minha presença em sua casa o animaria.

Rune franziu a testa, tentando decifrar aquelas palavras. O que ele queria dizer?

– E, como eu disse, há quem tenha coisas melhores a fazer com seu tempo.

Antes que ela pudesse tentar outra abordagem, uma sombra caiu sobre eles. Gideon ficou de pé.

– Harrow. Finalmente. Achei que precisaria assistir a esta maldita ópera até o fim.

– Talvez tivesse lhe feito bem – respondeu uma voz feminina. – Esse não é o propósito da arte? Domar os monstros que nos habitam?

A atenção de Rune foi atraída pela pergunta. Era a fala de uma de suas óperas favoritas.

Estreitando os olhos para enxergar na escuridão, Rune tentou ver quem era a interlocutora, mas os funcionários haviam diminuído todas as luzes do mezanino. Ela não conseguia discernir o rosto ou as roupas da jovem, nada que pudesse denunciar sua identidade.

– Você anda lendo muitos contos de fada – falou Gideon, passando por Rune com suas pernas longas. – Com licença, cidadã Winters. Divirta-se em sua... festa. – O tom de zombaria em sua voz era inconfundível.

Rune virou a cabeça e viu os dois saírem do camarote, falando em voz baixa. Assim que sumiram de vista, ela cerrou os punhos.

Mais uma derrota.

Apoiando a cabeça no encosto de veludo, esfregou o rosto com as mãos. Estava perdendo um tempo valioso. Rune precisava descobrir onde Seraphine estava – de preferência, naquela mesma noite. E não podia mais seguir Gideon Sharpe, ou levantaria suspeitas. *Essa é a última coisa de que eu preciso.* Gideon tinha encontrado Seraphine primeiro, na mesma noite em que Rune chegara à casa de sua presa.

Poderia ser uma coincidência. Ou não.

Por outro lado, Gideon parecera convencido pela performance dela. Caso houvesse alguém de olho em Rune, era improvável que fosse ele. Mas ela se lembrou do tom de suspeita nas perguntas de Laila Creed mais cedo e precisou considerar a possibilidade de que seus inimigos estivessem chegando perto.

Rune afundou mais no assento, tentando não pensar nos caçadores de bruxas ao seu redor no camarote do teatro de ópera.

Se estiverem mesmo prestes a descobrir meu disfarce, como tirar essa gente da minha cola?

A mente dela parecia um pântano de exaustão, puxando seus pensamentos para o lodo. Quando se sentia daquela forma, ela procurava

Verity – suas questões incisivas sempre avivavam a imaginação de Rune, como um atiçador cutucando brasas perto de se apagar. Verity era o braço direito da Mariposa Escarlate. Idealizava tantos planos quanto Rune e a ajudava a implementar todos.

Assim, quando a atriz no palco terminou sua ária, Rune ficou de pé, abriu a cortina do mezanino e foi encontrar a amiga.

SETE

GIDEON

RUNE WINTERS.

Sempre que olhava para a jovem herdeira, Gideon pensava no mar: uma beleza de tirar o fôlego na superfície, com a promessa de profundezas insondáveis abaixo.

No entanto, quando ela abria a boca e ele ouvia as coisas ridículas que saíam – à mesa de jantares, em salões ou nos corredores das casas de nobres ricos e populares –, ele se lembrava de como a aparência pode ser enganosa.

Não havia profundezas insondáveis em Rune Winters. Apenas superfície, superfície e mais superfície.

Aquela noite era um lembrete.

– Gideon? Olá? – Harrow estalou os dedos diante do rosto dele. – Perguntei o que quer beber. Por minha conta.

A barulheira estrondosa do Ninho do Corvo tomou os ouvidos do rapaz. A mesa de pinho estava grudenta sob seus cotovelos, e o ar fedia a cerveja choca.

Gideon balançou a cabeça.

– Nada.

Harrow estalou a língua em desaprovação. Ela se virou para o balcão, e Gideon tentou não encarar o ponto onde a orelha esquerda da jovem deveria estar. Ela cortava o cabelo daquele lado quase rente ao couro cabeludo, onde ele brilhava lustroso como uma penugem escura sobre a pele marrom. Como se ela tivesse orgulho do desfiguramento e quisesse ostentá-lo.

Ela parecia ter mais ou menos a mesma idade que ele, mas Gideon não sabia com certeza. Também nunca havia perguntado detalhes sobre a perda da orelha. Harrow fora serva de uma família de bruxas antes da revolução. Gideon podia presumir o resto.

Tiveram a sorte de conseguir pegar aquela mesa assim que os ocupantes anteriores saíram. Harrow não queria ir até o bar pedir as bebidas, com medo de que alguém roubasse sua banqueta no tempo em que estivesse fora. Assim, enquanto ela gritava os pedidos para o taverneiro, a mente de Gideon voltou a Rune.

Não compreendia a aparição súbita dela no mezanino naquela noite. Mal tinham trocado meia dúzia de palavras ao longo de cinco anos, e de repente ela... o convidava para ir a sua casa? Por quê?

Tentou ignorar a estranheza do ocorrido. Por mais que se esforçasse, porém, não conseguia se livrar da memória dela ao seu lado no camarote do teatro de ópera. Seu cabelo loiro-acobreado estava um pouco mais bagunçado que o normal, e o vestido estiloso exibia suas clavículas elegantes. O tecido cor de ferrugem contrastava com os olhos cinzentos e a tez pálida, atraindo o olhar de Gideon mais vezes do que ele gostaria de admitir.

Devia ser a garota mais frívola no teatro de ópera, mas ele não podia negar que também era a mais bela.

Que desperdício de beleza, pensou consigo mesmo.

Uma pessoa melhor se sentiria culpada por insultar Rune. Não era o caso de Gideon. Esperava ter deixado seus sentimentos claros, de modo que ela o evitasse no futuro. Na verdade, achava que já tinha feito aquilo anos antes, quando foram apresentados.

Já vira o irmão olhando para ela várias vezes, já notara como a voz dele se suavizava quando dizia seu nome. Embora não soubesse o que Alex via em Rune além do óbvio – que não era suficiente para tentar o próprio *Gideon* –, o capitão não tinha intenção alguma de se aproximar dela. Aquilo continuava tão certo quanto antes, quando eram crianças.

Na época, Rune Winters era a aristocratazinha da qual o irmão caçula não parava de falar. Alex achava formas de incluí-la em todas as conversas. *Rune gosta disso. Rune ama aquilo.* Gideon teria se irritado se, antes, não tivesse ficado tão curioso.

Mas então ele a vira. *Encontrara* com ela. E soubera de cara que jamais poderiam ser amigos.

– Sabe aquelas gêmeas que escaparam há três semanas?

A voz de Harrow o puxou de volta para o presente a tempo de ele ver a cerveja densa se derramar pela borda quando a informante pousou as duas canecas no tampo da mesa. Ela lambeu a espuma que lhe escorreu pelos dedos.

– A Mariposa Escarlate levou as duas na noite em que você as transferiria para a prisão do palácio, lembra?

Como Gideon esqueceria? Elas tinham exatamente a idade que a irmã deles tinha ao morrer. Coisinhas magricelas. Ainda conseguia ver as duas encolhidas atrás das barras da cela onde haviam sido trancadas: de olhos arregalados, tremendo abraçadas.

– Lembro.

Ele também se lembrava de como elas tinham desaparecido da mesmíssima cela na noite seguinte. Uma assinatura de conjuração surgira sobre o catre onde haviam dormido. Gideon se lembrava perfeitamente da marca: uma mariposa delicada e vermelho-sangue flutuando no ar. Ficara tão furioso que tivera vontade de espremer a coisa entre os dedos. Mas era apenas uma assinatura – a marca deixada após a conjuração de um feitiço por uma bruxa, como um artista assinando uma pintura.

A mariposa sumira menos de uma hora depois.

Harrow bebericou sua cerveja.

– Três dias atrás, um estivador encontrou assinaturas em um navio cargueiro, depois que atracou em Porto da Graça. As duas bruxas devem ter conjurado ilusões para parecerem carga.

E, quando o feitiço acabara, as assinaturas haviam ficado para trás.

Porto da Graça era uma movimentada cidade portuária no continente. Tudo que não era fabricado, cultivado ou minerado na ilha era importado através daquele porto.

Gideon franziu a testa.

– Elas foram recapturadas?

Harrow negou com a cabeça.

– Não, mas... – Ela olhou ao redor e se inclinou na direção dele. Seu bafo cheirava a cerveja. – O navio de carga pertence a Rune Winters.

O quê?

A taverna girou. Gideon espalmou as mãos na mesa grudenta de cerveja para se sustentar.

Não pode ser.

– Tem certeza?

Harrow se endireitou e deu mais um gole na caneca.

– Meu contato viu as assinaturas com os próprios olhos, no porão de carga da embarcação dela.

– Não significa que ela esteja envolvida – falou Gideon, refletindo. – Só porque Rune é dona do navio, não sabe de tudo que acontece dentro dele. Um dos tripulantes pode muito bem ter embarcado as bruxas de forma clandestina, sem que ela saiba.

– Mas isso a torna uma suspeita – afirmou Harrow. – E é a melhor linha de investigação que você tem em um bom tempo.

Havia meses que Gideon suspeitava que a Mariposa Escarlate fosse alguém infiltrada no meio da elite. Alguém com acesso aos mais exclusivos bailes e jantares particulares. Alguém sempre em contato com cidadãos poderosos cheios de conexões.

Será possível que esse alguém seja Rune Winters?

Gideon pensou em Rune na ópera, na conversa que havia ficado cada vez mais irritante conforme ela falava.

– Não é possível – afirmou ele. – Não tem um pingo de inteligência dentro daquela cabecinha.

A Mariposa, por outro lado, era inteligente. Para estar no mesmo nível de Gideon, para *enganá-lo*, precisava ser. E, se os corpos mutilados que continuavam encontrando pela cidade fossem suas vítimas, ela era também inclemente. Perturbada.

Má.

Era difícil conciliar aqueles conceitos com a garota ridícula no camarote da ópera.

Caso precisasse de mais provas da inocência de Rune, Gideon podia apenas voltar dois anos no tempo. Estivera na propriedade das Winters enquanto a Guarda Sanguínea prendia Kestrel. As ordens que ele recebera tinham sido justamente de vigiar a neta adotada da mulher, Rune, no momento em que os outros soldados capturavam a bruxa em seus aposentos.

Ele não tirara os olhos da garota – uma tarefa muito fácil, claro. Rune já era belíssima na época. Como uma escultura de mármore das que adornavam as suntuosas mansões da aristocracia, feita apenas para impressionar os convidados. Quando um oficial da Guarda Sanguínea acertara uma coronhada no rosto de Kestrel, a neta nem piscara. Apenas observara, fria e calmamente, enquanto arrancavam a roupa da idosa, encontravam seus estigmas e a arrastavam para ser executada.

Rune não havia demonstrado sinal algum de remorso.

Se ela fosse parente de sangue de Kestrel, Gideon talvez pensasse duas vezes. Mas os pais biológicos da garota não passavam de mercadores chiques. O rapaz conferira a informação: não havia bruxas em sua linhagem, então era impossível ela ser uma bruxa.

– Rune mandou a avó para o expurgo – disse Gideon para Harrow. – Não é simpatizante de bruxas. Não passa de uma patriota cabeça-oca.

– Talvez seja isso que ela quer que você pense – rebateu Harrow.

Gideon balançou a cabeça. Não fazia sentido.

– Por que ela arriscaria a vida para salvar outras bruxas agora, sendo que, há dois anos, traiu a própria avó?

– E se foi tudo fingimento?

Gideon estava prestes a desprezar a possibilidade, mas pensou que aquele era exatamente o tipo de engodo que aprendera a esperar da Mariposa Escarlate.

E se Harrow estiver certa?

Sua colega pegou o caneco e fez a cerveja rodopiar devagar, observando Gideon remoer seus pensamentos.

Ele não dera muita importância, mas, durante o falatório desmiolado de Rune, no camarote do teatro de ópera, ela soltara um súbito comentário mordaz. *É óbvio que alguém como você prefere a companhia de brutos estúpidos com péssima noção de moda.*

Aquilo não era prova de nada. Gideon sempre fora desprezado por aristocratas como Rune Winters. A Guarda Sanguínea pagava bem, mas um bom soldo não fazia ninguém subir de posição social. Ele podia não ser mais miserável, mas estava longe de estar no mesmo patamar que ela.

Aos olhos de Rune Winters, pessoas como ele – soldados, filhos de estilistas, membros da classe trabalhadora – sempre seriam *inferiores*.

Mas haviam encontrado assinaturas na embarcação dela. Gideon não podia desprezar por completo a possibilidade de Rune ser a Mariposa – ou sua aliada, pelo menos.

– Vou ficar de olho nas docas – falou Harrow.

Quando ele ergueu o olhar, encontrou uma expressão pensativa no rosto dela.

– Pago por qualquer informação que você encontrar.

A luz em seus olhos dourados desapareceu. Ela parou de fazer a bebida girar no caneco.

– Não.

Gideon suspirou. Um ano antes, Harrow o abordara oferecendo seus serviços. A Mariposa Escarlate resgatara mais uma bruxa no dia anterior, e Gideon estava desesperado para surpreender a inimiga. Aceitara a oferta de Harrow, esperando que ela cobrasse valores abusivos. Em vez disso, ela recusava qualquer pagamento. Quando perguntara a razão, Harrow apenas apontara para a própria orelha faltante e fora embora.

– Seu irmão não anda com Rune? Peça para ele espioná-la.

Gideon ficou tenso. Aquele sempre fora um ponto delicado entre ele e Alex. O irmão não queria conexão alguma com a caça e o expurgo de bruxas. Tinha deixado isso claro ao longo dos dois anos anteriores, e Gideon desistira de pressionar.

O passado compartilhado assombrava cada um deles de formas diferentes. Alex queria esquecer; Gideon não podia se dar ao luxo.

– Alex não tem interesse em espionagem.

– Hum. Acho que você vai precisar cuidar disso pessoalmente, então.

Gideon ergueu os olhos.

– Pessoalmente?

– *Eu* não posso me misturar com essa gente. Consegue me imaginar com vestidos chiques e os dedos cheios de joias? – Harrow virou o rosto para que ele pudesse ver bem a lateral da cabeça onde deveria haver uma orelha, deixando perfeitamente óbvia a razão pela qual ela não pertencia a salões de baile de mármore com seus pratos filigranados em ouro. – Mas você pode.

– Qual é sua ideia? Que eu *faça amizade* com Rune Winters?

– Mais que isso, camarada. – O sorriso de Harrow se alargou, e havia um toque de malícia nele. – Você deveria cortejá-la.

Ele quase engasgou.

– Você só pode estar de brincadeira.

A ideia o fez começar a suar. Harrow se inclinou para ele.

– Você não faz amizades, Gideon. Não com facilidade, ao menos. Com certeza não com pessoas como Rune. No entanto, coleciona admiradoras, mesmo quando nem dá atenção a elas.

– Ela me chamou de bruto estúpido.

A boca de Harrow se retorceu em um sorriso de lado, como se achasse graça do comentário.

– A garota parece ser das minhas.

– É sério. Não tenho nada a oferecer a ela. Quando moças como Rune escolhem os futuros maridos, pessoas como eu não estão na lista.

– Você talvez se surpreenda.

Um calafrio de horror percorreu o corpo de Gideon enquanto ele se forçava a considerar a ideia.

Se Rune fosse a Mariposa Escarlate, era a mestre dos disfarces – e a única forma de capturá-la seria jogando seu jogo.

Só havia um problema.

Alex.

Se Gideon seguisse a sugestão de Harrow e se tornasse um dos pretendentes de Rune, estaria cortejando a garota de que o irmão gostava. Ou ao menos era o que parecia.

Todos os instintos de Gideon protestavam contra a ideia.

Mas, se Rune *fosse* a Mariposa, ele tinha o dever não apenas de tirá-la de circulação, como também de proteger o irmão. Se ferisse os sentimentos de Alex no processo, seria uma pena. Teria que conviver com essa culpa.

Não salvara Alex de uma bruxa apenas para permitir que ele caísse nas garras de outra.

Foi *aquilo*, o irmão em perigo, que o fez tomar uma decisão.

Gideon correu os dedos cheios de calos pelo cabelo, pensando no camarote da ópera, e fez uma careta ao pensar na forma cruel como falara com Rune.

– Tem outro problema.

Harrow se debruçou sobre a mesa e apoiou a cabeça na mão.

– Diga.

– Eu a insultei hoje à noite. Ela me convidou para uma festa e eu a esnobei.

O canto da boca de Harrow se contorceu, como se ver Gideon se debatendo como um inseto em uma teia de aranha fosse a coisa mais engraçada do dia.

Ela tamborilou no cabelo curto da lateral da cabeça.

– Existe uma solução óbvia para isso, mas você não vai gostar.

Gideon assentiu, incitando-a a continuar.

– Você precisa ir à tal festa e cair de novo nas graças dela.

– Preciso rastejar aos pés dela, você quer dizer.

– Sim. Mas não dá para apenas chegar e dizer que sente muito. Você vai ter que provar que é de coração. Se quiser competir de verdade pelo coração de Rune Winters, vai precisar superar a concorrência.

Ele cerrou os dentes com a ideia.

Harrow se inclinou na direção de Gideon; até seus olhos pareciam rir dele.

– A questão, camarada, é a seguinte: como você vai fazer isso?

OITO

RUNE

ÍNFERO: (s.m.) uma categoria de feitiços cuja complexidade varia entre pequena e média.
 Feitiços ínferos exigem sangue fresco de bruxa. Sangue envelhecido geralmente não funciona e pode causar consequências dolorosas à conjuradora. A exceção são os casos em que se usa sangue de terceiros. Feitiços ínferos podem ser utilizados para fechar uma porta do outro lado de um cômodo e acender uma vela sem precisar de fósforo.

– Regras da magia, *de rainha Callidora, a Destemida*

OS LIVROS DE FEITIÇO da avó a fitavam das prateleiras mofadas do conjuratório.

– Seu estoque está baixo – disse Verity, correndo os dedos pelos frascos que pendiam da parede oposta, fechados com rolhas.

Dos seis, quatro estavam vazios. Um dos dois cheios continha o sangue de Rune; o outro, o de Verity.

– Eu sei – falou Rune de sua mesa de conjuração, onde traçava a marca para um feitiço chamado conta-fato na parte de baixo de uma taça de cerâmica. Seus convidados chegariam em uma hora, e ela precisava estar pronta. – Mas meu ciclo só começa daqui a duas semanas.

Rune começara a construir seu estoque de sangue logo após descobrir que era bruxa, usando frascos que Verity roubava dos laboratórios de química da universidade. Era assim que mantinha o corpo livre de estigmas de conjuração: coletava a própria menstruação todos os ciclos, o que costumava ser o suficiente para o mês – *se* o utilizasse com parcimônia e majoritariamente para conjurar miragens. Quanto mais complicado um feitiço, mais marcas de conjuração exigia, e mais sangue era necessário para mantê-lo ativo.

Alguns meses depois do expurgo da avó, Rune menstruara pela primeira vez. Todas as amigas tinham passado por aquilo muito tempo antes, perto dos treze anos de idade. Mas a menstruação de Rune chegara atrasada, aos dezesseis, depois da revolução. E trouxera a informação de que, na verdade, ela era uma bruxa.

Ainda se lembrava da dolorida cólica em seu baixo-ventre. Estava em uma festa quando começara, e precisara se retirar. No banheiro, havia encontrado a mancha preta nas roupas de baixo, brilhando como tinta.

Rune encarara a mácula sem acreditar.

Era o sinal inicial de uma bruxa: a primeira menstruação não descia vermelha, e sim preta.

Rune já vira a avó conjurar feitiços e absorvera algumas coisas básicas por observação. Mas todo o resto havia aprendido com Verity. As duas irmãs mais velhas dela tinham sido bruxas e permitiam que a irmã caçula as ajudasse com seus feitiços. Fora Verity quem começara a coletar o próprio sangue e entregá-lo a Rune para ajudá-la a conjurar feitiços mais fortes.

Como aquele encantamento. O conta-fato era um feitiço ínfero e, portanto, mais avançado que as miragens usuais de Rune. Por isso, ela estava usando o sangue de Verity em vez do próprio.

A amiga deu as costas para os frascos e foi até o centro do cômodo, onde ficava a mesa de Rune. Um livro de feitiços jazia aberto ali. Nas páginas amareladas, o símbolo do feitiço para forçar alguém a contar verdades tinha sido gravado com tinta vermelha. Era o que Rune estava usando para enfeitiçar a taça de vinho.

– Vou me preocupar com meu estoque depois – disse Rune, ainda desenhando a marca com sangue. O gosto de sal queimava em sua garganta, e ela ouvia o rugir alto da magia em seus ouvidos. – Esta noite, precisamos descobrir onde Seraphine está presa.

No momento em que a marca de conjuração foi finalizada, a magia fluiu de dentro de Rune como uma onda. Ela engoliu o gosto salobro e esperou que o ruído nos ouvidos desaparecesse.

Enquanto o sangue secava e o feitiço se solidificava, Verity empurrou os óculos mais para cima no nariz. Rune não conseguiu ignorar as olheiras da amiga. Era mais provável que tivessem sido causadas pelas noites em claro ajudando a Mariposa Escarlate do que pelas madrugadas dedicadas à tarefa de casa de biologia.

Verity era bolsista na universidade da capital.

– Estamos tentando encontrar a nova prisão há semanas e nada – comentou ela. – O que faz você pensar que hoje à noite vai ser diferente?

– Porque tem que ser – rebateu Rune, desesperada.

Verity se sentou no tampo da mesa, ao lado do livro de feitiços, e os sentidos de Rune foram invadidos pelo perfume de lavanda. Cheiros florais estavam na moda, e o que Verity usava naquele dia fora presente das irmãs.

– Ficar de conversinha com patriotas e caçadores de bruxas funcionava há uns anos – falou Verity. – Mas a Guarda Sanguínea ficou mais esperta. Se a gente quiser resgatar Seraphine a tempo... Ou melhor, se a Mariposa Escarlate quiser estar sempre um passo à frente dos caçadores... vamos precisar de uma tática melhor. Já pensou na minha ideia?

– Aquela na qual dou adeus à minha liberdade me casando com algum pretendente presunçoso?

Verity revirou os olhos.

– Que drama... Você não precisaria mais *se matar de trabalhar* caso se casasse estrategicamente com alguém que, sem nem desconfiar, a ajudasse a salvar bruxas. – Ela começou a folhear casualmente as páginas finas do livro, passando distraída pelos feitiços. – Viu Charlotte Gong esta noite? Ela estava usando um anel dourado pendurado numa corrente no pescoço.

– E daí? – questionou Rune, colocando a taça encantada na mesa depois de checar se a marca de sangue na base estava seca.

Ninguém pensaria em conferir a parte de baixo de taças em busca de evidências de magia. Especialmente não na casa de alguém que odiava bruxas.

– E daí que ela ficou noiva. De Elias Creed. – Elias era o irmão mais velho de Laila e Noah. – Ele trabalha para o Ministério da Segurança Pública. Eu tinha colocado Elias no topo da sua lista de pretendentes, lembra?

– Que pena – disse Rune, sem demonstrar um pingo de decepção.

Estava feliz por Charlotte, que tinha um temperamento doce e uma vez dissera que os expurgos a deixavam de estômago embrulhado.

– É uma pena mesmo. Elias teria sido perfeito para você. Chato. Não muito inteligente. Próximo de fontes de inteligência valiosas. Logo todos os bons partidos vão estar comprometidos, e você vai ficar sem opção.

– Talvez *você* devesse se casar e me passar todas as informações.

Verity abriu um sorriso discreto.

– Faria isso se pudesse. Mas ninguém útil quer esta pobretona aqui.

Isso, infelizmente, era verdade.

A mãe de Verity odiava bruxas com tanta força que entregara as filhas mais velhas à Guarda Sanguínea, provocando a morte de ambas. Por isso, Verity tinha cortado todos os laços com os pais – e, assim, perdera seu aporte financeiro. Pela forma como Verity ficava calada quando as pessoas tocavam no assunto, os olhos escurecendo como nuvens de tempestade, Rune suspeitava que a história fosse ainda mais sombria do que a amiga deixava transparecer.

A vaga de Verity na universidade agora dependia de bolsas. Bolsas que só manteria se tirasse notas boas. Caso contrário, seria arrastada do alojamento e jogada na rua.

Ficando de pé, Rune atravessou o cômodo até a janela do anexo e olhou para fora. O labirinto de sebes do jardim da avó se estendia adiante, iluminado pela lua crescente. O mar era um espelho negro ao longe.

Ela não se sentia pronta para casar. Não era só uma questão de não estar apaixonada pelos pretendentes; Rune não esperava amor de verdade. Na ausência da avó, ela às vezes se sentia apenas meio viva. Como se seu coração tivesse sido arrancado do peito.

Não era mais capaz de amar e tampouco precisava disso. Só tinha que fazer a escolha mais estratégica.

Era mais a *finalidade* de se associar a alguém pelo resto da vida que a fazia recuar, sobretudo quando a pessoa em questão jamais poderia saber quem ela era de verdade.

Mas Verity está certa: está na hora.

Para que um plano daqueles fosse efetivo, o pretendente precisaria ser uma pessoa com conhecimento íntimo dos segredos da Guarda Sanguínea. Talvez ela estivesse sendo exigente demais; no entanto, quando olhava para a lista de pretendentes que Verity construíra e conferia os rapazes com conexões mais úteis, tinha a sensação de que podia encontrar opções melhores.

Precisava encontrar opções melhores.

Como se houvesse um nome faltando na lista.

— Noah Creed é uma boa escolha. Dizem que está sendo preparado pelo pai para ser o próximo Nobre Comandante. Mas ele é inteligente — disse Verity, ainda folheando o livro na mesa de Rune. — Bartholomew Wentholt é uma opção melhor. Não é lá muito brilhante, e a mãe dele é uma conhecida caçadora de bruxas.

— Bart é obcecado por si mesmo — falou Rune, ainda fitando o jardim pela janela.

— Sim, mas isso pode ser bom para você. Ele não vai prestar muita atenção nas suas idas e vindas se estiver conferindo o próprio reflexo a cada dez minutos.

Rune suspirou e voltou para a mesa, onde Verity tinha deixado o livro aberto em dois feitiços que a amiga estava tentando dominar naquela semana: o ferrolho e o rompe-tranca. Seriam usados respectivamente para fechar e abrir portas de celas.

— Certo — falou Rune, pousando os punhos nos quadris. — O plano vai ser o seguinte, então: vou cortejar Bart. Convidá-lo para o meu quarto. Encher a cara dele de vinho. — Ela olhou para a taça, agora encantada com o conta-fato. — Se a informação que ele me der for valiosa, eu o escolho. Se não, tento de novo com Noah.

Se um pretendente não tivesse acesso a boas informações ou se não fosse capaz de retê-las, não era digno do tempo dela.

Uma batida na porta as interrompeu. Rune sentiu o coração acelerar. A parede falsa do quarto escondia aquele cômodo, cuja porta ela sempre trancava ao entrar — não queria que os criados a pegassem com a mão na botija usando o conjuratório da avó.

— Srta. Winters? — chamou uma voz abafada.

Rune soltou a respiração. Era só Lizbeth.

Depois da prisão de Kestrel, os funcionários da Casa do Mar Invernal tinham fugido na calada da noite, sem querer servir na casa de uma bruxa conhecida — ou talvez sem querer servir na casa de uma dedo-duro. Provavelmente as duas coisas.

Apenas Lizbeth tinha ficado.

— Seus convidados estão chegando.

— Obrigada. Vou descer num instante.

Rune ergueu a taça encantada da mesa. Deixaria o item na cozinha com Lizbeth, que a encheria de vinho e aguardaria o chamado de Rune. Tinham feito aquilo tantas vezes, com tantos pretendentes, que já era algo corriqueiro.

Quando Rune se virou, viu Verity dando de ombros.

– Noah ou Bart... Acho que qualquer um dos dois vai lhe dar o que você quer. E esta noite, enquanto você se decide entre eles, Alex e eu vamos descobrir onde estão mantendo Seraphine.

Verity desceu da mesa.

Rune abriu a tranca da parede falsa e a empurrou. Esperou Verity sair do conjuratório antes de segui-la.

– Eu estava pensando ontem, enquanto alimentava Henry...

Henry era uma aranha. Uma *aranha-mimetizadora*, Verity gostava de lembrar. Rune estremeceu, pensando na coleção de aracnídeos que Verity mantinha em jarras na estante do dormitório. Era para um projeto no qual estava trabalhando.

– Lembra que eu falei que aranhas-mimetizadoras se alimentam de pequenos mamíferos?

Rune preferia não lembrar, na verdade. Odiava aranhas, e agora estava se lembrando da última visita que fizera ao dormitório de Verity: a amiga tinha entregado a ela um pote imenso contendo uma criatura esbelta e de pernas compridas que encarara Rune enquanto se banqueteava com uma maçaroca peluda duas vezes maior que ela. Possivelmente um rato.

– A teia delas precisa ser forte o bastante para capturar e prender presas muito maiores – continuou Verity, ignorando o mal-estar de Rune. – As aranhas fingem fraqueza e seu lamento atrai roedores em busca de uma refeição fácil. Mas, quando o predador tropeça na teia da aranha-mimetizadora, rapidamente vira a caça. E, depois que está preso, a aranha o devora lentamente por dias. Come os bichos vivos. – Verity encarou Rune. – Seja como uma aranha-mimetizadora.

Rune franziu o nariz.

– Isso é... nojento.

Mas a imagem persistiu em sua mente enquanto fechava a porta.

– NUNCA VOU ANDANDO a lugar nenhum, se puder evitar. Por que andar, se tenho três carruagens à disposição para me levar aonde eu quiser?

Bart Wentholt estava enlouquecendo Rune de tanta chatice. Ela reprimiu um bocejo enquanto os dois davam uma volta no salão de baile, movimentado pela dança dos convidados.

– A senhorita devia dar um passeio comigo na minha nova carruagem. Talvez este domingo? Precisaria ser à tarde, claro. Nunca saio da cama antes do meio-dia.

Que conveniente, pensou Rune. *Eu só caio na cama meio-dia.*

Bart olhou na direção das janelas e seu reflexo sorriu de volta para ele. Rune queria chamar a atenção de Verity e revirar os olhos, mas havia muitas outras pessoas olhando. Alex estava entretido em uma conversa a alguns metros dali. Noah dançava com uma menina do outro lado do salão. E vários outros homens da curta lista de Verity de *Pretendentes que Rune precisa levar em consideração* esperavam para dar o bote assim que Bart a liberasse.

Em vez disso, Rune mexeu em uma fita azul-clara amarrada no pulso, cuja superfície sedosa fora bordada com o brasão da família Winters. Ela já entregara as demais fitas para jovens que tinham pedido para dançar com ela no começo da noite. Guardara a última para Alex, como sempre. Não era apenas uma forma de passar informações um para o outro sem despertar suspeitas, mas também um respiro muito bem-vindo.

– Sua mãe vai estar em casa? – Rune esperava que a abordagem não fosse ousada demais. – Adoro histórias sobre caças às bruxas. Ou o trabalho dela na Guarda Sanguínea a tem mantido ocupada demais ultimamente?

– Ah, não ficou sabendo da péssima notícia? – Bart ainda encarava o próprio reflexo. Rune o viu ajeitar o cacho acobreado que lhe caía na testa, para parecer mais estiloso, como se a notícia que estivesse prestes a revelar não o perturbasse em nada. – Ela foi dispensada com todas as honras semana passada. Uma das monstras que ela vinha caçando cortou o tendão do calcanhar da minha mãe com uma faca. Ela nunca mais vai andar direito.

Como assim?

– Que coisa terrível!

Terrivelmente *inconveniente*. Rune fez uma careta. A posição da mãe dele como caçadora de bruxas era a única razão para ter considerado Bart. Mentalmente, cortou o rapaz da primeira posição da lista de Verity, voltando a atenção ao dono do segundo lugar: Noah Creed.

Quando a canção tocada pelo quarteto de músicos contratados para animar a festa chegou ao fim, o olhar de Noah recaiu sobre ela. Rune mexeu na fita remanescente em seu pulso, destinada à próxima música. Olhou para onde Alex estava dançando com Charlotte Gong, que de fato usava um anel dourado pendurado numa corrente ao pescoço.

Segundo a tradição, dava azar usar a aliança no dedo antes do casamento. Assim, as garotas penduravam os anéis no pescoço para exibi-los.

O olhar dela foi da aliança de Charlotte para Alex.

Rune considerara Alex como solução para a questão do pretendente, claro. Era seu melhor amigo, como um irmão. Podiam não ter uma relação romântica, mas bons casamentos já tinham sido construídos sobre bases muito mais frágeis.

O problema era que Alex não era a escolha mais estratégica. Se a primeira diretriz de Rune fosse garantir acesso a uma fonte valiosa e de inteligência regular, escolher Alex não era prático. Ele já lhe entregava qualquer informação que coletasse.

Rune desviou o olhar do amigo e o fixou em Noah.

Quando conseguisse se livrar de Bart (que no momento usava o reflexo na janela para ajustar a gravata), daria a Noah a fita que reservara antes que a próxima dança começasse.

Pelo jeito, fiz minha escolha, pensou ela, engolindo a decepção.

Noah era completamente aceitável. Era filho do Nobre Comandante – talvez o homem mais poderoso da República. E sua irmã, Laila, era caçadora de bruxas. Assim, quando os acordes dos instrumentos se dissiparam no silêncio, indicando o fim daquela dança, Rune deixou Bart sozinho com seu reflexo. Demoraria alguns minutos até que ele percebesse que ela havia ido embora.

Conforme os dançarinos deixavam a pista, Rune começou a atravessar o recinto na direção de Noah. O rosto dele foi se iluminando enquanto ela se aproximava.

Soltando a fita presa ao pulso, Rune abriu um sorriso. Estava se preparando para seguir com a farsa por mais um tempo quando alguém se colocou em seu caminho, bloqueando o acesso a seu alvo.

– Cidadã Winters.

Rune parou de supetão. Sua mente badalava como os sinos do corpo de bombeiros emitindo um alerta.

Conhecia aquela voz.

Gideon Sharpe.

O que ele estava fazendo ali em seu salão de baile?

Seu cérebro estava prestes a desligar, preparando o corpo para lutar ou fugir, quando ela viu a flor que ele lhe oferecia.

– Eu lhe devo um pedido de desculpas.

Um o quê?

A rosa estava aninhada na palma da mão dele, com o caule pendurado entre dois dedos. Se havia uma flor mais perfeita, Rune nunca vira. Pétalas escarlate espiralavam a partir do centro do botão, abrindo-se em uma meia floração.

– Eu falei sem pensar antes – disse Gideon, estendendo o presente. – E não fui nada gentil.

Sabendo que todos os olhares ao redor estavam pousados nela, Rune aceitou com relutância a flor. Notou que o caule não estava cheio de espinhos, e tampouco parecia vivo; era suave e liso. Quando olhou com mais atenção, compreendeu que era uma espécie de arame envolto por seda cor de jade. As pétalas também eram feitas de tecido. Alguém costurara as bordas delicadamente, uma a uma.

A atenção de Rune se voltou para o terno cinza de Gideon. Dificilmente via um traje e não sabia seu estilista. Moda era sua especialidade, mas aquele modelo lhe era completamente desconhecido. *Será uma peça vintage?*, perguntou-se. Mesmo sem querer, ficou impressionada com o modo como o paletó se ajustava bem ao corpo do rapaz.

Ele parecia ainda maior e mais robusto sem a farda.

– Eu tinha acabado de voltar de uma caçada muito cansativa – explicou ele. – Não é desculpa, mas a fadiga me deixou de mau humor. Normalmente não sou assim.

Rune fitou o rosto dele.

No instante em que seus olhares se encontraram, o salão ficou em silêncio. As luzes, as vozes e as roupas dos convidados perderam importância quando um pensamento inesperado lhe ocorreu.

Gideon Sharpe é o nome que falta na minha lista.

A ideia era igualmente aterrorizante e tentadora.

Mas uma coisa era se transformar em Mariposa Escarlate à noite, quando passava a perna na Guarda Sanguínea e resgatava bruxas da execução –

aquele tipo de perigo era familiar. Algo muito diferente era seduzir o mais mortal dos caçadores: um soldado frio e brutal cujo maior objetivo era dar um fim na Mariposa Escarlate.

Terei que atuar mais do que nunca.

Continuar a agir bem debaixo do nariz dele seria seu maior desafio. Ela estaria em perigo constante.

Mas o risco valeria a pena...

Porque Gideon Sharpe era de longe a escolha mais tática que poderia fazer. Se Rune e Gideon estivessem se cortejando, ela teria acesso íntimo a todas as informações de que precisava para resgatar cada uma das bruxas escondidas – não só no presente, como também no futuro.

Ela pigarreou.

– O senhor chegou bem na hora. – Se tivesse aparecido quinze segundos depois, ela já estaria nos braços de Noah, com sua decisão tomada. – Aceito o pedido de desculpas com prazer... – ela ergueu a fita que havia soltado do pulso e a estendeu para ele – ... se aceitar dançar comigo.

NOVE

GIDEON

NORMALMENTE, GIDEON FAZIA de tudo para ficar longe de festas como aquela. Então, quando Rune lhe estendeu a fita, ele não teve a mínima ideia de como agir.

Enquanto a fita pairava entre os dois, refletindo a luz, todos os convidados no salão caíram em silêncio e olharam para o idiota parado todo sem jeito diante da anfitriã, lembrando a Gideon que não pertencia àquele ambiente. Era incrível como a revolução tinha mudado muita coisa, mas ao mesmo tempo tudo continuava igual.

Ele ainda era o pobre filho de um alfaiate. O terno antigo que usava deixava aquilo evidente. Gideon havia crescido brincando em chãos imundos, comendo sopa diluída para render nos invernos cruéis, sentindo as roupas ficarem mais apertadas e desgastadas porque não tinha dinheiro para comprar novas. Tudo enquanto as pessoas que o encaravam naquele salão comiam em pratos com filigranas de ouro, dando os restos para seus cães gordos e trocando o guarda-roupa ao fim de cada estação.

Enquanto Gideon liderava um grupo de homens desesperados pelos porões infestados de ratos do palácio com a missão de matar tiranas durante o sono, os "revolucionários" ao redor dele não tinham sequer tocado em armas. Ou sujado as mãos de qualquer forma. Em vez de perder os entes queridos na batalha da véspera da Nova Aurora, muitos daqueles aristocratas os haviam entregado para o expurgo, traindo família e amigos para manter sua posição na Nova República depois de terem bajulado as Rainhas Irmãs por anos. Como se política, para eles, não fosse questão de vida ou morte, e sim de trocar vestidos fora de moda por peças da estação.

Gideon preferia ter que subir um barranco coberto por quase meio metro de lama no meio de um maldito furacão do que conviver com os frequentadores daquela festa.

E Rune Winters era a pior dentre eles.

O roçar de dedos cálidos em seu pulso quebrou o feitiço que tomava o salão. Gideon baixou os olhos e viu a própria anfitriã amarrando a fita azul ao redor do pulso dele.

Sua pele comichou onde ela o tocava, e ele precisou lutar contra o instinto de pedir licença, sair pelas portas e nunca mais olhar para trás. Fez o possível para ficar imóvel, pensando na informação repassada por Harrow. Sobre a assinatura de conjuração encontrada no navio de carga de Rune.

Você está aqui para capturar a Mariposa. Quanto antes pegá-la, mais fácil vai ser expurgar todas as bruxas do mundo.

Gideon analisou a garota diante dele. Seria ela a dissidente?

Parecia absurdo. A queridinha da Nova República arrombando celas, escapando com prisioneiras no meio da noite, matando oficiais da Guarda Sanguínea nas ruas. Por outro lado, talvez fosse por isso que ele não conseguira capturar a Mariposa Escarlate naqueles dois anos: porque ela estava se escondendo com muita habilidade bem debaixo de seu nariz.

Quando Rune terminou de amarrar a fita, pegou a rosa de seda e a prendeu no cabelo ruivo-acobreado, que estava trançado em uma meia-coroa no topo da cabeça.

Ele passara as últimas duas horas fabricando a flor para ela, levemente nauseado enquanto costurava cada uma das pétalas. Rosas sempre traziam à tona memórias dolorosas. Mas a sugestão de Harrow – de cortejar Rune – não parava de ecoar em sua mente, e a mãe dele fora incapaz de resistir às rosas de seda que o pai costumava fazer depois que discutiam.

Antes, claro, que as Rainhas Irmãs destruíssem a mente dela.

– Ah, caramba. Como sou desajeitada! Estou bagunçando tudo...

Gideon voltou a atenção para Rune e a viu lutando com o caule da rosa, enroscado em seu cabelo.

– Espere, me deixe...

Rune baixou as mãos enquanto Gideon tentava separar as mechas acobreadas do caule de arame. Estavam tão próximos que o perfume dela dominava o ar. Ele ficou tenso, lembrando-se de outra garota, outro perfume, mas não havia traço algum de magia em Rune. Tudo que ele conseguia sentir era o odor de maresia que entrava pelas janelas abertas.

O que não significa nada.

Depois de um longo banho de banheira, Cressida também deixava de feder a magia.

Cressida.

O nome era um rugido em sua mente. Será que Cressida já jantara sob aquele teto? Até onde ele sabia, ela e Rune podiam muito bem ter sido amigas.

Gideon engoliu o incômodo na garganta, prendendo com cuidado a flor de seda no penteado de Rune até que estivesse bem ajeitada em um dos lados. Exatamente como a mãe dele costumava usar as flores que o marido lhe dava.

Antes que ele pudesse se afastar, a música começou. Gideon olhou para os lados e se viu cercado de pares em movimento.

Os olhos de Rune cintilavam quando a jovem estendeu a mão enluvada bem alto. Ela deu um passo adiante, pousando a outra no ombro dele.

– Pronto, capitão Sharpe?

Sob o peso suave de seus dedos, Gideon sentiu os músculos tensionarem.

O que estou fazendo?

Não conhecia aquela música, menos ainda os passos de qualquer que fosse a dança que a acompanhava.

Diferentemente dos casais que já se moviam ao seu redor, espelhando uns aos outros ao flanar e rodopiar no ritmo da melodia, Gideon ficou congelado como uma estátua enquanto Rune aguardava em uma pose graciosa, pronta para dançar.

Ela ergueu as sobrancelhas como se perguntasse: *O que está esperando?*

Gideon sentiu o pescoço esquentar sob o colarinho.

– Srta. Winters...

Ela provavelmente notou o tom em sua voz, porque rapidamente baixou as mãos e recuou um passo.

– Ah. O senhor... não sabe dançar.

Quase todos os amigos dela os observavam, alguns cobrindo a boca e murmurando. Será que estavam tirando sarro dele?

Será que *ela* estava tirando sarro dele?

Ele pensou de novo em outra garota. Outra festa. Uma na qual fora exibido e humilhado.

Gideon achava que tinha extinguido aquela vergonha, mas ela se reacendeu naquele momento como brasas avivadas.

Harrow estava enganada. Gideon não tinha chance alguma de cortejar alguém como Rune. Mal havia chegado e já estava constrangendo a garota. Quando ela se desse conta de que ele não tinha fortuna ou propriedades (entregara seus espólios de guerra a Alex depois da revolução), ela também passaria a rir dele – se é que já não estava achando graça.

Ele precisava dar um jeito naquilo.

Lembrando-se do conselho de Harrow, diminuiu a distância entre eles.

– Se este fosse um tipo diferente de festa, eu poderia dar outra resposta – disse no ouvido de Rune.

Outra memória se intrometeu, enchendo sua mente com a melodia cadenciada de uma flauta. Podia ver a irmã caçula com sua camisola de algodão, ainda acordada, apesar de já ter passado muito da hora de ir para a cama. A umidade da cozinha fazia seu cabelo encaracolado grudar na pele suada enquanto ela dançava com as lavadeiras, usando toalhas amarradas à cintura. Em um canto, o cozinheiro, corado por causa do calor dos fogões, tocava o violino enquanto os criados do palácio aplaudiam e batiam os pés, passando um caneco de cerveja de um para outro antes de caírem na dança.

Era raro Gideon ter memórias doces.

Aquela quase o fez sorrir.

Mas enquanto a lembrança se desfazia e as luzes bruxuleantes do salão voltavam ao foco, ele se lembrou de que Tessa não estava ali. Tinha enterrado a irmãzinha a sete palmos, onde ela jamais dançaria de novo.

Por causa de uma bruxa.

Recordou onde estava e quem estava com ele – uma garota que podia ser uma bruxa disfarçada, uma garota que amava ser o centro das atenções. Enfim, disse:

– Pareço ter escandalizado seus convidados. Será que devemos dar a eles mais material para fofocas?

Rune olhou para Gideon, claramente intrigada.

– O que tem em mente?

Ficar sozinho com você.

Sozinha, ela estaria vulnerável.

– A senhorita se importaria de me apresentar sua casa em um passeio privativo?

Aquilo daria a ele a oportunidade de procurar evidências de bruxaria não apenas em Rune, mas também em seu lar.

Um sorriso tomou a linda boca da garota.

– Claro. Eu deveria ter oferecido. – Ela o pegou pela mão, surpreendendo o rapaz. Notou que Rune era menor do que ele imaginava; sua palma cobria menos da metade da dele. – Venha comigo.

Gideon deixou que ela o puxasse por entre convidados aos murmúrios, espalhando a fofoca. Para alguém tão pequena, ela apertava sua mão com uma força surpreendente enquanto o levava em direção à grande escadaria do outro lado do recinto. Rune soltou seus dedos e começou a subir, guiando-o para longe do barulhento salão de baile.

Estava na metade do lance de escadas quando uma voz familiar o chamou de lá de baixo.

– Gideon?

Segurando o corrimão, ele congelou, depois se virou. O irmão estava parado na base da escadaria. Alex deixara o terno largado em algum ponto do salão, revelando os suspensórios marrons sobre uma camisa imaculadamente branca. Seus olhos recaíram em Rune, no topo dos degraus, em seguida voltaram para Gideon, que estava parado entre os dois, e por fim baixaram para a fita azul amarrada no pulso do irmão mais velho.

– O que está fazendo aqui? – quis saber Alex. – Você odeia festas.

– Nem todas – falou Gideon, pensando de novo em como ele e a irmã costumavam frequentar as comemorações noturnas na cozinha do palácio.

– As desse tipo, sim. Portanto, está aqui para caçar.

– Rune me convidou – respondeu Gideon, um pouco na defensiva.

– Aposto que sim. – Alex olhou para a amiga, semicerrando os olhos. Para ela, disse: – Gostaria de reivindicar minha dança agora.

Gideon se virou e viu Rune fuzilando Alex com o olhar.

Misericórdia. No que ele havia se metido?

Rune claramente não queria dançar com Alex. E, se de fato fosse a Mariposa, Gideon não queria que o irmão chegasse perto dela.

– Ela prometeu que me mostraria a casa – disse ele.

– *Eu* lhe mostro a casa – replicou Alex, subindo alguns degraus. – Depois de dançar com Rune.

O irmão nem olhava para ele; seu olhar gélido estava fixo no de Rune.

Aquela era uma batalha no meio da qual Gideon não desejava estar. Mas, se esperava convencer Rune de que estava realmente interessado na atenção dela, precisava defender sua posição. Aquilo causaria um atrito entre ele e o irmão, e já havia uma fissura considerável no vínculo que os ligava – que se abrira anos antes, e só crescia desde então.

Ele pensou nas assinaturas de conjuração no navio de carga de Rune.

Não pude proteger Tessa, pensou ele, olhando para Alex. *Mas ainda posso proteger você.*

Estava a ponto de interromper o irmão quando a própria Rune se colocou entre os dois. Alex estava no degrau logo abaixo do dela, encarando-a.

– A música já acabou, Alex. Vai ter que ficar para a próxima.

Antes que ele pudesse reclamar, Rune se virou e deixou os dois irmãos para trás, o vestido cor de ferrugem brilhando conforme se movia. No topo da escada, olhou por cima do ombro com os olhos cintilando à luz das lamparinas a gás. Estava escuro ali, e as sombras faziam seus contornos ficarem mais nítidos.

– Você vem, Gideon?

Ele parou, fitando Alex com uma expressão de quem pede desculpas. *Estou fazendo isso por você.*

Mas o irmão não parecia chateado. Parecia preocupado.

Com quem, exatamente, Rune ou Gideon, era difícil decifrar, e ele não tinha tempo para pensar naquilo. Concentrando-se em sua missão – desmascarar a Mariposa Escarlate –, Gideon logo alcançou Rune. Juntos, deixaram a festa, e Alex, para trás.

DEZ

RUNE

OS DEDOS DE RUNE formigavam de irritação.

Sim, Alex a avisara para ficar longe do irmão. Sim, Rune tinha ignorado o aviso na cara dura. Mas esperava uma bronca dele, não uma tentativa direta de sabotagem.

Precisaria cortar aquele comportamento dele pela raiz – assim que conquistasse Gideon.

E como vou fazer isso?

A expectativa dela para aquela noite era sair da festa com Bart ou Noah. Gideon era todo um outro tipo de pretendente. Além de ganhar a vida caçando bruxas, era muito provável que suspeitasse que Rune fosse uma. Talvez estivesse ali justamente por isso.

Ela pensou na mudança de ideia dele – será que sua irritação no camarote da ópera se devia mesmo ao cansaço? Ou algo viera à tona sobre Rune e ele decidira investigar por conta própria?

Ela simplesmente não podia confiar nele.

Pensou na aranha-mimetizadora de Verity, Henry, fingindo fraqueza para capturar predadores em sua teia.

Verity está certa. Ela precisava ser como Henry.

Convidara seu maior predador para visitar sua casa. Agora, precisava prendê-lo ali para poder acabar com ele como acabara com tantos outros antes: usando o vinho da taça que havia encantado. O conta-fato o faria dizer toda a verdade sem sequer notar que estava sendo manipulado.

Enquanto Gideon Sharpe se juntava a Rune com suas passadas largas, ela se lembrou da cena no salão de baile. Ficara surpresa ao compreender que ele não sabia dançar, já que Alex era um dançarino muito hábil.

Mas só porque eu ensinei, pensou Rune. Claramente ninguém ensinara Gideon.

Se soubesse, ela não o teria convidado para dançar. Humilhá-lo na frente de todos os convidados não o conquistaria. E, pela rigidez de seus ombros e a forma como caminhava aprumado a seu lado, era nítido que ele ainda mantinha a guarda alta.

Se quisesse capturar Gideon em sua teia, primeiro precisaria fazer com que ele ficasse à vontade.

– Peço perdão por meus convidados. Você é novidade aqui, já deve saber disso. Eles ficaram curiosos.

Ele analisava os arredores como se quisesse absorver tudo, dos ladrilhos azul-claros às colunas de mármore branco que ladeavam o corredor.

– Essa é uma forma gentil de dizer que me falta estirpe?

– Claro que não! – Ela forçou uma risada, vestindo a personagem. – É só olhar para o seu terno.

– Era do meu pai – disse ele, na defensiva.

Os passos de Rune ficaram mais lentos. *Ele acha que estou tirando sarro dele.* Como podia estar estragando tanto a situação?

– Espere... – Ela franziu a testa, processando o que ele dissera. – O terno pertencia ao seu pai ou foi feito por ele?

– As duas coisas.

Rune empacou. Gideon estava vários passos à frente; quando se deu conta de que ela não estava mais a seu lado, virou para olhar para ela.

– Gideon, você está usando um terno vintage feito pelo Dueto Sharpe e acha que meus convidados estão rindo da sua estirpe?

Ele inclinou a cabeça.

– Acho...

Rune o encarou. *Ele realmente não sabe.*

Sua avó, assim como as amigas, nunca fora proprietária de uma peça do Dueto Sharpe – e não por falta de tentativas. Até aquele momento, Rune nunca vira um exemplar de perto.

– Colecionadores pagariam dezenas de milhares de dólares só por esse paletó – explicou ela. – Porque é raríssimo.

– Porque meus pais estão mortos, quer dizer.

Rune fez uma careta. Tecnicamente, sim. O fato de que não estavam mais vivos para fazer outras peças aumentava o valor das existentes. Mas os modelos dos Sharpe já eram raros mesmo *antes* do falecimento do casal. Depois de terem sido contratados pelas Rainhas Irmãs, Sun e Levi Sharpe haviam trabalhado apenas para os Roseblood, garantindo que só alguns exemplares de cada modelo fossem produzidos.

Ele com certeza sabia daquilo, não?

– O que estou tentando dizer é que, se meus convidados o estavam encarando, é porque você é Gideon Sharpe, uma lenda viva. Um herói que arriscou a vida para liderar os revolucionários durante a invasão do palácio e matou duas rainhas irmãs com as próprias mãos.

Ela não precisou forçar o tom de admiração na voz: podia odiá-lo pelo que havia feito, mas não significava que não ficava impressionada com a coragem necessária para tal.

– Estavam encarando porque essa lenda viva está presente na mesma festa que eles. E você não é lá muito conhecido por aceitar convites.

– Me falta etiqueta, a senhorita quer dizer. – Ele assentiu, como se entendesse. – Mas não sei como isso é diferente de não ter estirpe.

Rune grunhiu baixinho. Ele parecia estar distorcendo de propósito tudo o que ela dizia.

Para sua surpresa, Gideon abriu um sorriso – se o leve entortar de um dos cantos da boca pudesse ser chamado assim.

Ele está... me provocando?

Um rubor furioso subiu por seu pescoço. *Ele estava me provocando esse tempo todo?*

Ao ver que ela corava, a boca de Gideon *de fato* se curvou para cima, e o sorriso perdurou ali por vários segundos.

Rune desviou o olhar, tentando focar. *Lembre-se do plano. Ele precisa ser seduzido.*

– Se frequentasse mais minhas festas, eu poderia garantir que você soubesse dançar sempre que fosse convidado por alguma garota – disse ela, avançando de novo até se juntar a ele.

– Está me oferecendo aulas de dança?

A pergunta a pegou desprevenida.

Estou?

Rune havia ensinado o irmão dele. Alex era um aprendiz empolgado, disposto a deixar que ela o conduzisse. Duvidava que Gideon fosse se sujeitar a algo parecido.

– Eu...

– Uma jovem como a senhorita decerto tem coisas melhores para fazer com seu tempo.

Ela não tinha. Não durante os dias, cheios de eventos sociais tediosos: piqueniques, almoços e passeios de carruagem, tudo para que ela pudesse arrancar fofocas dos amigos como gotas de água de uma toalha úmida torcida, esperando desesperadamente que as informações a ajudassem a salvar mais uma bruxa.

Mas ele não parecia muito interessado.

– Não precisa tentar virar o jogo – falou ela. – Pode simplesmente dizer que não quer dançar comigo.

Ele a encarou.

– Mas não é...

Dessa vez, foi *ele* quem parou de andar. Quando Rune se virou para encará-lo, viu que Gideon estava com o maxilar cerrado. Ele coçou o queixo.

– Tenho uma contraproposta: a senhorita pode me acompanhar a uma festa *de verdade*. – Ele olhou por sobre o ombro na direção do salão de baile. – Sem vestidos chiques. Sem músicos contratados. Sem canções com passos ridículos de...

Gideon se interrompeu, analisando Rune à luz tremeluzente das lamparinas a gás distribuídas pelo corredor. Depois, como se estivesse se dando conta do que falava, balançou a cabeça.

– A senhorita nunca seria vista em uma festa assim, dançando com a plebe em locais duvidosos.

Mas a ideia a empolgava, na verdade.

Embora definitivamente não devesse.

– Quem disse que vou ser vista? É só dizer quando.

O vinco na testa do capitão ficou mais profundo.

– Cuidado, Srta. Winters, ou pode ser que eu coloque esse seu blefe à prova.

– Tem certeza de que estou blefando?

De novo, a boca dele se curvou. Como se Gideon estivesse querendo sorrir.

A sensação foi de vitória.

Rune deixou o assunto de lado e o guiou por outra escadaria que levava ao segundo andar, onde portas duplas davam no segundo maior cômodo da casa.

– Este é o cômodo preferido de Alex.

Gideon a seguiu para dentro do espaço escuro, que emanava um cheiro fraco de chá velho e livros antigos. Diante deles, janelas iam do chão ao teto, que ficava três andares acima, e davam nos jardins da avó de Rune – e, além deles, nos penhascos sobre o mar. Na água distante, o reflexo da lua lembrava a chama branca de uma vela tremulando ao sabor das ondas.

Rune acendeu as lamparinas a gás, iluminando o espaço. Viu Gideon andar lentamente em um círculo, admirando as paredes cobertas de prateleiras cheias de livros, os mezaninos do primeiro e do segundo andar e a escada em espiral que levava até o topo.

– Algum livro de feitiços por aqui? – perguntou ele.

O coração de Rune quase parou.

Depois da Nova Aurora, o Nobre Comandante tinha declarado que todos os objetos usados para a prática de bruxaria seriam considerados proibidos. Encontrar um livro de feitiços em posse de um cidadão já era suficiente para acusá-lo de simpatizar com bruxas.

– Fique à vontade para conferir – respondeu ela, disfarçando o pânico com um sorriso. Tinha escondido todos os livros de feitiços no conjuratório. – Não vou impedir.

Gideon fez menção de dizer mais alguma coisa quando uma grande silhueta perto da janela chamou sua atenção.

– É um...?

Era um piano de cauda. Alex tinha o próprio piano, atualmente, mas ainda preferia aquele. Passava bastante tempo por ali, ensaiando.

– Não é de se admirar que Alex esteja sempre por aqui – comentou Gideon.

Desde os onze anos de idade, Alex ia quase todos os dias até a Casa do Mar Invernal para tocar piano. Rune *odiava* as aulas, odiava ensaiar, odiava até olhar para aquelas teclas pretas e brancas, mas a avó se negara a deixá-la desistir. Alex não só morria de vontade de tocar como também levava jeito para a coisa. Era uma pena que a família não conseguisse arcar com as aulas – assim, Rune havia chantageado o professor para que desse suas aulas para Alex. Quando a avó descobriu, meses já tinham se passado.

Gideon se aproximou do instrumento a passos largos, contornando-o antes de parar do outro lado do banco, olhando para as teclas.

– Sabe tocar? – perguntou ela.

– Nada. – Ele apertou uma tecla de marfim. A nota mi soou pelo cômodo, suave e clara. – Meu irmão é o músico da família.

Rune assentiu. Ninguém tocava tão belamente quanto Alex. Até a avó de Rune havia mudado de ideia no fim, seduzida pelo talento bruto do garoto.

– No dia em que a carta de aceitação do Conservatório Real chegou, ele a escondeu dos nossos pais.

Gideon apertou outra tecla – lá, dessa vez – e a nota ressoou do âmago do piano.

Rune franziu a testa. Alex nunca tinha contado aquilo para ela.

– Por quê?

– Nossa família mal conseguia pagar o aluguel, quem dirá a anuidade de um curso daqueles. Ele não queria que ficassem envergonhados.

Se Alex tivesse falado com Rune, ela teria convencido a avó a emprestar o dinheiro – ou teria dado um jeito de pagar pessoalmente. O Conservatório Real era uma prestigiosa escola no continente. O curso de música era tão concorrido que a instituição aceitava apenas alguns poucos alunos por ano.

Mas Alex *havia* estudado no Conservatório. Por algum tempo, ao menos. Quando a revolução explodira, ele largara o estudo e nunca mais voltara.

Intrigada, ela se sentou no banco, bem ao lado de onde Gideon estava em pé.

– Se sua família não tinha como pagar, onde ele conseguiu o dinheiro?

Gideon apertou a tecla seguinte – o dó central –, avançando mais pelo teclado, se aproximando de Rune. A progressão de notas que ele tinha escolhido formava uma tríade menor, resultando em um som melancólico. Era uma tristeza que Rune sentia bem no fundo do peito.

– Ele teve sorte. – Sua voz saiu mais cortante ao dizer a última palavra: *sorte*. – As criações de meus pais começaram a chamar a atenção da aristocracia.

Mais uma tecla; outro som pesaroso. Aquela estava tão próxima de Rune que a manga dele roçou em seu ombro nu quando ele se esticou para apertá-la.

– As rainhas bruxas mais velhas, Analise e Elowyn, ficaram tão encantadas com as roupas de minha mãe que as quiseram para si.

Gideon parou bem atrás de Rune, e a sombra dele assomou às costas dela. Sobressaltada com o movimento, ela congelou, sentindo a pulsação acelerar. Com uma das mãos ainda imóvel sobre a tecla à esquerda de Rune,

Gideon estendeu o braço livre do outro lado da garota, apertando teclas à sua direita – fá, depois fá sustenido –, enclausurando-a entre seus braços.

Ela sentiu os pelos da nuca se eriçarem. Não havia mais que dois ou três centímetros entre eles agora. Os sentidos de Rune ficaram mais aguçados enquanto se perguntava se aranhas-mimetizadoras às vezes subestimavam presas maiores e acabavam enredadas na própria teia.

Se sobrevivesse incólume àquela interação, perguntaria a Verity.

A voz de Gideon soou junto de sua orelha, a respiração dele fazendo cócegas na bochecha de Rune.

– Analise ofereceu à minha mãe um posto como costureira real, com meu pai e eu como ajudantes. A remuneração anual era mais do que suficiente para mandar Alex para o conservatório.

Engolindo em seco, Rune manteve a voz casual ao perguntar:

– Foi quando sua família foi viver no palácio?

– Sim. Todos nós, exceto Alex. – Ele ficou em silêncio por um longo instante. Depois disse, entredentes: – Ele conseguiu escapar. Nós, não.

O que ele quer dizer com isso?

Alex raramente falava sobre sua família. Rune tinha ouvido tudo que sabia de outras pessoas, sempre na forma de fofoca: pouco antes da revolução, uma terrível doença ceifara a vida da irmã caçula. Pouco depois, os pais haviam se afogado em um infeliz acidente enquanto nadavam, deixando Alex e Gideon órfãos.

Mas havia muitas lacunas na história. Começava com a contratação dos Sharpe pelas rainhas. No meio, três membros da família tinham morrido. E, no fim, Gideon e Alex haviam assassinado as três rainhas enquanto elas dormiam.

O que conectava as três coisas?

Rune vira a monarca mais nova, Cressida, apenas uma vez, em uma de suas festas sazonais. Para ela, a rainha bruxa parecia um elegante cisne, requintada e distante. Tinha a pele de porcelana, os olhos mais azuis do mundo e o cabelo branco como marfim. Trocara apenas algumas palavras com Rune antes de flanar até as irmãs.

Cressida tinha a reputação de ser tímida. Raramente saía do Palacete do Espinheiro, sua casa de veraneio. Algumas pessoas atribuíam o comportamento a seu orgulho, dizendo que Cressida se achava melhor que todos.

Ela é uma rainha, Rune pensara na ocasião. *É mesmo melhor que nós.*

Um dos rumores mais perversos a respeito dela, Rune lembrou, era de que Cressida tinha um amante plebeu. E nunca levava o rapaz a eventos ou aparições públicas, como se tivesse vergonha do relacionamento. Rune ouvia fofocas a respeito daquilo nas festas, mas poucas pessoas sabiam o nome do jovem, muito menos sua aparência. Então, poderia muito bem ser apenas uma mentira com o intuito de sabotar a rainha.

Agora, dois anos depois de Cressida e as irmãs terem sido mortas junto com as bruxas de seu conselho, o rapaz que liderara os revolucionários durante a invasão do palácio estava parado bem atrás de Rune, com a respiração soprando em seu pescoço e os dedos pousados nas teclas do piano dela.

Por que você as matou?, queria perguntar. *Por que nos odeia?*

Mas Rune já sabia a resposta. Gideon odiava bruxas pela mesma razão que todo mundo. Rune era versada no desprezo que a sociedade sentia. Ninguém fazia questão de esconder.

Somos insetos para eles, a avó tinha dito logo antes da revolução, quando as coisas estavam começando a mudar. Mesmo antes do assassinato das rainhas, revoltas estouravam aqui e ali nas ruas. Bruxas eram arrastadas de casa e espancadas, ou coisa pior. As irmãs Roseblood tinham enviado o exército para abater os responsáveis, como se não passassem de vira-latas, mas aquilo só piorara as coisas. *Eles nos veem como uma contaminação das coisas boas e naturais. Temem nossa magia assim como temem doenças.*

As rainhas nunca tinham recebido um sepultamento adequado e ninguém sabia onde seus corpos jaziam. Sobravam teorias, claro: haviam sido queimadas em uma vala, ou jogadas ao mar, ou virado picadinho, para evitar sua ressurreição.

Ninguém sabia com certeza.

Desde a morte das irmãs, e o consequente nascimento da Nova República, o Nobre Comandante vinha arrancando a magia de cada bruxa capturada expurgando o mal pela raiz: pendurava as mulheres pelos calcanhares como animais, cortava sua garganta e as deixava de cabeça para baixo até que cada gota de sangue fosse drenada dos corpos.

Rune estremeceu.

Como se em resposta, Gideon afastou as mãos das teclas do piano e recuou um passo. A ausência dele passou a mesma sensação de um casaco pesado demais escorregando de seus ombros, permitindo que ela respirasse. Ele se virou na direção das lombadas dos milhares de livros preenchendo as paredes, iluminados pela luz incandescente.

— Se importa se eu der uma olhada?

Aliviada pela distância, ela fez um gesto com a mão.

— Fique à vontade.

Ele tinha morado no palácio, vivido entre bruxas, então sabia como enxergar os sinais da presença de uma. Livros de feitiços eram óbvios, mas não havia sequer um tomo proibido na biblioteca. Assinaturas de conjuração eram outra pista, mas o único feitiço recente o bastante para ainda deixar assinatura fora lançado no conjuratório da sua avó, onde encantara a taça que dera a Lizbeth.

Não tem nada para ele encontrar, pensou ela, observando o caçador de bruxas.

Talvez devesse usar a taça naquele instante. Gideon parecia à vontade e, quanto mais cedo ela soubesse onde a Guarda Sanguínea mantinha Seraphine, mais cedo poderia resgatar a mulher, antes que ela fosse transferida.

Depois de vários momentos observando Gideon mexer nos livros, ela disse:

— Ler é tão tedioso, não acha? Às vezes fico exausta só de olhar para todos esses livros.

Gideon, que estava espiando a coleção de óperas e peças de Rune, não a ouviu, ou ignorou. A luz banhava seus dedos, que percorriam os títulos nas lombadas desgastadas. Quando chegou à peça favorita de Rune, que contava a história de um herói misterioso que arriscava a própria vida para resgatar aristocratas em perigo, Gideon tirou o livreto da estante e o abriu na primeira página.

Rune cerrou o maxilar, incomodada por ele ter escolhido aquela obra. Não queria que ele tocasse em algo que ela amava. Aquelas mãos eram as mesmas acostumadas a despir bruxas à força. A vasculhar seus corpos atrás de cicatrizes. A entregar as mulheres para serem expurgadas.

— Para uma garota que odeia ler, a senhorita tem vários livros.

— Eram da minha vó. Ela era obcecada por eles. — Rune tamborilou no banco do piano, lutando contra o ímpeto de pedir que Gideon largasse o tomo e nunca mais encostasse nele. Contou até dez, depois perdeu a paciência e falou: — Gostaria de ver o quarto de uma bruxa, cidadão Sharpe?

Para seu grande alívio, ele fechou o livreto da ópera e o devolveu à prateleira. Quando se virou para olhar para ela, seus olhos pareciam poços profundos.

– Nada me agradaria mais, Srta. Winters.

Rune se ergueu e tocou a sineta, avisando a Lizbeth que estava pronta para colocar a última parte do plano em ação.

ONZE

RUNE

EM SEU QUARTO, as lamparinas já estavam acesas. As chamas, fracas, como se o quarto estivesse esperando pacientemente por sua senhora.

Rune se virou para Gideon, que parecia um lobo adentrando um território desconhecido: cauteloso, esquivo, pronto para arreganhar os dentes ao menor sinal de perigo.

Seu olhar pétreo varreu o cômodo, assimilando as paredes lilases e o teto inclinado feito de vidro. Além da cama de dossel, havia apenas alguns móveis no espaço, todos discretos e de bom gosto. Bem como Rune – a verdadeira Rune – gostava das coisas.

A maresia entrando pelas janelas soprou o cabelo de Gideon.

– Este é o seu quarto.

Ela entrelaçou os dedos diante do corpo.

– Isso mesmo.

Aquele era o lugar preferido dela. O lugar onde se sentia *mais segura*. E ela convidara um inimigo perigoso a entrar.

– A senhorita disse que ele pertence a uma bruxa. – Gideon se aproximou dela devagar, o olhar fixo em seu rosto.

– Sim. Pertencia à minha avó.

Gideon se deteve.

Achou que seria assim tão fácil?

Ela franziu a testa, encarando Gideon, que não era muito bom naquela brincadeira.

Passos súbitos os fizeram se virar para a entrada, onde avistaram Lizbeth. Sobre a bandeja que segurava com ambas as mãos, havia duas taças e um decantador cheio de vinho tinto.

– As bebidas, Srta. Winters.

Rune agradeceu com um gesto da cabeça.

Lizbeth, que já interpretara seu papel naquele engodo dezenas de vezes, levou a bandeja até a mesinha baixa diante da namoradeira.

– Mais cedo, chegou um telegrama para a senhorita. Vou deixar junto com as bebidas.

Um telegrama? Devia ser de alguém importante, caso contrário a criada teria esperado até o dia seguinte.

– Ah, e... – Lizbeth parou à porta. – Verity está procurando pela senhorita.

– Pode dizer a ela onde estou. E avise que vou voltar à festa em breve.

Rune esperou Lizbeth sair antes de afundar nas almofadas fofas da namoradeira. Erguendo o decantador, serviu vinho nas duas taças. A que encantara mais cedo zumbia sob seus dedos. Quando Gideon se sentou a seu lado, a jovem lhe entregou a bebida.

Ele negou com a cabeça.

– Não, obrigado.

A mão estendida de Rune ficou suspensa entre eles, segurando o vinho.

– Ah, você *precisa* experimentar. – Ela forçou um sorriso. – É da minha coleção de safras antigas. Esta garrafa veio das montanhas umbrianas no continente. Lizbeth a desarrolhou só para nós. Tome. – E voltou a oferecer a taça.

Gideon continuou imóvel.

– Eu não bebo.

Como assim? Suor frio começou a escorrer pelas costas de Rune.

Por que Alex nunca tinha mencionado aquele fato importante?

Ela engoliu em seco, com a taça ainda pairando entre os dois.

– Certeza?

– Absoluta.

A mente de Rune ficou estranhamente vazia. Aquele sempre fora o procedimento: escolher um pretendente, levar o sujeito para longe da festa e depois manipulá-lo com vinho enfeitiçado. Às vezes ela conseguia a informação de que precisava, às vezes não, mas nunca porque o rapaz tinha recusado a bebida.

– Mas por favor... – falou Gideon, semicerrando os olhos enquanto a analisava. – Não se prive por minha causa.

Ah, de modo algum. Um gole a relaxaria e ajudaria a reavaliar a situação antes de definir uma nova rota. Pousando a taça encantada de lado, estendeu a mão para pegar a outra.

– Algum problema com aquela?

Rune congelou, como um coelho em uma armadilha.

– Co-como assim?

– A taça de vinho que me ofereceu. Depois que recusei, a senhorita a colocou na bandeja e pegou a outra.

Merda.

– Ah, f-foi?

Merda. Merda. Merda.

Ele estendeu o braço sobre o encosto da namoradeira, segurando a estrutura de mogno liso atrás de Rune.

– A senhorita não estava tentando me drogar, certo?

A boca dele se contorceu, como se estivesse flertando. Mas seus olhos estavam sombrios, e sua expressão parecia ameaçadora.

Ele sabe.

O que Alex dissera mais cedo naquela noite? Que, se ela tentasse conjurar um feitiço na presença de Gideon, ele sentiria o cheiro da magia nela.

Rune tentou não entrar em pânico. A magia de cada bruxa tinha um odor diferente. Ela só era capaz de conjurar feitiços menores e ilusões, conjurações fracas, o que fazia com que o cheiro fosse difícil de detectar. Na verdade, a única pessoa que já reconhecera a magia de Rune com o olfato fora Verity. Alguns meses depois da revolução, Rune tinha conjurado sua primeira ilusão antes de ir a um baile. Verity, que na época não a conhecia, poderia ter feito uma denúncia no instante em que reconhecera o cheiro. Em vez disso, porém, tinha puxado Rune de lado e recomendara mais cuidado.

Desde então, eram amigas.

Mesmo que Gideon suspeite de mim, ele não tem prova alguma.

Ela pousou a taça na bandeja e pegou de novo a encantada. Segurando a base com as duas mãos para esconder a marca do feitiço, olhou o rapaz nos olhos, levou o vinho aos lábios e tomou um longo gole.

– Se estiver drogado, você saberá em alguns minutos – disse ela, afastando a taça da boca.

Soltando a madeira polida, ele apoiou a cabeça na mão.

– Mal posso esperar.

Conforme o álcool fazia efeito e uma onda de calor descia por suas pernas, outra coisa inundou Rune também.

Magia.

Como heras indisciplinadas forçando caminho pelas janelas de uma casa, abrindo trancas e se intrometendo, ela conseguia sentir o conta-fato derrubando suas defesas, soltando suas inibições, permitindo que alguém pudesse facilmente arrancar o que escondia dentro de si.

Rune ficou segurando a taça, pensando no que fazer.

É seu feitiço. Dê um jeito de contornar o efeito.

Ela não fazia ideia se era possível. Nunca tinha tentado usar o conta-fato em si mesma.

Mas o encanto não forçava a vítima a entregar verdades espontaneamente; se Gideon quisesse arrancar algo dela, precisaria fazer uma pergunta, e ele não sabia que Rune encantara a taça, menos ainda que tinha usado um feitiço destinado a fazer o interlocutor dizer a verdade. Então, teoricamente, não tinha motivos para interrogá-la.

Vai dar tudo certo. Fique calma.

Difícil se tranquilizar quando ela se sentia um animal encurralado.

Gideon estava sentado a centímetros de Rune, deixando claro como ele era maior e mais forte. Ela não conseguia ignorar o calor que seu corpo emanava. Com ele, vinha um odor inebriante, não apenas pólvora, mas também algo mais forte, como cedro recém-cortado. Era tão agradável que ela queria se inclinar em sua direção.

Alarmada pelo instinto, imediatamente afastou um pouco o corpo. Tentando parecer inabalada por todas as coisas que pareciam sair de seu controle ao mesmo tempo, alcançou o telegrama que Lizbeth deixara na bandeja e começou a abrir o envelope.

– Você não bebe por alguma razão?

Se ela o mantivesse falando, talvez evitasse que fizesse perguntas.

– Não gosto de perder o pleno controle de minhas faculdades.

– Mas isso não é parte da diversão? – questionou ela, olhando para ele.

Gideon desviou o olhar, mas não sem antes sua expressão ficar mais sombria.

– Talvez eu já tenha pensado assim um dia.

Rune baixou o telegrama, curiosa.

– Ah, é?

– Houve um tempo em que eu precisava de álcool para sobreviver. Junto com outras substâncias mais fortes. – Os lábios dele se comprimiram. – Ou era o que eu dizia a mim mesmo.

Substâncias mais fortes? Rune se perguntou quais seriam. Anos antes, quando as Rainhas Irmãs governavam, o láudano era popular entre a avó de Rune e suas amigas. *Será que é disso que ele está falando?*

– Alex poderia lhe contar a respeito, tenho certeza.

Frustrada por não poder arrancar a verdade dele na base do feitiço, perguntou:

– E se eu quiser que *você* me conte?

Quando ele se virou para ela, seus olhos estavam sombrios.

Gideon não respondeu à pergunta. Em vez disso, apontou para o telegrama com o queixo.

– Um poema de amor de um de seus admiradores?

– Ora, não. – Rune baixou os olhos, começando a ler, e imediatamente franziu a testa. – É…

SRTA. RUNE WINTERS
CASA DO MAR INVERNAL

O MINISTÉRIO DA SEGURANÇA PÚBLICA TEM O PRAZER DE NOMEAR A SENHORITA COMO CONVIDADA DE HONRA DO JANTAR DE LUMINARES DA PRÓXIMA SEMANA. FAVOR PREPARAR UM DISCURSO ENALTECENDO AS NOBRES VIRTUDES DA REPÚBLICA. AGUARDAMOS SUA PRESENÇA NA PRÓXIMA QUINTA-FEIRA.

AILA WOODS
MINISTRA DE SEGURANÇA PÚBLICA

Rune sentiu as pernas ficarem dormentes.

O Jantar de Luminares era um tributo mensal aos heróis da revolução, cuja intenção era reforçar a lealdade ao regime. Rune tinha planejado faltar ao seguinte, porque o último fora difícil de engolir.

Conforme lia o telegrama de novo, sentiu o coração se apertar.

O Tribunal encararia como traição qualquer recusa de ser convidada de honra.

Ela precisava aceitar.

Além de não ter tempo de preparar um discurso, o Jantar de Luminares sempre exigia o pior tipo de fingimento. Ela teria que agir como se estivesse orgulhosa do que havia feito. Fingir ambivalência sobre a perda violenta da pessoa que mais amava. Seu discurso enalteceria a República e incentivaria mais expurgos, denunciando a maldade das bruxas entre eles.

Ela macularia a memória da avó mais uma vez.

No começo, tinha sido mais fácil ser dissimulada. Rune conseguia reprimir a raiva e o luto. No entanto, quanto mais lealdade jurava à Nova República, e quanto mais bruxas falhava em salvar, mais difícil ficava.

Se não houvesse mais uma centena de outras razões para odiar Gideon Sharpe, aquela seria suficiente: ele não precisava esconder quem era. Não precisava fingir odiar as coisas que, na verdade, amava.

Se não o detestasse tanto, ela talvez o invejasse.

Rune voltou a se recostar nas almofadas.

– Lola Parsons não ia ser a convidada de honra deste mês?

Gideon franziu as sobrancelhas quando olhou dela para o telegrama.

– A Guarda prendeu Lola na semana passada. – Ele pegou o papel das mãos de Rune com gentileza, analisando o conteúdo. – Um dos criados de Lola reportou uma assinatura de conjuração no porão da casa. Ela nega, mas acreditamos que estivesse abrigando uma bruxa.

Ah.

– Estão pedindo que a senhorita a substitua como convidada de honra?

Rune assentiu, um pouco atordoada.

A testa dele se franziu mais.

– E tem algo de ruim nisso?

Rune conseguiu sentir a resposta – a resposta de verdade – forçando caminho por sua garganta.

Sim. Não aguento mais. Se precisar brindar mais uma vez aos vilões que assassinaram minha avó, vou acabar colocando fogo em todos.

A resposta – a verdade absoluta da situação – crescia em sua língua, pressionando o céu da boca. Ela conseguia sentir as palavras se esgueirando pelos dentes...

Não não não não não.

Em pânico, Rune tentou pensar em outra razão pela qual aquele convite a incomodava. Se pudesse botar uma verdade menor para fora antes que a mais perigosa escapasse, talvez pudesse subverter o feitiço.

– Não tenho o que vestir!

Gideon recuou um pouco, surpreendido pela intensidade da exclamação.

Rune travou o maxilar para evitar que a razão verdadeira escapasse, mas o ímpeto havia passado – por enquanto, ao menos.

Ele ergueu uma das sobrancelhas.

– É isso que a preocupa?

Maldito.

O impulso voltou – pois não, não era aquilo que a preocupava. O conta-fato estava puxando as palavras de suas profundezas, como água de um poço.

Odeio esta República horrível. Queimaria tudo, se pudesse. Mas, se eu não entrar na dança, garotas como eu vão continuar a morrer.

Enquanto as palavras ameaçavam jorrar dela, Rune cerrou os punhos e as deteve, tentando pensar em algo – qualquer coisa – para dizer no lugar. Algo menos comprometedor, mas ainda verdadeiro.

– Não dá tempo de encomendar um vestido! Minha costureira está ocupada até mês que vem, mas o jantar é na próxima semana.

Rune o fitou com uma expressão infeliz que não era totalmente falsa. Sentia o calor se espalhando por todo o corpo e o coração batendo dolorosamente rápido.

– Ah. É uma pena mesmo.

Mas o feitiço ainda não tinha terminado. Subia por sua garganta, ameaçando sufocar Rune.

Conte para ele, provocava a magia. *Conte o resto.*

– E... – As palavras ardiam. Ela tentou engolir uma a uma, mas não foi capaz. – E vão querer que eu fale sobre minha avó.

A atenção de Gideon se voltou toda para ela. Ele a encarou com seu olhar penetrante.

– E a senhorita não quer falar.

Ela negou com a cabeça, os olhos queimando com as lágrimas que brotavam. Estava morrendo de medo de soltar o resto. Rune levou as mãos ao pescoço, preparada para apertá-lo, caso algo pior tentasse escapar.

Quando uma lágrima quente escorreu por sua bochecha, Gideon pareceu visivelmente tocado.

– Sinto muito. Deve ter sido difícil ter sido criada por uma bruxa.

Não foi uma pergunta, então Rune não precisou responder. Seu peito ainda subia e descia com a respiração ofegante.

Ele olhou por cima do ombro e ela acompanhou o olhar. Entre as translúcidas cortinas azuis do dossel da cama, que estavam abertas e amarradas a cada um dos quatro postes, havia um retrato imenso pendurado na parede.

Kestrel Winters ocupava boa parte da imagem. Estava usando um vestido de veludo preto com gola e mangas rendadas, e prendera os cachos para trás de modo que o artista pudesse reproduzir cada linha e ruga de seu rosto solene. Tinha perto de sessenta anos naquele retrato, e sua beleza fazia Rune pensar em um poderoso carvalho.

Era a criança no colo dela, porém, que chamava a atenção. Usava um vestido impecável de renda com laços azul-claros – mas a elegância da menina terminava aí. Suas bochechas estavam vermelhas de correr, e o cabelo loiro-acobreado, que fora dolorosamente escovado pouco antes de posar para a pintura, parecia um ninho de rato.

Uma mancha verde de grama marcava o joelho de uma das meias brancas; por mais que Rune tivesse sido orientada a ficar imóvel, o artista fora incapaz de deixar de fora do registro sua energia inquieta. Os olhos pareciam brilhantes e travessos, como se ela estivesse morrendo de vontade de rir, mas se segurasse em nome do decoro.

Era a pintura favorita de Rune. Sempre sentia que a menina na imagem estava tentando lhe contar um segredo.

Manter o retrato de uma bruxa que ela mesma traíra não era ilegal, mas poderia levantar suspeitas em Gideon.

– Quase me livrei da pintura depois que ela foi expurgada – disse Rune baixinho. – Mas não queria esquecer que o mal espreita onde menos se espera. Então a mantive ali, como um lembrete.

Gideon poderia interpretar o mal como as bruxas, a exemplo da sua avó. Mas, para ela, o mal estava em suas próprias ações, no que havia feito à pessoa que mais amava.

– A senhorita era uma graça – disse ele, analisando a criança na pintura.

Rune semicerrou os olhos. O vinho não tinha funcionado, mas talvez suas lágrimas tivessem.

Essa é sua fraqueza?, pensou ela. *Garotas chorando?*

De qualquer forma, ela não havia perdido aquela partida ainda. Precisava recuperar o controle antes que o feitiço a forçasse a soltar uma verdade ainda mais mortal.

– Eu *era* uma graça? – provocou Rune. – Não sou mais?

Não podia arrancar a verdade dele com vinho, mas havia outras formas de conseguir informações. Métodos que tinha usado em abundância com rapazes incautos.

Pensar em utilizar os mesmos truques com Gideon fazia seu estômago se revirar, mas ela ficara sem opção. Se quisesse salvar Seraphine, precisava descobrir onde a bruxa estava presa. Onde quer que fosse, Gideon provavelmente a colocara lá em pessoa.

Ele voltou toda a sua atenção para Rune, que estremeceu sob o peso do olhar.

– Uma graça? Não. – Os olhos dele cintilavam à luz das velas enquanto a fitavam. – Não, eu não usaria essa palavra.

Ela correu os dedos de leve pela borda da lapela dele.

– Quais palavras usaria, então?

Gideon permaneceu em silêncio, olhando para sua mão.

Rune odiava aquela parte do engodo. O flerte repleto de toques – que inevitavelmente levava a *beijos* – era sempre o último passo desesperado do processo de obter informações.

Mas era um mal necessário. E Rune faria o possível para salvar mais jovens do mesmo destino da avó. Destino pelo qual a própria Rune havia sido responsável.

Gideon não respondeu.

– E então? – Ela pousou as mãos em seu peito, preparando para deslizá-las até os ombros dele. – Você com certeza...

Ele a pegou pelo pulso, interrompendo o movimento. Rune ergueu o olhar e viu a atenção dele focada na mão que segurava.

Sem falar, ele percorreu a palma dela com os dedos em movimentos gentis. O coração de Rune quis sair pela boca enquanto ele traçava seus dedos devagar, *bem devagar*, como se soubesse exatamente o que estava fazendo. Como se já tivesse feito aquilo milhares de vezes.

Ela engoliu em seco, a pele formigando onde ele tocava.

Gideon se inclinou para a frente, roçando a bochecha áspera contra a dela.

– Rune... – A respiração dele estava quente contra seu pescoço. – Quer voltar?

– Voltar? – murmurou ela.

– Para a festa. – Os dedos dele desceram por seu pescoço, alcançando a clavícula. – Seus convidados devem estar se perguntando onde estamos.

Ele estava lhe dando uma chance de escapar caso quisesse. *Como um cavalheiro.*

O pensamento a surpreendeu.

Rune negou com a cabeça.

– Deixe que se perguntem. A menos que... – Ela se afastou um pouco, fitando o rosto dele. Viu que seus olhos não eram pretos, e sim de um tom de castanho profundo e escuro. – *Você* quer voltar?

Ele a fitou com incredulidade.

– E fazer o quê? Conversar com Bart Wentholt? – Ele franziu a testa. – Tenho conversas mais estimulantes com meu cavalo.

Foi tão inesperado ver Gideon Sharpe fazendo uma piada que Rune deixou escapar uma risada.

Ele soltou a mão dela, ficando em silêncio. Quando ela parou de rir, viu que ele tinha uma expressão pensativa.

– Seu riso é como um pavio – disse ele. – Faz a senhorita se acender inteira.

O coração de Rune retumbou. Ninguém jamais lhe dissera aquilo antes.

Ele não está falando sério.

Gideon Sharpe era um assassino frio e calculista, não um pretendente de coração mole. Jogava o mesmo jogo que ela, e era mais habilidoso do que ela imaginara.

Rune foi tomada pelo medo.

Talvez tivesse sido um erro levá-lo até ali.

O olhar dela percorreu seu corpo: o peito e os ombros largos, os braços musculosos, a sombra da barba prestes a nascer escurecendo o rosto. Gideon era muito maior que Rune. Se quisesse, poderia facilmente erguê-la da namoradeira e carregá-la até a cama.

Ela congelou.

De *onde* aquele pensamento tinha vindo?

Estendeu a mão para pegar a taça de vinho, um tanto trêmula, sem se preocupar com a magia. Já estava enfeitiçada, então apenas deu outro gole, tomando o cuidado de cobrir a parte de baixo da haste com as mãos. Precisava acalmar os nervos. Os olhares de ambos se encontraram por cima da taça e Rune baixou lentamente o vinho até o colo.

Como se soubesse o efeito que tinha sobre ela, Gideon se inclinou para a frente. De novo, demorou-se ali. Encostou a têmpora na dela, correu as costas dos dedos carinhosamente por seu braço. A pele dela ardia ao toque. Era mais forte que a bebida, sobrepujando-a.

Como ele pode ser tão bom nisso?

Rune fechou os olhos, tentando continuar no controle.

– Quanto tempo temos?

– Meu próximo turno começa ao nascer do sol.

O turno dele de caça às bruxas, pensou ela, com ênfase no *caça às bruxas*.

Quando Gideon correu o polegar pela linha de seu maxilar, Rune precisou reprimir um gemido. Ele até parecia uma arma projetada especificamente para acabar com ela.

– Está caçando alguém em particular? – perguntou.

– Talvez. – A respiração dele era quente contra seu pescoço.

– Quem?

Ele fez uma pausa.

– Por que quer saber?

Rune engoliu em seco. A voz dele transmitia suspeita ou flerte?

Perigo, perigo, alertou seu cérebro.

– O que você faz com elas quando...

Segurando o queixo de Rune gentilmente entre os dedos, Gideon virou o rosto dela até que o encarasse. Estava com o olhar intenso, a respiração entrecortada e ofegante.

– Rune – disse ele, as pupilas dilatando. De repente, parecia *faminto*. Como alguém que não fazia uma refeição em anos. – Menos falatório.

Ele vai me beijar, compreendeu ela.

E a coisa mais assustadora era que Rune queria. Mais do que qualquer informação, mais do que resgatar Seraphine... Naquele momento, tudo o que desejava era saber a sensação da boca dele contra a sua. Se seria macia ou áspera. Se seria delicada como seus dedos ou se ele cederia àquela ânsia voraz para se satisfazer dela.

O choque a fez despertar do estupor.

Rune não era mais uma aranha-mimetizadora, atraindo a vítima para uma armadilha. Estava dentro da própria armadilha... prestes a ser devorada por sua presa.

Desesperada para sair daquela situação, Rune se lembrou da taça ainda em suas mãos.

Antes de ser completamente dominada por Gideon, derrubou a bebida em seu paletó.

DOZE

RUNE

GIDEON SALTOU DA NAMORADEIRA como um raio. De pé, tropeçou para longe de Rune, encarando a mancha escura que se espalhava por seu raro e valioso paletó.

Rune sentiu a pontada da culpa como um alfinete.

– Ah, Gideon! Eu sinto muito... – Levantando-se da namoradeira, Rune agarrou o xale de lã pendurado nas costas da cadeira da penteadeira. Estava trêmula. Um pouco tonta. – Que desastrada, eu... Me deixe limpar...

Ele recuou, erguendo as mãos.

– Está tudo bem. Por favor... Não estrague seu xale. – Ele desabotoou o paletó e o tirou, estendendo a peça diante de si para inspecionar o dano.

– Vou chamar Lizbeth. Talvez se ela usar um pouco de...

– O que está acontecendo aqui? – exclamou alguém junto à porta.

Rune se virou e viu Verity adentrando o recinto, as pérolas em seu pescoço e em seus punhos cintilando. Parecia sem fôlego, como se tivesse ouvido o grito sobressaltado de Rune e, esperando o pior, corrido até o quarto.

Ao ver Gideon, Verity empacou, encarando os dois como se os tivesse surpreendido no meio de algo escandaloso. A boca em formato de coração se abriu num "O" chocado.

– Creio que essa seja minha deixa para ir embora – disse Gideon. Pendurando o paletó na dobra do braço, olhou para Rune. – Não precisa me acompanhar, Srta. Winters. Boa noite.

Antes que ela pudesse responder, ele passou marchando por Verity – ainda de queixo caído – e desapareceu no corredor.

Assim que ele se afastou o suficiente, Verity sibilou:

– Você perdeu *completamente* o juízo? – Sua expressão se fechara de repente, como um céu de tempestade. – Aquele – o indicador de Verity cortou o ar, apontando para onde Gideon tinha sumido – *não* era o plano. Gideon Sharpe não está na lista!

Rune foi até a porta e espiou por ela, vendo a silhueta do capitão da Guarda Sanguínea se aproximando do fim do corredor. Estava morrendo de calor, o corpo zunindo com a memória da proximidade entre os dois. Quando Gideon enfim sumiu de vista, ela disse:

– Só porque ele nunca demonstrou interesse.

Verity se calou.

– E por acaso demonstrou agora?

A pele de Rune ainda vibrava no ponto em que Gideon tocara seu queixo. Ainda conseguia ouvir a ânsia na voz dele quando murmurara seu nome.

Talvez?

Ou demonstrara interesse, ou era um mestre da sedução frio e calculista.

– Não sei. – Rune fechou a porta e se virou para a amiga. – Mas ele apareceu esta noite e me deu isso. – Ela tirou a rosa de seda do cabelo, fazendo uma careta ao arrancar vários fios sem querer, e entregou o presente a Verity. – De repente, nenhum dos nomes na sua lista eram bons o bastante. Precisei improvisar.

A boca de Verity se reduziu a uma linha apertada. Ela pegou a flor como se fosse uma rosa viva, cheia de espinhos.

– Tem algo errado nisso – disse. – Gideon Sharpe não corteja garotas como Rune Winters.

Nossa.

Por alguma razão, aquilo doeu.

– Caramba, Verity, obrigada.

A amiga ergueu o olhar.

– Ah, Rune. Não foi isso que eu quis dizer.

Ela dispensou o comentário.

– Talvez ele precise de uma esposa rica. Talvez aposte muito e esteja afundado em dívidas.

– Ou talvez esteja manipulando você – rebateu Verity.

Rune desviou o olhar, pensando no vinho encantado, em como as mãos dele pareciam saber exatamente como desarmá-la enquanto percorriam seu corpo. Ele tinha um tipo de experiência que faltava a Rune. *Isso* ficara claríssimo.

Verity está certa. Não sei em que me meti.

Gideon tinha virado o jogo naquela noite. Primeiro, com o vinho. Depois, com a interação na namoradeira. E, enfim, com a recusa de entregar segredos da Guarda Sanguínea, apesar de ela ter oferecido uma distração apaixonada. Nenhum dos truques de Rune funcionara com ele. Assim, cortejar Gideon significaria lidar com um alto nível de perigo – mas a recompensa seria grande o suficiente?

Suspirando, Rune foi até a cama e se jogou de costas, deixando que a colcha a acolhesse em sua maciez felpuda. Fechando os olhos cansados, disse:

– Parecia a oportunidade perfeita.

– É arriscado demais. – Verity se sentou no colchão e pegou a mão de Rune, apertando com força. Baixinho, acrescentou: – Não quero perder você também.

Rune sabia o que estava implícito ali: *Perdi minhas irmãs. Você é tudo que me resta.*

Algo que era mutuamente verdadeiro. Rune e Verity haviam perdido as pessoas com quem mais se importavam e agora só tinham uma à outra. E a Alex.

A promessa de tranquilidade oferecida pela cama seduzia Rune. Ela cavalgara intensamente sob um clima horrível para chegar até a casa de Seraphine. Cada um de seus ossos ansiava por descanso. Quanto mais tempo ficasse ali deitada, maior a probabilidade de ser vencida pelo cansaço.

– Prometa que vai rejeitar Gideon e escolher alguém mais seguro – disse Verity.

Rune sabia que devia acatar o sábio conselho da amiga. Fazia todo o sentido ir atrás de alguém mais fácil e menos perigoso que Gideon Sharpe. Mas, se ele já suspeitava dela, cortejá-lo não seria a melhor forma de aplacar tais desconfianças?

– Rejeitar quem? – interrompeu outra voz.

Os olhos de Rune se abriram de repente. Ela se apoiou nos cotovelos, resmungando enquanto lutava com a gravidade, e viu Alex entrar no quarto.

– Seu irmão. – Verity ainda segurava com força o caule de arame da rosa. Ela a entregou a Alex. – Talvez você consiga colocar um pouco de juízo na cabeça de Rune.

Alex pegou a flor.

Suspirando, Verity se levantou da cama.

– Vejo vocês dois lá na festa.

Isso se eu conseguir voltar, pensou Rune, caindo nas cobertas mais uma vez. Alex se deitou ao lado dela. Mesmo com vários centímetros de distância entre eles, Rune sentia o calor de seu corpo. Juntos, ficaram deitados de costa, encarando o teto de estuque.

– Onde está Gideon? – perguntou Alex, a voz mais tensa ao mencionar o irmão.

Ele ergueu a flor de seda, contemplando as pétalas.

Rune fez uma careta, lembrando-se da discussão mal disfarçada que testemunhara na escadaria, mais cedo.

Ela e Verity não haviam contado a ele sobre a lista de pretendentes, sabendo que Alex não aprovaria a ideia. *Melhor contar só depois que já estiver tudo resolvido*, dissera Verity ao compor a lista. Lembrando-se da interferência do amigo naquela noite, Rune se pegou inclinada a concordar.

Alex protegia demais o irmão mais velho.

– Gideon foi para casa – declarou Rune, e fechou os olhos.

O confortável chamado do sono avançava em sua mente como ondas contra o litoral.

Uma vozinha dentro de Rune a lembrou de que a festa ainda não havia terminado. Ela precisava se levantar, descer as escadas e voltar a agir como a anfitriã.

Vou descansar só um pouquinho, disse para a voz. *Depois, desço.*

Silêncio preencheu o espaço entre eles quando Alex se retirou para o lugar silencioso dentro de si onde conseguia organizar seus pensamentos. Onde analisava e organizava cada um deles antes de mostrá-los ao mundo.

Houve um tempo em que aqueles longos períodos de quietude deixavam Rune nervosa. Ela não sabia o que significavam e tentava preencher o espaço com palavras. Mas quase uma década de amizade havia lhe ensinado a amar o silêncio dele, que agora era tão reconfortante quanto música.

Quando Alex enfim falou, ela estava mais dormindo do que acordada.

– Rune?

– Humm.

– Você precisa desistir de qualquer coisa que esteja fazendo com meu irmão.

A cama se moveu quando ele se sentou, e Rune o sentiu estender a mão e tirar um de seus sapatos, depois o outro. Queria pedir para que ele a deixasse calçada, porque precisava descer, mas Alex continuou falando antes que ela pudesse se pronunciar.

– Gideon é obcecado por caçar bruxas. Se ele descobrir o que você é, não vai hesitar em acabar com sua vida.

– Por que ele me odeia tanto? – perguntou ela, ainda de olhos fechados.

Rune sentiu o amigo se deitando ao seu lado, depois virando o rosto na direção dela. A respiração dele lhe fez cócegas na bochecha.

– Meu irmão viu coisas horríveis quando vivia no palácio. Coisas capazes de marcar uma pessoa para sempre.

Ela pensou em Gideon recusando o vinho. *Houve um tempo em que eu precisava de álcool para sobreviver.*

Rune queria saber mais, mas era errado arrancar de um irmão os segredos do outro.

Porém Alex não respondera à questão. Gideon não simpatizava com Rune desde o dia em que haviam se conhecido, cinco anos antes, muito antes de ter sofrido as tais marcas que Alex mencionava. Parecia que havia algo específico em Rune que Gideon não suportava.

Aquilo a incomodava mais do que gostaria de admitir.

Alex esticou a mão em sua direção. O gesto fez Rune despertar de leve; ela ergueu a cabeça e deixou-o colocar o braço sob ela como se fosse um travesseiro.

– É tarde demais para Gideon – disse ele, virando-a de lado e a acomodando em uma conchinha. – Você, por outro lado, ainda pode ser salva.

Se estivesse com os olhos abertos, Rune os teria revirado.

A gente se conhece há sete anos, pensou ela, lembrando-se de quando vira Alex pela primeira vez. Tinha onze anos e estava acompanhando a avó em uma visita à Biblioteca Real, uma construção de vidro que continha todos os livros de feitiços que existiam – antes de ser incendiada pela Guarda Sanguínea e convertida em seu quartel-general. Enquanto vagava pelos corredores cheios de tomos, Rune ouvira música vindo de algum ponto da biblioteca. O som estava repleto de emoção, e ela vasculhara todos os andares até encontrar o garoto que a tocava.

Em todos esses anos, quantas vezes precisei ser salva?

Ela provavelmente falou aquilo em voz alta, porque Alex respondeu:

– Não é com as vezes em que *não* precisou ser salva que estou preocupado. É com a vez que *vai precisar ser* e não vai ter ninguém para ajudar.

Se ela não estivesse tão cansada, teria dado um beliscão no braço dele. Em vez disso, chegou mais perto e se aninhou ainda mais. Inspirando o cheiro fresco de sua camisa recém-passada, Rune se permitiu relaxar pela primeira vez no dia.

Alex era familiar.

Alex era seguro.

– Rune?

Mas qualquer coisa que ele tenha dito em seguida se perdeu em meio ao som dos roncos dela.

TREZE

RUNE

DOIS ANOS ANTES

NO DIA QUE RUNE soube que era uma bruxa, estava dando uma festa de aniversário de dezesseis anos para Alex. Passara meses planejando o evento, que aconteceria no Palacete do Espinheiro – escolhendo a decoração, contratando as equipes de entretenimento, decidindo o cardápio com semanas de antecedência.

Ao cair da noite, Rune estava cansada e dolorida por ter ficado em pé o dia todo. Assim que a dança começou, no entanto, sentiu um tipo diferente de dor: uma cólica desconhecida no baixo-ventre. Tão intensa que ela não era nem capaz de conversar, muito menos de se concentrar nos passos de uma valsa. Mas ela era a anfitriã e estava determinada a cuidar de tudo até o fim.

Foi só quando uma umidade súbita desceu por entre suas pernas que ela pediu licença e foi até o banheiro. Lá, ergueu as saias, tirou as roupas de baixo e viu...

Sangue.

Sangue *preto*.

Não podia ser.

O sangue já encharcara o algodão, então ela pegou as roupas de baixo e correu até a pia, enfiando a peça sob a água. Com o sabonete, começou a esfregar.

E esfregar.

E esfregar.

A mancha não saía por nada. Na verdade, estava se espalhando sobrenaturalmente rápido.

Não sou uma bruxa, pensou enquanto água negra rodopiava pelo ralo. *Não posso ser uma bruxa.*

A cólica piorou. A vontade de Rune era de se encolher no chão e se balançar até a dor passar. *Vai ficar tudo bem*, disse a si mesma. *Vou esconder as roupas de baixo na bolsa e ir direto para casa. Ninguém vai saber.*

Mas, quando olhou por cima do ombro para conferir a parte de trás do vestido, Rune viu que a mancha já começava a se espalhar pela seda amarela.

Se alguém visse, ou já tivesse visto, não seria apenas humilhante, mas também incriminador.

Ela começou a ofegar. Foi tomada pelo desespero. Tirou o vestido e o colocou sob a torneira, esfregando o sangue preto. Esfregando até os braços doerem e os dedos parecerem estar em carne viva.

Mas a mancha não cedia, apenas se espalhava pela seda amarela.

Ela não tinha mais como negar.

A magia de sua primeira menstruação estava transformando seu vestido em uma peça preta.

Sou uma bruxa.

A compreensão lhe causou um calafrio.

A maçaneta mexeu. Rune virou a cabeça bruscamente na direção da porta, que estava se abrindo, e jogou o peso em cima dela.

– Tem outro banheiro no andar de cima! – gritou, o coração quase saindo pela boca.

– Ah! – disse Lola Parsons do outro lado. – Me desculpe, Rune.

Nua, Rune continuou pressionando a madeira pintada até Lola ir embora. Depois, trancou a porta.

Aquele banheiro não tinha uma janela pela qual pudesse se esgueirar, e a única porta dava no corredor pelo qual os convidados de Alex perambulavam de um lado para o outro. Com as roupas não apenas molhadas, mas ficando mais pretas a cada segundo, não havia como Rune sair dali.

Estava encurralada.

Uma batida na porta a fez se sobressaltar.

– Rune? – chamou Alex. – Tudo certo aí? Você sumiu faz quase uma hora.

Alex, me ajude!, queria pedir.

Mas aquilo exigiria que contasse a verdade. E, se fizesse isso, ele a denunciaria. Podia ser o seu amigo mais antigo, mas também assassinara uma rainha bruxa e fora recompensado pelo feito.

As roupas de Rune lhe escaparam das mãos, caindo no chão com um ruído úmido.

– Rune? – repetiu Alex.

– N-não estou me sentindo bem – conseguiu dizer.

A maçaneta girou. Quando Alex empurrou, porém, a tranca o deteve.

Rune recuou um passo, o medo descendo por suas costas.

– Rune, me deixe entrar.

– Prefiro que não entre – sussurrou ela.

– Você está me assustando – disse Alex. – Eu tenho a chave, Rune. Posso abrir a porta se eu quiser, mas prefiro que você faça isso.

Sabendo que não poderia ficar ali para sempre, sabendo que não tinha escolha (se era uma bruxa, Alex descobriria mais cedo ou mais tarde), Rune pegou uma das toalhas de banho e se enrolou nela. Limpou as lágrimas das bochechas, destrancou a maçaneta e recuou.

Alex empurrou a porta, que se abriu. Estava entrando quando a visão de Rune apenas de toalha o fez parar.

– Por que você está...? – Ele ruborizou, e estava prestes a desviar os olhos quando notou o rosto marcado pelas lágrimas, ou talvez a maquiagem borrada.

Ele enfim entrou de vez e fechou a porta atrás de si.

Rune recuou até bater com as costas na parede, sentindo que a hora chegara, que era o fim – da amizade dos dois, da vida dela. Ela se sentou nos azulejos, deixando mais lágrimas caírem.

– O que está acontecendo aqui?

A atenção dele recaiu no vestido embolado no chão, nas roupas de baixo largadas na pia. Na mancha preta ainda se espalhando pelo tecido.

Rune viu o momento em que Alex compreendeu tudo.

A expressão dele ficou soturna.

– Ah, Rune. Não...

Alex ficou parado, encarando as roupas, os punhos se fechando.

– Sinto muito – sussurrou ela.

– Fique aqui – disse ele. – Não saia deste cômodo.

E, sem mais palavras, abriu a porta e saiu, trancando Rune no banheiro.

Ele vai me entregar agora, pensou ela, deitada no chão, encolhendo as pernas contra o peito. Fechou os olhos por causa da dor no abdômen, chorando baixinho, esperando a chegada da Guarda Sanguínea.

Rune podia abrir a porta e sair correndo, mas para quê? E para onde iria? A Guarda Sanguínea a caçaria.

Quando a porta se abriu, Alex entrou sozinho e os trancou ali dentro de novo. Estava carregando um bolo de roupas sob um dos braços e, na outra mão, uma caneca de chá fumegante.

Rune nem se deu ao trabalho de se endireitar.

– As roupas são de Emily – disse ele, pousando as peças no chão ao lado de Rune. Emily era a cozinheira dele. – Ela também mandou isso. – Alex pousou a caneca na pia. – Disse que vai ajudar a amenizar a dor.

Ela franziu a testa, sem compreender.

– Vou preparar um banho quente para você, tudo bem?

Rune se empertigou, vendo Alex abrir o registro de água que enchia a banheira.

– Cadê a Guarda?

Ele inclinou a cabeça.

– Como assim?

Rune pigarreou.

– A Guarda Sanguínea. Q-quando vão chegar?

Alex a encarou como se ela tivesse ficado maluca.

– Rune, seu segredo está bem guardado comigo. – Deixando a água fluir, ele se aproximou dela, ficou de joelhos e tocou sua bochecha. – Pode dormir no quarto de hóspedes hoje. E, amanhã de manhã, a gente pensa no que fazer.

Ela o encarou, sem acreditar.

– Se descobrirem, vão matar você também.

Alex sorriu, colocando uma mecha do cabelo dela atrás de sua orelha.

– Eles que tentem.

Rune o abraçou, apertando forte. Ele a puxou mais para perto e a segurou ali por um bom tempo. Foi naquele momento, entre os braços dele, que Rune compreendeu pela primeira vez que poderia confiar sua vida a Alexander Sharpe.

CATORZE

GIDEON

QUANDO GIDEON ENFIM VOLTOU ao Velho Bairro, com o paletó do pai encharcado de vinho nas mãos, já tinha repassado aquela noite na Casa do Mar Invernal várias vezes em sua mente.

Será que tinha cometido um erro ao ir tão rápido? Notara como Rune estremecera sob seu toque e ficara com a sensação de que ela havia derrubado o vinho nele de propósito.

Gideon tinha ido com muita sede ao pote.

Suspirou, repassando de novo os acontecimentos da noite. Rune decerto se comportara de forma meio duvidosa, para não dizer completamente estranha. Primeiro, a coisa esquisita com o vinho. Depois, o desgosto com o telegrama contendo o convite. Por fim, as perguntas sobre o trabalho dele enquanto tentava seduzi-lo.

Não era o suficiente para acusá-la de nada. Para isso, ele precisaria de evidências concretas. Cicatrizes de conjuração, por exemplo. Se ela as tivesse, ele precisava saber.

E se ela não for a Mariposa?

Se não fosse, por que o convidaria até seu quarto? Por que flertaria com ele de forma tão descarada?

A menos que estivesse realmente interessada.

Impossível, pensou Gideon.

Avançou a passos largos pelas ruas do Velho Bairro iluminadas por lamparinas, remoendo os acontecimentos. Era uma noite enevoada e, ao se aproximar da rua que levava a seu abrigo, ouviu o som de passos baixinhos ecoando atrás de si.

Olhou por sobre o ombro, mas a bruma estava densa como fumaça.

Assim que o cheiro de rosas preencheu o ar, um calafrio percorreu sua pele.

Ela está morta, disse a si mesmo. *É só sua imaginação.*

Ainda assim, ao pensar no corpo que tinham encontrado sob a ponte, três noites antes, acelerou o ritmo da caminhada.

Os sons de passos ficaram mais rápidos em resposta.

O estômago de Gideon revirou. Ele levou a mão ao coldre da pistola, na cintura, mas depois se lembrou de que tinha saído desarmado naquela noite. Os opulentos corredores da Casa do Mar Invernal não eram lugar para armas.

Você é capitão da Guarda Sanguínea. Passos na neblina não o assustam.

Mas não eram só os passos, e sim o cheiro.

O cheiro *dela*.

Ele estava chegando à calçada do beco que dava nos fundos de sua casa. Era difícil de encontrar para quem não morava naquele bairro e não sabia de antemão daquela passagem. Quando os passos começaram a soar de um ponto mais próximo, Gideon chegou à entrada do beco, entrou nele, virou de lado e espremeu as costas contra a cerca de madeira.

Se a pessoa atrás dele conhecesse o caminho e entrasse por ali, Gideon ao menos teria o elemento surpresa a seu favor.

As passadas foram se tornando mais altas. Mais próximas.

Ele ficou tenso, pronto para se defender, quando o som simplesmente passou direto.

Ele continuou onde estava, prendendo a respiração. A cerca às suas costas cedeu um pouco com o peso de seu corpo. Conforme o som se afastava, as batidas de seu coração engoliram o resto do barulho.

O cheiro dela também passou.

Será que de fato pairara por ali, ou fora tudo coisa da cabeça dele?

Você é um idiota. Provavelmente é um acendedor de lamparinas voltando para casa.

Ele se afastou da cerca e seguiu pela calçada, indo para os fundos de seu abrigo. A porta dali não dava diretamente no apartamento, e sim no estabelecimento vazio logo abaixo dele: a velha alfaiataria que pertencera aos pais.

Ele fechara a loja com tábuas anos antes e raramente tinha motivos para entrar ali. Naquela noite, porém, fora atrás de tecido e agulhas de costura para montar a flor de Rune.

A porta interna se abria para uma escadaria que levava até os aposentos no andar de cima. Gideon entrou na loja e estava na metade do caminho para a porta quando algo o fez se deter.

Não tenho o que vestir, dissera Rune. *Minha costureira está ocupada até mês que vem.*

Gideon tateou na escuridão até encontrar os fósforos que tinha deixado perto da porta no início da noite. Acendeu uma lamparina, e o brilho laranja da chama iluminou o espaço: paredes cheias de bobinas de tecido, uma mesa grande para medir, cortar e costurar, uma salinha separada para tirar as medidas dos clientes e o balcão com a velha e empoeirada caixa registradora.

Ele caminhou na direção dos panos, entre os quais dezenas de cadernos de capa de couro jaziam empilhados em uma prateleira.

Não tocava naqueles cadernos desde a morte dos pais. Os volumes estavam cheios de anotações do pai e desenhos da mãe, detalhando modelos autorais.

Gideon pegou o único caderno em branco da prateleira e um pedaço de carvão do pote ao lado, então puxou um banquinho até a mesa de trabalho.

Se a mãe fosse criar um vestido para Rune Winters, que tipo de peça seria?

Começou a rabiscar. O carvão preto corria pela página branca enquanto ele pensava em Rune na namoradeira: o cabelo loiro-acobreado cintilando à luz das lamparinas, a pele corando enquanto ele a percorria com os dedos, a pulsação se acelerando quando ele se inclinara para lhe dar um beijo.

De novo, praguejou consigo mesmo por ter intimidado a garota. Mas ela o convidara até seu quarto. Tinha pedido vinho.

Ela dera o primeiro passo.

De qualquer jeito, Gideon precisava manter a farsa. Se ela fosse a Mariposa *e* a pessoa responsável pelos corpos espalhados pela cidade, seria mais fácil encontrar evidências de seu crime se estivesse mais próximo. Caso contrário, era provável que a culpada fosse alguém próxima a Rune, e ainda seria interessante para ele se infiltrar nos círculos mais íntimos dela através daquele flerte.

Isso se ela se permitisse ser cortejada.

O plano de Gideon foi tomando forma nas páginas do caderno de rascunhos da mãe.

Ele continuou desenhando até ter arrancado mais de metade das páginas. Continuou desenhando até a lateral da mão e do pulso estarem pretos por causa do carvão, até as costas doerem por ficar tanto tempo debruçado.

O sol já nascia quando chegou a um modelo que não odiava. Um com o qual poderia trabalhar.

A questão era: ela gostaria?

QUINZE

RUNE

AS BOTAS DE MONTARIA de Rune esmigalhavam o cascalho da trilha que atravessava o campus da universidade, onde se encontraria com Verity e Alex. O vento forte fazia a poeira se erguer do chão em redemoinhos e agitava a barra de seu manto de montaria.

A fachada de granito rosa do Pavilhão Estival recebeu a jovem, suas portas de madeira com cravos metálicos bem fechadas. Ajeitando a bolsa no ombro, Rune empurrou as portas e adentrou o espaço coberto de papel de parede roxo com estampa de dálias gigantes, a sola de seus calçados estalando nas lajotas verdes. Havia quatro conjuntos de dormitórios no campus. O Pavilhão Estival era conhecido por suas cores pastel e estampas botânicas.

Assim que entrar e for atacada por flores de todos os lados, vai ter chegado ao lugar certo, dissera Verity na primeira vez que lhe explicara como chegar até lá.

Ela sorriu para a garota no balcão, que apenas acenou, acostumada às visitas frequentes de Rune. O padrão nas paredes mudou para um de íris azuis, depois um de girassóis amarelos, conforme Rune avançava pelos corredores que levavam ao quarto de Verity.

Bateu na pequena porta, que se abriu para revelar a amiga encarando-a com olhos semicerrados. Seus cachos morenos estavam achatados de um lado, e ela estava sem óculos.

Parecia ter acabado de acordar.

– Perdão, cheguei um pouco mais cedo do que o combinado – disse Rune.

Verity pestanejou.

– Esqueci completamente da nossa reunião.

– Ah! Quer remarcar?

Verity fez que não.

– Não, não. Entre. Só... não repare na bagunça.

Rune seguiu a amiga para dentro do quarto minúsculo do alojamento, fechando a porta. Havia montes de roupas jogadas no pouco espaço entre a parede e a cama. Torres de livros jaziam apoiadas nas paredes e potes de vidro enchiam as prateleiras. Alguns continham coisas vivas – insetos, pequenos roedores –, enquanto outros exibiam seres mortos preservados em líquido.

Rune viu Henry, a aranha-mimetizadora, no maior dos vasilhames. Estava fazendo um lanchinho, algo com asas que capturara em sua teia.

Verity juntou as roupas em um bolo só, abrindo espaço para Rune.

– Sinto muito pela noite passada – disse ela, chutando uma meia para o lado.

– Como assim? Por quê? – Rune tirou a bolsa do ombro e pegou um livro de feitiços dentro dela.

– Quando vi Gideon no seu quarto, exagerei. – Verity se sentou na pequena cama, olhando adiante para as rosas brancas do papel de parede. – Lembrei dos soldados da Guarda Sanguínea indo buscar minhas irmãs, e acho que entrei em pânico.

Era raro Verity falar sobre a traição da mãe, que denunciara as filhas mais velhas, ambas bruxas. As três irmãs Wilde costumavam ser muito próximas.

Com o tomo pesado ainda nos braços, Rune se sentou ao lado de Verity e pegou a mão dela, que estava gelada. Usou as próprias palmas quentes para esfregar os dedos da amiga. Sempre tinha uma corrente de ar batendo naquele quarto.

– O que aconteceu com suas irmãs foi horrível – disse Rune. – Sinto muito pelo susto.

Verity balançou a cabeça.

– Só não quero que algo ruim aconteça. Você é o mais perto de família que tenho agora.

Rune abraçou Verity e a puxou para perto, tentando confortar e aquecer a amiga ao mesmo tempo. Notou como seus ombros pareciam ossudos. A bolsa de estudos dela não incluía refeições, além de alojamento?

– Você também é o mais perto de família que tenho – respondeu Rune, apoiando a cabeça na de Verity. – Você e Alex.

Verity apontou com o queixo para o livro de feitiços que Rune pousara no colo.

— Precisa de ajuda com um feitiço?

Rune abriu o tomo e mostrou os feitiços que andava praticando: rompe-tranca e ferrolho.

Do outro lado da página, havia dois símbolos espelhados.

— Os dois são feitiços ínferos, então eu deveria conseguir conjurar os dois usando o sangue que você me deu, certo? Mas, quando tento, parece que estou me arrastando por areia movediça, e nada acontece.

Verity pegou o livro e o colocou no próprio colo.

— Esses são ínferos um pouco mais complicados. Provavelmente vai precisar de sangue mais fresco. Pode me mostrar?

Assentindo, Rune levou a mão ao bolso interno da capa de montaria e tirou um frasco de sangue pela metade.

Verity aguardou, cruzando as pernas em cima do colchão. Embora não fosse bruxa, as irmãs sempre a deixavam assistir a suas conjurações. Ela aprendera muito mais observando as irmãs do que Rune aprendera com a avó. Assim, quando tinha algum problema com um feitiço, Verity era a pessoa que Rune procurava.

Depois de arregaçar as mangas, Rune ficou de pé e se aproximou da porta do quarto. Verity era especialista em limpar sangue de qualquer superfície, então ela sequer hesitou. Trancou a porta, tirou a rolha do frasco, mergulhou o indicador no sangue, ergueu a mão e começou a desenhar o símbolo do rompe-tranca na madeira: três linhas conectadas — duas retas e uma curvada.

Conjurar feitiços era como tocar um instrumento musical ou cozinhar uma refeição deliciosa. Quanto mais se estudava e praticava, maior se tornava a habilidade. Ou ao menos deveria funcionar assim, sob circunstâncias normais.

Por usar sangue envelhecido, os feitiços de Rune eram sempre mais fracos do que seriam se usasse sangue fresco, que era necessário em grande quantidade para feitiços mais poderosos.

O que tornava tudo ainda mais difícil era o fato de que Rune era restringida pela pequena quantidade de sangue de cada menstruação, limitando o número e o tipo de feitiços que podia conjurar.

Miragens, por exemplo, eram ilusões. Mexiam com a percepção das pessoas. Eram os feitiços preferidos de Rune porque eram menos complicados e exigiam menos sangue.

Ínferos, por outro lado, alteravam o mundo material, como trancar e destrancar portas, e eram mais desafiadores. Um ínfero exigia sangue fresco da bruxa que o conjurava. Usar o sangue emprestado de Verity era uma forma de trapacear, porque sangue de outras pessoas sempre aumentava a intensidade de um feitiço. Mas essa trapaça só funcionava até certo ponto, e nem todas as vezes.

Era como tentar cozinhar um banquete de dar água na boca tendo como ingredientes apenas alguns tubérculos murchos, pão velho e peixe fedorento. Era possível preparar algo, mas nunca seria um banquete, muito menos um de dar água na boca.

Rune molhou o dedo em mais sangue e continuou a traçar o símbolo. Enquanto marcava a madeira, o gosto salobro encheu sua boca e um rugido familiar lhe tomou os ouvidos. Feito o rugido do mar.

Para Rune, conjurar feitiços era como engolir o oceano. Como estar parada na rebentação enquanto a maré subia, as ondas mais rápidas e fortes do que o normal, e ela precisava de toda a sua força para continuar com os pés plantados no chão e não ser carregada.

Rune fechou os olhos enquanto a magia se espalhava, o corpo trêmulo com o esforço. O mar rugiu mais alto, o gosto salgado tomando sua garganta.

Ela cerrou os dentes e continuou desenhando, forçando mais do símbolo de sangue na porta à sua frente. A dor latejou em suas têmporas quando a onda invisível começou a quebrar. Rune sentiu o peso dela e se manteve firme enquanto tentava terminar a marca, a onda vindo em sua direção. A mão começou a tremer ainda mais. Ela agarrou o próprio pulso, tentando firmar os dedos. Só faltava uma linha...

– Rune – chamou Verity. A voz parecia abafada. Vinda de muito longe.

Eu consigo. Já estou terminando.

– Rune, pare. Você vai...

Quando a onda seguinte se aproximou, Rune tropeçou. O feitiço se quebrou e suas pernas cederam. Rune foi inundada, se afogando sob o estrondo ensurdecedor.

DEZESSEIS

RUNE

ALGUÉM A CHACOALHAVA.
— Rune!
Sua cabeça latejava. Na verdade, o corpo inteiro latejava, reverberando a partir de um ponto agudo na parte de trás do crânio. *Aaaai.*
— Alex... Me ajuda a colocar ela sentada, por favor?
Rune forçou os olhos a se abrirem. O quarto estava todo borrado e o mundo girava. Ela viu uma mancha dourada acima de si, ouviu Alex murmurando algo para Verity e fechou os olhos de novo.
Dada a superfície dura sob suas costas, soube que estava no chão.
— O que aconteceu? — sussurrou.
Alex a pegou nos braços e a colocou na cama de Verity.
— Você desmaiou — disse a amiga.
Não era a primeira vez. Acontecia sempre que ela se forçava demais ao tentar conjurar um feitiço muito difícil.
Se a avó estivesse viva para servir de guia, talvez aquilo fosse mais fácil. Mas a primeira menstruação de Rune tinha descido poucos meses após o expurgo de Kestrel. Ela precisara aprender tudo sozinha ou com a ajuda de Verity. E, depois de dois anos como bruxa, Rune conseguia conjurar apenas um punhado de feitiços.
Quando o latejar da cabeça diminuiu, ela forçou os olhos a abrirem. O quarto rodou.
— Você passou do seu limite — disse Verity. — É como uma corrente elétrica muito forte fluindo por um fio. O fio não consegue conter tanto poder e superaquece, causando incêndios ou explosões.
Rune franziu a testa.

– Não entendi nada.

– Seu poder... a quantidade de magia que você é capaz de exercer... é grande demais para seu condutor, ou seja, a qualidade do sangue que está usando. Então o feitiço entra em curto-circuito.

Mas Rune não tinha outro sangue para usar.

Suspirando, ela esperou a visão desanuviar. Por fim, Alex e Verity entraram em foco, ambos de testa franzida. Um frasco sem rolha jazia no chão, o conteúdo espalhado numa cintilante poça de sangue vermelho-vivo.

– Não, não, não... – Rune desceu para o chão, mas era tarde demais.

A maior parte do sangue tinha escorrido pelo espaço entre as tábuas do assoalho e já estava secando.

Rune tocou com o indicador o sangue grudento e precioso.

Que desperdício.

Ela só tinha mais um frasco cheio até seu próximo ciclo.

Cerrou os punhos enquanto encarava a bagunça.

– Queria ser melhor nisso.

– Você poderia ser. – Verity se ajoelhou ao lado dela no chão. – Este sangue é velho, Rune. Não importa o quanto você praticar ou quão perfeitas forem suas marcas, alguns feitiços serão impossíveis ou muito perigosos de conjurar sem sangue fresco. Você pode até conseguir usar alguns feitiços ínferos e uma ou outra miragem, mas, se quiser conjurar magias mais complexas, vai precisar de sangue fresco. Caso contrário, esse tipo de coisa vai continuar acontecendo.

– Pra isso, eu precisaria me cortar – disse Rune.

O que criaria estigmas de conjuração, um risco que ela não podia correr.

Quando uma bruxa derramava sangue cortando a própria pele, a magia usada para conjurar um feitiço descoloria a cicatriz, fazendo com que ela ficasse prateada. Por isso as cicatrizes eram consideradas tão belas durante o Reinado das Bruxas. Muitas faziam os cortes com cuidado, criando intencionalmente desenhos elaborados espalhados pelo corpo. Algumas até contratavam artistas habilidosos para cuidar dos cortes. Áreas populares eram os braços e as costas, além dos ombros, das clavículas e dos punhos. Mas também eram lugares muito visíveis, então, depois da revolução, bruxas com estigmas naquelas regiões do corpo tinham sido as primeiras a serem identificadas e expurgadas.

A avó de Rune mantinha suas cicatrizes concentradas nos braços. Se fechasse os olhos, a jovem ainda conseguia ver cada uma delas. Os cortes delicados começavam na ponta da clavícula e desciam até seus punhos em padrões prateados que representavam cenas náuticas: um navio em uma tempestade, meio engolido pelas ondas; monstros marinhos nadando nas profundezas.

– Você não *precisaria* se cortar – falou Verity.

– Como assim? – perguntou Alex, atrás das duas.

Verity olhou por sobre o ombro.

– Minhas irmãs diziam que o talento de uma bruxa é uma combinação de estudo e prática. Quanto mais aprende e memoriza, quanto mais consistentemente pratica suas marcas, melhor saem seus feitiços. Mas um componente igualmente vital é o sangue ao qual a bruxa tem acesso. Uma bruxa bem-sucedida pode dominar feitiços complexos usando sangue fresco, seu próprio ou de terceiros. Rune não pode usar o dela, por motivos óbvios, mas poderia *sim* usar o de outra pessoa... Se essa pessoa estivesse disposta a portar os estigmas.

A avó tinha mencionado aquilo certa vez: algumas bruxas usavam o sangue de outros para amplificar seus feitiços. Era algo necessário para grandes feitos mágicos, como feitiços súperos e arcanos – as duas mais altas categorias da feitiçaria. Súperos exigiam o sangue de terceiros dado com permissão; arcanos precisavam de sangue extraído à força.

Arcanos eram os feitiços mais poderosos de todos, e por séculos haviam sido proibidos. Além de serem considerados perversos, cobravam um preço considerável: se uma bruxa pegava o sangue de outra pessoa contra sua vontade, o feitiço lançado com aquele sangue corrompia essa bruxa. Ela ficava cada vez mais ávida pelo poder e recorria a tomar mais sangue à força – não raro, matando sua fonte.

– Está dizendo que Rune poderia, por exemplo, usar meu sangue para fazer magia? – perguntou Alex.

Verity assentiu.

– Ela é capaz de conjurar feitiços poderosos, só está trabalhando com uma fonte fraca. Magias básicas como miragens podem ser feitas usando sangue velho, mas as mais poderosas exigem o sacrifício de sangue *fresco*.

Alex olhou para Rune, os olhos brilhando.

– Não – disse Rune, compreendendo o que se passava na cabeça dele. – Nem pensar.

– Por quê? Se isso fosse ajudar...

– *Você* acabaria com cicatrizes.

Se Rune usasse o sangue de Alex, mesmo com sua permissão, estigmas prateados apareceriam no lugar dos cortes. Aquilo o colocaria em grande risco.

Verity fez menção de falar alguma coisa, mas vozes no corredor fizeram os três se voltarem para a porta – que exibia uma marca de feitiço brilhante na madeira.

– Preciso limpar aquilo ali – falou Rune, ciente de que estava colocando os amigos em perigo. Fez menção de se levantar. – Antes que alguém veja e...

Verity pousou a mão no ombro dela, pressionando de leve para baixo.

– Fique aqui e descanse um pouco. Eu limpo.

Verity saiu para ir buscar um balde de água com sabão e um esfregão, trancando a porta. No silêncio, o estômago de Rune grunhiu. Magia sempre a deixava esfomeada.

Alex ergueu o livro de feitiços largado aberto na cama.

– Rompe-tranca e ferrolho?

Do chão, Rune ergueu os olhos para ele. O tomo aberto em suas mãos projetava uma sombra sobre seu rosto.

– É meu plano alternativo – explicou Rune. – Caso a gente não encontre Seraphine antes da transferência. O rompe-tranca é capaz de abrir até as travas mais complicadas da prisão do palácio.

Ou seria, se eu conseguisse conjurar um.

Alex fechou o livro e franziu a testa para ela.

– Você nunca entrou na prisão do palácio – argumentou ele. – Como sabe quais trancas precisam ser abertas?

– Noah Creed me deu um tour do Recanto das Azinheiras uma vez. – Aquele era o nome da propriedade da família Creed. – A mãe dele é a carcereira-chefe. Vi um mapa na parede do escritório dela.

– E os Creed vão dar um baile de máscaras amanhã à noite – murmurou Alex, compreendendo o plano. – Você quer roubar o mapa.

Ela negou com a cabeça.

– Suspeito demais. Um furto alertaria a mulher, que provavelmente reforçaria a segurança da prisão e deixaria a Guarda Sanguínea em estado de alerta máximo.

Alex se sentou ao lado dela no chão. Juntos, ocupavam todo o espaço no minúsculo aposento de Verity que não estava preenchido pela cama e por livros. Entregando o tomo pesado para Rune, ele perguntou:

– Qual é seu plano, então?

– Se eu conseguir lembrar onde fica o escritório da mãe dele, posso copiar o mapa.

O olhar no rosto de Alex sugeria que ele não achava aquele plano melhor do que roubar logo o desenho; se era aquilo que pensava, porém, não disse em voz alta.

– Imagino que seja um mapa grande. Onde exatamente vai esconder a cópia enquanto dança e flerta a noite toda?

Ela abriu um sorrisinho.

– É melhor nem saber.

Para sua surpresa, ele corou.

Um silêncio tenso preencheu o espaço; os dois desviaram o olhar.

– Eu dou cobertura – afirmou Alex. Antes que ela pudesse agradecer, porém, ele acrescentou: – Com uma condição.

Rune semicerrou os olhos.

– Qual?

– Depois que Seraphine estiver em segurança, promete sossegar um pouco?

Rune franziu o nariz.

– Você sabe que não posso fazer isso.

– Então lamento, mas não posso ajudar. O que é uma pena, porque sei exatamente onde fica o escritório da carcereira-chefe.

– Sabe? – Rune arregalou os olhos. – Calma. Você está me chantageando!

– E *você* está desmaiando de exaustão. Precisa descansar um pouco, Rune.

Ela odiou a expressão de pena dele e desviou o olhar, fitando o frasco quebrado no chão. Quanto sangue desperdiçado... Sangue que poderia ter sido usado para libertar Seraphine de sua cela.

Mas Alex estava certo. Ela estava se exaurindo demais.

Seria ótimo descansar um pouco.

Os expurgos estavam cada vez menos frequentes, principalmente por causa de Rune, que, com a ajuda de Verity e Alex, roubava bruxas do domínio da Guarda Sanguínea e as mandava para fora da ilha como passageiras clandestinas. Mas aquela não era a única razão. Qualquer bruxa que um dia tivera esperanças de que as coisas fossem melhorar já tinha se dado conta àquela altura de que, na verdade, piorariam. Haviam fugido – quando possível – ou estavam bem escondidas.

Então talvez Rune tivesse justificativa para tirar alguns diazinhos de folga...

– Um mês.

– *O quê?* Nem pensar.

– Eu vou passar um mês em Caelis.

– O QUÊ?

Caelis era a capital de Umbria, uma nação pacífica no continente que ficava bem diante do Estreito do Sepulcro.

Preciso de você aqui!, ela quase disse.

– Por que vai para tão longe?

E para passar tanto tempo?

– Tenho me correspondido com o diretor do Conservatório sobre terminar meus estudos.

Rune foi tomada por uma tempestade de emoções. Raiva por ver o amigo deixando o destino de bruxas inocentes nas mãos da Guarda Sanguínea. Irritação por compreender que ele tinha uma vida e desejos que iam além de sua missão.

Mas a missão não é dele, disse Rune a si mesma. *É minha.*

Alex a ajudava a ponto de colocar a própria integridade em risco porque era uma pessoa boa que acreditava que o que a Nova República tinha feito – e ainda estava fazendo – era errado. Mas ele não era uma bruxa. Nunca saberia como era ser odiado e perseguido. Ver pessoas como ele serem expurgadas pelo simples crime de ser quem eram.

Aquela luta nunca seria de fato dele. E era injusto esperar que continuasse se arriscando por ela.

Rune estava sendo egoísta.

Uma dor muito familiar surgiu em seu peito quando ela olhou para o livro de feitiços que abraçava, pensando na avó. Pensando em uma época em que ela se sentia completa, vista e compreendida. Quando não se sentia completamente sozinha.

Pare de se lamentar, sua avó se foi. Não tem como desfazer o que foi feito. Só dá para seguir em frente e fazer com que as coisas sejam melhores no futuro. É o que sua avó ia querer que você fizesse.

– Se eu voltar para a escola, vou precisar morar em algum lugar – disse Alex. Não estava mais virado para ela, e sim encarando a janela. – Tem uma casa à venda perto do porto, bem próxima da escola. Se for boa, vou comprar.

Rune assentiu, mesmo sem gostar do rumo da conversa.

– E se isso acontecer, quero que você venha comigo.

– Para passar um mês inteiro? – Ela balançou a cabeça. Não havia a menor chance. Quantas bruxas morreriam naquele intervalo? Uma, que fosse, já seria demais. – Se me ajudar a resgatar Seraphine, prometo que vou com você... Mas só por uma semana.

– Duas – insistiu ele, voltando a atenção para Rune e cruzando os braços, como se aquela fosse sua oferta final.

Bem naquele momento, alguém bateu à porta.

Ambos congelaram.

– Sou eu – falou Verity, do outro lado.

Ficando de pé, Rune encarou Alex com uma expressão que dizia *falamos disso mais tarde* e abriu a porta.

Enquanto Verity limpava o sangue da madeira, Rune recolheu os cacos do frasco quebrado. Jogou tudo no lixo e se virou para o amigo de infância.

Alexander Sharpe era uma das duas pessoas no mundo em quem ela confiaria sem piscar. Imaginá-lo em Caelis, tão longe, fazia Rune sentir uma tristeza tão profunda que a vontade dela era se encolher no chão e chorar.

O que faria sem ele?

QUANDO RUNE VOLTOU PARA a Casa do Mar Invernal, um telegrama a aguardava.

Imaginou que seria um lembrete do baile de máscaras dos Creed, que aconteceria na noite seguinte, e abriu a missiva com a intenção de apenas correr os olhos pelo conteúdo e deixá-lo de lado, até que viu o endereço do remetente: *Velho Bairro*. Era uma parte industrial da capital, cheia de comerciantes, operários e outras famílias da classe trabalhadora.

Rune não tinha amigos ali.

Curiosa, dedicou toda a atenção ao telegrama.

SRTA. RUNE WINTERS
CASA DO MAR INVERNAL

PEÇO PERDÃO POR TER ME RETIRADO TÃO RÁPIDO NOITE PASSADA. SE AINDA NÃO ESTIVER FARTA DE MIM, É POSSÍVEL QUE EU TENHA UMA SOLUÇÃO PARA SEU APURO REFERENTE AO JANTAR DE LUMINARES.

GIDEON

Uma solução?

Os alertas de Verity ecoaram na mente de Rune quando ela se lembrou de como tinha chegado perto de permitir que Gideon a beijasse. Quão longe ele teria ido, se ela houvesse permitido aquele beijo?

Com pretendentes anteriores, Rune sempre traçara o limite nos beijos. Jamais, sob circunstância alguma, fora além. Aquela regra a ajudava a se sentir no controle. Como se não pudesse se perder por completo, por mais desesperadas que as coisas ficassem.

É uma segunda chance de descobrir onde estão mantendo Seraphine, disse a si mesma, emitindo um pedido silencioso de desculpas para Verity. *Preciso aproveitar.*

Ditou a resposta a Lizbeth, que levou a mensagem ao posto telegráfico.

GIDEON SHARPE
RUA DA CAUTELA, 113, VELHO BAIRRO

ESTOU INTRIGADA. CONTE-ME MAIS.

RUNE

P.S.: SE ALGUÉM PRECISA PEDIR DESCULPAS PELA NOITE PASSADA, É QUEM ARRUINOU SEU PALETÓ.

Uma resposta chegou naquela tarde.

VAI SER MAIS FÁCIL SE EU MOSTRAR. ESTÁ LIVRE AMANHÃ ÀS 10 DA MANHÃ? EM CASO POSITIVO, ME ENCONTRE NESTE ENDEREÇO.

GIDEON

P.S.: PROMETO IR DEVAGAR DESSA VEZ.

DEZESSETE

GIDEON

A CAMINHO DO RINGUE, Gideon parou no posto telegráfico e coletou a resposta de Rune.

MAL POSSO ESPERAR PARA IR DEVAGAR.

RUNE

Ele sorriu ao ler a mensagem. Estava se sentindo melhor naquela noite. Descansado e pronto. Se Rune fosse a Mariposa, ele descobriria na manhã seguinte.

Ainda estava sorrindo quando entrou na arena, tirou a camisa e colocou as luvas, já se preparando para o aquecimento. Estava tão perdido em seus planos que não notou quando as portas da arena foram escancaradas e o irmão entrou a toda.

– O que raios você está armando?

O tom de voz de Alex apagou o sorriso do rosto de Gideon. Ele se virou e viu o caçula largar a bolsa com os equipamentos no chão antes de arrancar a camisa. Agarrando as luvas, Alex passou por debaixo das cordas e entrou no ringue.

– Bom ver você também, Alex.

– Aparecer na festa de Rune noite passada. Ficar sozinho com ela. Sério?

Pelo canto do olho, Gideon notou que os outros homens na arena olhavam para eles.

– Eu...

– Você não suporta Rune Winters. – Alex se colocou em posição de luta, de frente para Gideon, sem nem se aquecer.

Ele não podia contar a verdade a Alex, porque o irmão contaria tudo a Rune. Não ligaria para a suspeita de Gideon de que ela era a Mariposa, ou de que ele podia estar em perigo. Alex sempre pensava o melhor das pessoas.

– Talvez eu tenha mudado de ideia – rebateu Gideon, assumindo também a postura de luta.

Alex fez que não.

– Você é meu irmão. *Conheço você*. O que está armando?

Gideon desferiu um soco preguiçoso. Alex se agachou e desviou com facilidade, devolvendo o golpe. Muito mais forte. Gideon bloqueou a pancada e deu um passo para o lado.

– Ela é uma moça bonita com uma ótima herança. Todo mundo sabe que está em busca de um marido. Achei que valia tentar a sorte.

– Você odiaria.

Alex avançou de novo, veloz e furioso. Gideon saltou para trás bem na hora, e o punho do irmão passou voando tão perto de seu rosto que o deslocamento de ar agitou seu cabelo.

– Odiaria o quê?

– Se casar com ela. – Alex soltou as mãos. – Precisaria frequentar suas festas. Entreter e impressionar seus convidados. Pessoas que você odeia.

Gideon imitou o irmão, baixando a guarda.

– Talvez eu pudesse aprender a gostar.

Algum tipo de emoção desesperada lampejou no rosto de Alex e a culpa se acomodou como uma pedra no fundo do peito de Gideon.

Alex baixou as mãos nas laterais do corpo.

– Pessoas como Rune não ficam com pessoas como você.

A culpa evaporou.

Gideon sabia exatamente o que Alex queria dizer. Pessoas como ele não tinham dinheiro. Eram sujas. Pessoas como ele não pertenciam aos salões de baile de gente como Alex e Rune.

Cerrou os punhos.

– É mesmo?

– Sim. – Os olhos dourados de Alex faiscavam como eletricidade.

– Me explique, então. Com que tipo de pessoa garotas como Rune ficam? Com homens como você? – Gideon voltou a erguer os punhos. – Homens que ficam às margens, desejando em segredo, com medo demais de ir atrás do que querem? Está tão acostumado a ganhar tudo de mão beijada que acha que ela também vai se entregar de bandeja?

Alex o socou com tudo.

A dor explodiu no maxilar de Gideon.

Ele cambaleou para trás, batendo as costas nas cordas enquanto o gosto de sangue preenchia sua boca. Seus ouvidos zumbiam e ele agarrou as cordas com força para não cair de bunda.

Eu mereci, pensou ele, cuspindo sangue. Espantando a dor vibrante, tentou se recompor e viu Alex se agachando para sair do ringue. O irmão pegou a camisa e se afastou a passos largos.

– Alex – chamou Gideon. – Alex, qual é! Eu não...

Mas a porta da arena já estava se fechando de novo.

– Droga.

Gideon tinha dito aquilo tudo da boca para fora.

Quase tudo.

Alex tinha tocado em seu ponto mais vulnerável. Mais fraco. Por isso, ele havia revidado. E as coisas não deviam ser assim.

Gideon era o mais velho. Devia proteger o caçula. Levar as pancadas, mesmo as desferidas pelo próprio Alex.

Decepcionado consigo mesmo, parado sozinho no meio do ringue, Gideon deixou a cabeça pender para trás. Fechando os olhos, soltou um suspiro rouco.

Alex estava certo.

– Eu sou um merda.

DEZOITO

RUNE

NO DIA SEGUINTE, um almoço formal seria celebrado em ocasião do noivado de Charlotte Gong. Rune tinha aceitado o convite muito antes da chegada do telegrama de Gideon e, portanto, precisava dar as caras. Mas o evento era só ao meio-dia, o que lhe daria tempo de se encontrar com ele antes.

Assim, Rune saiu bem cedo e cavalgou pela capital sem dizer a ninguém para onde estava indo.

Depois de deixar Lady em um dos estábulos do Velho Bairro, atraindo vários olhares surpresos de cavalariços que não estavam acostumados a lidar com animais de raça como aquele, seguiu na direção da rua da Cautela.

Encontrou o lugar pouco antes das dez, e a via estava movimentadíssima. Chaminés cuspiam fumaça e o cheiro de carvão das fornalhas das fábricas pairava no ar, se misturando aos anúncios dos vendedores de rua. Operários que passavam por Rune a olhavam de cima a baixo enquanto ela tentava ao máximo ficar fora do caminho. Correu os olhos pelos sobrados de aparência antiga, notando as rachaduras nos tijolos marrons e as fachadas carentes de uma demão de pintura.

O Nobre Comandante presenteara Alex com o Palacete do Espinheiro, antigo lar de veraneio de Cressida, como compensação por seu papel no assassinato da caçula Roseblood. Gideon, porém, havia feito muito mais que Alex a serviço da Nova República – guiara os revolucionários palácio adentro, dera fim nas duas irmãs mais velhas de Cressida, devotara a vida à caça das bruxas. Decerto o comandante, em gratidão, ofereceria ao capitão de sua Guarda Sanguínea qualquer coisa que ele quisesse. Então por que Gideon vivia justo *ali*?

Rune viu o número 113 em uma das portas no nível da rua, ao lado de uma janela fechada por tábuas. Conforme se aproximava, já erguendo a mão para bater, o letreiro acima da fachada chamou sua atenção.

DUETO SHARPE: ALFAIATARIA E COSTURA

– Ah – sussurrou ela.

De repente, a porta se abriu. Gideon surgiu no batente, assomando diante dela.

Você já nasceu assim, imenso?, pensou Rune, encarando o sujeito. *Ou já foi pequeno e frágil como o resto de nós?*

Ele estava usando calças simples e uma camisa branca com mangas arregaçadas até o cotovelo. Sobre o ombro, tinha uma fita métrica pendurada.

– Está atrasada.

Tão atrasada quanto manda a etiqueta, pensou ela, enquanto ele entrava e a convidava a ir atrás.

Em vez de subir com Rune até os aposentos no andar de cima, Gideon a fez entrar por uma porta à esquerda, levando-a à alfaiataria escura que pertencera a dois dos maiores costureiros da história da moda. Cada palmo do corpo dela vibrava de expectativa.

Apesar da amizade com Alex, ela nunca tinha visitado o lar dos Sharpe. A avó de Rune a proibia de sequer pisar na periferia da cidade. *É um lugar perigoso, imundo e cheio de criminosos*, dizia Kestrel sempre que a neta protestava. *Não é para gente como nós.*

Dentro da loja, tábuas cobriam todas as janelas, deixando entrar apenas résteas do sol. Enquanto seus olhos se acostumavam à penumbra, Rune tentou não encarar os tecidos, os materiais de costura, as padronagens... tudo espalhado pelo espaço como se não fosse nada de mais.

Gideon devia ter herdado aquilo dos pais.

Mas por que não deu um fim em tudo isso?

Claramente, ninguém tocava naquelas coisas havia anos.

Sun e Levi Sharpe já estiveram bem aqui onde estou, pensou Rune, imaginando a costureira e o alfaiate debruçados sobre a grande mesa, rascunhando ideias até tarde da noite, cosendo tecidos até que as pálpebras cansadas não conseguissem mais ficar abertas antes de apagarem as velas e irem para a cama.

– Esta é minha solução para o seu problema – disse Gideon, parando diante de uma bancada.

Ela parou ao lado dele, observando o caderno aberto sobre o tampo. Uma lamparina a óleo queimava ao lado, iluminando as páginas. Rune arregalou os olhos e chegou mais perto.

Alguém a havia desenhado – ela mesma, *Rune Winters* – no papel, usando o vestido mais lindo que ela já vira na vida. Mangas delgadas de renda. Uma elegante gola cavada. Corpete bem justo com um sutil padrão bordado, cuja estampa ela não conseguia distinguir direito. Uma saia reta com uma cauda de vários centímetros.

O queixo de Rune caiu. Depois, ela fechou a boca. Gideon estendeu a mão e virou a página, mostrando desenhos mais detalhados de cada parte: mangas, corpete, costas rendadas, sapatilhas de seda combinando.

– Isso é...

– O que eu vou fazer. Para a senhorita usar no Jantar de Luminares.

Não fazia sentido.

Era uma brincadeira, certo?

Ela já tinha ganhado presentes de seus pretendentes, mas foram sempre flores, joias ou passeios de carruagem. Nada parecido com... aquilo. Nunca um vestido *criado sob medida* para ela.

Algo se agitou no peito de Rune, como um bando de pássaros em revoada. Ela tentou disfarçar o imenso sorriso que se abria em seus lábios.

– Gideon... Tem certeza?

– Absoluta. Mas preciso de algo.

Rune estava disposta a dar qualquer coisa em troca daquele traje destrinchado nas páginas do caderno.

– Suas medidas – disse ele.

– Ah. – O sorriso dela morreu. – Certo. É claro.

A única pessoa que já tirara suas medidas fora sua costureira pessoal.

– Se não estiver confortável, eu...

– Não! Estou muito confortável!

Ela tentou sorrir, mas o sorriso vacilou ao pensar no que aquilo significaria: ficar de roupas de baixo diante de Gideon Sharpe. Rune engoliu em seco, ficando toda quente. Se quisesse o vestido, precisaria que aquele inclemente caçador de bruxas se aproximasse o bastante para ver cada uma de suas imperfeições, para medir as gordurinhas e dobrinhas que ela geralmente mantinha escondidas – não porque tivesse cicatrizes a ocultar, e sim porque era... bem, *tímida*.

Espere, pensou Rune, semicerrando os olhos para as páginas do caderno. *Agora entendi.*

Não era um gesto de gentileza. Não era uma solução para seu problema. *Ele quer ver se tenho estigmas de conjuração.*

Ela sentiu o olhar intenso de Gideon fixo nela. Quando ergueu o rosto, lembrou-se de quem era o sujeito com quem estava lidando ali. Não era um pretendente, não de verdade. E o modelo de vestido naquele caderno resolvia o problema *dele*, não o dela.

Ou é o que ele acha.

Um sorriso verdadeiro substituiu o vacilante.

Rune não tinha estigmas de conjuração. E, se ele não encontrasse cicatrizes, não teria mais motivos para continuar desconfiando dela.

Emanando confiança, já que aquele era um jogo cujas regras ela conhecia muito bem, Rune abriu os botões do casaco justo de lã e o fez escorregar dos ombros.

— Onde você quer fazer isso?

Por um instante, ele hesitou. Como se estivesse reconsiderando o próprio plano. Quando o olhar de Rune encontrou o dele, desafiando-o silenciosamente a baixar os olhos para seu corpo, ele pareceu retomar a determinação. Com o caderno em mãos, Gideon a levou até os fundos da loja, onde um conjunto de três espelhos exibia o reflexo dela em diferentes ângulos. No centro, havia um pequeno degrau.

Agradecendo mentalmente por ter vestido roupas de baixo decentes, Rune desabotoou a blusa.

Gideon começou a se virar.

— Se precisar... Ah.

Rune já estava se despindo. O olhar dele recaiu sobre o sutiã de renda e ali perdurou por um instante, antes de voltar de supetão para o rosto de Rune, suas bochechas muito coradas.

— Tudo certo? — perguntou ela, tentando não abrir um sorrisinho zombeteiro.

Ele assentiu e virou de costas. Pousando o caderno em uma prateleira repleta de tule branco, Gideon passou um longo tempo procurando uma página vazia.

Rune desamarrou as botas de cavalgada e se demorou soltando as ceroulas, deleitando-se com o súbito acanhamento de Gideon.

— Você costumava fazer isso com frequência, quando ajudava seus pais?

Como se pressentisse que ela estava agora apenas de roupas de baixo, ele não se virou para Rune. Apenas pigarreou.

— Fazer o quê?

— Tirar medidas dos clientes.

— As únicas medidas que tirei foram as de Cressida. — A resposta pareceu devolver a ele a sobriedade. Gideon pegou a fita métrica do ombro e se virou para confrontá-la, focando os olhos em seu rosto. Não se permitindo baixá-los nem um milímetro. — Pronta?

— Sim.

Rune se remexeu, se balançando na ponta dos pés, tentando ignorar o ar gelado. Ele se aproximou, levando a lamparina consigo.

— Vou começar de cima e depois vou descendo.

Ela entendeu, mas a forma como ele disse aquilo a fez imaginar Gideon descendo por seu corpo de uma maneira... bem menos vertical. E, aparentemente, ela não foi a única: Gideon hesitou, abrindo a boca para se explicar, mas apenas tossindo em vez de falar qualquer coisa.

Ele pousou a lamparina ao lado do degrau, engolfando-a em um brilho cálido. *Para ver melhor os estigmas*, pensou Rune. Então começou a tirar as medidas.

As mãos dele trabalhavam rápido, provando sua perícia na atividade. Ela não conseguiu não comparar aquelas mãos às do irmão dele. As de Alex eram mãos de músico: palmas largas, dedos esbeltos. Elegantes e belas como uma canção.

Já as de Gideon eram fortes, ásperas e calejadas. Mãos que podiam portar uma arma com tanta competência quanto ao jogar uma bruxa em uma cela — ou, ao que parecia, tirar as medidas de uma mulher.

Ele não se atrapalhou nem roçou os dedos em sua pele. Como se estivesse concentrado para não tocar nela mais do que o necessário.

Para distrair ambos enquanto ele media seu busto, Rune disse:

— Queria que Alex tivesse me dito que você era tão habilidoso na alfaiataria. Se seus trajes finalizados forem um décimo do que vi nos esboços, eu o teria contratado há anos.

— Cress nunca teria permitido que eu trabalhasse para a senhorita.

A forma como ele mencionou a jovem rainha — *Cress*, não Cressida — causou em Rune um sentimento estranho.

– Ela nem teria me deixado *lhe dirigir a palavra*. – Gideon se afastou para anotar a medida no caderno. – Já servi chá para a senhorita e seus amigos certa vez, mas acho que não fui notado. – Ele voltou a olhar para Rune, envolvendo sua cintura com a fita métrica. – Foi no Palacete do Espinheiro, durante uma das festas de Cress.

Incapaz de se lembrar da ocasião, ela ergueu os olhos e viu o rosto de Gideon a poucos centímetros do seu, a atenção focada na fita.

– Se você era o costureiro dela, por que estava servindo chá numa festa?

Ele afrouxou a fita, mas não seguiu para a próxima medida.

– Eu morava no Palacete do Espinheiro na época. Cress me fez mudar do palácio e me instalar lá para que... eu pudesse atender melhor às suas necessidades. Na noite da festa, eu estava sendo punido. – Ele correu a mão pelo cabelo. – Por ter negligenciado meus deveres.

Rune franziu ainda mais a sobrancelha. Fez menção de perguntar o que aquilo significava, mas Gideon a interrompeu antes que abrisse a boca.

– Agora, o quadril.

Era nítido que ele não queria dar explicações. Enquanto envolvia o quadril de Rune com a fita, puxando-a para o alcance de seu calor, ela tentou recordar: uma versão mais jovem de Gideon Sharpe enchendo sua xícara enquanto ela fofocava com as amigas.

Mas não conseguiu recordar nada, e a culpa se contorceu em sua barriga.

Mas por que eu me lembraria dele?

Sua mente voltou ao apelido que ele tinha usado. *Cress*. Será que era o único que chamava a rainha daquele jeito?

Quando Gideon se afastou para anotar as medidas do quadril de Rune, ela perguntou:

– Não conheci Cressida muito bem. Como ela era?

Ele ficou debruçado sobre o caderno, sem escrever ou falar por um longo tempo.

– Era... bonita – respondeu, enfim. – E atraente. – Ele parecia meio perdido em pensamentos. – E poderosa.

Rune se lembrou de repente dos rumores sobre o amante plebeu de Cressida. Rumores que a garota jamais considerara mais que pura intriga. Ali, porém, cogitou a possibilidade de que houvesse alguma verdade nos boatos.

Gideon dissera que havia morado na casa de veraneio da rainha, e sem dúvida ele era bem bonito.

Para quem gosta de homens sombrios, taciturnos e brutais, pensou, franzindo a testa.

Gideon falava da Roseblood caçula de forma muito informal. Não combinava com alguém que a servira. Parecia mais alguém que a conhecera muito bem.

Ou fora íntimo dela.

Rune se remexeu. Uma sensação desconfortável serpenteou por seu ventre quando pensou em Gideon dividindo a cama com Cressida. Se ele tivesse sido amante de uma rainha bruxa, Rune precisaria tomar muito mais cuidado. Ele seria capaz de notar o mais sutil dos sinais.

– Já ouviu falar das plantas carnívoras que crescem nos charcos da ilha?

Ele havia se virado de frente para ela, mas os dois estavam a vários passos de distância. O brilho da lamparina banhava Rune, ainda em suas roupas íntimas de renda. Gideon estava nas sombras, todo vestido. Naquele momento, porém, ele parecia o mais vulnerável entre os dois.

– Aquelas flores roxo-escuras que capturam e devoram insetos? – questionou ela.

Ele assentiu.

– Cress era assim: bela a certa distância, sempre seduzindo as pessoas para que chegassem mais perto. Como idiotas, elas se aproximavam de bom grado. – Ele agora encarava um ponto acima do ombro de Rune, o rosto tomado por uma expressão atormentada. – Ela só revelava sua verdadeira natureza quando a pessoa já estava em seu domínio. Quando isso acontecia, era tarde demais.

Ele olhou Rune nos olhos.

– Ela já estava devorando a vítima viva.

DEZENOVE

GIDEON

NO COMEÇO, A ATRAÇÃO tinha sido mútua. Ele vira Cressida Roseblood pela primeira vez quando fora ao palácio com a mãe para entregar um vestido. Enquanto Sun falava em particular com as duas rainhas bruxas mais velhas, Gideon aguardara no saguão, sabendo como aquele momento era importante. Se as irmãs gostassem do trabalho de seus pais, Analise e Elowyn contratariam o Dueto Sharpe em tempo integral como estilistas oficiais.

Aquilo significaria um salário invejável para Sun e Levi.

Mudaria o destino da família.

Gideon estava parado no corredor quando Cressida aparecera com suas aias. Sem se dar conta de quem era, ele tinha olhado a jovem com atenção, admirando seu cabelo branco como marfim, os olhos azuis brilhantes e o corpo esbelto.

Ela parara e se virara. Sorrindo, se aproximara devagar e perguntara o nome dele, depois se demorara conversando. Gideon ficara completamente arrebatado por sua beleza, lisonjeado pelo flerte e, acima de tudo, surpreso por ser tratado como igual.

Ela só tinha ido embora quando a mãe dele voltara, parecendo atordoada e dizendo que havia assinado o contrato.

– Pelo jeito, vamos nos ver mais vezes.

Gideon ainda se lembrava de como a pulsação dele acelerara ao ouvir aquelas palavras. Com o olhar que a rainha lhe lançara por cima do ombro enquanto desaparecia pelo corredor.

Começou devagar. Depois que a família se mudou para o palácio, Cressida passou a convidar Gideon para caminhadas pelos jardins ou passeios a cavalo pela praia. Depois, ele começou a se juntar a ela para o café da manhã na sacada.

Trocavam beijos em cômodos vazios do palácio, as mãos correndo pelo corpo um do outro.

Na época, parecia um sonho. Bom demais para ser verdade.

E de fato era.

– Gideon?

A voz de Rune invadiu seus devaneios. Por um instante, meio preso no passado, não foi Rune Winters que Gideon viu no degrau diante dele, e sim Cressida Roseblood. Olhando para ele como uma leoa. Contemplando se brincaria com a comida antes de devorá-la ou se atacaria direto sua jugular.

O coração dele retumbava; as mãos suavam.

– Está tudo bem?

A voz de Rune o puxou de volta para o presente. *Cressida está morta.* A garota à frente dele era outra.

Rune desceu do degrau, caminhando devagar na direção dele.

Por instinto, Gideon recuou.

Ela congelou, mordendo o lábio, como se sentisse sua angústia, mas não soubesse como reagir.

Acorde, Sharpe.

Ele pigarreou.

– Perdão. Sim. Está tudo bem. Eu não deveria ter falado sobre isso.

– Fui eu que toquei no assunto – respondeu ela, analisando-o com seu olhar tempestuoso. – Se quiser conversar a respeito...

– Acho melhor não.

Onde ele estava com a cabeça? Aquela era a pior pessoa do mundo a quem contar seus mais vergonhosos segredos. A própria rainha da fofoca, que poderia arruinar a reputação de Gideon com um único sussurro.

Será que já tinha falado demais?

– Certo – respondeu Rune, abraçando o próprio corpo.

Ele se deu conta de que ela estava tremendo. Claro. Estava congelante ali, e Rune vestia apenas as roupas de baixo.

Seu idiota. Ele pegou uma manta de lã de um baú encostado na parede. A mãe a usava para se manter aquecida quando trabalhava até tarde nas noites frias do inverno. Voltando até Rune, pendurou a peça sobre seus ombros.

– Só falta uma medida para acabarmos aqui.

Ela assentiu. Ao se abaixar para pousar a ponta da fita no chão, ao lado do calcanhar dela, percorreu as pernas lisas de Rune com o olhar, em busca de marcas prateadas na pele – assim como tinha feito com o resto do corpo. Mas não havia nada. As pernas de Rune eram tão perfeitas que Gideon teve dificuldade de desviar o olhar delas.

Não achara nenhum estigma de conjuração. Na verdade, o simples fato de ela ter se despido e aceitado ficar ali parada diante dele ao longo de todo aquele tempo, vulnerável, era prova de que ela não tinha cicatrizes comprometedoras.

Talvez ele estivesse errado. Rune Winters não devia ser a Mariposa.

– Pise nisso aqui por um instante.

Quando ela obedeceu, ele puxou a outra ponta da fita até o topo de sua cabeça, mantendo o objeto bem esticado, e anotou a altura de Rune. Ela era quase trinta centímetros menor que ele.

Conforme anotava a última medida no caderno, ouviu a garota seguir em direção às prateleiras.

– Esses são...?

Ele se virou e a viu enrolada na manta de lã, cuja barra batia na metade das coxas. Parecia perfeitamente inabalada pela atenção dele enquanto espiava os antigos cadernos de trabalho de Sun Sharpe. Como se estar seminua no mesmo cômodo que ele fosse a coisa mais natural do mundo.

Gideon engoliu em seco, tentando impedir que o olhar recaísse nas pernas de Rune.

– Os cadernos da minha mãe – respondeu ele, abrindo o colarinho da camisa. – Ela registrava todas as suas modelagens neles.

– Os cadernos da sua... – Rune se virou de supetão para ele, de queixo caído. – Posso?

– Fique à vontade.

O sorriso que surgiu no rosto dela o fez sentir algo estranho no fundo do peito.

Rune tirou os volumes da prateleira e carregou todos até a bancada, onde os pousou em uma pilha antes de se sentar na banqueta alta.

A admiração tomou seu rosto enquanto ela sorvia as imagens, virando as páginas com reverência. Parecia quase... inocente. Gideon levou a lamparina até a mesa para que ela pudesse enxergar melhor.

Ele tinha tomado o cuidado de não encostar nela ao longo daquele dia, lembrando-se das palavras do irmão no ringue de boxe. Lembrando-se de quem Rune era. Quem *ele* era.

Você é indigno dela, pensou.

Gideon pegou outra banqueta e a pousou do outro lado da bancada, onde se instalou.

No mesmo instante, deu-se conta do próprio erro.

Dali, tinha uma visão perfeita do decote do sutiã dela, a renda delicada revelando quase tudo. Ele tinha acabado de medir seu busto, então não tinha a menor ideia de por que de repente aquilo chamava sua atenção. Manteve o olhar focado na linha do pescoço dela.

Porém, se de fato estivessem se cortejando...

Se estivessem *juntos*...

Abateu os pensamentos no mesmo instante. *Não aprendeu a lição com a primeira bruxa que o atraiu?*

Ele e Rune nunca ficariam juntos. Se ela fosse a Mariposa, aquele cortejo – se é que podia ser chamado daquele jeito – acabaria com Gideon prendendo e levando Rune para o expurgo. Se não fosse, ele se afastaria e torceria para que o irmão enfim criasse coragem de correr atrás do que queria.

Era assim que deveria ser.

Quando ela o pegou encarando, Gideon desviou o rosto, mas era tarde demais. Seus olhares se encontraram.

Devagar, Rune fechou o caderno sobre o qual estava inclinada e se levantou da banqueta.

– Acho que é melhor devolver isto para o lugar.

Ela deu a volta na mesa e deixou a manta cair dos ombros, entregando a peça para ele, que a pegou. Rune se içou para se sentar no tampo da mesa, bem a seu lado, deixando que suas belas pernas pendessem da borda.

Gideon lutou para focar em seu rosto, quando tudo o que queria era baixar o olhar.

Pegando o caderno com as medidas anotadas, Rune folheou as páginas até o vestido que ele desenhara para ela. Com os dedos, percorreu o esboço da mesma forma que tinha percorrido com os olhos as linhas dos modelos criados pela mãe dele.

Ela havia gostado. Isso estava estampado em seu rosto.

133

Gideon não gostou do efeito que aquela constatação teve sobre ele. De como o aqueceu, derretendo seu coração gelado.

Fazê-la feliz não devia ser tão prazeroso.

– O que vai fazer esta tarde? – perguntou ela, tocando o botão de cima da camisa de Gideon. – Tenho um almoço formal ao meio-dia, mas depois... Há uma praia deserta perto da Casa do Mar Invernal. Às vezes passeio a cavalo por lá. Gostaria de ir comigo?

– Não posso – soltou ele, puxando a manta para o colo. – Preciso trabalhar.

Ela baixou o queixo, decepcionada. Sem querer passar a impressão de que a estava rejeitando, ele logo acrescentou:

– Mas, dependendo do desenrolar da transferência de hoje, pode ser que eu consiga me encontrar com a senhorita mais tarde.

Ela voltou a atenção para seu rosto.

– A transferência de hoje?

Gideon assentiu.

– Laila e eu vamos transferir uma bruxa para o palácio da prisão.

Rune baixou o olhar.

– É longe? O lugar de onde você vai transferi-la, digo.

Devagar, Rune abriu um botão da camisa dele. Gideon precisou refrear o ímpeto de puxá-la para o colo.

Foco, seu idiota.

– Não muito. Ela está presa na velha mina perto de Porto Raro.

– Entendi. – Rune fez um biquinho enquanto os dedos passavam para o próximo botão. – Os Creed vão dar um baile de máscaras esta noite. Você poderia me encontrar lá depois do trabalho.

Gideon lutava para controlar as mãos, apertando com força a lã da manta.

– Vou fazer o possível.

A boca de Rune se curvou para o lado quando ela largou o botão seguinte, sem abri-lo. Antes de descer da mesa, porém, inclinou-se na direção dele até a ponta do nariz roçar a sua bochecha.

– Obrigada pelo vestido, Gideon.

O nome dele nos lábios dela o fez estremecer. Ele cerrou os punhos com força. Não conseguiria se segurar por muito mais tempo.

– Às ordens – murmurou.

Quando ela desceu e se virou para se vestir, Gideon achou melhor não ficar olhando enquanto ela recolocava as ceroulas. Em vez disso, foi arrumar as coisas.

VINTE

RUNE

DEPOIS DE DAR UMA passada rápida no almoço de Charlotte, Rune voltou correndo para a Casa do Mar Invernal, sorrindo o tempo todo. Nem as mais cinzentas nuvens no horizonte estragariam seu humor.

Tinha sido tão fácil! Era inacreditável como Gideon entregara tão depressa o paradeiro de Seraphine. Ela quase precisara ficar nua, mas ainda assim...

Valeu a pena.

Gideon *era* o pretendente com quem se casaria, decidiu ela.

Foi só quando entrou correndo pela porta do quarto e começou a se trocar que ela se lembrou do que ele tinha dito a respeito da rainha bruxa mais nova.

Cress nunca teria permitido que eu trabalhasse para a senhorita.

Os dedos que atavam o cordão da calça de montaria desaceleraram.

Na noite da festa, eu estava sendo punido.

Ele não havia explicado melhor, e Rune não tinha como saber qual era a verdade. Talvez a punição se devesse a algum tipo de feito abominável. Ou talvez ele estivesse mentindo.

Mas Rune se lembrou do olhar atormentado de Gideon. De como ele se afastara de repente em reação à aproximação dela, como se por um momento estivesse diante da própria Cressida. E sentisse medo.

Cress era assim: bela a certa distância, sempre seduzindo as pessoas para que chegassem mais perto... Ela só revelava sua verdadeira natureza quando a pessoa já estava em seu domínio. Quando isso acontecia, era tarde demais. Ela já estava devorando a vítima viva.

Rune estremeceu.

Mas toda história tinha dois lados. E, como Cressida estava morta e não podia contar o dela, era injusto acreditar em Gideon.

Ela expulsou da mente todos os pensamentos sobre ele e terminou de se vestir.

Enquanto colocava um suéter com capuz, cogitou a possibilidade de mandar uma mensagem para Verity. Um dos navios de Rune deveria zarpar ao nascer do sol – e, se ela tivesse sucesso naquela noite, Seraphine estaria nele. Aquilo significava que não iria à festa dos Creed, e, nesse caso, precisaria que Verity e Alex inventassem um álibi.

Colocar aquilo em uma mensagem, porém, geraria o risco de que a informação caísse nas mãos erradas, então ela mudou de ideia e cavalgou direto até Porto Raro.

VINTE E UM

GIDEON

– RUNE WINTERS NÃO tem estigmas de conjuração – disse Gideon para Harrow enquanto subiam juntos os degraus de mármore.

Harrow arqueou a sobrancelha fina.

– Você é mesmo rápido.

– Não foi nada disso – respondeu às pressas. – Eu precisei tirar as medidas dela para um vestido que estou fazendo.

Harrow franziu ainda mais a testa.

– Você, meu amigo brutamontes, é mais esperto do que parece.

Passaram pela entrada em arco e adentraram o quartel-general da Guarda Sanguínea. Quando a Biblioteca Real funcionava ali, a construção continha propaganda pró-bruxas, histórias cheias de mentiras e andares e mais andares de livros de feitiços. Gideon se lembrou dos bustos de mármore de bruxas notáveis que antes decoravam as alas, assim como pinturas com molduras douradas que registravam o período áureo das bruxas. Aquilo já não existia mais, tudo destruído nos primeiros dias da Nova República.

– Se ela não tem estigmas, não posso acusá-la.

– Quão de perto você olhou?

Gideon pensou na alfaiataria escura, nas janelas bloqueadas com tábuas. Na silhueta quase nua de Rune, parada sob o brilho da lamparina.

– A iluminação não era muito boa, mas, acredite, eu olhei.

Sua memória parecia uma torneira: depois que o registro era aberto de leve, não dava mais para impedir que o fluxo jorrasse. A lembrança de suas curvas macias e da pele alva. A renda delicada do sutiã. O perfume de sua pele…

Gideon tinha chegado muito perto de uma Rune seminua. E havia *olhado bem*. Não havia nada a ser visto.

– Ela não tem marca alguma.

– Você a viu completamente sem roupa? – indagou Harrow.

– O quê? Não. Ninguém tira a roupa toda para tirar medidas.

– Bom, essa é a questão. A Mariposa Escarlate não vai ter estigmas de conjuração em um lugar visível. Como acha que ela escapou nos últimos dois anos? Você vai precisar deixá-la completamente pelada.

As palavras o atingiram como um relâmpago, mas Harrow estava certa. Rune *não tinha* ficado completamente sem roupa. E ele a inspecionara com rapidez, na penumbra.

Gideon esfregou o rosto.

Como deixaria Rune Winters sem roupa?

– Talvez eu não precise fazer isso.

Harrow revirou os olhos.

– Tem algum outro plano?

Eles adentraram o átrio, ao redor do qual havia uma escadaria imensa que espiralava até o andar de cima. Lá, um domo de vidro revelava o céu cheio de nuvens. Sustentando o domo, estátuas das sete Ancestrais esculpidas em mármore. Liberdade, com a arma erguida. Misericórdia, com seu bando de pombos voando em arco na direção do vidro. Sabedoria, com uma coruja no ombro e um livro aberto nas mãos...

– Lembra como era isso aqui? – perguntou Harrow, parando na metade do caminho até a escadaria, bem no centro do átrio.

Gideon se virou e a viu encarar um pedaço do pavimento onde as lajotas não combinavam com o resto.

– Havia uma árvore bem ali – continuou ela, baixinho. – Ia até o quarto andar.

Gideon assentiu. Rebeldes a tinham destruído também, logo depois da revolução. Haviam destroçado os galhos, arrancado o toco do solo e queimado os restos.

– Na primavera, ela desabrochava por um mês inteiro. Minha senhora, Juniper, amava vir até aqui quando as flores caíam. Acarpetavam o chão num mar de branco. – Harrow engoliu em seco, perdida em lembranças. – Ela dizia que a própria Amizade a plantara aqui. Séculos depois, pessoas construíram a biblioteca ao redor.

Gideon nunca tinha ouvido Harrow falar sobre a bruxa que a mantivera como serva.

– Ela foi expurgada? – perguntou ele.

Aquilo fez Harrow despertar dos devaneios. Ela voltou a caminhar, apertando o passo na direção da escada.

– Não.

Quando Gideon a alcançou, um silêncio pesado pairava entre eles. Se Juniper não tinha sido expurgada, ainda estava à solta. Ele se perguntou se a memória da mulher a assombrava assim como ele era assombrado pela de Cressida.

– Foi ela que...? – Ele apontou para a própria orelha.

Harrow estendeu a mão para tocar o ponto onde a orelha costumava ficar, antes de ter sido arrancada por uma bruxa.

– Não. Mas também não impediu que acontecesse.

Que outros tipos de crueldade Harrow sofrera nas mãos de bruxas? E como poderia não saber – ou não se importar – se a antiga senhora estava morta ou viva?

Mas Harrow nitidamente não queria mais falar sobre aquilo, pois mudou de assunto.

– Estávamos falando sobre seu plano para capturar Rune Winters. Um plano que não envolve deixá-la nua. Como vai funcionar?

Os passos deles ecoavam em uníssono enquanto subiam até o segundo andar, onde ficava o gabinete de Gideon.

– Passei informações falsas para Rune hoje cedo.

Harrow olhou para ele de soslaio.

– Ah, é?

– Dei a ela a localização de uma prisão de bruxas perto de Porto Raro.

– E é mentira?

– Não existe prisão perto de Porto Raro. Só uma armadilha aguardando a Mariposa Escarlate.

Os olhos dourados de Harrow se arregalaram. Quando ela compreendeu, sorriu, impressionada.

– E você acha que Rune vai até lá.

– Não sei. Se for, vou ter encontrado minha fugitiva. Mesmo que outra pessoa apareça, porém, vou saber que Rune está em conluio com a Mariposa, já que é a única pessoa para quem passei a informação.

– E se ninguém aparecer?

Gideon suspirou.

– Se ninguém aparecer, vou abandonar essa pista falsa, terminar tudo com Rune...

E torcer para que meu irmão encontre coragem.

VINTE E DOIS

RUNE

A VELHA MINA PERTO de Porto Raro ficava no topo de uma falésia, centenas de metros acima do nível do mar, cedendo sob o peso de um século.

Rune chegara preparada, com um feitiço de invisibilidade já traçado com sangue no antebraço. Ela o chamava de marcha-fantasma, o feitiço que mais usava em noites como aquela – ela o criara sozinha usando a combinação de dois símbolos que encontrara em um dos livros da avó: o de *vazio* e o de *fuga*. Não a fazia desaparecer, apenas afastava a atenção das pessoas de sua presença.

Ela desmontou de Lady quando chegou a cerca de quatrocentos metros da estrada. Deixou a égua pastando ao lado de um pequeno bosque e seguiu na direção da mina, cuja construção se destacava contra o luar prateado.

O vento e a maresia faziam os olhos de Rune arderem – a única parte do rosto que tinha deixado descoberta. Vestida toda de preto, escondera o cabelo sob o capuz e protegera a boca e o nariz com um xale. Uma camisa preta apertada e calças justas escondiam o resto de seu corpo, junto com botas de couro que iam até o meio da panturrilha.

A lamparina pendurada na entrada balançava ao sabor do vento, banhando com sua luz o membro da Guarda Sanguínea que montava guarda ao lado da porta. Quando Rune se aproximou da construção de pedra, viu que a sentinela em serviço era ninguém mais, ninguém menos que Laila Creed.

Com o feitiço encobrindo-a, Rune tirou do bolso interno das roupas um pequeno apito de prata, menor do que uma pena de escrever. Era ali também que guardava seu último frasco cheio de sangue.

Chegando mais perto de Laila, levou o metal frio aos lábios e soprou três vezes, emitindo sons curtos e secos. Eram notas agudas demais para os ouvidos da guarda, mas Lady os ouviu imediatamente.

A égua tinha sido a montaria favorita da avó de Rune, que a treinara para atender a diferentes comandos apitados, e sua obediência fizera Kestrel conquistar muitos prêmios ao longo dos anos.

Na escuridão, soando mais próxima do que de fato estava, Lady resfolegou.

Quando ouviu o barulho, Laila levou a mão à pistola que carregava na cintura, semicerrando os olhos. Afastou o olhar de onde Rune estava e se voltou na direção do som.

Isso mesmo, pensou Rune. *Vá dar uma olhada. Melhor garantir.*

Olhando de volta para a porta da mina, desbotada pelo sol e repleta de líquen, Laila caminhou hesitante pela escuridão.

Rune abriu a porta e entrou.

A antessala era um cômodo pequeno com paredes cobertas de painéis de madeira e duas janelas pequenas, uma das quais estava quebrada. As velhas tábuas do assoalho rangeram sob seus passos e, no centro do espaço, havia um buraco grande o bastante para abrigar dois homens robustos. O começo de uma escada despontava dele.

Quando Rune espiou lá dentro, tudo o que viu foi a escuridão.

Franziu a testa, sentindo a pele arrepiar. A Guarda Sanguínea pensava em prisões cada vez mais criativas, o que dificultava para Rune adivinhar onde estavam mantendo as bruxas capturadas. No entanto, geralmente havia mais guardas no lugar.

Ela se agachou, tentando ver o primeiro nível da mina, e vislumbrou uma luz ao longe.

Tem alguém lá embaixo.

Ainda assim, Rune hesitou, incapaz de se livrar da sensação de que havia algo estranho. Mas, se Seraphine estivesse lá embaixo e Rune virasse as costas e fosse embora, a Guarda Sanguínea a transferiria para o palácio naquela noite, e Rune jamais teria outra chance de salvá-la.

E se Seraphine já tivesse sido transferida...

Vou até lá dar uma olhada.

Rune levou a mão à pequena faca que mantinha presa à coxa, tirando coragem do aço recém-amolado. Com o pé no primeiro degrau da escada, ainda protegida pelo marcha-fantasma, desceu em direção à escuridão.

Quanto mais descia, mais frio e úmido ficava, e mais escorregadios os degraus pareciam sob suas mãos. Assim que seu pé tocou o chão, ela se soltou e se virou para o breu, tentando enxergar o distante brilho cálido.

Ouviu o som de ar sendo deslocado. Movimentos na escuridão.

Os pelinhos de sua nuca se arrepiaram. *É uma armadilha*, disse seu cérebro, um segundo antes de o corpo assimilar o fato.

Rune se virou para agarrar a escada e se içar para cima, mas alguém a pegou pelo punho com a força de um torno.

– Peguei você.

Rune golpeou com o punho, mas a escuridão deixava seu atacante tão invisível quanto ela, e não conseguiu acertar seu rosto.

Antes que pudesse tentar de novo, o sujeito agarrou seu outro pulso e a forçou a ficar de joelhos. Rune lutou contra a força dele, mas foi facilmente subjugada; seu rosto foi pressionado contra o chão de rocha fria e seu oponente a prendeu com um joelho de cada lado de seus quadris.

Ela foi imobilizada.

O cheiro de pólvora e cedro recém-cortado a envolveu.

– Você não tem ideia de quanto tempo esperei por este momento...

A voz era inconfundível.

Gideon.

Uma raiva incandescente queimou no peito de Rune. Ele tinha armado para ela. Jogado a isca e esperado que ela caísse como um patinho.

Como eu sou idiota.

Agora, estava imobilizada. Sem defesas. Exatamente como ele queria.

Mas como era possível que ele a estivesse enxergando?

Ele não está, ela se deu conta. Estava tão escuro ali que era impossível enxergar qualquer coisa, para ambos. Ele devia ter ouvido Rune descendo pela escada.

Se sobrevivesse, precisaria ajustar o feitiço para abafar sons.

– Sua amiguinha não está aqui.

Isso eu já entendi, pensou Rune, esmagada pelo peso do homem. Gideon apoiara as mãos em seus ombros, imobilizando-a. Os dela ainda estavam livres, devido à posição em que se encontrava. Porém a faca estava fora de alcance.

– O gato comeu sua língua, Mariposinha?

Rune não ia falar nada, de jeito algum. Estava muito escuro para que ele a visse, então talvez ainda desse para manter sua identidade intacta. Antes de tentar qualquer coisa, precisaria esperar que ele a deixasse ficar de pé. Não tinha como Gideon ficar ali em cima dela para sempre.

E se ele tiver uma lamparina?

O marcha-fantasma a protegia, contanto que ninguém soubesse de sua presença, desviando a atenção das pessoas. Mesmo que o feitiço fizesse seu melhor para desviar o olhar de Gideon, ele estava sentado em cima de Rune. Sabia *exatamente* onde ela estava. Assim, contra ele, o feitiço já não tinha mais serventia alguma.

Se Gideon tivesse uma lamparina, só precisaria arrancar o capuz de Rune e virar seu corpo para...

Ela ouviu o leve chiado de um sinalizador. Depois, um brilho vermelho como o de uma brasa surgiu bem atrás dela.

Não.

Foi tomada pelo pânico.

Enquanto o sinalizador queimava e a luminosidade aumentava, Gideon levou a mão ao capuz de Rune. Assim que o puxasse e visse seu cabelo, de um tom de loiro-avermelhado que poderia reconhecer imediatamente, seria o fim de Rune.

Para segurar a fonte de luz *e* puxar o capuz ao mesmo tempo, porém, Gideon precisou soltá-la. Sem aquela pressão, Rune ficou livre para alcançar a faca presa à coxa – e foi o que fez.

Ela envolveu o punho da arma com os dedos.

Ele puxou seu capuz, fazendo o tecido deslizar de sua testa.

Rune desembainhou a faca e o apunhalou *com força*, sem se preocupar onde a lâmina entraria, contanto que cortasse fundo.

Gideon uivou de dor e rolou de cima dela.

Livre, Rune se levantou aos tropeços e saiu correndo.

Era a primeira vez que visitava o interior de uma mina. Não sabia nada a respeito daquele lugar. De uma coisa tinha certeza, porém: havia apenas um caminho por onde entrar e sair, e ela estava correndo para longe dele.

Rune logo encontrou a fonte da luz que vira lá de cima: uma lamparina pendurada no meio de um túnel estreito. O teto era tão baixo que a jovem precisou se agachar para não bater a cabeça.

Pensou em Verity e em Alex. Deveria ter ouvido o conselho dos amigos. Deveria ter evitado a todo custo o capitão da Guarda Sanguínea.

Ele ainda não venceu.

Rune ouviu Gideon mancando atrás dela, praguejando conforme se aproximava. Contanto que não botasse mais as mãos nela, ainda havia uma chance de escapar.

Se ele a pegasse, porém, Rune iria direto para o expurgo.

A ideia a fez correr mais rápido.

No fim do corredor iluminado ficava outra escada, que levava ao nível inferior. Ela não queria continuar descendo, pois isso só a faria se entranhar ainda mais na armadilha; quando olhou por cima do ombro e vislumbrou Gideon mancando em sua direção, porém, viu que também não tinha como voltar.

Então, desceu.

Estava ainda mais frio no andar inferior, e o chão era escorregadio por causa da umidade. Rune escorregou várias vezes e precisou se segurar nas paredes para não cair. Sem a luz do andar de cima, era impossível enxergar. Várias vezes deparou com o caminho bloqueado por pequenos desabamentos e precisou dar a volta e tentar rotas diferentes.

O nível da água no chão também aumentava conforme ela seguia.

Quando ouviu Gideon descendo pela escada, o corpo de Rune foi tomado pela adrenalina. Chapinhando pela água, ela adentrou outro túnel, tateando as paredes enquanto tentava abrir tanta distância quanto possível do caçador de bruxas.

Pisou em uma poça mais funda e quase caiu de cara. No último instante, conseguiu se equilibrar, jogando o peso para trás e trombando com tudo na parede às suas costas.

Esta mina não está apenas desmoronando, pensou ela, arfando enquanto a umidade encharcava suas roupas. *Também está sendo engolida pelo mar.*

Todo aquele andar parecia inundado.

Na escuridão, Rune tentou seguir as paredes para dar a volta no buraco cheio d'água... e quase caiu de novo. Não havia margens pelas quais passar, apenas um poço cheio e sem fundo. Atrás dela, jazia o túnel pelo qual tinha vindo.

Um beco sem saída.

Luz vermelha banhou as paredes e Rune se virou a tempo de ver Gideon avançando na direção dela. Estava com o sinalizador na mão; quanto mais se aproximava, mais iluminava a pequena caverna na qual a bruxa se encontrava.

Rune olhou ao redor, tentando pensar. O feitiço ainda estava intacto e, como Gideon não tinha como ter certeza de que ela estava ali, as marcas do feitiço em seu pulso continuariam funcionando e afastando a atenção dele. Pelo menos, era o que esperava.

Mesmo que fosse o caso, no entanto, tudo que Gideon precisaria fazer era continuar caminhando até trombar com Rune. Não havia para onde ir. O corredor era apertado demais para que ela conseguisse se espremer e passar por ele.

A menos que...

Ela se virou para a poça escura. O topo de outra escada irrompia da superfície, sugerindo que aquela passagem algum dia fora a entrada para o terceiro nível da mina.

A água estava turva e barrenta. Rune não conseguia ver o que havia nem a um metro de profundidade, muito menos no fundo do poço, mesmo conforme a luz trazida por Gideon ficava mais próxima e intensa.

Puxando o capuz sobre os olhos, Rune encarou a água. Estaria fria. Congelante. Será que conseguiria prender a respiração por tempo o bastante para permanecer escondida? Não sabia. Mas, se não quisesse ser pega por Gideon, aquela era a única opção.

Abaixando-se, ela agarrou as laterais escorregadias da escada e começou a descer devagar, arquejando com a temperatura da água.

Tentou descer com calma, para não perturbar muito a superfície. Enquanto descia, seu olhar encontrou o de Gideon; ou teria encontrado, se ele pudesse vê-la. Mas o capitão fitava um ponto além de Rune, analisando as sombras da caverna.

Aliviada, ela soltou o ar.

O marcha-fantasma ainda estava funcionando. Convencendo o rapaz de que ela não estava ali.

Mas ele vai conseguir me ver assim que eu subir para respirar, Rune se deu conta, olhando para as marcas ensanguentadas no pulso e sabendo que a água as lavaria em instantes. Que escolha tinha, porém?

Antes que Gideon a alcançasse, Rune encheu os pulmões e desceu, usando a escada para se puxar tão para o fundo quanto possível, até sair do alcance dele e se aprofundar da água turva.

Sentiu o feitiço ir enfraquecendo conforme afundava mais, até desaparecer por completo.

Rune abriu os olhos e ergueu o rosto, esperando ver o olhar sombrio e mortal de Gideon. Em vez disso, tudo que encontrou foi a água barrenta e o brilho baço do sinalizador na caverna lá em cima.

Permaneceu imóvel.

A água fria fez sua pulsação ficar mais lenta. Os pulmões começaram a reclamar em pouco tempo, ansiando por ar, mas o brilho vermelho não sumia. Ele ainda estava na caverna.

Seus pulmões queimavam. Rune apertou os olhos com força, tentando resistir mais um pouco, sabendo que em poucos segundos seu tempo iria acabar. Quando sentiu que o peito arrebentaria, abriu os olhos e os voltou para cima, encontrando apenas escuridão. Escuridão para todos os lados.

Gideon tinha ido embora com o sinalizador.

Então, ela soltou a escada e irrompeu na superfície, arfando por ar.

No mesmo instante, mãos firmes a agarraram e a puxaram para fora.

VINTE E TRÊS

RUNE

RUNE TENTOU SE DESVENCILHAR de Gideon, cujos braços a envolviam com força, mantendo as costas dela apertadas ao seu peito.

– Se eu não quisesse você morta, ficaria tentado a admirar sua astúcia – disse ele em seu ouvido.

Rune cerrou os dentes. *Fico lisonjeada.*

O sinalizador tinha se apagado. Sem luz, ela não enxergava nada, mas conseguia sentir muitas coisas.

Ele era todo rígido, ameaçadoramente forte. Não havia um centímetro de suavidade. Com os corpos tão próximos, Rune conseguia *sentir* a diferença de tamanho entre os dois. A mão de Gideon envolvia com facilidade seu braço.

Combinada a seu tamanho, a força dele garantiria que vencesse qualquer tipo de confronto físico, então Rune parou de se debater.

Ficou imóvel, respirando fundo e tentando pensar no que fazer.

Ele era quente como uma caldeira, e a temperatura corporal de Rune caía rapidamente. O frio da água tomava sua pele e as roupas molhadas só pioravam a situação, mas o calor dele afastava um pouco do gelo.

– Não tenho problema algum em arrastar você daqui desse jeito. – Até a respiração dele era quente contra sua bochecha. – Mas, se preferir sair andando, posso usar as contenções.

Rune jamais permitiria que ele colocasse as contenções nela. Os apetrechos da Guarda Sanguínea, feitos de ferro, envolviam as mãos das bruxas para impedir que conjurassem feitiços.

Mas ela tampouco ia permitir que ele a arrastasse dali.

Se Rune soubesse onde a facada o acertara, poderia enfiar o calcanhar da bota na ferida. Doeria tanto que ele talvez a soltasse. Sem luz, no entanto, seria um mero chute – e, se ela errasse da primeira vez, duvidava que ele fosse lhe dar oportunidade para uma segunda.

– Sem preferências, então?

Rune manteve a boca fechada, ainda pensando. Sabia que logo abaixo deles ficava o poço cheio d'água e que o túnel se estendia à frente.

– Então está bem...

No momento em que ela sentiu o aperto dele afrouxar um pouco, Rune firmou os pés no chão, dobrou os joelhos e se impulsionou para trás com toda a força. Ouviu Gideon arfar de surpresa. Sentiu o peso dele ceder enquanto perdia o equilíbrio e tropeçava para trás.

Rune esperava que ele fosse abrir os braços na tentativa de se reequilibrar. Em vez disso, porém, ele a puxou junto.

Caíram os dois na água.

Só que Rune estava preparada para o choque gelado. No instante em que a água se fechou acima da cabeça dela e Gideon a soltou, ela se afastou dele. Tateou as paredes do poço até achar a escada, agarrou os degraus e se içou para fora.

Gideon praguejava atrás dela. Ela o ouviu se debater na água enquanto nadava até a beirada. Em segundos, estaria em cima dela de novo.

Usando as paredes como guia, Rune correu pelo túnel escuro na direção da escada que levava ao andar de cima. Muito atrás, Gideon xingava alto.

Quando chegou de volta ao primeiro andar, Rune disparou até a entrada da mina, seguindo a luz da lamparina. Deu um salto para agarrar os degraus da última escada vertical e subiu. Parou no topo, tentando ouvir os movimentos de Laila, e identificou os passos da garota lá fora, além da porta do cômodo acima.

Terminando de subir para o pequeno cômodo, Rune se aproximou da janela e espiou. Sob a lamparina oscilante da entrada, viu Laila de uniforme, com a pistola apoiada em um dos ombros enquanto encarava a escuridão.

Rune ajustava seu manto e capuz, escondendo o rosto e o cabelo de novo, quando ouviu a voz de Gideon retumbar lá de baixo.

– Laila!

O grito soou perto demais.

Laila girou nos calcanhares e Rune ouviu os passos se aproximando da porta.

– Ela está aqui! – alertou Gideon, já subindo pela escada.

Com Laila logo ali fora, Rune estava encurralada entre os dois.

Ela se espremeu contra a parede ao lado da porta, ouvindo as botas do capitão batendo em degrau após degrau. Cada vez mais perto. Apertou o frasco na mão. Tinha segundos. Se conseguisse retraçar rapidamente o marcha-fantasma...

A porta se escancarou e Laila entrou no cômodo.

Rune congelou.

Antes que a outra pudesse se dar conta de que havia mais alguém ali, espremida contra a parede, Rune percebeu que aquela era sua única chance.

Disparou porta afora.

Laila se virou na direção dela.

Rune bateu a porta e se jogou contra a madeira, forçando o peso do corpo. Laila empurrou do outro lado.

A porta chacoalhou.

Gideon chegaria a qualquer momento. Rune precisava dar um jeito de trancar a fechadura por tempo o suficiente para conseguir escapar. Da última vez que havia tentado um feitiço rompe-tranca, desmaiara com o esforço. E o feitiço gêmeo, ferrolho, seria igualmente difícil de executar.

Se quiser conjurar magias mais complexas, vai precisar de sangue fresco, soou a voz de Verity em sua mente.

Rune sacou a faca presa à coxa. A bainha tinha mantido a arma quase seca; um pouco de água entrara na proteção, mas a lâmina ainda estava coberta do sangue de Gideon. Sangue diluído, mas *fresco*.

Ela sabia que seria perigoso – não tinha pedido permissão para usar o sangue; nem a teria obtido, se houvesse pedido. Mas não tinha apunhalado Gideon com a intenção de usar seu sangue, então talvez fosse ficar tudo bem.

Mas e se não ficasse?

Laila atirou. Rune se encolheu ao ouvir as balas cortando o ar e se alojando na porta capenga. Com mais alguns disparos, os projéteis conseguiriam atravessar a madeira.

Se não conjurasse o feitiço *naquele instante*, estava perdida.

Torcendo para não estar prestes a se corromper, Rune besuntou os dedos com o sangue de Gideon, ergueu a mão até a porta e começou a traçar a marca do feitiço ferrolho.

Sentiu o gosto de sal na boca. O mar rugindo e subindo dentro de si. Daquela vez, porém, Rune não estava no meio das ondas, lutando para ficar de pé enquanto a magia tentava derrubá-la. Daquela vez, as ondas estavam debaixo dela, que navegava com agilidade usando uma embarcação que ela mesma construíra.

Então a sensação deveria ser sempre essa?

Rune enfim entendeu por que bruxas usavam sangue fresco; ficava tão *fácil*.

Sob o rugido da magia, uma peça se encaixou.

De repente, Gideon se jogou contra a porta. Ela o ouviu grunhir, sentiu o impacto de seu peso, mas a porta mal estremeceu: o feitiço ferrolho a manteve trancada, prendendo os dois soldados da Guarda Sanguínea dentro da mina.

Rune recuou aos tropeços, sorrindo com seu triunfo.

Mais tiros soaram. Balas racharam a madeira.

O sorriso dela desapareceu.

Rune enfim se virou e saiu em disparada.

Pegou o apito do bolso conforme corria. Levou a ponta aos lábios e soprou uma nota intensa e feroz. Lady surgiu em meio ao bosque, disparando pela estrada de terra na direção dela.

Outro tiro ecoou pela noite e a bala passou zunindo tão perto da cabeça de Rune que bagunçou seu cabelo. Ela olhou por sobre o ombro e viu Laila mirando a pistola pela janela quebrada.

A égua chegou, diminuindo um pouco a velocidade, e Rune se jogou em seu lombo. Com dificuldade, montou enquanto o animal trotava. Depois de enfim se acomodar na sela e enfiar os pés nos estribos, bateu com os calcanhares nas ancas da égua, informando que aquela era uma das situações urgentes em que Rune as colocava com frequência, e das quais Lady precisava ajudá-las a escapar.

Mas nos poucos segundos antes que a grande égua conseguisse adquirir velocidade o bastante para tirar as duas do alcance de seus oponentes, um terceiro tiro cruzou o ar. Dessa vez, Rune sentiu a dor aguda de uma bala pegando de raspão no antebraço. Sangue quente e viscoso brotou da ferida.

Ela não podia se dar ao luxo de parar e avaliar a situação. Naquele instante, precisava voar com Lady para longe de Laila e seus tiros.

Depois...

Rune encarou as luzes de Porto Raro no horizonte, tentando pensar.

Dois membros da Guarda Sanguínea tinham visto a Mariposa Escarlate na velha mina aquela noite. Assim, Rune Winters precisava estar em outro lugar. Preferivelmente, bem longe dali.

Ela precisava chegar ao baile de máscaras dos Creed, e o mais rápido possível.

VINTE E QUATRO

GIDEON

GIDEON ESTAVA SUBINDO os três últimos degraus da escada quando ouviu Laila disparar a pistola. Olhou para cima e viu a parceira de caçada empurrando desesperadamente a porta, o rabo de cavalo preto balançando a cada movimento.

— Desgraçada! — rosnou Laila. — Ela trancou a gente aqui dentro!

Gideon enfim subiu para o cômodo. A perna ferida protestava a cada passo enquanto Laila se afastava para permitir que ele tentasse abrir a porta.

— Gideon, você está sangrando...

A faca da Mariposa não tinha atingido as principais artérias e tendões, mas sua coxa ainda doía terrivelmente. O que mais o irritava, porém, era o fato de não ter conseguido olhar o rosto da bruxa antes de ela desferir a facada.

— Parece pior do que é — disse ele, fazendo força contra o ferrolho de metal da porta, que nem se mexeu.

Ela escapou das minhas mãos, pensou ele, jogando o peso do corpo de novo contra a porta. *Das minhas mãos.*

Mas por que ela não tentara atingir o pescoço dele com a lâmina? A Mariposa era uma assassina sem coração. Gideon já vira os corpos abandonados pelas ruas da cidade, o sangue drenado sem piedade alguma.

Então por que teria mirado na perna dele?

Laila foi até a janela. O vidro estava quebrado. Erguendo a arma, ela mirou e disparou três vezes.

— Acho que esse último tiro pegou nela — disse a caçadora, semicerrando os olhos.

A possibilidade de Laila ter acertado o alvo deixou Gideon tenso.

Se for Rune...

Então franziu a testa. E daí se fosse Rune? Sendo ou não, a Mariposa Escarlate não pensaria duas vezes, se a situação fosse inversa – a prova era sua perna latejante e ensanguentada.

E, se for Rune, ela é uma traidora da Nova República, disse a si mesmo.

O fato era que a Mariposa Escarlate, fosse quem fosse, estivera em suas mãos naquela noite. Ele nunca havia chegado tão perto. Se ele e Rune estivessem se cortejando há mais tempo, ele teria sido capaz de distinguir se o corpo esbelto espremido contra o dele na escuridão pertencia a ela. Saberia a sensação de ter Rune sob seu peso e poderia comparar com a experiência de pressioná-la ao chão naquela noite. No entanto, por mais que tivesse se aproximado de Rune Winters, ainda estava longe de ser capaz de identificá-la pelo toque.

O ombro de Gideon doía do choque contra a porta. Ele tinha acabado de erguer a perna boa para desferir um chute na madeira quando Laila disse:

– Não vai funcionar.

E apontou para algo além da janela.

Atravessando o cômodo a passos largos, Gideon olhou pelo buraco no vidro. Uma mariposa vermelho-sangue flutuava abaixo da lamparina sob a porta, as asas delicadas diáfanas como um mero resíduo. Como uma impressão digital quase transparente.

– É um feitiço.

Gideon suspirou. Demoraria umas boas horas para que o efeito chegasse ao fim e a porta pudesse ser aberta.

Ele se virou para Laila.

– Você chegou a ver a cara dela?

Laila negou com a cabeça.

– Ela estava com o rosto coberto e se moveu rápido demais. A gente devia ter trazido os cachorros. E os irmãos Tasker.

Eles haviam desobedecido às ordens de Gideon e passado dos limites com a última bruxa, então o capitão deixara os irmãos Tasker de fora daquela missão de propósito. Claramente, fora um erro. Dois outros soldados teriam feito a diferença, sem mencionar os cachorros farejadores de bruxas.

Na verdade, ele não tinha levado os cachorros porque a ideia de incitá-los contra Rune fazia seu estômago se revirar. Lembrava como ela havia estremecido sob seu toque no quarto; de como tremera, só de roupas de baixo, enquanto ele tirava suas medidas.

Gideon tivera pena de uma bruxa assassina – ou no mínimo de uma simpatizante.

Idiota.

Ele se deixara convencer de que ela era uma mocinha inocente. Alguém vulnerável que precisava de proteção.

Não admitiu nada daquilo a Laila, que quebrava o resto do vidro da janela com a coronha da pistola.

– O que sabemos é o seguinte – começou ele, desistindo de abrir a porta enfeitiçada, que só destrancaria quando a magia acabasse. – A Mariposa Escarlate surgiu num local falso hoje à noite. Um local que mencionei para apenas uma pessoa: Rune Winters. Mesmo que ela não seja a Mariposa, está obviamente de conluio com ela.

Era suficiente para prendê-la.

– Se aquela era Rune, ela vai saber que você preparou uma armadilha – disse Laila, usando a manga do uniforme vermelho para tirar os cacos da moldura da janela. – Vai saber que estamos atrás dela. Se eu fosse ela, embarcaria no primeiro navio que estivesse saindo da ilha.

Uma atitude desesperada. E, embora fosse exatamente o que qualquer criminoso faria, se quisesse escapar de Gideon, a Mariposa Escarlate não lhe parecia alguém que recorria a atitudes desesperadas.

Os Creed vão dar um baile de máscaras esta noite, dissera Rune naquela manhã. *Você poderia me encontrar lá depois do trabalho.*

Quando terminou de tirar os pedaços de vidro quebrado da janela, Laila passou pela abertura e saiu.

– A gente devia cavalgar para as docas.

– Tenho uma ideia melhor. – Gideon fez uma careta enquanto mancava até a janela, tentando não colocar muito peso na perna ferida. – Volte para a base, reúna um grupo de caça e depois vá até as docas para garantir que nenhum navio zarpe esta noite.

Do lado de fora da construção, Laila franziu a testa para ele. A lamparina pendurada sobre sua cabeça iluminava seu rosto.

– Você não vem?

– Vou até o baile que seus pais estão dando esta noite.

Laila franziu ainda mais a testa.

– Rune me convidou. Se não foi ela que veio até aqui e a Mariposa for outra pessoa, Rune ainda não vai saber que era uma armadilha. Vai estar no Recanto das Azinheiras.

Apoiando as mãos no batente da janela, ele olhou de soslaio para a mariposa que ainda flutuava sobre a porta.

– E se ela estiver lá? – questionou Laila, afastando-se da janela.

Gideon passou pela abertura com uma careta de dor.

– Vou prendê-la por traição.

VINTE E CINCO

RUNE

O RECANTO DAS AZINHEIRAS tinha os fundos voltados para uma floresta de centenas de acres. A casa em si era modesta se comparada à Casa do Mar Invernal, e tinha pertencido a Seraphine Oakes antes que a rainha a mandasse para o exílio.

Seraphine fora amiga próxima das Roseblood, mas havia caído em desgraça com a rainha anterior – a mãe de Elowyn, Analise e Cressida. A avó de Rune nunca tocara nesse assunto porque isso a deixava nervosa, mas algumas pessoas acreditavam que o poder de Seraphine era ainda maior que o da família real. Assim, por medo, inveja ou ambos, a rainha bruxa a banira.

O Recanto das Azinheiras tinha ficado desocupado antes da revolução, ocasião em que o Nobre Comandante o dera à esposa, Octavia Creed, como espólio de guerra.

Alguns casais dormem em quartos separados, Alex tinha zombado certa vez. *Outros, precisam de* propriedades *separadas.*

O vento fizera com que a roupa de Rune passasse de encharcada para úmida, mas ela ainda tremia enquanto cavalgava Lady tão rápido quanto ousava pelas florestas que cercavam o local. Sabia que Octavia mantinha uma patrulha por ali, e Rune não queria trombar com ela. Depois que adentrou a mata, protegida por pinheiros-cinzentos e abetos-balsâmicos, abriu com dedos gélidos e trêmulos o alforje que continha suas roupas de festa.

Tirou de bom grado a roupa molhada do corpo. Nua ao sabor da brisa, exceto pela faca presa à coxa, trançou com força o cabelo seco pelo vento em um penteado simples que a avó usava sempre que estavam atrasadas para algum evento. Os fios ainda estavam meio úmidos, mas não obviamente *molhados*.

Em seguida, inspecionou o corte causado pelo tiro de Laila, que ainda sangrava. Rune tivera sorte. Se o projétil tivesse pegado dois centímetros para o lado, ela estaria com uma bala alojada no braço, exigindo intervenção médica.

Mas era um ferimento de raspão: apesar de todo o sangue, não era fundo. Usando uma das ataduras de algodão que mantinha no alforje de Lady para emergências, envolveu o ferimento e prendeu as pontas da bandagem para dentro. Grata por ter tido o bom senso de levar luvas, puxou as mangas pelo braço até esconder o curativo, colocou o vestido e calçou os sapatos.

Por último, botou a máscara escolhida para a noite: a de uma raposa branca com orelhas pontudas.

Vestida, Rune abriu outro alforje, de onde retirou quatro páginas de papel vegetal e uma pena. Depois de enrolar as folhas bem apertadas ao redor da pena, guardou tudo no corpete do vestido.

Pegando o apito pela terceira vez na noite, ela soprou o cilindro fino de metal para emitir duas notas longas, ordenando que Lady voltasse direto para casa. No momento em que a égua se afastou a trote, Rune seguiu pela trilha que serpenteava entre as árvores, usando as luzes da casa para se guiar.

Seria típico de Rune chegar atrasada, embora ainda dentro da etiqueta, valsando porta adentro enquanto anunciava sua presença. Naquela noite, porém, não queria que as pessoas notassem sua chegada depois da hora. Queria que achassem que ela estivera ali o tempo todo.

Enquanto se aproximava da casa, Rune considerou a ideia de entrar pela cozinha, fingindo estar perdida, mas aquilo faria os criados fofocarem. Quando chegou mais perto, olhou para as janelas. Eram próximas o bastante do chão para que pudesse passar por uma delas sem sujar o vestido. Estava decidida por aquela rota quando vozes próximas atraíram sua atenção.

– Só o que falta é vender o Palacete do Espinheiro.

Alex? Rune ficou tão aliviada com o timbre familiar que quase ignorou as palavras.

Vender o Palacete do Espinheiro?

Guardou a curiosidade para depois. Ajustando a máscara, vestiu um disfarce mais tedioso, que, àquela altura, já era como uma segunda pele: o disfarce de uma garota fútil que só se preocupava com vestidos de estilistas famosos, festas extravagantes e fofocas suculentas. Rune saiu da floresta, seguindo na direção da roda de rapazes ao redor do calor do fogo queimando em um ornamentado suporte de ferro.

Ela distinguiu Alex em um instante, apesar das máscaras. De trás da cara de leão, ele fitava o fogo como se ponderasse um problema que o perturbava, procurando a resposta nas chamas.

Ao contrário do irmão, que tinha o físico de um soldado, Alex era esbelto. Como músico devotado que passava os dias ensaiando e compondo, com frequência se esquecia de comer.

Quando a viu se aproximar, o amigo voltou a atenção para ela em um movimento súbito.

– Rune?

Vê-lo foi como estar se afogando e vislumbrar uma boia. Ela queria voar na direção dele, envolver seu pescoço com os braços e se agarrar a Alex como a uma tábua de salvação.

Mas não foi o que fez.

– Essa escuridão me deixou perdidinha! – Ainda tremendo, ela adentrou o delicioso alcance do calor da fogueira. – Saí para tomar um ar e, quando vi, estava perdida na mata. – Ela apontou para as árvores atrás de si.

O cavalheiro de máscara de lobo disse:

– Não a tinha visto por aqui, Rune. – A voz pertencia a Noah Creed. – Acabou de chegar?

Antes que pudesse começar a contar a história que havia criado, Alex desabotoou o paletó e o colocou sobre os ombros da garota.

– Seus dentes estão batendo de frio. Vamos entrar antes que congele.

O tecido ainda estava quente do corpo dele, e Rune o aceitou de bom grado. Querendo se aquecer ainda mais, e para enfim responder Noah, estendeu as mãos na direção do fogo.

– Ah, mas...

– Eu insisto. – Alex levou a mão às costas de Rune, guiando-a para longe do calor.

O tom de suas palavras, que soavam amigáveis aos desavisados, tinham uma mordacidade direcionada apenas a Rune. Ela ergueu o rosto e viu que não havia calidez alguma nos olhos castanho-dourados de Alex. Dados seus lábios apertados, ele não estava apenas preocupado. Estava bravo também.

Bravo comigo?

Cansada demais para resistir, permitiu que ele a guiasse em direção à casa. Olhando por cima do ombro, acenou para Noah e para o rapaz de máscara de sapo – pelo cabelo ruivo, devia ser Bart Wentholt.

Ela implementara a primeira parte do plano: ser vista na festa. Tudo de que precisava agora era da cooperação de Alex e Verity para fazer parecer que estivera ali o tempo todo.

Sem o fogo, ela puxou o paletó de lã de Alex para envolver melhor o corpo. Em silêncio, ele a conduziu pelos jardins, passando pelas estátuas de querubins antes de subir os degraus que levavam à casa. Criados passavam em polvorosa de um lado para outro; alguns carregavam bandejas vazias vindas do salão de baile, que ribombava com música e o burburinho de vozes, enquanto outros se apressavam na direção da festa carregando bebidas e sobremesas.

Rune estava se virando para ir atrás dos funcionários quando Alex a pegou pela mão, entrelaçou os dedos aos dela e a puxou na direção contrária.

– Não precisa ficar me puxando – disse ela, irritada.

Uma parte menos irritada, porém, se surpreendeu com os dedos entrelaçados. Eles nunca tinham andado de mãos dadas antes.

Alex a ignorou.

– Onde você estava? – perguntou ele, cerrando o maxilar enquanto a guiava por um longo corredor vazio. Os abetos dourados da estampa brilhavam contra o fundo verde-escuro do papel de parede. – Eu já estava imaginando o pior.

– Não tenho tempo para contar tudo. – Rune olhou para trás, mantendo a voz baixa. – E era arriscado demais mandar um telegrama. Pode me prometer uma coisa? Se eu começar a agir estranho... digo, de um jeito assustador, tipo se começar a falar ou a fazer coisas cruéis só por prazer... Chame a Verity, está bem?

O que Verity faria, ela não tinha ideia. Mas, depois que uma bruxa começava a ser corrompida por magia do mal, passava a ansiar por poder como se fosse uma droga. Depois do primeiro uso, era difícil resistir ao ímpeto de ir atrás de mais.

Rune não queria enveredar por aquele caminho.

– Que história é essa? – perguntou Alex.

Ela não se sentia diferente, mas talvez ninguém se sentisse. Talvez as bruxas não tivessem ideia do que estava acontecendo com elas até que fosse tarde demais.

Antes de chegarem ao fim do corredor, Alex abriu uma porta, ainda segurando Rune enquanto a puxava para dentro do cômodo.

O local cheirava a livros e lenha queimando. Prateleiras lotavam três das quatro paredes. Soltando a mão de Alex, Rune atravessou o carpete trançado, atraída pela luz do fogo estalando na lareira. No caminho, passou por uma imensa escrivaninha de carvalho.

Eu já estive aqui antes.

O olhar dela recaiu sobre a parede acima da cornija e lá estava: o mapa da prisão do palácio.

Mapa do qual ela precisava se ainda quisesse salvar Seraphine.

Alex lembrara e a levara diretamente até o cômodo. A compreensão a aqueceu mais que o fogo.

– Alex, você...

– Você ainda não me contou onde estava.

O rapaz estava parado atrás de Rune. Não havia mais simpatia em sua voz, que soou mordaz enquanto ele removia o paletó dos ombros dela. Ainda tremendo e nada pronta para deixar de usufruir daquele calor, Rune quase estendeu a mão para puxar a peça de volta – mas logo se deu conta de que ele estava tentando ver o braço dela.

A luva de seda estava manchada de sangue.

Ai, não.

Aquela era a verdadeira razão pela qual ele a cobrira com o paletó?

Será que Noah e Bart repararam?

Em um tom mais gentil, Alex se virou na direção dela e começou a puxar a luva, dedo por dedo. O anel fino de prata no mindinho do rapaz brilhou à luz da lareira.

– Como isso aconteceu?

– Laila atirou em mim – respondeu ela, vendo o tecido escorregar pelo braço para revelar a bandagem improvisada, que já estava encharcada. – Ou atirou *na minha direção*. Tive sorte, porque acertou só de raspão.

Alex ficou em silêncio. Era raro que ele ficasse bravo, mas Rune podia sentir a raiva comprimida dentro dele como uma mola.

– E por que Laila estava atirando em você?

– Eu estava na velha mina de Porto Raro, procurando Seraphine. Seu irmão me pegou numa armadilha.

O olhar de Alex ficou mais intenso atrás da máscara de leão.

– Como assim, uma armadilha?

Rune pegou a luva arruinada e a jogou no fogo, destruindo qualquer evidência. Depois, tirou a outra peça e a queimou também. Com sorte, Verity estaria de luvas naquela noite e poderia lhe emprestar os acessórios. Caso contrário, precisaria que Alex a levasse para casa com o paletó dele em suas costas – e aquilo *definitivamente* incitaria fofocas.

Rapazes que deixavam as moças irem para casa com seu paletó estavam expressando muito bem sua intenção.

Mas se estiverem ocupados fofocando sobre Alex e eu, não vão se preocupar com a hora que cheguei ou deixei de chegar, pensou Rune.

Contou ao amigo tudo que havia acontecido na mina, deixando de fora a parte anterior, em que tinha ido sozinha à casa de Gideon, ficado só de roupas de baixo e deixado que ele tirasse suas medidas. Era uma informação irrelevante, decidiu.

Enquanto o atualizava, Alex se agachou e ergueu a barra do vestido de Rune, procurando a faca que sabia que ela mantinha presa à coxa. Haviam estado em situações como aquela tantas vezes, trabalhando como engrenagens em um relógio que funcionara indefectivelmente por anos, que Alex sabia exatamente onde ela prendia a arma.

– Gideon me deu uma informação falsa de propósito – disse ela, enquanto Alex pegava a lâmina e usava a ponta afiada para cortar uma faixa comprida da anágua de algodão de Rune. – Se não suspeitava de mim antes, agora suspeita.

Se Alex notou o sangue na lâmina, não comentou nada.

Quando se levantou diante de Rune, entregou a atadura improvisada para que ela a segurasse e soltou a outra, ensanguentada, de seu braço.

Enquanto ele focava na tarefa, Rune o analisou. Sua máscara dourada terminava na ponta do nariz, cobrindo as bochechas e revelando lábios que se apertaram assim que ele viu o ferimento na pele pálida de Rune. Não era fundo, mas ainda sangrava em abundância.

– Pedi para você parar de se envolver com Gideon – disse ele, jogando a bandagem suja nas chamas antes de envolver o corte com a faixa limpa de algodão.

– *Ele* entrou em contato *comigo* – disse ela, na defensiva. – *Ele* quis me encontrar.

Os dedos elegantes de Alex enrolaram a atadura, prendendo as pontas embaixo da faixa.

– E você não teve opção senão ir?

– Ele é minha melhor chance de encontrar Seraphine.

Alex suspirou, como se Rune fosse uma criancinha testando sua paciência.

– Preciso de um álibi – continuou ela, mudando de assunto. – Podemos dizer que vim para a festa com você hoje?

Com a ferida limpa e coberta, ela focou no mapa pendurado acima da cornija. Dali, parecia uma série de círculos dentro de mais círculos.

Antes que Alex pudesse responder, ela foi até a imensa escrivaninha de Octavia Creed, posicionada no centro do cômodo e repleta de documentos. Rune agarrou a pesada cadeira de madeira e a puxou até diante da lareira, depois subiu em cima dela e tirou o papel vegetal e a pena de dentro do corpete do vestido. Colocou os objetos sobre a cornija.

– *Talvez* a gente possa dizer que você veio comigo esta noite – disse Alex, encarando-a. – *Se* você aceitar minha oferta.

Na ponta dos pés, Rune estava prestes a cobrir a porção superior esquerda do mapa com o primeiro pedaço de papel vegetal.

– Que oferta? – perguntou, olhando por sobre o ombro.

A máscara de raposa não permitia que ela o enxergasse direito. Teria tirado o acessório do rosto, se não estivesse com as mãos ocupadas.

– Minha oferta para ajudá-la a resgatar Seraphine – disse ele, se encostando à mesa da carcereira enquanto olhava para ela. – Estou falando que vou ajudar *caso* você aceite ir comigo passar um mês em Caelis.

Rune se irritou, apertando a pena com força.

– A gente tinha combinado duas semanas.

– Vamos levar três dias para ir de navio, mais três para voltar. Então, não. Você vai precisar passar o mês inteiro por lá.

Por que ele está tão irredutível com isso?

Não era típico dele.

Rune voltou ao mapa, pressionando um tanto forte demais o traço sobre o papel vegetal ao copiar as linhas que apareciam por trás.

– Você sabe que não posso me ausentar assim. Preciso...

– E depois que você conseguir, Rune?

– Como assim? – perguntou ela, ainda copiando os traços.

Havia cinco círculos concêntricos, cada um representando uma parte da prisão. Ela estava na segunda.

– E depois que você salvar todas as bruxas do expurgo?

Sendo sincera, no fundo Rune não achava que seria capaz de fazer aquilo. Tinha a esperança de resgatar Seraphine e mais algumas bruxas depois, mas achava que seria pega mais cedo ou mais tarde. Era apenas uma garota contra centenas de caçadores de bruxas.

– Não dá para resgatar todas – admitiu ela, encarando as linhas ainda não traçadas que apareciam fracas atrás do papel.

– Mas vamos só imaginar que dê. Quando acabar, você ainda vai se esconder bem debaixo do nariz de todo mundo, fingindo ser o que odeia? Se ressentindo de todos ao redor? Ninguém vai mudar de mentalidade por sua causa, Rune. Não quer se livrar deles? De tudo isso?

Rune baixou a pena. Não tinha pensado naquilo.

Porque Alex estava certo.

Aquela ilha já tinha sido seu lar. O lugar ao qual ela pertencia por completo. Mas, a menos que as bruxas de algum modo retomassem o poder, as coisas nunca voltariam a ser como eram. E mesmo que um novo Reinado das Bruxas fosse possível, não tinha como ela voltar à vida que levava antes com a avó. Aquela vida tinha deixado de existir no dia em que a idosa fora arrastada para o expurgo.

Rune ergueu a pena até o papel e continuou a traçar. Tinha mais três seções da prisão para copiar.

Nunca vou conseguir – não completamente. Bruxas sempre estariam em perigo na Nova República. Então por que ficar especulando? Era perda de tempo.

Quando terminou a cópia, Rune baixou o último pedaço de papel. Foi quando se lembrou do que Alex tinha dito diante do fogo lá fora.

Só o que falta é vender o Palacete do Espinheiro.

– Você está indo embora de vez – disse ela, se dando conta. Depois se virou para encarar o amigo. – Não por um mês, e não só para estudar. Você vai embora para sempre.

A sensação era a de que alguém tirara a cadeira de baixo dela.

Teve dificuldade para encontrar as palavras.

– Gideon sabe?

– Não contei para ele ainda. – Alex desviou o olhar. – Duvido que vá se importar. Na verdade, tenho certeza de que vai ficar aliviado.

Rune franziu a testa. Não fazia sentido.

Alex se afastou da escrivaninha, seguindo na direção de Rune. Parou diante da cadeira em que ela estava, o rosto coberto pela máscara erguido para encará-la.

– Quero que você vá comigo.

– Por um mês, eu sei. Você já falou.

– Não só por um mês. Quero que você vá embora comigo e nunca mais volte. Quero que se liberte disso, Rune. Você não deveria viver em um estado constante de medo. – Ele estendeu a mão para ela, de modo a entrelaçarem de novo os dedos em um gesto de carinho. – Mas aceito que seja só por um mês. Por enquanto. Se for necessário.

Por enquanto. Como se ele estivesse sendo paciente com ela. Como se fosse esperar o tempo necessário para que Rune caísse em si.

– Em Caelis, vamos poder ir à ópera todos os dias da semana. Lá, os espetáculos são de verdade, não aquela propaganda que você odeia.

Ela desviou o olhar, com medo de que ele visse o quanto desejava aquilo – assistir de novo a uma boa ópera. Falar sobre a complexidade dos personagens e temas enquanto voltavam de carruagem para casa. Nunca mais seria a avó sentada a seu lado, mas tudo bem se fosse Alex.

– Vamos ao balé e a concertos. Passaremos os fins de semana nas montanhas umbrianas.

As palavras dele a tentavam. *Caelis*, onde as pessoas não se importavam com quem era ou não bruxa, e decerto não entregavam bruxas para a polícia. E *Alex*, o rapaz em quem ela mais confiava no mundo.

Rune fechou os olhos. Aquela coisa frágil em seu peito parecia esperança. *Não.*

Rechaçou o sentimento. Soltou a mão dele.

– O que você está descrevendo é um final feliz. Uma *fantasia*. – Usou os ombros dele como apoio para descer da cadeira. – E isso é ótimo... para você. Não é todo mundo que tem essa sorte.

Inúmeras bruxas haviam tido seus finais felizes roubados. Bruxas como sua avó. E as irmãs de Verity. O de Seraphine também seria, caso Rune não conseguisse salvá-la a tempo.

Prendendo os papéis vegetais sob o braço e a pena entre os dentes, ela puxou a cadeira de volta até a escrivaninha.

– Você está certa. Algumas pessoas se esforçam para viver uma tragédia.

Ela se deteve, as mãos ainda apertando as costas da cadeira. O corpo inteiro fervilhava de raiva.

– O que quer dizer com isso?

– Quantas das bruxas que você salvou voltaram e tentaram salvar você, Rune?

– Já falei que não preciso ser salva.

– E vai continuar dizendo isso até o dia em que a pendurarem pelos tornozelos, com a cidade comemorando. Vai estar dizendo isso enquanto cortam sua garganta e a sangram até a última gota.

Por que ele estava fazendo aquilo? Alex era o único ponto de estabilidade em sua vida. Sempre lá para servir de apoio.

Eles não brigavam. Nunca.

– Talvez seja o que mereço – respondeu ela, pousando a pequena pilha de papéis na mesa, cada uma contendo um quarto do mapa da prisão.

– *O quê?* – As palavras saíram rascantes, como trovões.

Baixando a pena, Rune enrolou as folhas bem apertadas ao redor dela e as devolveu ao decote do corpete.

– Olhe para mim, Rune.

Ele estava atrás dela agora; em vez de se virar, porém, Rune apenas encarou um nó na madeira escura da escrivaninha.

– Eu traí minha avó. Deixei a Guarda Sanguínea entrar na nossa casa. – Ela cerrou os punhos, inundada por uma onda de ódio por si mesma. – No dia em que a mataram, fiquei lá parada, olhando enquanto tudo acontecia. Deixo que acreditem que eu a detestava. – Ao se virar para ele, Rune estava grata pelo fato de a máscara cobrir a parte superior de seu rosto, o que ajudava a esconder as lágrimas que já se formavam no canto dos olhos. – Pessoas inocentes não fazem esse tipo de coisa.

Ela devia ter subido naquele cadafalso e denunciado todos eles. Devia ter berrado a verdade para o céu: amava Kestrel Winters, e eles eram demônios por desejar sua morte.

– Você fez o que precisou fazer para sobreviver, Rune. – Ele afastou a própria máscara. – Kestrel queria que a neta vivesse. Não jogue fora o presente que ela lhe deu.

Rune desviou o olhar bruscamente. *Você está errado.*

Não tinha sido um presente permitir que ela vivesse enquanto a pessoa que mais amava estava morta – e por culpa dela mesma.

Rune se lembrava do dia em que mataram a avó. Kestrel Winters não se acovardara ou implorara como uma criminosa. Ficara diante dos assassinos com a dignidade e a postura de uma rainha. Quando Rune fosse enviada ao expurgo, queria partir daquela exata forma, sabendo que tinha feito todo o possível para safar outras bruxas do destino da avó.

– Às vezes tenho a sensação de que você tem medo de olhar para mim – falou Alex. Pousando as mãos quentes nas bochechas dela, sob a máscara, Alex a fez voltar o rosto para ele. – É porque eu não quero machucar você? Ou caçar você? Ou ver você morrer? – Ele a segurava com firmeza. Determinado. – Você acredita mesmo que merece essas coisas, Rune?

Fitar Alex era como assistir a uma ópera da qual não gostava. Uma daquelas comédias ridículas onde os personagens conquistavam tudo com que sonhavam e viviam felizes para sempre. Eram óperas tão pouco realistas que sempre faziam Rune sentir vontade de chorar. Ou de se levantar e ir embora.

Às vezes, ela também sentia essas coisas quando olhava para Alex.

Delicado, ele soltou o rosto de Rune e afastou sua máscara. Como se quisesse que ela olhasse em seus olhos.

– Rune...

Um ruído repentino na porta o fez arquejar e se afastar dela. Alex pegou o paletó para jogar a peça sobre os ombros dela e esconder as ataduras em seu braço, mas era tarde demais.

Verity entrou a toda.

– Achei vocês. – Ela estava com os cachos castanhos soltos, e o vestido carmim que usava fazia sua pele parecer mais pálida que o normal. – Se eu precisar ouvir Bart Wentholt poetizar sobre sua coleção de sapatos de novo, vou berrar. Nunca ocorreu a ele que *ninguém se importa*?

Então ela se deteve, olhando para Alex e Rune.

– O que aconteceu com seu braço?

VINTE E SEIS

GIDEON

GIDEON DEIXOU A MONTARIA com o cavalariço e, a passos largos, entrou pelas portas douradas do Recanto das Azinheiras. Um pequeno lustre oscilava no teto, projetando uma luz baça sobre os convidados no saguão, todos esperando que os criados buscassem suas carruagens. De cada lado de Gideon havia uma escadaria de mármore, ambas levando ao segundo andar do lar de Octavia Creed.

Gideon lutara lado a lado com o marido dela, o Nobre Comandante, durante a Nova Aurora. Na época, ele era apenas Nicolas Creed. Um soldado raso da guarda do palácio.

Eles tinham se encontrado vários anos antes, em um clube de boxe, quando Gideon era praticamente surrado todas as noites. Os encontros sempre terminavam da mesma forma: com Gideon arrastando o corpo cheio de hematomas até uma mesa do bar nos fundos do ringue, enquanto fingia não notar as expressões de desprezo ao redor. Todos ficavam enojados com sua presença. *Capacho de bruxa*, era como o chamavam. Não queriam Gideon naquele ringue, mas ninguém tinha coragem de expulsá-lo por medo de despertar a ira de Cressida.

Como não conseguiam se livrar dele, os homens se alternavam para espancar Gideon noite após noite. Descontavam a raiva e o ódio em um alvo que o garoto lhes oferecia de bom grado.

Afinal, estavam lhe fazendo um favor.

Gideon nunca contava a Cressida como tinha arranjado os hematomas, e ela também não ligava, ou fingia não ligar.

Certa noite, depois de se arrastar para fora da cama dela como o inseto que era, Gideon notara um homem velho o bastante para ser seu pai o observando do outro lado do bar, enquanto o rapaz bebia até quase ficar inconsciente antes da luta seguinte.

Outros homens cuspiam em Gideon quando ele passava, mas aquele apenas o encarava. O garoto presumiu que ele o esperaria sair, depois o seguiria até o beco e terminaria o que os rapazes tinham iniciado no ringue. Às vezes, os sujeitos que o odiavam faziam aquilo.

Ele retribuiu o olhar do homem, aceitando seu destino.

Quando a luta de Gideon começou, ele já estava sob efeito do láudano. Sua visão estava borrada e o corpo cambaleava, mas ele ainda conseguia sentir a atenção do sujeito sobre si. Quando se deitou no chão depois, entorpecido apesar dos socos que levara, sem nem sentir os vergões que começavam a surgir em sua pele e o gosto do sangue em sua boca, foi o homem que impediu que jogassem Gideon perto das lixeiras nos fundos, como geralmente faziam.

Em vez disso, ajudou o garoto a se sentar em uma mesa reservada e pediu comida. Enquanto o cômodo girava, Gideon pousou a cabeça ensanguentada na mesa grudenta, desejando que o oponente ao menos tivesse quebrado algum osso seu, para que talvez conseguisse sentir algo.

– Se algum dia você acordar para a vida e decidir que quer revidar, me procure – disse o homem à sua frente.

Escreveu um endereço em um pedaço de papel e o enfiou na mão dormente de Gideon, fechando seus dedos frouxos em volta dele.

O homem era Nicolas Creed.

A única pessoa naquele clube que via Gideon como algo além do capacho de bruxa. Ele vira além dos hematomas, enxergando o rapaz que não tinha motivos para viver.

Fora Nicolas quem ensinara Gideon a lutar boxe, mostrando que ele não precisava levar socos – podia desferi-los, com mais força e mais técnica que o oponente.

Fora Nicolas que acreditara em Gideon quando nem o próprio Gideon acreditava.

Parecia um passado muito distante.

Agora, parado ali no saguão da casa da esposa de Nicolas, quase três anos depois, Gideon enterrou a memória antes de subir a escada mancando, seguindo o burburinho satisfeito dos convidados. Pessoas o encararam enquanto ele passava, surpresas pela presença do capitão.

Ele analisava os rostos mascarados, procurando Rune, e seguia em frente quando não a reconhecia.

Ele estava sem máscara. Enquanto Laila e os outros tinham seguido para as docas, ele fora para casa se limpar e cuidar do ferimento na perna, depois colocara outro terno do pai – não possuía nenhum terno próprio – e cavalgara direto até ali.

– Espero que tenha dado tudo certo, Gideon – disse Charlotte Gong, e isso o fez se deter de repente.

Ele se virou e viu o rosto meio escondido por uma máscara de coelho. Uma aliança dourada cintilava no cordão no pescoço da garota.

Tudo certo? Ele considerou perguntar o que ela queria dizer, mas o tempo urgia. Precisava encontrar e prender Rune.

Assim que adentrou o salão de baile, Gideon se deu conta da magnitude da tarefa que tinha em mãos. Devia haver uma centena de pessoas ali, fora as espalhadas pela propriedade, todas com o rosto escondido por uma máscara.

Suspirando impaciente, Gideon começou a passar um pente fino no lugar, iniciando pelo leste do salão. Seguiu pelas margens, para evitar as pessoas que dançavam. Estava procurando por um tom específico de cabelo loiro-acobreado; depois de um tempo sem resultados, ampliou a busca para incluir Verity (cachos castanhos) e Alex (cabelo castanho-claro). Os dois estavam quase sempre ao lado de Rune; se encontrasse um, os outros dois provavelmente estariam por perto.

Ao pensar no irmão, Gideon se deteve.

Se prendesse Rune naquela noite, precisaria deixar o irmão de fora. Em particular seria ainda melhor. Para isso, precisaria atrair Rune para longe da multidão.

Contaria as más notícias para Alex depois que tudo estivesse concluído.

Gideon começara uma segunda análise do salão quando alguém o chamou.

– Cidadão Sharpe! O senhor veio! Achei que não conseguiria chegar a tempo.

Ele girou nos calcanhares e deu de cara com uma garota com uma brilhante máscara de raposa. Levava o paletó de alguém pendurado nos ombros.

Rune?

Seus lábios estavam vermelhos e brilhantes, sorrindo sob a borda da máscara, e ela trançara o cabelo em um penteado firme no topo da cabeça. Os fios pareciam mais escuros que o tom vermelho-dourado de sempre – como se ainda estivessem úmidos depois de ter sido surpreendida pela chuva.

Ou talvez mergulhado em um pequeno poço.

Ele semicerrou os olhos.

Lembrando-se das palavras de Laila (*Acho que esse último tiro pegou nela*), Gideon desviou a atenção de seu rosto e a varreu de cima a baixo, procurando sinais de um ferimento. Correu os olhos pelo corpete justo do vestido cinza e pelas luvas de seda que cobriam seus braços, mas ela parecia estar ótima. Não lembrava em nada uma criminosa que fugira desesperada para chegar até ali.

Rune se aproximou e pousou a mão em seu braço.

– Como foi a transferência?

Ele franziu a testa. Ela ia mesmo fingir que nada tinha acontecido?

– Exatamente como planejado.

Verdade, tecnicamente. Ele transferira Seraphine Oakes mais cedo, depois do encontro com Harrow. A bruxa já estava trancada em uma cela nas profundezas da prisão do palácio.

Gideon olhou ao redor para ver se Alex estava por perto – ou qualquer um dos pretendentes de Rune. Precisava ficar a sós com ela, e o mais rápido possível, para efetuar a prisão.

– Eu comentei sobre a transferência com as meninas, no almoço de Charlotte – disse Rune, acomodando a mão na curva do braço de Gideon e guiando-o para o centro do salão. Como se de fato não fizesse a menor ideia de que estava prestes a ser presa. – Vou precisar dar uma atualização, é claro.

Sorriu para ele, aguardando detalhes. Gideon hesitou.

– Comentou... o quê?

Se Rune tinha fofocado sobre a informação que ele lhe dera, significava que não era mais a única a saber dela.

De súbito, Gideon se lembrou do que Charlotte dissera na escada. *Espero que tenha dado tudo certo, Gideon.*

Vendo a reação dele, Rune soltou seu cotovelo.

– Ah. Era para ser segredo? – Ela mordiscou de leve o lábio vermelho. – Eu devia ter imaginado. *Droga.*

Os pensamentos dele giravam.

Rune havia mencionado o almoço antes mesmo que ele lhe desse a pista falsa. Sabendo o quanto Rune e as amigas amavam fofocar, Gideon tinha *certeza* de que ela dera com a língua nos dentes durante o evento social.

– Como posso ter sido tão tola? – lamentou Rune. – Me sinto péssima!

Sentindo um calor súbito, ele desabotoou a gola da camisa.

– Quantos convidados estavam presentes nesse almoço?

– Hum, difícil precisar. – Ela retorceu os lábios. – Algumas dezenas, acho.

Sabendo como a fofoca se espalhava pelos círculos sociais de Rune, o número de pessoas que já sabiam da informação certamente crescera exponencialmente antes do cair da noite. E se, por volta do meio-dia, dezenas de pessoas já conheciam a localização que ele dera a Rune, qualquer uma poderia ser a Mariposa, ou uma aliada dela.

Qualquer pessoa poderia ter ido à mina naquela tarde.

Ele encarou Rune, sem saber se ela era só obtusa ou uma mestra dos disfarces. A lista de suspeitos havia aumentado drasticamente por culpa dela – mas será que fora de forma intencional ou inadvertida?

Será que ela está me sabotando ativamente? Ou é inocente?

Ele não sabia. E, de uma forma ou de outra, não podia mais prendê-la. Não até ter mais evidências.

Gideon cerrou os dentes. Estava de volta à estaca zero.

– Rune, estamos indo. Está pronta?

Os dois se viraram e deram de cara com Alex, parado a vários passos com a camisa branca imaculada e os suspensórios marrons de sempre. Aquilo fez Gideon se dar conta de que era dele o paletó pendurado nos ombros de Rune.

– Verity tem uma prova amanhã de manhã – explicou Alex a Gideon.

Ele afastou a máscara de leão do rosto e olhou o irmão nos olhos.

A garota em questão – Verity de Wilde – estava ao lado de Alex, com o rosto meio escondido sob uma máscara de corvo. Ela cruzou os braços com firmeza, cobrindo o corpete do vestido escarlate enquanto encarava Gideon, como se não aprovasse sua proximidade da amiga.

– E o que a prova de Verity tem a ver com a senhorita? – perguntou Gideon para Rune.

A própria Verity respondeu por ela, a voz aguda:

– Rune e eu viemos com Alex esta noite. Ele vai nos levar para casa.

Ah.

Gideon recuou para longe do grupo. Se Rune tinha ido ao baile de máscaras com o irmão dele, não tinha como ter estado ao mesmo tempo em Porto Raro.

Outro golpe contra sua teoria.

Rune podia mentir, mas Alex não. O irmão jamais o sabotaria de propósito ao ajudar uma bruxa perigosa. Não depois de tudo pelo que a família deles havia passado.

Quando os três amigos se viraram para partir, Gideon viu Alex pousar a mão nas costas de Rune.

Ao menos ele está seguindo meu conselho.

Por algum motivo esquisito, aquilo não fez Gideon se sentir melhor.

Na verdade, foi muito pior.

VINTE E SETE

RUNE

A CARRUAGEM SACOLEJAVA e jogava Rune de um lado para outro enquanto o cocheiro dos Sharpe os levava pelas vias de paralelepípedos da cidade. Estava de frente para Alex e Verity, sentada sozinha no banco oposto.

Devia estar se sentindo vitoriosa com o olhar que vira surgir no rosto de Gideon quando ele se dera conta de que ela havia saído por cima daquela vez. Em vez disso, sentia-se apenas... exaurida. Como se pudesse dormir por um mês direto, caso tivesse a chance.

Talvez seja isso que eu vá fazer em Caelis, pensou ela, e depois repreendeu a si mesma. Ainda não tinha decidido se ia com Alex, menos ainda se passaria um mês por lá.

Uma tensão pouco familiar pairava entre os dois desde que tinham saído da biblioteca da carcereira, e Rune podia sentir o olhar dele do outro lado da carruagem. O que ele estivera prestes a dizer antes de Verity adentrar o cômodo de repente?

— Vamos dar uma olhada nesse mapa.

Certo. O mapa.

Lá fora, a lua estava quase cheia. Projetava pela janela luz o bastante para que fosse possível enxergar. Descendo para o chão da carruagem, Rune desenrolou as folhas de papel vegetal e as arrumou.

Verity e Alex se inclinaram para olhar melhor.

— São sete seções — falou Rune, semicerrando os olhos para enxergar melhor os círculos que havia traçado.

Um portão marcava a entrada da primeira e maior área, o círculo externo. Em cada círculo concêntrico depois, de fora para dentro, havia outros portões. Sete no total. E cada entrada tinha recebido o nome de uma das sete Ancestrais.

Misericórdia, Liberdade, Sabedoria, Justiça, Estima, Paciência e Bravura.

Rune se lembrava de quando as colunas do teatro de ópera ainda exibiam imagens das Ancestrais. O fogo as destruíra durante o ataque dos patriotas, na época da revolução. As colunas foram repintadas depois, mas Rune ainda conseguia enxergar a representação das bruxas em sua mente: Estima, em meio a uma gargalhada e com o cabelo todo emaranhado; Sabedoria, com seu sorriso reservado; Justiça, com o rosto voltado para o céu...

– Sabe em qual das seções Seraphine está trancada? – perguntou Alex.

Rune fez que não. Não só não sabia em qual das seções Seraphine estava como também desconhecia o número de guardas que precisaria enganar. Também não tinha ideia de como passar pelos portões, que estariam trancados. Quem ficava com as chaves? Uma vez do outro lado do portão, como sair?

– Parece impossível – falou Rune, os ombros murchando.

– Há uma razão para chamarem o lugar de impenetrável – disse Alex.

– Isso não ajuda em nada – retrucou Verity, olhando de soslaio para o amigo.

Ela se juntou a Rune no chão, cruzando as pernas sob o vestido e se debruçando sobre o mapa enquanto a carruagem chacoalhava. Rune sentiu o nariz coçar. Algum dia, acabaria pedindo gentilmente que a amiga não passasse tanto perfume...

Mas não naquela noite. Naquela noite, Rune podia estar se sentindo exausta, mas Verity *parecia* acabada. Estava com olheiras escuras e, de tempos em tempos, um bocejo rompia o silêncio na carruagem. Não pela primeira vez, Rune se sentiu culpada por ocupar o tempo de Verity quando ela deveria estar estudando, certa de que suas notas estavam pagando o preço.

Verity daria uma bronca em Rune se soubesse em que ela estava pensando. As duas estavam naquilo juntas, de uma forma que Alex jamais estaria. Rune perdera a avó para o expurgo; Verity, as irmãs. Ambas queriam resgatar tantas bruxas quanto possível – para compensar as que não tinham conseguido salvar.

– Queria ter um feitiço para atravessar paredes – falou Rune, apoiando a cabeça no assento da carruagem e encarando Alex.

– Existe algo assim?

Ela deu de ombros.

– Eu nunca vi.

Verity empurrou os óculos pelo nariz.

– Tenho certeza de que existe um feitiço para *explodir* paredes. Mas você vai precisar de muito mais sangue, se quiser usar um desses. Sangue que você não tem.

Ela pegou um lápis e um caderninho no bolso e começou a escrever. A ponta da língua lhe escapou pelos lábios enquanto listava informações com diligência.

– O que precisamos saber: onde Seraphine está, como os portões funcionam, mais ou menos quantos guardas...

– Como Rune vai *sair* depois que *entrar* – acrescentou Alex, participando, embora soasse nem um pouco feliz com tudo aquilo.

– Que dia estão planejando expurgar Seraphine – disse Rune.

Aquela era a última chance. Se chegasse tarde demais, não teria outra.

Quando terminaram a lista, Verity pousou o caderno no joelho e começou a batucar nele com a ponta da pena.

– É um monte de informação.

– Laila deve saber algumas dessas respostas – falou Alex. – A mãe dela é carcereira e ela é caçadora de bruxas. Deve ter entrado naquela prisão mais de uma vez.

– A garota que atirou em mim esta noite? – Rune arqueou a sobrancelha, lembrando-se do comentário nada brincalhão de Laila quando a vira chegar atrasada ao teatro de ópera.

Verity pareceu se lembrar da mesma coisa. Balançou a cabeça.

– Não gosto nada de como Laila anda olhando para Rune. Melhor evitá-la. Mas... – Um brilho malandro faiscou em seu olhar. – O irmão dela pode ser útil.

– Noah não é caçador de bruxas – lembrou Alex.

– Mas a irmã é, e a mãe é carcereira. Noah é inteligente e presta atenção. – Verity se virou para Rune. – E está no topo da sua lista de pretendentes elegíveis. Se conseguir ficar sozinha com ele...

– Lista de quê? – interrompeu Alex, virando-se para Rune. – Do que ela está falando?

Rune fez uma careta, lembrando que haviam excluído Alex daquele plano. Decidindo que já passava da hora de atualizá-lo, disse:

– Verity fez uma lista de homens adequados para...

– *Não*. – A ferocidade da palavra surpreendeu as duas. – *Eu* vou falar com Noah – acrescentou Alex, a voz lembrando o ribombar baixo de um trovão. – Convidei ele e Bart para um carteado esta semana.

Quando ergueu os olhos, Rune viu que Alex a fulminava.

– O que vai fazer? Perguntar casualmente para ele como passar pelos portões da prisão que a mãe coordena? – Ela balançou a cabeça. – A probabilidade de que Noah tenha alguma resposta, que dirá todas elas, é ínfima. Não vale o risco de criar suspeitas.

Alex abriu a boca para discutir, mas Rune o impediu.

– Já tenho uma solução melhor.

Aquilo fervilhava dentro dela já fazia um tempo, como a chama de uma vela. Ela ainda não dissera nada porque sabia o que os amigos responderiam.

Verity ergueu os olhos do caderno.

– Pode falar.

– Gideon sabe todas as respostas. Posso usar meu feitiço de conta-fato...

– Você já tentou isso – lembrou Verity. – E não funcionou.

– *Tentou*? – Alex passou a mão no cabelo.

Rune o ignorou.

– Não funcionou porque ele recusou o vinho – argumentou Rune. – Mas posso colocar o feitiço em qualquer coisa. Um casaco. Um calçado. Um relógio. Posso enfeitiçar um dedal e escondê-lo no bolso dele. Gideon jamais saberia.

– Ele vai saber – rebateu Alex. – É muito acostumado à magia.

– Não à *minha* magia – disse Rune. – Cada bruxa tem uma essência única.

Depois da armadilha que preparara para ela, na qual Rune caíra como um patinho, o que mais queria era cortar laços com Gideon. Ele era inteligente demais. Porém se afastar dele naquele momento, quando ele mais suspeitava dela, seria o mesmo que admitir a culpa.

Rune não podia recuar. Precisava se manter na ofensiva. Precisava parecer pura e inocente. Como se nunca tivesse encontrado com ele naquela mina.

– Gideon é capitão da Guarda Sanguínea, já arrastou bruxas por aquele portão centenas de vezes. Sabe onde Seraphine está, assim como a data de seu expurgo.

– Ele já suspeita de você, Rune!

– Mas não me prendeu esta noite – apontou ela.

Conseguira mais tempo com o tal almoço. Quanto, ela não tinha ideia.

Aquilo não pareceu acalmar os outros dois. Rune não podia culpá-los. Talvez tivesse despistado Gideon por um tempo, mas ele ainda não tinha saído por completo de sua cola.

– Só preciso de algo para enfeitiçar. Algo que ele usaria junto ao corpo.

– E a marca de feitiço? – desafiou Verity. – Ele vai ver e saber o que você é.

– É só encantar algo onde dê para esconder facilmente a marca. Vou pensar, pode ser? O Jantar dos Luminares é daqui a quatro dias. Vou pedir que ele vá comigo. Depois, posso usar magia para conseguir as respostas de que preciso.

– *Depois* – repetiu Alex, sombrio.

Verity não falou nada. Ficara absurdamente calada. De repente, Rune se viu irritada com os dois. Será que não viam que aquela era a melhor chance que tinham?

– Se pensarem numa solução melhor, prometo desistir da minha. Até lá, este é o plano.

Alex se virou de supetão para a janela da carruagem, mexendo no anel de prata que usava sempre no dedo mindinho. Verity apenas ficou de cara feia.

DEPOIS QUE ALEX A deixou na Casa do Mar Invernal e mal se despediu, Rune ditou um telegrama para que Lizbeth enviasse:

GIDEON SHARPE

RUA DA CAUTELA, 113, VELHO BAIRRO

VAI COMIGO AO JANTAR DE LUMINARES?

RUNE

Em seguida, caiu na cama, tentando não pensar na raiva de Alex, ou em seu tentador convite para ir a Caelis, ou na tensão entre os dois naquela noite. Brigar com Alex a fazia se sentir desequilibrada. Como se uma embarcação que os dois vinham navegando tranquilamente por anos tivesse adentrado uma área de tempestade.

Alex nunca permitia que a linha entre sua lealdade a Rune e seu amor por Gideon se borrasse. Mantinha as duas coisas separadas. Ao cortejar Gideon, Rune estreitava a distância entre aquelas duas partes da vida dele, e aquilo o deixava nervoso. Só isso. Era a razão pela qual ele estava sendo tão protetor.

Rune balançou a cabeça. Não podia se dar ao luxo de se distrair naquele momento, então tirou seu amigo mais antigo da cabeça e adormeceu.

VINTE E OITO

RUNE

A RESPOSTA DE GIDEON só chegou um dia e meio depois. Rune estava no conjuratório, trabalhando no discurso para o Jantar de Luminares, quando Lizbeth a interrompeu.

— Chegou um pacote para a senhorita.

Rune, que estava no meio do processo de cuspir mentiras extravagantes no papel, pediu que a criada o deixasse na escrivaninha. Só olhou para ele quando chegou ao fim do parágrafo.

Era uma caixa branca e simples amarrada com fitas de um azul bem claro.

O azul de Mar Invernal, pensou.

Olhando para a caixa, Rune se levantou, alongou o pescoço, empurrou o discurso para o lado e pegou o pacote. Soltou o laço, depois ergueu a tampa e abriu o papel pardo. Havia uma peça verde-água dobrada lá dentro. Em cima dela, Rune encontrou um bilhete escrito a nanquim.

Está pedindo que eu seja seu acompanhante?

Gideon

Rune leu e releu as palavras antes de virar o papel e procurar o resto da mensagem. Mas aquilo era tudo.

Isso é um "sim"?, perguntou a si mesma.

Olhando de soslaio para o tecido verde, colocou o bilhete de lado e pegou o vestido. Algo se acendeu nela enquanto o traje se desenrolava. Seu coração acelerou quando assimilou as mangas de renda e o corpete delicadamente bordado.

Depois de soltar os laços, Rune tirou a roupa que estava usando e colocou o vestido elegante. O toque da seda parecia suave como o de água contra a pele, e as mangas caíram como luvas em seus braços. Sem alguém para atar as fitas nas costas, ela o deixou aberto, calçou as sapatilhas de seda que tinham vindo junto e saiu para o quarto, onde parou diante do espelho de corpo inteiro.

Seu coração quase saiu pela boca.

O tom de verde-menta e a renda branca complementavam sua tez clara e intensificavam os tons de ruivo de seu cabelo. Com os dedos traçando os padrões quase imperceptíveis no corpete, Rune tentou lembrar quanto odiava o garoto que costurara o traje.

Mas aquele era o vestido mais lindo que já tinha visto, quanto mais que já tinha vestido, e não conseguiu deter o calor que se espalhava por ela. Desejou ter pedido que Lizbeth ficasse, para que amarrasse as fitas e o ajuste ficasse perfeito.

O tule do vestido farfalhou ao redor de suas pernas enquanto ela voltava para a escrivaninha. Largando-se na cadeira, pegou um papel e uma pena e rabiscou uma resposta.

Gideon Sharpe
Rua da Cautela, 113, Velho Bairro

Sim, Gideon. Estou pedindo que seja meu acompanhante.

Rune

P.S.: Meu plano é conquistá-lo para que continue fazendo vestidos para mim pela eternidade.

P.P.S.: Me avise quando estiver funcionando.

Ela achou difícil se concentrar depois daquilo, e ficou quase aliviada quando Lizbeth a interrompeu de novo. Rune tinha acabado de escrever o discurso e agora o recitava enquanto andava de um lado para o outro do cômodo.

– Srta. Rune. – Lizbeth olhou por cima do ombro e entrou no conjuratório. – A senhorita tem visita. Ele está no saguão.

Rune, que não esperava ninguém, ergueu os olhos das páginas.

– Quem é?

Lizbeth baixou a voz.

– Aquele capitão da Guarda Sanguínea.

Gideon? Rune arregalou os olhos. *O que será que ele quer?*

– Diga a ele que... – Ela ainda estava usando o vestido que ganhara dele, os laços abertos nas costas. – Diga que já desço. E lhe ofereça algo para beber, eu acho...

Lizbeth assentiu antes de sumir pela porta.

Porcaria. Ela tinha comprado um terno para Gideon no dia anterior – para encantar com o conta-fato, e também para compensar o que ela arruinara com vinho. Não que qualquer coisa fosse compensar a destruição de um traje feito pelo Dueto Sharpe, claro; a lembrança ainda a enchia de culpa. Para que coubesse direito, porém, a costureira precisaria fazer alguns ajustes, então Rune ainda não tinha o paletó em mãos. Portanto, ainda não poderia usá-lo para conseguir informações.

Tudo bem, disse a si mesma, tirando o vestido. *Só fique apresentável e desça.*

Rune pegou as roupas que tirara pouco antes, mas viu como estavam amarrotadas assim que as ergueu do chão.

Precisando de algo para vestir, correu até o guarda-roupa e pegou a primeira peça que achou: um vestido simples de verão que lhe batia nos joelhos. Descalça, desceu correndo as escadas e se deteve de imediato ao vê-lo no saguão.

Gideon estava de costas, com as mãos para trás enquanto observava os arredores. Vestia calças marrons simples e dobrara as mangas da camisa até os cotovelos, expondo os antebraços.

O coração de Rune quase parou quando o viu. Aquele era o mesmo garoto que a agarrara por trás duas noites antes. O mesmo que ela apunhalara na perna.

– Gideon – cumprimentou Rune assim que se recompôs. – Mas que surpresa boa.

Ele se virou e Rune vacilou um pouco com seu olhar penetrante. De quanto do incidente da mina ele se lembrava? O lugar estava muito escuro. Embora tivesse acendido o sinalizador, ele não removera o capuz dela a tempo de ver seu rosto. Mas será que *saberia*, de alguma forma, que era ela?

As pernas de Rune pareciam moles como gelatina. Ela agarrou o corrimão com uma força um pouco exagerada e continuou descendo as escadas.

– O que o traz à Casa do Mar Invernal?

– Vim perguntar se gostaria de sair comigo para uma caminhada.

– Uma... caminhada?

– Lembro que falou sobre uma praia aqui perto. – Ele de repente pareceu inseguro e soltou as mãos. – Se estiver ocupada, eu...

– Ah! Sim. Digo, não, não estou ocupada. E sim, há uma praia. – Ela chegou à base das escadas, estranhamente sem fôlego. – Uma caminhada seria adorável.

– Ótimo – disse ele.

Qual é o motivo verdadeiro de você estar aqui?, pensou.

Tentou sorrir, depois olhou na direção de Lisbeth, que entrara no saguão para lhe trazer um xale de tricô. Rune aceitou a peça e a jogou sobre os ombros.

Ela e Gideon ficaram ali parados por um instante, desconfortáveis, antes que ela se desse conta de que não tinha como ele saber o caminho até a praia à qual jamais tinha ido.

– Certo. – Sentiu o rosto ruborizar. – Venha comigo.

E o guiou pela casa. Foi apenas quando chegaram aos jardins que Rune se perguntou se deveria ter levado a faca presa à coxa.

VINTE E NOVE

GIDEON

GIDEON DIMINUIU O PASSO para acompanhar Rune conforme ela o guiava por entre as sebes labirínticas. Ela carregava uma lamparina em uma das mãos enquanto caminhavam pelos jardins, a outra prendendo com força o xale junto ao pescoço.

Ela estava com o cabelo solto e a brisa soprava os fios em seu rosto, o que deixava Gideon com uma vontade louca de afastá-los com os dedos.

Rune não estava com os lábios pintados naquela noite. Nem com as bochechas coradas por *rouge*. Encontrava-se até mesmo descalça. Ela parecia selvagem, natural e exposta ali. Muito diferente da garota que ele costumava ver toda produzida em festas.

Aquilo o pegou desprevenido. Tinha ido até lá para recuperar a confiança dela, pois Rune ainda era sua principal linha de investigação. Mas, de repente, se viu... hesitando. Incerto. O silêncio entre eles aumentava como um crescendo.

Ele olhou para o corte inflamado no antebraço de Rune. Como uma garota que passava os dias planejando festas e espalhando boatos poderia ter se ferido daquela forma?

– A senhorita se machucou?

Rune se sobressaltou.

– Ah! Sim, eu... caí enquanto cavalgava ontem. Cortei o braço numa pedra. Às vezes sou *tão* desastrada. – Ela sorriu, cobrindo o braço com o xale e mudando de assunto. – Por acaso considerou meu convite?

– Para ir ao Jantar de Luminares? Achei que minha resposta fosse óbvia.

Rune olhou para ele de soslaio, entreabrindo os lábios.

Aparentemente, não fora.

Ele quase riu.

– Ora, Rune. Claro que vou acompanhá-la. Pensou que eu recusaria o convite?

Ela sustentou seu olhar.

– Nunca sei o que esperar de você.

As palavras pairaram entre eles.

Era Rune Winters quem estava falando? Ou a Mariposa Escarlate?

Gideon não tinha provas de que ela e a Mariposa eram a mesma pessoa. Rune tinha um álibi forte para a noite anterior; por outro lado, estava com um machucado recente – muito similar ao que a Mariposa exibiria, caso tivesse sido acertada pelo tiro de Laila. Ele não podia prendê-la, mas tampouco estava convencido de sua inocência.

Era por isso que estava ali. Se Rune *fosse* a Mariposa, jamais confiaria nele depois da armadilha na mina de Porto Raro. Ele precisava compensar o dano que havia causado, porque a única forma de desmascarar a criminosa era se aproximar dela. E a única forma de fazer *aquilo* era convencer Rune a confiar nele de novo. Se fosse possível.

O que eu faria se a estivesse cortejando de verdade?

Gideon se retraiu com o pensamento. Não sabia como se sentir atraído por alguém tão superficial como Rune Winters.

Mas talvez aquela fosse a forma errada de pensar nas coisas.

Como se sentiria atraído por uma garota que estivesse *fingindo* ser superficial com tanta perícia a ponto de conseguir passar a perna nele?

Aquilo era fácil.

Gideon pigarreou.

– Seus jardins são lindos.

Ele se retraiu, imaginando Harrow revirando os olhos. *Isso é o melhor que consegue fazer, garanhão?*

– São? – murmurou Rune, varrendo os arredores com o olhar. – Tento manter as plantas bem cuidadas, mas não tenho a… devoção de minha avó. Ela amava estas flores como se fossem suas filhas.

Ao mencionar Kestrel, a expressão de Rune se suavizou. Ela continuou, sem esperar resposta, fitando as sebes:

– Às vezes, aperto bem os olhos e quase consigo ver minha vó podando as rosas. Ou bebericando chá na estufa, com sua caixa cheia de pacotes de sementes ao lado, planejando o jardim da próxima estação…

Ela olhou de canto de olho para Gideon, o rosto empalidecendo. Como se tivesse dito mais do que desejava.

– Eu...

– A gente nunca teve um jardim – disse ele, para aliviar a tensão dela. – Mas minha mãe cultivava algumas ervas numa floreira no beiral da janela.

Gideon desejou de imediato ter pensado em outra coisa para falar. A falta de terras de sua família era um lembrete óbvio do abismo que havia entre eles em termos de posição social, criação, estilo de vida no geral. Era um abismo que tinha se reduzido um pouco depois da revolução, mas sempre existiria.

Provando que ele estava certo, Rune disse:

– Você poderia ter um jardim agora, se quisesse. Poderia viver num lugar muito mais grandioso do que a Casa do Mar Invernal, com jardins ainda mais bem-cuidados, tudo como recompensa pelo que fez em nome da República. Tenho certeza de que o Nobre Comandante lhe daria tudo isso, se pedisse.

– Estou feliz no Velho Bairro.

– Está?

Gideon se retraiu com a pergunta, lembrando-se do dia em que tirara as medidas dela na loja dos pais. Pegou-se pensando no que ela havia achado das ruas imundas do bairro. Daquele ar poluído. Dos estalos e chiados das fábricas próximas.

– Dá para ver que não gostou muito do Velho Bairro.

Ela pareceu se empertigar ao lado dele.

– Só quis dizer que...

– Foi sua primeira visita ao bairro?

Rune não precisava responder; estava nítido.

Em todos os anos de amizade entre Rune e Alex, ela jamais pisara no apartamento onde os irmãos viviam. Alex sempre ia à Casa do Mar Invernal. Ou tinha vergonha de convidar a amiga para visitar seu humilde lar, ou convidara e Rune se recusara a ir.

– Quando meus pais morreram, fiquei com a loja e o apartamento – explicou Gideon.

– Mas por que escolheu morar lá? Por que não vendeu a propriedade e pediu terras ao comandante? O Palacete do Espinheiro, por exemplo, poderia ter sido seu.

O Palacete do Espinheiro.

Gideon estremeceu.

Uma sombra profunda pairava sobre aquela casa. Ele ainda sentia a presença de Cressida ali. Ainda sentia o fedor de sua magia no ar. Nas poucas vezes em que voltara ao local, Gideon tinha sido perturbado por pesadelos em plena luz do dia.

– Eu preferiria dormir debaixo da ponte a morar no Palacete do Espinheiro – disse ele, mais para si mesmo do que para ela. – Se achou o Velho Bairro abaixo de seus padrões, não vou nem mencionar onde vivíamos antes.

– Eu nunca disse que o Velho Bairro está abaixo dos meus padrões.

A voz dela ecoou de um ponto vários passos atrás dele, o que fez Gideon se dar conta de que Rune tinha parado de andar. Virando-se para olhar para ela, deparou-se com a silhueta de Rune contra a luz avermelhada do sol poente, o vento fazendo seu vestido de verão branco voejar ao redor dos joelhos. Estavam nos limites do jardim. As sebes eram mais baixas e menos cuidadas ali. Selvagens, como ela.

– O bairro onde mora é... pitoresco.

– *Pitoresco* é uma palavra educada que as pessoas usam quando não querem ser grosseiras.

As bochechas dela coraram, o vento soprando o cabelo em seu rosto.

– Está mesmo tão determinado a distorcer o que digo?

Gideon ficou em silêncio, analisando-a. Se Rune Winters e ele estivessem de fato se cortejando, o que jamais aconteceria, aquele seria exatamente o tipo de discussão que teriam.

– É *pitoresco* os moradores do Velho Bairro precisarem contar moedas para ter energia em casa? *Pitoresco* que os pais passem metade do ano com fome para que os filhos possam se alimentar? Ou ver crianças Penitentes pedindo dinheiro nas ruas do bairro? Ou o fato de que os velhos e enfermos morrem de frio enquanto dormem porque não conseguem arcar com o custo do aquecimento?

Eram coisas que aconteciam com frequência no Velho Bairro.

Rune encarava Gideon, horrorizada. Claro que ela não sabia daquelas coisas. Vivia em um mundo diferente, que ficava a apenas uma hora de cavalgada, mas poderia muito bem ser tão distante quanto a lua.

Gideon se virou e continuou caminhando, irritado consigo mesmo por ter puxado o assunto. Irritado com ela por ser tão... bem, tão *ela*.

– Não sei muito bem por que está aborrecido comigo – disse ela às costas de Gideon. – Se há crianças Penitentes pedindo dinheiro nas ruas, é culpa da República. O Nobre Comandante transformou os familiares delas em párias por ajudar bruxas.

Ele se deteve.

– Ou não se lembra de como o Comandante nos prometeu um mundo melhor? – prosseguiu Rune, antes que ele pudesse responder. – Onde não houvesse miséria.

Apesar da raiva de Gideon, ela estava certa. Ainda se lembrava dos comícios. Dos discursos. Dos panfletos escondidos em bolsos, sapatos ou entre páginas de livros que trocavam de mão debaixo do nariz da aristocracia. Nicolas Creed *de fato* tinha prometido um mundo melhor, mas ainda estavam esperando sua chegada.

– Se pessoas vivem na pobreza, a raiva deve ser direcionada a *ele* – acrescentou Rune.

Ele girou nos calcanhares.

– Acha que não havia pobreza antes? Não tem ideia de como é o mundo real. A senhorita leva uma vida mimada e privilegiada, sempre levou. Não digo que é sua culpa, estou apenas apontando fatos. Se não quiser olhar para as coisas feias, não precisa. Pode fingir que elas não existem.

Um rubor profundo subiu pelo pescoço dela.

– Pessoas como a senhorita e sua avó prosperaram sob o Reinado das Bruxas, quando as coisas estavam piores do que são agora, então não finja que se importa. Não se importava na época, não se importa agora. As Rainhas Irmãs ou o Nobre Comandante... para a senhorita, dá no mesmo.

Ela se encolheu, como se ele tivesse lhe dado um tapa.

Todo o ímpeto de Gideon desapareceu quando ele notou.

Droga. Tinha ido longe demais.

– Rune... – Ele correu as mãos pelo cabelo. – Sinto muito.

Por que ele precisava ser tão brutalmente sincero? De repente, ela parecia muito pequena. Ele teve vontade de chegar mais perto, mas teve medo de que ela se retraísse.

– Concordo, a revolução deveria ter melhorado as coisas para todos nós, mas ainda há um longo caminho pela frente.

Ela permaneceu calada, olhando para ele enquanto o vento agitava seu cabelo.

Eu arruinei tudo, pensou Gideon. *Ela vai se virar e ir embora e nunca mais vai falar comigo.*

Em vez de tentar salvar a situação, o último fio que restava da única linha de investigação sobre a identidade da Mariposa Escarlate, ele daria o braço a torcer. Estava se sentindo mal por ter insultado Rune, e a coisa certa a fazer seria sugerir que voltassem para a casa.

Antes que ele pudesse fazer isso, porém, ela se aproximou e parou a centímetros dele.

– Se eu achasse que você está abaixo dos meus padrões... – os olhos dela, duros como estanho, procuraram os dele – ... por que eu estaria aqui, caminhando com você?

Ele a encarou de volta.

Realmente... Por quê?

Gideon afastou o cabelo emaranhado que o vento soprava no rosto de Rune. Ficou surpreso quando ela não se desvencilhou, quando permitiu que ele ajeitasse os fios atrás de sua orelha. Pareceu até relaxar, deixando que ele a visse com clareza.

Ele não devia ter apreciado tanto a sensação do cabelo dela contra sua palma, a forma como ela relaxou em contato com seus dedos.

– Belas herdeiras podem até cortejar soldados comuns, mas não se casam com eles.

A boca de Rune se curvou um pouco.

– Por acaso acabou de me chamar de bela, Gideon?

– Estou só afirmando o óbvio. Não mude de assunto.

Ela desviou o olhar.

– Você sabe que é verdade, Rune. Gente da sua estirpe não se casa com pessoas inferiores.

Na experiência de Gideon, quem nascia com riqueza e privilégio queria sempre mais, não menos. Era como uma droga viciante; quem provava o poder só queria mais e mais dele para matar sua fissura.

– Não sei os passos das suas danças – disse ele. – Não tenho a estima de seus amigos. Não sei usar dezessete talheres diferentes num jantar. – Ele soltou o cabelo dela, que voltou a voejar ao sabor do vento. – Não tenho como aumentar sua herança.

Ele sabia que estava andando no fio da navalha, lembrando a ela as razões pelas quais a união dos dois não fazia sentido. Que aquela farsa que estavam encenando era frágil. Mas, se o objetivo era se mostrar vulnerável, para assim despertar vulnerabilidade nela também, ele precisava falar a verdade.

– Pessoas como *você* são impossíveis – respondeu ela. – Não me importo com nada disso.

Ele quase revirou os olhos.

– Claro que se importa.

– Então por que estamos aqui? Se sou tão superficial, pura pompa sem substância, o que está fazendo aqui comigo? Por que alguém como *você* iria querer alguém como *eu*?

Gideon abriu a boca para responder, mas não sabia a resposta. Ele a analisou, sorvendo a visão dos cabelos iluminados pelo sol poente. Dos olhos cinzentos que pareciam aço derretido.

Em seu silêncio, Rune pareceu chegar às próprias conclusões.

– Talvez você esteja certo. – Ela deu a volta nele com a lamparina em mãos, abriu o ferrolho do portãozinho branco na fronteira do jardim e saiu para a campina além. – Um de nós pensa que é bom demais para o outro. Mas não sou eu.

O portão se fechou atrás dela.

Gideon ficou olhando a garota se afastar.

O quê?

Daquele lado da cerca, viu Rune avançar pela trilha que passava em meio ao mato alto, seguindo na direção do bosque ao longe. Por alguma razão esquisita, seus pensamentos voltaram a Cressida.

Ele aprendera muito rápido a não desafiar Cress. Discussões com ela tinham consequências. Quando ele discordava ou desobedecia, a bruxa o punia – às vezes, punia outros também. Até que ele parara completamente de resistir.

Rune, por outro lado, parecia perturbada por seus insultos, mas não se abalava quando ele a desafiava.

Era um território desconhecido. E, sem um mapa para se guiar, Gideon ficou ali parado, observando-a se afastar. Nem mesmo a voz de Harrow em sua mente ajudou.

Se gostasse de verdade dessa garota, você iria atrás dela, pensou.

Pulando o portão, Gideon correu pela trilha atrás de Rune, com o coração batendo loucamente. De forma geral, evitava situações que o deixassem vulnerável – mas lá estava ele, correndo justamente na direção de uma.

– Se a gente for em frente com isso, tem algumas coisas que você precisa saber – falou Gideon quando a alcançou.

Rune olhou para ele de soslaio.

– Para que decida se é isso que quer. Se *eu* sou o que você quer.

A floresta à frente bloqueava a visão do mar, mas ele podia sentir a maresia no ar. Estavam perto da praia.

Rune o fitou sob o brilho da lamparina.

– Certo. Pode falar.

É um jogo, lembrou ele a si mesmo, sentindo o peito apertar. *Não significa nada.*

Mas, se era mesmo verdade, por que sentia que estava se jogando de um precipício e torcendo para não cair?

TRINTA

GIDEON

– A ÚLTIMA GAROTA pela qual me apaixonei era uma bruxa – disse ele. Sentiu Rune ficar tensa a seu lado. – Eu a conheci quando meus pais viraram alfaiates reais.

Os vestidos da mãe de Gideon já vinham chamando a atenção da aristocracia havia quase um ano. Vários meses antes, o dinheiro do negócio crescente lhes permitira se mudar do Distrito de Fora – o bairro mais pobre da capital – e se instalar em um sobrado no Velho Bairro.

De um dia para o outro, as rainhas haviam feito a família ascender muito além, instalando os Sharpe no palácio. De repente, podiam arcar com o curso de música de Alex. De repente, Gideon não precisava mais pular refeições para que a caçula, Tessa, tivesse o que comer.

– Meus pais mal conseguiam dar conta da demanda das rainhas, então me levaram para ajudar. Alex tinha se mudado para estudar no Conservatório, e Tessa era tão novinha que mais atrapalhava do que ajudava. Cressida pediu que eu fosse enviado para trabalhar só com ela, então fui morar no Palacete do Espinheiro.

O estômago dele se revirou enquanto tentava decidir quanto revelar. Não queria que Rune soubesse de cada detalhe sórdido de seu passado, mas havia algumas coisas que ela merecia ouvir antes de se envolver mais com ele.

– Cress não queria que eu fosse apenas seu alfaiate – continuou ele, olhando de soslaio para Rune, que andava a seu lado com o olhar fixo adiante. – E atendi de bom grado a suas outras... necessidades.

– Vocês tinham relacionamentos íntimos, é o que quer dizer.

– Isso.

Ele queria bloquear as lembranças que começavam a invadi-lo. Madrugadas nos jardins de Cressida, que de alguma forma sempre terminavam na cama dela, com os dedos dele traçando os estigmas de conjuração prateados que ela exibia com orgulho na pele como se fossem as artes mais refinadas.

Cada cicatriz fora feita pela própria Cressida ou por uma de suas irmãs, e o conjunto todo parecia um jardim selvagem crescendo por seu corpo. Linhas escarificadas formavam rosas e lírios, ranúnculos e írises, todos emaranhadas a folhas, espinhos e caules. As flores prateadas subiam por suas panturrilhas e coxas, cobrindo a lateral esquerda do torso e do seio, e depois desciam pelos braços.

Os favoritos de Gideon eram os estigmas em forma de pétalas que adornavam suas clavículas.

Cressida o enfeitiçara completamente.

Ele poupou Rune de toda essa parte.

– Não demorou muito para as coisas desandarem.

– Como assim?

A voz de Rune o trouxe de volta ao presente. Estavam na floresta e, assim como na campina atrás deles, alguém abrira caminho pela vegetação. As folhas brilhavam douradas na luminosidade baça do ocaso.

– Minha mãe ficou… indisposta. – Ele se lembrou de Sun com os dedos ensanguentados, de seus olhos avermelhados, de como os ossos despontavam sob a pele. – Começou a ver coisas que não existiam e a acusar meu pai e eu, e até mesmo Tessa, de coisas que a gente não tinha feito. Como roubar seus cadernos. Estragar seus tecidos. Sabotar seu trabalho de todas as formas.

Os músculos dele pareceram se contrair em reação às memórias. A mãe os acusava de coisas piores, também: o esposo, de ser infiel; Tessa, de a estar envenenando; Gideon, de abusar de Tessa. Coisas tenebrosas. Coisas que ainda o mantinham acordado à noite. E, como sempre, ele conseguia sentir o cheiro na mãe: o odor acobreado dos feitiços de uma bruxa.

– As Rainhas Irmãs a estavam torturando lentamente.

– Não faz sentido – falou Rune. – Se queriam sua mãe trabalhando como estilista, por que a atormentariam?

Ele fitou Rune.

– Você obviamente não conheceu as Roseblood. Bruxas são cruéis por natureza, mas as irmãs Roseblood eram completamente maldosas.

Torturavam e matavam quem ficava em seu caminho, depois usavam o sangue das vítimas em seus feitiços.

Rune negou com a cabeça, descrente.

– Impossível.

– Eu vi com meus próprios olhos.

– Não, digo... Você está descrevendo feitiços arcanos, que são proibidos. A Rainha Raine os proscreveu há séculos.

Gideon olhou de lado para ela, surpreso em descobrir que Rune sabia daquilo. Mas, ora, a avó dela era bruxa; claro que ela saberia sobre bruxaria.

– Os arcanos são os feitiços de mais alto nível que uma bruxa pode conjurar – explicou Rune. – Exigem sangue coletado contra a vontade da pessoa. A magia resultante é poderosa e mortal, mas corrompe quem a utiliza. Se as irmãs Roseblood conjuravam feitiços arcanos, estavam se corrompendo de forma voluntária.

Aquilo fez Gideon se lembrar de algo que Cressida dissera anos antes, quando ele deparara com ela e as irmãs paradas ao redor de um corpo em uma poça de sangue. A visão, combinada ao fedor intenso da magia, quase o fizera vomitar.

Quanto mais poder temos, Gideon, mais desejam a nossa ruína. O que podemos fazer? Deixar que aqueles que nos odeiam planejem nossa derrocada? Jogar segundo as regras, quando todos as desobedecem? Isso é tolice. Depois que alguém conquista o poder para si e para aqueles que ama, precisa fazer de tudo para mantê-lo. Até mesmo sacrificar a própria alma. Caso contrário, vai ver seus entes amados prejudicados pelas pessoas que cobiçam esse poder.

Ao lado dele, Rune permaneceu em silêncio. Por vários minutos, os únicos sons na floresta eram seus passos esmagando as agulhas de pinheiro e o vento fazendo farfalhar as copas das árvores.

A parte seguinte seria a mais difícil. Gideon olhou para Rune, tentando encontrar um motivo para pular aquele assunto. Se estivessem se cortejando de verdade, porém, ia querer que ela soubesse.

Um de nós pensa que é bom demais para o outro. Mas não sou eu.

Ele estava prestes a testar a sinceridade daquelas palavras, e não estaria em posição de julgar caso Rune falhasse.

– Quando falei para Cressida que queria terminar, que não queria mais continuar com ela, ela me fez um alerta: disse que, se eu recusasse suas investidas, minha irmãzinha sofreria o mesmo destino de minha mãe. Eu morria de medo dela, na época, e tentei desesperadamente poupar Tessa. Então fiz tudo que Cress pedia. – Ele correu as mãos pelo cabelo. – Ela matou Tessa mesmo assim.

– Achei que sua irmã tinha morrido da doença do suadouro – falou Rune.

Era o que Alex devia ter contado a ela.

– Lembra a festa em que servi chá para você? Eu estava lá porque Cress decidiu que eu a estava traindo com uma criada e quis me punir. Quando se deu conta de que eu não me sentia humilhado em servir chá, mudou de tática: disse que eu devia provar minha devoção fazendo para ela três dúzias de rosas de seda até o nascer do sol, igual às que meu pai costumava fazer para minha mãe. Se eu falhasse, algo horrível aconteceria com a minha irmãzinha.

Ele olhou para Rune, cujos lábios estavam apertados em uma linha fina.

– Levei duas horas para costurar aquela que fiz para você – acrescentou ele.

Os olhos de Rune ficaram sombrios enquanto ela fazia o cálculo.

Ao amanhecer, Gideon tinha dado conta de produzir uma dúzia de rosas. Para Cress, aquilo fora prova de que ele não estava arrependido o bastante. Naquele mesmo dia, usou um feitiço para fazer a caçula dos Sharpe cair doente. Cress trancara Tessa em seu quarto e impedira que cuidassem dela.

Gideon tinha se jogado na porta, que Cressida encantara para resistir às investidas, batendo nela com os punhos enquanto Tessa chorava e implorava do outro lado. Delirando de febre, ela não parava de chamar pela mãe. Gideon tinha gritado com Cressida, que apenas sorrira. Então Gideon a derrubara, apertara sua garganta, decidido a só parar quando ela desfalecesse, mas os guardas o haviam detido e acorrentado ao chão de uma cela.

Quando foi libertado, Tessa já tinha morrido.

– Minha mãe se afogou no dia seguinte. Meu pai se enforcou alguns dias depois. *Mesmo assim*, ela não ficou satisfeita. – Ele cerrou as mãos em punho. – Eu sabia que havia uma última pessoa que Cressida podia ferir caso eu não obedecesse a suas ordens.

– Seu irmão – murmurou Rune.

Gideon assentiu. Alex fora a última ameaça implícita entre ele e a rainha bruxa.

Ele começara a beber depois daquilo. Todos os dias. Às vezes, assim que acordava. Era a única forma de suportar a obrigação de voltar se arrastando à cama dela todas as noites.

Às vezes, parecia até que Cressida preferia ter relações não consensuais com Gideon. Como se lhe desse mais prazer forçá-lo a fazer o que ela queria.

Ele ainda se lembrava da noite em que ela o marcara a ferro. Tinha prendido Gideon à parede com um feitiço, de modo que ele não conseguiu se desvencilhar. Lembrava-se dos espasmos do próprio corpo sob o ferro incandescente, todos os músculos se retesando em reação à dor penetrante da queimadura.

É uma maldição, Gideon, dissera ela, apertando com mais força enquanto ele tentava não gritar. *E vou ativá-la caso você me traia de novo.*

– Foi por isso que Alex a matou – murmurou Rune.

Gideon ouvia o marulhar das ondas ao longe. O cheiro de maresia era forte ali; quando as árvores passaram a ficar mais esparsas, ele viu a suave série de dunas. Quando emergiram de vez da mata, a costa inteira se desvelou diante deles. Havia um istmo a leste, separando aquela baía rasa do mar aberto, onde a água cintilava turquesa sob o céu rosado.

– Estraguei uma noite perfeita – disse ele, admirado com a vista.

Queria mergulhar e deixar o mar lavar a mácula que sabia que jamais poderia ser expurgada. Quando começou a caminhar na direção da água, porém, Rune o segurou pela mão.

– Não estragou nada.

Ele olhou para baixo e viu os dedos dela entrelaçados aos seus. Quando voltou a erguer o rosto, os olhos de Rune continham uma tempestade tão feroz que ele ficou sem fôlego.

– O que aconteceu com você não o define, Gideon.

Ele bem que queria que fosse verdade.

– Nenhum de nós pode escapar do passado.

Gideon fora moldado pelo dele. Assombrado. *Arruinado*. Ele tinha feito o que fizera na noite anterior à Nova Aurora – ajudar Nicolas Creed e os outros rebeldes a tomar o palácio, atirar em Analise e Elowyn enquanto dormiam, caçar Cressida apenas para ser detido por Alex, que a encontrara e lidara com ela para poupar o irmão – só por causa das coisas a que as rainhas bruxas haviam submetido sua família.

Era por isso que ainda caçava bruxas. Porque muitos haviam sofrido tanto quanto ele, ou ainda mais. Harrow era só um dos exemplos.

Bruxas eram más em seu âmago. Quando conquistavam poder, abusavam dele. Para impedir que ascendessem de novo, para garantir que ninguém estivesse à mercê delas, todas as bruxas precisavam ser erradicadas.

Com aquele pensamento, Gideon soltou a mão de Rune, lembrando por que estava ali.

Ele suspeitava que Rune Winters era uma bruxa disfarçada debaixo do nariz de todos. Se quisesse prendê-la, precisaria de provas. E havia um sinal que todas as bruxas carregavam em si.

Gideon se lembrou de traçar as cicatrizes prateadas de Cressida no escuro, enquanto ela dormia.

Do conselho de Harrow, dado duas noites antes.

O sol mergulhava no horizonte. Logo desapareceria, e a única luz disponível seria a da lamparina de Rune. Antes de a escuridão chegar, Gideon desabotoou os três primeiros botões da camisa.

Rune franziu a testa.

– O que está fazendo?

– Vou nadar.

– *Agora*?

– O mar está calmo. A noite está quente. Condições perfeitas para se nadar.

Abriu mais alguns botões da camisa, tirou a peça pela cabeça e a jogou na areia entre eles.

Qualquer objeção que Rune estivesse prestes a fazer morreu em seus lábios. Gideon quase riu de sua expressão de choque.

Depois ergueu uma das sobrancelhas.

– E aí? Você vem?

TRINTA E UM

RUNE

O MAR FICAVA CONGELANTE naquela época do ano. Rune abrira a boca para dizer aquilo, mas Gideon arrancou a camisa de repente.

As palavras morreram em seus lábios.

Ela inspirou fundo, o sangue ficando um pouco mais quente ao ver os ombros e braços musculosos dele. Cerrou os punhos, fincando as unhas na pele, tentando evitar que seus olhos percorressem o corpo de Gideon: as clavículas bem marcadas, o abdômen, os quadris. Sua pele assumia um tom de mel à luz do ocaso.

Rune tentou desviar o olhar, mas algo do lado direito do peito dele atraiu sua atenção: o símbolo de uma rosa repleta de espinhos cercada por uma lua crescente. Identificou a marca na hora: as Rainhas Irmãs tinham transformado suas assinaturas de conjuração em brasões, que bordavam nas vestes. As rainhas os usavam nos punhos das camisas, em joias, estampados em capas de montaria.

A rosa e a lua crescente formavam a assinatura de Cressida.

Uma tatuagem?

O som da calça de Gideon caindo na areia fez o pensamento congelar em sua mente. Ela encarou o brasão com todas as forças, sabendo que ele estava quase nu diante dela, com medo de olhar para outro lugar. A história que ele havia contado ainda vibrava em cada fibra de seu ser. Raiva, dor, vergonha – a voz dele parecera cheia de tudo aquilo. E, embora Rune quisesse desesperadamente acreditar que havia outro lado da história, que Gideon estava deturpando a verdade, era impossível ignorar aquele brasão.

Não é uma tatuagem, compreendeu, analisando as linhas vermelhas. *É uma marca a ferro.*

A rainha mais nova havia marcado Gideon como fazendeiros marcavam o gado, para que, quando soltassem o animal no pasto, todos soubessem a quem ele pertencia e não o levassem para outra fazenda.

Cressida marcara Gideon permanentemente como sua propriedade.

O horror daquilo fez Rune gelar.

– Gideon...

Sem notar a linha de pensamentos dela, ele enganchou um dedo no elástico da roupa de baixo.

– Última chance, Rune.

E ficou nu.

– Pelo. Amor. Das. Estrelas. – Rune cobriu os olhos com as mãos. – Gideon Sharpe!

– Por acaso está ficando corada ou é impressão minha?

O calor da provocação expulsou o frio.

– Que timidez toda é essa? Vai me dizer que nunca tirou vantagem daquela lista de pretendentes à sua porta?

Ela sentiu a pele cada vez mais quente enquanto um sorriso se abria em seus lábios.

– Você é *terrível*.

Então, surpreendendo a ambos, Rune riu.

Queria tirar as mãos do rosto e olhar para ele. Desesperadamente. Mas não queria tirar vantagem, como a outra garota fizera. Então ficou parada, com os olhos cobertos.

Ela ouviu os passos na areia. Em vez de seguir para o mar, porém, ele pareceu estar indo na direção dela. Rune recuou um passo e quase tropeçou em um tronco. Gideon a segurou pelo braço, ajudando-a a se equilibrar.

Sua respiração roçou a bochecha dela.

– Venha comigo. – Estava a centímetros de Rune. Gideon e todo o seu deslumbrante 1,80 metro de altura. Ela apertou as mãos com mais força contra o rosto. – Não quer sentir o mar na sua pele?

– De jeito nenhum – respondeu ela de trás das mãos. – A água está congelante.

– Você quem sabe, então – disse ele, soltando seu braço.

Ela ouviu a água chapinhar quando ele entrou no mar. Rune enfim cedeu à tentação, baixou as mãos e o viu mergulhar nu entre as ondas.

Tentou se lembrar do papel que estava interpretando ali, mas sua máscara protetora caía rápido. Rune não tinha como fingir ser uma menina superficial e fofoqueira depois de ele praticamente ter exposto a alma para ela. Não conseguia convencer nem a si mesma de que havia dois lados naquela história, ou de que Cressida e as irmãs eram as verdadeiras vítimas.

Nada que acontecera com Gideon justificava o que ele fazia agora, claro: caçar bruxas, uma a uma, enquanto apoiava um regime violento. Saber daquilo, no entanto, a ajudava a entendê-lo.

– Venha, Rune. A água está quentinha…

Naquela noite, Gideon aumentara as apostas do jogo que havia entre eles ao contar a Rune algo profundo e dolorosamente verdadeiro. Para que estivessem de igual a igual, ela precisaria oferecer algo equivalente.

Mas sua vida era uma mentira havia tanto tempo que mal era capaz de dizer se ainda tinha algo verdadeiro em si.

Se eu não precisasse me esconder, quem eu seria?

Quem era a verdadeira Rune Winters?

Não a socialite. Não a Mariposa Escarlate. Mas a pessoa que vivia lá no fundo.

Rune vinha interpretando um papel havia tanto tempo que não conseguia mais lembrar.

Já fora uma garota que usava laços e sedas, renda e pérolas. Que adorava dançar com rapazes bonitos e fofocar com amigas bem-vestidas. Uma garota que tomava chá com a avó na varanda e ia à ópera.

Mas o que fazia com que aquela menina fosse *Rune*?

Ela pensou no retrato pendurado em seu quarto. Uma criança travessa de vestido branco tentando desesperadamente segurar o riso.

Se aquela garotinha tivesse crescido, como seria?

O que faria?

Ela aceitaria o desafio de nadar nua no mar gelado, pensou Rune. Daquilo tinha certeza.

Assim, deixou o xale cair devagar. Levando as mãos às costas, puxou os laços do vestido até se soltarem, arrancou a peça de algodão pela cabeça e a soltou na areia.

A brisa cálida beijou sua barriga e as pernas nuas.

Tirou o sutiã em seguida, depois as roupas de baixo. Sabendo que, durante o processo, ele assistia a tudo do meio das ondas.

Totalmente despida sob a luz moribunda do sol, seu cabelo farfalhava ao roçar nos ombros nus. Mesmo se sentindo rechonchuda se comparada ao corpo esbelto e musculoso de Gideon, ela lutou contra o ímpeto de cruzar os braços enquanto andava pela areia na direção da rebentação.

Queria que ele olhasse. Que procurasse estigmas pelo seu corpo e não achasse. Rune tinha várias cicatrizes comuns. Cortes e arranhões bobos colecionados ao longo dos anos. Nenhuma marca era prateada como as que ele estaria procurando.

Quando entrou no mar, o impacto gelado da água a atingiu com tudo.

– Você é um mentiroso. – Ela abraçou o corpo para tentar espantar o frio. – Parece que estamos numa geleira derretida.

Gideon riu, espirrando água nela. Rune se encolheu contra as gotículas gélidas, mas continuou entrando, respirando fundo enquanto o frio subia por seus joelhos, suas coxas, sua cintura.

Em que será que ele está pensando?, perguntou-se, abraçando o torso com mais força. *Será que está me comparando a outras garotas que já viu sem roupa?*

Ela queria poder apagar aquelas questões da mente. Afinal, quem se importava com o que Gideon estava pensando? Ela, não.

Quando enfim o alcançou, o mar já batia em seu pescoço, e ela precisava ficar na ponta dos pés para tocar o leito arenoso.

– Minha avó costumava me trazer aqui quando eu era criança – contou ela, olhando para a silhueta da ilha ao longe e para o istmo que a conectava ao litoral. – Ela ficava na areia e gritava para eu não nadar muito para o fundo. Morria de medo de que a corrente me levasse.

Aquele seria o momento perfeito para expor a alma. Para contar a ele como tinha sido ser criada por uma bruxa. Depois dos segredos que ele lhe confiara, porém, Rune não tinha coragem de mentir, de fingir um ódio que não sentia. Tampouco podia contar a verdade para ele, porém.

Como um verdadeiro predador, Gideon pareceu sentir sua fraqueza.

– Deve ter sido muito difícil entregar Kestrel.

Imagina, de jeito nenhum, ela teria anunciado se estivessem em um camarote no teatro de ópera ou em um salão de baile cercado de amigos.

Mas não estavam. Estavam sozinhos, e jogando um jogo novo. Um que era muito mais perigoso para Rune do que para ele.

Entregar minha avó não foi difícil, pensou ela. *Foi insuportável.*

– Ela era minha melhor amiga. – Rune desviou o olhar. – Era... a pessoa que eu mais admirava.

No dia em que a República a matara, uma parte de Rune havia morrido também.

Ela se lembrava de ter colocado seu melhor vestido naquela manhã. De ter escovado o cabelo até ele brilhar como trigo no solstício de verão. A avó lhe ensinara a sempre estar bem arrumada, independentemente da ocasião, e Rune tinha a sensação de que ela não abriria exceções para execuções públicas. Nem que fosse a própria.

Depois de alcançar a frente da multidão enfurecida, Rune quase desmontara ao ver Kestrel em cima do tablado. Seu cabelo – normalmente penteado e preso por grampos com pedras preciosas – jazia solto em madeixas desleixadas que lhe cobriam o rosto. Haviam ferido sua bochecha majestosa e tirado todo o brilho de seus olhos. Alguém tinha até rasgado as mangas de sua camisa para que todos pudessem ver os estigmas de conjuração.

Kestrel encarara o mar de rostos com o olhar de uma ave de rapina, como se não estivesse notando como cuspiam nela, ou ouvindo as coisas cruéis das quais a chamavam.

Assim que seus olhos encontraram os da neta, a atenção da turba também se voltou para Rune.

Ficou sabendo?, a garota ainda os ouvia murmurar. *Ela entregou a megera. Menininha corajosa.*

Rune moldara sua expressão para parecer exatamente a garota que todos queriam ver: uma jovem herdeira tão leal à República que havia entregado a própria vó para a execução. Aquele era o papel que precisaria interpretar daquele momento em diante. Sabia que era só o início.

Por trás da máscara, porém, o luto rasgava seu coração ao meio.

Quando seus olhares se encontraram, os lábios rachados da avó haviam se movido, sussurrando três palavras. Palavras que Rune não merecia.

Eu te amo.

O grito do metal contra metal enchera o ar conforme as correntes erguiam a avó de Rune na direção do céu, pendurada pelos calcanhares. Ali ela ficou, de ponta-cabeça, com as mãos envoltas em contenções e o cabelo balançando.

Um dos membros da Guarda Sanguínea avançara com uma faca em mãos e cortara a garganta de sua avó. O sangue espirrou e jorrou. A avó engasgou, arfando em busca de um ar que não seria mais capaz de respirar, o corpo se contorcendo como o de uma minhoca em um anzol. Todos os traços de postura e elegância sumiram conforme ela lutava contra o destino. Rune fincou os dentes no lábio inferior e se forçou a não gritar. A não chorar. Dizendo a si mesma que devia permanecer estoica enquanto o sangue escorria como fitas de cetim, grossas e vermelhas, até a avó enfim parar de se mover.

Depois, Rune tinha assistido enquanto jogavam o corpo dela em uma vala comum na periferia da cidade. Não podia levar a avó para casa e enterrar seu corpo ao pé da macieira do jardim, onde o túmulo ficaria coberto de flores na primavera. Não podia se dar ao luxo de demonstrar aquele tipo de ternura, caso alguém suspeitasse da verdade enraizada em seu coração.

Ela contou só a primeira parte para Gideon. Sobre ter visto a avó morrer.

Ele a fitou enquanto o sol mergulhava no horizonte, fazendo o céu assumir um tom escuro de roxo para depois se desbotar em azuis e dourados. As ondas marulhavam ao redor dos dois, uma gaivota gritava ao longe.

Você contou demais, pensou ela, desviando o olhar, de repente com medo de que ele visse as lágrimas em seus olhos. *Agora Gideon tem ainda mais motivos para suspeitar de você.*

Ela sentiu a garganta apertar e os olhos arderem. Tinha arrancado a máscara e, sem ela, não sabia direito o que fazer.

De repente, viu Gideon se aproximando. Antes que pudesse dar algumas pernadas para longe, ele a alcançou. Aninhando seu maxilar em uma das mãos, ele usou a outra para colocar uma mecha de cabelo molhado atrás de sua orelha.

– Não é crime ter amado uma bruxa, Rune. – Ele se inclinou na direção dela até estarem com as testas encostadas, as respirações se misturando. – Se fosse, você não seria a única culpada.

A gentileza dele atravessou suas defesas, abrindo o ferrolho de seu coração.

Deixando o inimigo entrar.

Ela ergueu os olhos, com lágrimas escorrendo por seu rosto. O mar escondia os corpos, mas estava nítido na expressão de Gideon que ele não se esquecera nem por um instante do que havia sob as ondas. Parecia relutante em diminuir a distância entre os dois, porém, sem saber como ela receberia o contato.

Rune tentou convencer a si mesma de que *não deveria* aceitar a aproximação. Gideon provavelmente estivera no meio da multidão naquele fatídico dia, comemorando a morte de Kestrel. Não devia de forma alguma permitir que ele chegasse mais perto.

Ele era um caçador de bruxas. Suspeitava dela. Estava cada vez mais perto de descobrir a verdade.

Ainda assim...

Ela se lembrou dele prendendo-a no chão, na mina. De como era sólido e pesado. Depois pensou nele a arrastando para fora da água. Na força de seus braços. No calor dele a banhando.

Como seria ter o corpo dele envolvendo o seu?

Era perverso o quanto queria descobrir.

Lendo os pensamentos em seu olhar, Gideon tremia na tentativa de se conter. Ele engoliu em seco, e ela podia sentir a pulsação dele retumbando de forma enlouquecida na mão que aninhava seu rosto.

Então aquele desejo horrível o afligia também.

É um jogo, disse ela a si mesma, roçando o rosto na palma dele. *É só fingimento.*

Foi como ela justificou o ato de entrelaçar os dedos no cabelo de Gideon e puxar a boca dele até a sua.

TRINTA E DOIS

GIDEON

PARA SER SINCERO, parte de Gideon torcia secretamente para que Rune fosse a pessoa que escapara dele naquela mina. Isso devia perturbá-lo, pois faria dela sua inimiga, além de uma bruxa má e assassina. Mas era impossível negar que uma garota capaz de lhe passar a perna o empolgava.

O beijo dela causava a mesma sensação. Era como provar algo proibido pela primeira vez. Inebriante e delicioso. Despertando todos os seus sentidos ao mesmo tempo.

Quando Rune mordeu de leve seu lábio inferior, um calor perverso o atravessou, e ele a puxou pela cintura. Tão macia. Queria afundar naquela maciez. Se enterrar nela.

Como se estivesse sentindo a mesma coisa, Rune envolveu seu pescoço com os braços e se arqueou contra ele.

Gideon não deveria estar sentindo tudo aquilo. Nada devia ser tão gostoso. Tão *certo*. Como se não houvesse nada de que se envergonhar. Como se – talvez – ele pudesse ser digno de uma garota como aquela.

Uma voz que parecia a de Alex sibilou dentro dele: *Pessoas como Rune não ficam com pessoas como você.*

Foi como um banho de água fria. Arquejando, Gideon se afastou dela, recuando desajeitado.

O que é que eu estou fazendo?

Alex estava certo, claro.

Mais importante ainda: Alex era apaixonado por Rune.

Com o súbito afastamento de Gideon, Rune se desequilibrou, afundou entre as ondas e emergiu tossindo.

O corpo dele vibrava com a ausência dela. Como se ter Rune em seus braços fosse a única coisa real no mundo, como se tudo parecesse errado até ela voltar para ele.

Ele balançou a cabeça, tentando rechaçar a sensação.

– Gideon... Eu sinto muito. Achei que... – O cabelo molhado dela tinha se grudado nas bochechas, no pescoço, nos ombros. Rune engoliu em seco, trêmula e de olhos arregalados. – Achei que você queria.

O quê?

Ela balançava a cabeça, nervosa.

– Sou uma idiota mesmo...

E, batendo as pernas para se afastar dele, nadou na direção da praia. As braçadas a impulsionavam por entre as ondas, cada vez mais para longe, mas não antes que ele pudesse reconhecer a humilhação em sua voz.

Achei que você queria.

Ela havia entendido tudo errado.

– Rune!

Ela não o ouviu ou escolheu ignorá-lo, porque passou a nadar ainda mais rápido.

Gideon disparou atrás dela. Precisava que Rune soubesse que ele a queria, e muito.

Ainda queria.

Viu-a chegar à costa e tropeçar para fora d'água enquanto a maré a puxava pelas pernas. A silhueta nua de Rune brilhava à luz da lamparina, acomodada na areia. Mesmo com pressa de alcançá-la, foi impossível não a admirar.

Talvez ela não seja uma bruxa. Gideon não via um único estigma de conjuração marcando sua pele macia. E, caramba, tinha olhado com atenção.

Aquilo o fez hesitar. Ele se forçou a lembrar de Alex. O irmão que traíra ao beijar Rune naquela noite. Como poderia ir atrás da garota que Alex amava e beijá-la de novo?

Mas se ela fosse uma bruxa e Gideon *não fosse* atrás dela, se não deixasse claríssimo que definitivamente queria beijar Rune, ela encerraria aquele simulacro de cortejo e Gideon perderia sua melhor chance de pegar a Mariposa Escarlate.

E ele precisava pegar a Mariposa, para o bem de todos.

Se Rune fosse a criminosa e Alex estivesse apaixonado por ela, era mais importante ainda que a capturasse. Precisava protegê-lo de outra bruxa perigosa.

Rune já colocava o vestido branco quando Gideon chegou à praia. Deixando as roupas de baixo para trás, ela agarrou a lamparina e fugiu floresta adentro.

Ele se arrastou para fora do mar, sacudiu o cabelo para se secar e vestiu a calça às pressas. Pegando a camisa, correu atrás de Rune, seguindo o cintilar da lamparina para não perdê-la de vista por completo.

TRINTA E TRÊS

RUNE

O SOPRO DA BRISA fazia Rune tremer enquanto quase corria pelo caminho que cruzava a mata, tentando abrir distância da praia tão rápido quanto possível. O sol já se pusera havia muito tempo, e as árvores eram apenas silhuetas escuras a seu redor. O vestido grudava nas pernas molhadas, e a água do cabelo encharcado escorria por suas costas.

Apesar do frio, porém, ela fervilhava por dentro.

– Burra, burra, burra!

Bruxas são cruéis por natureza. Se Gideon acreditava naquilo e suspeitava que Rune era uma bruxa, então não a achava muito diferente de Cressida.

Claro que ele tinha se afastado quando ela o beijara. A garota que ela fingia ser, a socialite superficial e fofoqueira, irritava Gideon. E a garota que realmente era… era do tipo que ele queria morta.

Rune lhe dava nojo.

Como pude ler tão mal os sinais?

Queria saber um feitiço para desaparecer por uma semana inteira.

– Rune!

Seu coração deu um salto. A voz de Gideon estava perto demais. Olhou por sobre o ombro, mas a escuridão envolvia tudo além do alcance da lamparina.

Virando-se na direção da casa, ela acelerou o passo.

Mas não foi rápida o bastante.

– Pare de fugir de mim.

Dessa vez, a voz soou logo atrás dela. Rune estava prestes a sair correndo quando ele a pegou pelo pulso, forçando-a a parar.

– Você não fez nada de errado.

Ela balançou a cabeça, sentindo uma vergonha incandescente.

– Eu não devia ter presumido...

Gideon se colocou diante dela, bloqueando o caminho para a Casa do Mar Invernal. Rune não pôde deixar de notar que, na pressa de alcançá-la, ele não havia colocado a camisa.

– Você presumiu certo.

Então por que ele tinha se afastado?

Gideon está mentindo. Você o pegou desprevenido com o beijo e fez sua máscara cair. Ele não quer beijar você. Nunca quis. Só é melhor do que você nesse jogo.

Rune estava prestes a desviar dele quando um som repentino ecoou pela floresta.

Vozes.

Gideon se virou de supetão na direção delas. Rune, ainda sem fôlego, localizou primeiro as pessoas a quem pertenciam. A chama de meia dúzia de tochas oscilava ao longe como vagalumes, seguindo por aquela trilha.

– Tem alguém vindo – falou Gideon.

– Isso é óbvio – devolveu Rune, apagando a lamparina.

Pegou Gideon pela mão e o puxou para fora da trilha.

Quando viu a marca na testa dos recém-chegados, ele franziu as sobrancelhas.

– Penitentes? Estão invadindo sua propriedade.

– Não estão invadindo. – Ela manteve a voz baixa, caminhando a passos leves pela vegetação enquanto o guiava para longe da trilha até um ponto onde as árvores mais abundantes os esconderiam. – Eu permito que eles usem as trilhas.

Gideon estava invisível a seu lado, ainda de mãos dadas com ela, quando as tochas passaram cintilando pelos dois.

– Permite?

Rune ficou grata por ele não poder ver a verdade em seu rosto. *Faço mais do que isso.* Às vezes, quando sabia que ninguém descobriria, Rune deixava pão fresco e queijo para eles.

– Eles usam os caminhos para ir até a praia, onde pescam depois do pôr do sol. – Tecnicamente, permitir que os Penitentes usassem as trilhas em sua propriedade não era uma ajuda direta e, portanto, não configurava algo ilegal. – Você vai me denunciar?

– Não. É só... surpreendente.

– Muitos são crianças. Como você mesmo disse mais cedo, não escolhi ter nascido privilegiada, assim como aqueles meninos e meninas não escolheram nascer Penitentes.

– Não estou acusando você, Rune. Acho... admirável.

A mão cálida dele apertou a dela.

Ah.

Um silêncio estranho se interpôs entre eles.

Rune odiava aquele garoto desde o dia em que Alex os apresentara – e agora ali estava ela, segurando a mão dele na escuridão. *Por escolha própria.*

O pensamento a fez soltar seus dedos.

Porque ele também a odiara. Ainda odiava. Não era aquela a razão pela qual Gideon havia interrompido o beijo?

Ela queria entender. O que exatamente ele tinha visto nela para que a rejeitasse de forma tão categórica?

– Você se lembra do dia em que a gente se conheceu? – perguntou ela.

Rune tinha treze anos na ocasião. Ela e Alex já eram amigos havia quase dois anos quando, em um dia quente de verão, ele a convidara para brincar na Angra Inominada. O lugar, segundo ele, tinha as melhores rochas das quais mergulhar no mar. Rune jamais tinha feito algo tão ousado, e a ideia a empolgara, mas a região ficava do lado errado da cidade. A avó proibira veementemente a neta de visitar a casa de Alex, na área mais pobre da capital.

Kestrel nunca dissera nada sobre a Angra Inominada, porém, então Rune não pediu permissão nem contou à avó aonde estava indo.

Quando chegaram, encontraram um grupo de crianças subindo nas rochas e se jogando no mar. Um dos garotos sempre subia mais alto e saltava mais longe que os outros.

Era Gideon, o irmão do qual Alex falava tanto.

– Como eu poderia esquecer – murmurou Gideon, despertando Rune das memórias. A copa folhosa acima ficava mais rala conforme avançavam, e, com o luar, Rune conseguiu vê-lo franzindo a testa. – A garotinha rica indo passear no Distrito de Fora para ver como os plebeus sujos viviam antes de decidir que não era para ela.

– *O quê?* – As bochechas de Rune queimaram com a acusação.

Ela nem mesmo notou quando deixaram a floresta para trás.

– Não foi por isso que você pediu para Alex te levar?

– Ele me convidou – afirmou ela, na defensiva.

– Claro. – Gideon cerrou o maxilar. – Para exibir você como uma pedra preciosa.

Rune encarou a silhueta do rapaz.

– Do que você está falando?

– Nada. Esqueça.

Ela balançou a cabeça enquanto a relva alta da campina farfalhava ao redor deles, se curvando com o vento e roçando em suas pernas nuas.

– Você foi muito grosseiro naquele dia. O garoto mais sem educação que eu já tinha conhecido.

– Eu? – Ele tossiu. – *Eu* fui grosseiro? Acho que você está se confundindo.

– Você insultou minhas roupas.

– Insultei nada.

– Claro que insultou! Disse que meu vestido era *afrescalhado*.

– Ah, sim. Disso eu me lembro. – Ele esfregou o maxilar. – Só a renda devia custar o suficiente para bancar umas três refeições para todas as crianças nadando naquele dia.

Rune abriu a boca, apenas para se dar conta de que não tinha o que dizer.

– Eu não sabia.

– Não sabia que usar um vestido de alta-costura no Distrito de Fora era a mesma coisa que anunciar o quanto era inalcançável para o resto de nós?

Inalcançável?

– Eu tinha treze anos. Nunca tinha ido além do centro da cidade. Alex era a única pessoa que eu conhecia que morava no Distrito de Fora.

Eles chegaram ao portão branco de madeira que levava aos jardins da Casa do Mar Invernal.

– Eu estava tão empolgada para conhecer você... – murmurou ela, e Gideon a encarou. – Mas você se recusou até a apertar minha mão.

Quando ela abriu o portão e entrou, Gideon ficou para trás.

– Eu nunca tinha feito isso antes.

Ela se virou.

– Como assim?

– Só aristocratazinhos apertam as mãos quando se cumprimentam. Eu... não sabia o que você estava fazendo. Achei que estivesse sendo condescendente comigo. Ou tentando manter distância.

Rune abriu e fechou a boca, como um peixe.

– Você não sabia – disse ele, como se tirasse as palavras de sua boca. – Agora entendo.

– Você podia ter me dado o benefício da dúvida.

Ele suspirou, impaciente.

– Ah, claro.

– *Claro?*

– O que quer de mim? Um pedido de desculpas? – Ele ergueu os braços para o cintilante céu noturno. – Perdão se fui grosseiro com você, Rune Winters. Mesmo aos quinze anos de idade, eu já era um babaca insuportável. – Depois baixou os braços e a fitou. – Está bom assim?

– Não é uma... Eu não...

– Então que diferença faz?

– Não sei! – Ela cerrou os punhos. – Acho que me magoou. Eu queria que você *gostasse* de mim.

Rune de repente se sentiu mais nua ali do que na praia.

Gideon ficou em silêncio, analisando-a. Desejando poder engolir de novo as palavras e sabendo que tinha dado muita vantagem a ele, Rune se virou e seguiu para os jardins. Ouviu o portão se abrir e depois se fechar de novo. Logo ele a alcançou, acompanhando seu ritmo.

Gideon ficou calado por um bom tempo enquanto caminhavam em meio às sebes.

– Me lembro do som da sua risada – disse quando a porta dos fundos da casa surgiu adiante. – Ela me atraiu como um ímã até a praia, onde vi a garota mais linda do mundo sentada na areia.

Rune diminuiu o ritmo conforme se aproximavam da entrada.

Ele parou por completo.

– Quando vi Alex do seu lado, soube exatamente quem você era: *Rune Winters*. A garota sobre a qual ele não parava de falar. A garota que estava completamente fora do meu alcance, porque meu irmão mais novo tinha chegado primeiro.

Rune franziu a testa, rejeitando aquelas palavras.

– Não é assim que amizades funcionam – disse ela, voltando-se de novo para ele. – Alex não *chegou primeiro*. Não pertenço a ele.

O olhar de Gideon baixou para sua boca.

– Não estou falando de amizade, Rune.

Ela sentiu um calafrio.

Gideon ergueu o polegar até o lábio inferior dela e o acariciou devagar. Seu toque foi como um interruptor, ligando uma corrente elétrica que se espalhou por Rune.

– E você? – perguntou ele.

Seus olhos eram como poços sem fundo. Se Rune os encarasse por tempo demais, talvez afundasse neles e nunca mais conseguisse voltar.

– O que tem eu?

– Você me achou o garoto mais grosseiro que já tinha conhecido. – A voz dele saiu baixa. Rouca. – Foi só nisso que pensou?

Rune engoliu em seco. Não. Não, de jeito algum.

Ela se lembrava de ver Gideon saltar das pedras naquele dia. De como o corpo dele descrevia arcos no ar, como um peixe cintilante. Não era uma bravata exibicionista, e sim a confiança que só vinha com a competência.

– Lembro de te achar... impressionante.

– Impressionante – murmurou ele, o canto da boca sugerindo um sorriso. – Mais alguma coisa?

Rune mordeu o lábio, sem querer admitir o resto. Ela se lembrava de ver o mesmo garoto encorajando as crianças mais novas, que não tinham coragem o bastante de pular sozinhas. De vê-lo descer até as pedras mais baixas para saltar com elas.

– Todo mundo admirava você – confessou ela. – Era impossível não admirar. Mas você não agia com arrogância, mesmo podendo.

Gideon deu um passo para trás, como se a resposta o surpreendesse.

Ainda estamos jogando?, Rune se perguntou. *Ou isso é real?*

Não saber a deixava inquieta.

No silêncio, Rune ficou intensamente ciente da presença dele: a barba curta sombreando seu maxilar, o cheiro de maresia em sua pele. Gideon tinha colocado a camisa enquanto caminhavam, e ela agora encarava os botões.

– Ainda acha que sou afrescalhada? – sussurrou Rune.

De todas as perguntas que poderia ter feito... por que *justo aquela* tinha saído de sua boca?

Os lábios dele se curvaram.

– Acho. – Gideon estendeu as mãos para a cintura de Rune, envolvendo-a com firmeza. – E você ainda acha que sou um brutamontes?

– Com cer...

A boca dele roçou o canto de seu maxilar, fazendo um calafrio correr por sua pele enquanto ela arquejava. Não foi um beijo, exatamente. Estava mais para uma carícia. Gideon foi descendo devagar, tocando com os lábios um ponto mais sensível de seu pescoço.

A pulsação de Rune se acelerou. Ela fechou os olhos.

Ele avançou mais ainda, até a base de seu pescoço. Beijando. Sentindo seu gosto. Quando os dentes roçaram as clavículas de Rune, ela arquejou de novo, cerrando os punhos. A insistência suave da boca dele era como uma correnteza traiçoeira, que ameaçava puxá-la para o fundo.

Os beijos continuaram, cada vez mais urgentes, percorrendo a pele dela. Aquilo era real ou ainda estavam atuando? Levou as mãos ao cabelo dele, aninhando sua cabeça e pedindo em silêncio que não parasse.

Será que devia convidar Gideon para entrar?

Para *subir*?

Se pudesse ficar sozinha com ele por alguns minutos, poderia conjurar um conta-fato, e daquela vez desenharia a marca de feitiço em algo útil.

Rune tentou manter o bom senso enquanto as mãos dele se entrelaçavam a seu cabelo. Enquanto ele a apertava contra a porta. Sentia-se magnetizada. Incapaz de resistir àquela atração.

Foco, lembrou a si mesma.

Havia apenas uma regra que ela não quebrava quando jogava com seus pretendentes. Podia até levá-los para o quarto para tentar arrancar informações deles, mas nunca ia para a cama com nenhum. Era uma linha que não cruzava.

Mas será que conseguiria se segurar com Gideon?

Enquanto ele beijava seu maxilar, as palavras escaparam por entre seus lábios:

– Quer entrar?

– Eu...

Rune ergueu os olhos, o corpo vibrando. Os olhos dele estavam escuros e famintos. Ia mesmo acontecer. Ela ia abrir a porta e eles...

Gideon recuou.

Ar frio preencheu o espaço entre eles.

– Talvez outra noite.

Espere... Como assim?

Rune se empertigou, tentando se recuperar do choque.

– Está ficando tarde. Preciso voltar para casa.

– Certo. É claro. – A pontada da rejeição fez Rune desviar o olhar. – Vou pedir que um dos criados vá buscar seu cavalo.

Ele negou com a cabeça.

– Não precisa. Sei onde fica o estábulo. Posso ir buscar minha montaria.

Ela estava prestes a insistir, com medo de ser má anfitriã, quando ele a interrompeu e pegou sua mão.

– Rune. – Ele correu o polegar pelos nós de seus dedos. – Eu *adoraria* entrar, mas prometi ir devagar com você. – Erguendo sua mão, Gideon beijou a área mais sensível do punho dela, fazendo com que sentisse um calafrio. – Mas, se eu entrar por esta porta hoje, temo não ser capaz de manter minha palavra.

Rune foi tomada por um sentimento louco. Não queria que ele mantivesse a palavra. Queria que ele subisse. Naquele instante.

– Boa noite, Srta. Winters.

E, virando-se, ele seguiu para os estábulos. Rune o viu desaparecer pela lateral da casa. Trêmula, com as costas encostadas na porta, ela se largou no piso de lajotas da varanda.

Ainda podia sentir o gosto dele em seus lábios. A sensação das mãos dele em sua cintura.

Ele não quer você de verdade.

Sua pele formigava onde o rapaz a havia tocado.

Você está caindo nas armadilhas dele.

Gideon estava vencendo o jogo, pois Rune queria fazer de novo tudo o que tinham feito naquela noite – por razões nada relacionadas a resgatar bruxas.

– Eu o odeio – falou para as sombras do jardim, tentando se lembrar de todas as razões pelas quais aquilo era verdade.

Mas sua voz tremia ao proferir as palavras.

TRINTA E QUATRO

GIDEON

GIDEON ESTAVA EM SEU escritório, parado diante da janela que ia do chão ao teto, ouvindo Harrow repassar suas descobertas mais recentes.

— Sabe o navio onde encontramos a marca de conjuração? Uma hora antes de zarpar, uma carga extra foi levada a bordo de última hora: dois barris de vinho entregues por um aristocrata.

Do outro lado da janela, o sol carmim se punha sobre a capital. O Ministério da Segurança Pública ficava no topo de uma colina no centro da cidade, com vista para o porto.

Gideon não estava admirando a paisagem. Estava usando o reflexo no vidro para ajustar o paletó enquanto ouvia o relato de Harrow.

— Infelizmente, o capuz do sujeito escondia seu rosto — continuou Harrow. — E era uma noite sem lua, então os estivadores não o reconheceram.

— Como sabem que era um aristocrata? — perguntou Gideon, fechando os botões dos punhos.

O paletó tinha sido um presente de Rune, entregue menos de uma hora antes. *Para substituir o que eu destruí*, dizia o bilhete. Ele revirara o papel, procurando pelo resto da mensagem, mas era tudo.

Fazia três dias desde que ele havia deixado Rune naquele jardim. Ir embora tinha sido mais difícil do que ele gostaria de admitir.

— Os estivadores dizem que tinha um jeito sofisticado de falar, alguém com educação formal. Também usava um anel no dedo mindinho.

— Só isso? Não ajuda a afunilar as buscas. — Gideon suspirou. — Metade da aristocracia enche as mãos de joias.

— O anel dele era simples e fino. De prata, talvez. Os homens disseram que parecia a aliança de um homem humilde.

Gideon balançou a cabeça.

– Talvez o sujeito fosse um homem humilde. Pessoas podem ser pobres e inteligentes ao mesmo tempo.

– Estou apenas compartilhando a informação – rebateu Harrow. – Não precisa ficar nervosinho. Os garotos do porto acharam que o sujeito não era da mesma classe que eles, apesar de ter tentado disfarçar.

– Talvez fosse um mero comerciante atrasado para entregar sua carga.

Gideon se perguntou se Rune – ou qualquer pessoa que ela pagasse para cuidar de sua companhia de transportes – mantinha inventários de cada embarcação, e se tal inventário não era descartado depois da entrega da carga.

– Vou ficar de olho em qualquer aristocrata usando uma aliança simples de prata no mindinho – disse ele enfim, voltando a usar o reflexo para ajeitar o paletó.

Nunca tinha vestido algo tão elegante. Era de peito duplo, feito de cetim ocre. Cabia nele perfeitamente e, a julgar pelo nome da loja na caixa, Rune gastara uma pequena fortuna para adquirir a peça.

Quando Gideon abrira o embrulho, quase sentira o cheiro dela. Um perfume delicado. Como o vento lhe trazendo o aroma do mar. Bela, selvagem e... perigosa.

Ele franziu a testa, dispensando o pensamento.

Rune claramente tinha a intenção de que ele usasse o paletó no Jantar de Luminares daquela noite. Na verdade, se ele não saísse logo, iria se atrasar.

Gideon se afastou da janela, seguindo até a porta.

– Preciso...

– Tem outra coisa – falou Harrow.

Gideon se deteve, devolvendo o olhar dela.

– O quê?

– Rumores – disse ela. – Não confirmados.

Não havia sorriso em seu rosto nem qualquer travessura em seus olhos. Ele assentiu, indicando que Harrow continuasse.

– Alguns de meus contatos dizem que marcas de conjuração andam aparecendo pela cidade. Em becos e porões. Não raro, várias assinaturas juntas. Como se bruxas estivessem se reunindo em pequenos grupos.

Todos os sentidos de Gideon se aguçaram ao mesmo tempo, como um alarme ecoando pelo corpo.

– Os incidentes foram reportados à Guarda Sanguínea?

Harrow fez que não.

– As pessoas temem se tornar suspeitas. Se soldados encontram assinaturas de bruxas no porão de uma pessoa, ela pode ser acusada de ser uma simpatizante. Outros torcem secretamente pelo retorno das bruxas, como gente que sofreu consequências por sua lealdade às rainhas mortas. Ou gente que ouviu promessas de uma vida melhor sob a Paz Rubra, mas só viu a própria situação piorar.

Gideon se lembrou da mariposa voando perto da porta da mina em Porto Raro.

– Alguma das assinaturas encontradas pertence a *ela*?

– Ninguém mencionou mariposas vermelhas, mas isso não significa que ela não esteja entre essas bruxas. Ou no comando delas. – Harrow baixou a voz. – Gideon, Penitentes andam dizendo por aí que as bruxas estão ascendendo, voltando para tomar o que é delas. Acham que tem algo grande prestes a acontecer. Algo formidável a ponto de derrubar o regime inteiro.

A ideia fez o estômago de Gideon se revirar.

As bruxas não podiam voltar ao poder. Ele devotara a vida a garantir que aquilo não acontecesse.

– O Nobre Comandante precisa saber disso.

Se o que Harrow estava dizendo era verdade e de fato houvesse mais simpatizantes apoiando secretamente as bruxas, permitindo que se reunissem em suas casas e fábricas, precisariam retomar as revistas, como nos dias logo após a Nova Aurora.

– Por falar em Mariposa... – começou Harrow. – O que aconteceu com sua armadilha? Achei que Rune Winters estaria presa a esta altura.

Gideon cerrou os punhos, lembrando quão perto chegara de descobrir a identidade da criminosa naquela mina.

– Meu plano falhou. Acho que seguimos uma pista falsa.

– Você seguiu meu conselho?

Os pensamentos dele voltaram a Rune no jardim. Ele tinha precisado de toda a sua força de vontade para se afastar dela. No retorno para casa, quase dera meia-volta duas vezes.

Pensar em Alex o havia impedido.

Gideon soltou um suspiro frustrado.

Ele se arrependia de ter beijado Rune? Sim, com certeza. Que tipo de homem beijava a garota dos sonhos do próprio irmão?

Mas ele também tinha *gostado*.

Pensou em Rune na praia, tirando a roupa. Permitindo que ele olhasse. Sentiu o calor brotar bem dentro dele.

Gideon esfregou os olhos, tentando apagar a imagem do cérebro.

– Segui seu conselho idiota, sim.

– Você a deixou nua.

Ele desviou o olhar, sentindo o rosto quente.

Harrow assoviou.

– Uau, você é rápido *mesmo*. E...?

Gideon negou com a cabeça.

– Não tinha nada. Nenhuma cicatriz.

– Mas você foi minucioso?

– Tanto quanto possível.

– Dormiu com ela, então?

– O quê? Não. – O pensamento fez o calor em seu peito se transformar em um vulcão incandescente. – *Não*. A gente foi nadar numa noite dessas.

Harrow ergueu uma sobrancelha, cética.

– Eu *olhei* – resmungou Gideon. – Não vi nada.

– Você disse que foram à noite. Dava para enxergar bem?

– *Harrow*.

– Gideon. Estamos falando de uma bruxa que vem nos escapando há dois anos. Ela não ia ter estigmas à vista. Olhou entre as coxas dela?

Pensar nas coxas de Rune o fez apertar os olhos com a palma das mãos.

– Pare com isso.

– Porque, se eu fosse uma bruxa me escondendo debaixo do nariz de todo mundo, seria onde eu faria meus estigmas.

Gideon grunhiu.

– Assim não dá, Harrow.

– Você precisa dormir com ela.

– De jeito nenhum.

– Jura que não pensou nisso ainda?

Claro que tinha pensado. Rejeitar o convite de Rune doera fisicamente. No instante em que chegara em casa, ele havia corrido para um banho frio para conseguir parar de pensar nela.

Se estivessem realmente se cortejando, ele ainda estaria pensando nela sem parar.

Mas não estavam. Não de verdade. Então precisava *não* pensar nela.

– É o único jeito de ter certeza.

– Não – repetiu ele.

Era ir longe demais. Cruzar os limites.

– Se fosse mesmo comprometido à causa, camarada, se realmente quisesse tanto pegar sua Mariposinha, como diz que quer, você não deixaria pedra sobre pedra – disse Harrow, cruzando os braços.

Ele esfregou o rosto, depois o cabelo, puxando os fios.

– Qual é, Gideon. Com aquele rostinho bonito, não vai ser um sacrifício tão grande.

Gideon sentia muitas coisas ao mesmo tempo. O peito latejava de frustração. O corpo doía de desejo. O pior era que ele suspeitava que Harrow estava certa. Estava escuro quando tinham ido nadar. Ele a vira a certa distância, e não tinha inspecionado cada centímetro dela.

Aquela simples ideia o fez engolir em seco.

Se quisesse saber com certeza se Rune Winters era ou não uma bruxa, precisaria levar aquilo às últimas consequências.

Mas será que depois conseguiria viver com a própria consciência pesada?

Por um lado, o irmão poderia nunca mais falar com ele. Por outro, se Rune *fosse* a Mariposa Escarlate e estivesse não apenas resgatando bruxas como também matando membros da Guarda Sanguínea e planejando uma revolução, Gideon tinha o dever de fazer o necessário para descobrir. Para impedi-la.

Ele soltou um grunhido grave.

– Está bem.

Lembrou-se de Rune tirando o vestido. Do tecido escorregando pelas pernas, pelos quadris, pelo torso. Pensou nela largando a peça na areia e arrancando as roupas de baixo.

Estranhamente sem fôlego, acrescentou:

– Vou fazer isso.

Quando descobrisse com certeza se ela era ou não inocente, saberia como prosseguir. Se Rune não fosse a Mariposa nem estivesse em conluio com ela, não seria ameaça para Alex. Nesse caso, Gideon interromperia o cortejo antes que as coisas avançassem ainda mais e a direcionaria ao homem que de fato a merecia: seu irmão.

E se ela for a Mariposa...

Lampejos de memória cintilavam como vidro: Rune, nadando nua até ele. A maciez da cintura dela. O gosto da pele dela... uma mistura de sal marinho e sabonete.

Mas não eram só os atributos físicos dela que o confundiam. Era a gentileza. A consideração. A impetuosidade. A disposição de discutir com ele.

Se não tomasse cuidado, acabaria se apaixonando por ela.

Gideon começou a seguir na direção da porta.

– Se você não tiver mais nada a reportar, estou de saída.

Ele já estava quase atrasado.

– Não tenho – confirmou Harrow, alguns passos atrás dele. – Saio com você.

No instante em que deixaram o escritório e começaram a seguir pelo corredor, uma soldada de seu regimento se aproximou. Harrow se recostou contra a parede, saindo do caminho. Quando viu o rosto pálido da jovem, Gideon se deteve.

– Capitão. – A soldada parou bem diante dele. – Os irmãos Tasker ainda não apareceram para o turno.

– Ainda não?

Gideon tinha estranhado ao ouvir sobre a ausência dos dois, mais cedo naquele dia. Não era típico deles. A sede de sangue que os Tasker acalentavam por caçar bruxas os tornava soldados engajados. Gideon odiava as táticas deles, mas o compromisso com o trabalho era indiscutível.

E já era quase noite.

Atrasar era uma coisa, mas perder um turno inteiro?

Gideon franziu a testa, pensando nos corpos mutilados de soldados da Guarda Sanguínea encontrados pela cidade ao longo dos meses anteriores. Como uma trilha de migalhas de pão ensanguentadas.

Um mau augúrio o acometeu.

Ele olhou para o relógio.

– Pode enviar Laila para conferir o apartamento deles?

– Laila está de guarda na prisão esta noite.

Poderia mandar outro oficial, mas e se os irmãos não estivessem por lá? Outro soldado saberia outros lugares em que procurar? Gideon saberia. Mas já estava atrasado para o Jantar de Luminares. Se fosse investigar o sumiço dos irmãos por conta própria, precisaria faltar ao evento.

Ele passou a mão pela testa.

– Certo. Eu vou. Mas preciso que uma mensagem seja enviada imediatamente.

– Claro, senhor.

Voltando ao escritório, Gideon pegou a pena na escrivaninha e rabiscou um bilhete apressado. Dobrou o papel, acrescentou o endereço e o entregou à soldada.

– Garanta que esta mensagem seja entregue na Casa do Mar Invernal antes do virar da hora.

TRINTA E CINCO

RUNE

SÚPERO: (s.m.) a segunda categoria mais alta de feitiços.
 Feitiços súperos exigem sangue de outra pessoa, extraído com permissão ou dado de bom grado. Exemplos de feitiços súperos incluem os usados para invocar desastres naturais ou infligir doenças mortais a alguém.

– Regras da magia, *de rainha Callidora, a Destemida*

– EU ENFEITICEI O PALETÓ – disse Rune, imóvel enquanto Verity prendia seu cabelo com grampos.
 – O paletó de Gideon? Ousado. – Ela murmurava as palavras entre os grampos presos à boca. – Onde colocou a marca de feitiço?
 – Em um dos bolsos internos.
 Algumas horas antes, Rune traçara a marca do conta-fato com sangue dentro do bolso do traje e despachara o pacote. Se tivesse chegado a tempo e Gideon o colocasse, Rune poderia arrancar as respostas de que precisava como fios soltos na trama de um suéter.
 Estava determinada a ser mais implacável naquela noite. Depois de três dias de silêncio, sem mensagens, flores ou convites para passeios, precisara concluir que o capitão a havia esquecido. Normalmente, depois de um encontro daqueles, os pretendentes tentavam garantir seu afeto enviando buquês extravagantes ou a convidando para piqueniques particulares no campo.
 Não Gideon Sharpe. Claramente, ele não dava a mínima.

– Aqui – falou Verity, modelando um último cacho loiro-acobreado antes de prendê-lo com mais um grampo. – Prontinho.

Rune se olhou no espelho. Em um estilo que parecia enganadoramente simples, a amiga trançara várias mechas finas e as fizera formar ondas soltas, prendendo tudo em um coque elegante junto da nuca de Rune.

Tendo crescido com irmãs mais velhas que haviam lhe ensinado todos os truques, Verity sempre arrumava o cabelo de Rune melhor do que ela poderia fazer sozinha.

– O que vai vestir? – perguntou Verity, que ainda estava com a blusa branca e a saia plissada do uniforme da faculdade.

Ela fora direto da aula ajudar Rune a se preparar para o Jantar de Luminares. Verity podia não gostar da ideia de Rune cortejar Gideon, mas estava comprometida a ajudar a amiga mesmo assim.

Rune estava indo buscar o vestido quando Lizbeth bateu na porta.

– Telegrama, Srta. Rune – disse a criada, colocando a missiva sobre a cômoda.

Rune pegou o papel, a pulsação acelerada. Rompeu o selo e desdobrou a mensagem.

SRTA. RUNE WINTERS
CASA DO MAR INVERNAL

VOU ME ATRASAR PARA O JANTAR. SURGIU UMA QUESTÃO QUE NECESSITA DE MINHA ATENÇÃO IMEDIATA.

GIDEON

Os ombros de Rune murcharam, junto com suas esperanças. Era a primeira vez que Gideon entrava em contato em três dias, e a mensagem não era um pedido de desculpas nem uma promessa de compensar o sumiço.

Será que há mesmo uma questão urgente ou ele só está me evitando?

– De quem é? – perguntou Verity, espiando por cima do ombro de Rune. Ela tentou ignorar a chateação e entregou o telegrama para a amiga.

– Gideon vai se atrasar.

Verity encarou a mensagem com os olhos semicerrados, depois ergueu o rosto.

– Seu feitiço vai durar o suficiente?

–Deve resistir até perto da meia-noite.

A magia iria enfraquecer com o passar das horas, mas não era algo com que se preocupar.

E se ele simplesmente não for? E se tiver mudado de ideia a meu respeito?

Talvez a conversa o tivesse convencido de que ela era exatamente tão superficial quanto fingia ser. Ou o beijo não houvesse atendido a suas expectativas. Ou talvez, ao vê-la totalmente sem roupa, Gideon tivesse perdido o interesse.

Rune roeu a unha do polegar. Não estava acostumada a ser rejeitada. Odiava a sensação de que não era boa o suficiente, esperta o suficiente ou bonita ou suficiente. Será que um cortejo real fazia as pessoas se sentirem daquele jeito? Frágeis e inseguras? Como se pudessem ser derrubadas pela mais leve das brisas?

O pior de tudo era que, se Gideon não fosse ao jantar daquela noite, o plano de Rune seria arruinado antes mesmo de ser posto em ação. Ela precisava que ele fosse ao evento, que *se interessasse* por ela, para conseguir as informações necessárias ao resgate de Seraphine.

– Eu vou com você – falou Verity, arrancando Rune de seus devaneios.

– O quê? Não. Não quero estragar sua noite. – Ela se sentou na cama. – Você tem que fazer as tarefas de casa e estudar para as provas.

– E você tem que dar aquele discurso horroroso. Sozinha. Pelo menos posso servir de apoio moral. Talvez eu possa dar uma investigada enquanto estou por lá, quem sabe? Posso fingir que me perdi e aí, quando algum guarda solícito for me guiar de volta, faço algumas perguntas inocentes sobre a segurança da prisão...

Na verdade, se Gideon estivesse para dar um fim na relação deles, e ainda mais de modo tão público, Rune queria que Verity estivesse por perto. Olhando de cima a baixo para o uniforme da amiga, falou:

– Você vai precisar pegar um dos meus vestidos emprestado.

– Obviamente – respondeu Verity, sorrindo enquanto ia até o armário cheio de roupas de Rune.

– Escolha o que quiser, menos o verde pendurado na porta.

Era o que Gideon tinha feito para ela.

Rune costurara um bolso oculto no forro. Enquanto Verity procurava algo para vestir, Rune abriu a parede falsa que levava ao conjuratório e entrou. Buscava o frasco de sangue, caso necessitasse de feitiços extras naquela noite, quando um livro sobre a escrivaninha lhe chamou a atenção.

Raramente deixava livros de feitiços largados, e não reconheceu aquele de imediato. Foi até o móvel, fitando a pintura trilateral dourada e a lombada grossa. Quando abriu o tomo na primeira página, Rune se deu conta de que era um dos livros de feitiços mais raros da avó, cheio de maldições poderosas.

Que esquisito.

Os feitiços naquele livro eram poderosos demais para que Rune fosse capaz de conjurá-los. Então por que estava ali na mesa? Ela não se lembrava de pegá-lo das prateleiras.

Será que foi a Verity?, pensou. A amiga gostava de folheá-los, procurando feitiços novos que Rune pudesse aprender.

A outra única pessoa que sabia da existência daquele cômodo era Alex.

E Lizbeth. Lizbeth às vezes entrava ali sem avisar para espanar as prateleiras e varrer o chão.

Símbolos adornavam as páginas do livro de feitiços, junto com ilustrações estilizadas e descrições detalhadas. Enquanto ela o folheava, o tomo se abriu mais ou menos na metade, em um feitiço chamado rasga-terra.

Na página da esquerda havia sete marcas de feitiço douradas, uma mais complicada que a outra. Embaixo delas, um texto descrevia o efeito da maldição. A página oposta continha uma ilustração de uma cidade seccionada ao meio. Fora destruída por um terremoto, que havia quebrado construções e danificado ruas enquanto os habitantes gritavam de medo.

– Nem pense em tentar esse.

Rune virou o rosto e Verity estava a seu lado, encarando a página com um vestido pendurado na dobra do braço.

– Se você desmaia com feitiços para destrancar portas, *esse* lhe deixaria em coma. – Virando o livro para que pudesse enxergar melhor, Verity correu os olhos pela descrição. – Precisa de sangue de outra pessoa, e em grande quantidade, para conjurar isso.

As palavras fizeram Rune se lembrar da conversa com Gideon na floresta, e das coisas que ele tinha dito sobre as rainhas. Se alguém fosse saber a verdade, seria Verity. As irmãs dela eram amigas das Roseblood, e com frequência conjuravam feitiços juntas.

– Verity, você acha que as irmãs Roseblood usavam feitiços arcanos?

Verity ergueu os olhos das páginas do livro de feitiços.

– Por que a pergunta?

– Gideon me contou uma história estranha outro dia.

Rune sentiu o rubor subindo pelo rosto ao pensar nele na praia. Em suas roupas caindo na areia e no mar batendo em seu peito.

Na boca dele contra a dela.

– Ele acusou Cressida e as irmãs de matarem pessoas e usarem seu sangue para conjurar feitiços – continuou Rune. – Disse que foram corrompidas por magia do mal.

– E você acreditou?

Rune pensou na marca a ferro no peito de Gideon, na pele saltada e vermelha que formava uma rosa e uma lua crescente. Só a cicatriz já era prova de que Cressida no mínimo era mais do que capaz de perpetrar atos extremos de crueldade.

– Não sei em que acreditar. Explicaria por que elas eram tão poderosas.

Verity fechou a cara.

– Foi assim que meu padrasto botou minha mãe contra minhas irmãs.

Rune recuou, sobressaltada.

– Como assim?

– Minhas irmãs usavam o sangue uma da outra para seus feitiços súperos. Com permissão, é claro, mas meu padrasto as surpreendeu certo dia no meio de uma conjuração. Depois declarou que a magia delas era uma abominação e convenceu minha mãe de que a única forma de as minhas irmãs se *purificarem* era surrá-las até expulsar toda a maldade.

Rune encarou Verity, horrorizada. A amiga nunca tinha contado nada daquilo.

Quando notou que Verity tremia, Rune estendeu a mão e entrelaçou seus dedos aos dela.

– Isso é horrível.

Verity apertou com mais força, os nós dos dedos ficando brancos como osso.

– Ele as trancava por dias. Dava cintadas nas costas das duas. Forçava minhas irmãs a ficarem horas ajoelhadas em cacos de vidro. – Como se revivesse as cenas, Verity fincou as unhas na pele de Rune. – A pior parte era que minha mãe deixava. Tinha perdido nossa irmãzinha no parto, alguns anos antes, e nunca se recuperou do luto. Meu padrasto usou essa fragilidade contra ela, convencendo minha mãe de que as filhas eram intrinsecamente más. Assim, quando ela ouvia os gritos, não fazia nada. Ficou ao lado *dele* contra as próprias filhas.

E depois entregou essas filhas para a Guarda Sanguínea, pensou Rune.

Não era de admirar que Verity odiasse os pais. Era por isso que ela trabalhava até a exaustão para manter a bolsa – para nunca precisar voltar para casa ou estar à mercê da mãe e do padrasto.

Mas...

Ai.

Rune baixou os olhos e viu as unhas da amiga prestes a romper sua pele.

– Verity, está machucando...

Por um instante, pareceu que Verity não ia parar. Que não conseguia parar. Mas ela enfim balançou a cabeça e a soltou.

– Me... Me desculpe.

Rune levou a mão ao peito, olhando para as marquinhas em meia-lua.

– Tudo bem. Você está nervosa.

– Minhas irmãs não eram corrompidas – disse Verity, implorando com o olhar para que Rune acreditasse nela. – Não eram abominações. Bruxas usam o sangue umas das outras para amplificar feitiços há séculos. Não tem nada de errado nisso.

Verity apontou com a cabeça para o livro sobre a escrivaninha de Rune, aberto na página do rasga-terra.

– Aquele feitiço, por exemplo... Bruxa alguma consegue conjurar algo tão poderoso usando apenas o próprio sangue. Acabaria seriamente ferida, se tentasse.

Mas suas irmãs não estavam usando o sangue uma da outra contra a vontade, Rune quis comentar. Aquela tinha sido a acusação de Gideon contra as rainhas.

Mas Verity parecia perturbada pelas memórias e Rune não podia culpá-la. Assim, deixou passar.

– Venha – chamou, pegando o frasco de sangue que tinha ido buscar ali e depois olhando para o vestido pendurado no braço de Verity; uma peça que saíra de moda na temporada anterior. – Vamos encontrar algo melhor para você vestir.

TRINTA E SEIS

GIDEON

O SOL JÁ HAVIA se posto quando Gideon chegou à rua da Água Fresca. A seu lado, Harrow montava um cavalo emprestado. Depois de encontrar o apartamento dos Tasker vazio, Gideon os levara até ali – o bairro da cidade destinado ao entretenimento, onde ficavam vários estabelecimentos que os irmãos costumavam frequentar. Gideon tinha a intenção de fazer perguntas pelas redondezas, na esperança de que alguém os tivesse visto.

Aquela região era o submundo da capital, conhecida por seus bordéis, casas de apostas e brigas de bar. Em geral, a atmosfera mantinha as ruas animadas como em um festival perene, mas naquele momento o distrito parecia sinistramente silencioso. Adiante, havia uma multidão silenciosa apinhada na entrada de um beco.

Harrow se virou para Gideon, que semicerrou os olhos para ver melhor o que estava acontecendo.

Os cavalos se agitaram sob a sela, sentindo o fedor de morte antes dos cavaleiros. Gideon saltou do lombo do animal e o largou a vários metros de distância, dispersando os curiosos conforme passava.

Harrow foi atrás.

O beco ficava entre duas cervejarias, parcamente iluminado pelos postes da rua e por uma lamparina pousada no chão, que parecia pertencer ao idoso parado diante de uma manta cobrindo dois grandes volumes.

O cheiro de sangue pairava denso no ar, fazendo o estômago de Gideon se embrulhar. Puxando a gola da camisa sobre o nariz, ele se aproximou.

– Eu estava tirando o lixo quando os encontrei – disse o homem de ombros curvados pela idade. – Parecia errado deixar eles aí, largados. Então eu... – Ele apontou para a manta.

– Posso dar uma olhada?

O senhor assentiu.

Gideon se abaixou e ergueu o pano. Apesar de ter visto dezenas de cenas como aquela nos meses anteriores, não estava preparado para o que encontrou.

Era o rosto de um de seus oficiais, mas os olhos vazios e a pele drenada de sangue não lhe pareceram familiares. A boca de James Tasker estava contorcida no que parecia o estado em que ele havia morrido: terror absoluto.

Gideon se forçou a puxar mais a manta, deixando o olhar baixar até o pescoço do membro da Guarda Sanguínea, que fora aberto com tanta violência que a fenda parecia outra boca. Osso branco brilhava no meio do caos de pele rasgada, tendões e sangue coagulado. A coluna de James parecia ser a única coisa que mantinha a cabeça presa ao corpo.

Bile subiu pela garganta de Gideon. Ele desviou o olhar, puxando a manta para cobrir o rosto do soldado.

– O outro está igualzinho – disse o idoso, parado ao lado de Gideon. – Com a garganta aberta. – Ele balançou a cabeça grisalha. – Pobres almas...

– São mesmo – falou Gideon.

Ele não amava os irmãos Tasker, cuja crueldade era tamanha que ele não conseguia manter sob controle. Já tinha pedido várias vezes que os dois fossem dispensados, mas não os queria *mortos*.

Quando viu Harrow mais adiante no beco, com uma lamparina emprestada na mão, Gideon se levantou.

– Vá chamar o agente funerário – pediu ele ao idoso, que assentiu enquanto Gideon passava por ele.

O capitão adentrou mais o beco, indo se juntar a Harrow, que ergueu a fonte de luz e apontou para a parede de tijolos diante deles.

– Parece que ela deixou uma mensagem para você, camarada.

Gideon ergueu o rosto. Sangue brilhava contra os tijolos alaranjados. Sangue dos Tasker, presumia. Demorou um instante antes para se dar conta de que as manchas formavam palavras, que por sua vez davam um aviso.

Você é o próximo, Gideon.

– O que você vai fazer? – perguntou Harrow.

– Informar o que aconteceu ao Comandante – disse ele, tentando ignorar o terror gélido que se espalhava por seu peito.

– E depois?

– Ele vai querer reinstaurar o toque de recolher. E voltar com as revistas nas casas.

Depois da Nova Aurora, Gideon não tinha pensado duas vezes antes de passar por cima dos direitos e das liberdades dos cidadãos da Nova República. Fazia o que precisava ser feito para proteger a todos – e, se aquilo significasse entrar na casa das pessoas sem aviso, se significasse ter de trancar o povo em casa depois do anoitecer, se significasse arrastar suspeitos até salas de interrogatório caso simplesmente questionassem se os expurgos estavam ou não indo longe demais... que fosse.

Mas era muito fácil abusar daquele tipo de poder. Gideon vira soldados levando as coisas longe demais, e aquele tipo de medida agora o deixava inquieto.

– E se instituir um toque de recolher e revistar as casas não for o suficiente? – perguntou Harrow.

Era bem capaz que não fosse. Aquelas coisas tinham sido úteis para desentocar bruxas e simpatizantes no início, mas não haviam detido a Mariposa Escarlate. Gideon estava lutando contra uma bruxa que era adepta à técnica de se esconder a olhos vistos.

– A única forma de terminar de verdade com isso é capturá-la.

Gideon pensou na conversa de mais cedo sobre Rune, e no que ele prometera fazer. A ideia de que Rune era a Mariposa Escarlate, uma bruxa que estava brincando com ele... capaz de cometer aquele tipo de atrocidade... Aquilo tudo fazia o estômago de Gideon se revirar.

Mas ele não podia simplesmente dar as costas à questão porque ela o deixava desconfortável. Nem permitir que seus sentimentos por Rune interferissem na busca pela verdade. Mais do que nunca, Gideon precisava manter a cabeça no lugar.

Ela parecera diferente sob o luar, naquela outra noite. Não a garota irritante que o importunara no camarote do teatro de ópera. Gideon tinha se encantado tanto pela Rune melancólica e sensível que as incongruências não haviam despertado suspeitas.

Quem Rune Winters era de fato?

Gideon se perguntou se sua teoria inicial estaria correta, de que ela fingia ser algo que não era para esconder uma verdade mais sombria a respeito de si mesma.

Se fosse o caso, ele precisava descobrir que verdade sombria era aquela.

TRINTA E SETE

RUNE

O BRILHO DE UMA centena de chamas borrava os cantos da visão de Rune enquanto ela tentava focar na jovem à sua frente.

– Deve ter sido horrível crescer criada por uma bruxa.

– Horrível – confirmou Rune, cujo rosto doía de tanto forçar sorrisos. – A pior coisa do mundo.

Mas se aquela dor era seu castigo pelas mentiras que tinha contado (e continuava contando), aguentaria sem reclamar.

O discurso tinha sido um sucesso, a julgar pelo bando de patriotas reunidos a seu redor esperando para falar com ela. Rune tinha se sentido mal durante a refeição de seis pratos e mal tocara na comida. Seu estômago roncava alto agora, enquanto admiradores se apinhavam junto a ela. Eram atraídos como insetos pela devoção de Rune à Nova República, por como ela era a personificação das virtudes do governo – e, claro, pelo nojo que sentia pelas bruxas.

Rune analisou o mar de rostos, procurando Gideon, mas não o viu.

Ele não vem, pensou ela, tentando abafar a decepção que queimava em seu peito.

Será que sou mesmo tão esquecível assim?

Após o fim do jantar, tudo o que restava era a música, os papos e a sobremesa. Os funcionários haviam removido as mesas que antes ocupavam o centro do pátio e agora estavam montando uma espécie de palco, preparando o espetáculo da noite.

Rune viu Verity do outro lado do pátio, em um vestido cor de creme sem mangas, bordado com contas douradas. Em uma das mãos, carregava uma bolsinha combinando; com a outra, fez um sinal com o polegar para que Rune se aproximasse – como se tivesse um segredo a contar.

– Com licença – disse Rune para as garotas com as quais estava conversando. – Já volto.

Atravessou o espaço por entre patriotas bajuladores, passando pelos criados que montavam o palco. Enquanto andava pelo labirinto de mesas longas cobertas por imaculadas toalhas brancas, o frio da noite a fez arrepiar.

Tradicionalmente, o Jantar de Luminares acontecia no grande salão de bailes do palácio. Naquele ano, porém, os organizadores o tinham deslocado para o pátio. As noites de primavera ainda estavam frias, porém, fazendo Rune questionar a motivação da mudança.

Assim que alcançou a amiga, Verity enlaçou o braço no dela e puxou Rune até um canto vazio do jardim. Depois de se afastarem o bastante dos outros convidados, Verity baixou a voz até um sussurro.

– As bruxas são mantidas no sétimo círculo da prisão. Depois do Portão de Bravura.

Bravura era a sétima Ancestral.

E o portão mais distante da entrada, pensou Rune, lembrando-se do mapa da prisão.

Mantendo o rosto cuidadosamente neutro, caso estivessem sendo observadas, Rune perguntou:

– Como descobriu isso?

Verity abriu um sorrisinho.

– Usei alguns de seus truques em um guarda da prisão que tinha acabado de encerrar o turno. – Os olhos de Verity brilharam de travessura, fazendo Rune se perguntar quais tipos de truque ela havia usado exatamente. – Ele também disse que todos que trabalham na prisão carregam uma ficha de acesso correspondente à seção a que são atribuídos. São como chaves, que permitem que uma pessoa entre apenas nas áreas que tem autorização de acessar.

Interessante.

– Então, para resgatar Seraphine... – murmurou Rune, pensando em voz alta. – Vou precisar encontrar um guarda autorizado a ir além do sétimo portão.

E roubar sua ficha de acesso.

– Um guarda – confirmou Verity. – Ou um caçador de bruxas.

Rune a encarou, curiosa.

– Um caçador de bruxas?

– Ele disse que todos os oficiais da Guarda Sanguínea acima de um determinado nível, geralmente capitães ou seus segundos em comando, também andam com uma ficha de acesso. Assim, podem levar as bruxas direto pelo Portão de Bravura.

Se todo capitão da Guarda Sanguínea de fato recebesse uma ficha de acesso, Gideon com certeza tinha uma.

Rune adoraria saber onde ele a guardava.

As engrenagens em sua mente trabalhavam. Se roubasse a ficha de Gideon, ou talvez um uniforme da Guarda Sanguínea (não tinha a menor ideia de como faria isso), seria capaz de passar desimpedida pelo último portão?

Seus pensamentos foram interrompidos por uma repentina comoção no recinto.

Rune se virou para a porta e viu alguém conhecido entrar no pátio. Alguém que recentemente *atirara* nela.

Laila Creed.

Com seu uniforme rubro da Guarda Sanguínea, Laila marchou por entre os convidados puxando uma prisioneira pelo braço. Um saco preto cobria a cabeça da mulher – pelas contenções de ferro que lhe envolviam as mãos, porém, Rune soube que era uma bruxa.

Enquanto criados enchiam xícaras com café quente ou taças com vinho gelado e distribuíam pratos repletos de doces, Laila atravessou o pátio. As luzes de centenas de velas cintilavam ao longo das mesas enquanto os convidados murmuravam animados, a atenção voltada para o palco montado no meio do espaço.

Não, pensou Rune. *Não é um palco.*

Correntes pesadas tinham sido presas a uma viga sólida erguida verticalmente no meio da plataforma. Correntes que Laila estava conectando aos tornozelos da bruxa.

É um tablado para expurgo.

Rune nem pensou, apenas fez menção de avançar.

Verity a deteve pelo pulso.

– Não tem nada que você possa fazer – sussurrou ela, o rosto mais pálido que a neve. – Não aqui.

Rune abriu e fechou as mãos, sabendo que a amiga estava certa.

– Quem...

Antes que pudesse terminar a pergunta, Laila puxou o capuz preto da bruxa.

Rune e Verity arquejaram.

O rosto sob o capuz era chocantemente familiar para Rune. Ela o conhecia do medalhão que Kestrel usava no pescoço. Um medalhão que a avó raramente tirava.

Quando criança, Rune gostava de abrir a peça e espiar as mulheres pintadas uma de cada lado. Um dos rostos era o da própria Kestrel, que na época do retrato devia ter uns dezenove anos; o outro era o de Seraphine, não muito mais velha.

As duas mulheres tinham crescido juntas, Rune sabia. Eram melhores amigas de infância.

Razão pela qual a cena que se desenrolava ali não fazia sentido algum.

A bruxa no tablado tinha *exatamente* o mesmo rosto pintado no medalhão da avó de Rune – olhos castanhos cintilantes, feições aquilinas, cachos morenos que emolduravam a cabeça como uma nuvem. Como se Seraphine Oakes não tivesse envelhecido nem um só dia.

Como ela pode ser tão nova?

Kestrel tinha mais de setenta anos quando morrera, mas a moça na plataforma – *Seraphine* – não parecia ter mais que 23.

A mente de Rune girava, confusa. Enquanto tentava compreender a situação, o Nobre Comandante subiu os degraus que levavam até a plataforma, fazendo um burburinho se espalhar pelo pátio.

Os soldados da Guarda Sanguínea se afastaram. Nicolas Creed foi até Seraphine, cujas mãos estavam presas ao lado do corpo. As contenções as envolviam com ferro; seus pulsos terminavam em duas protuberâncias pretas de metal, que impediam que ela usasse magia.

– Boa noite – falou Nicolas, vestido de preto, como sempre. – Temos algumas surpresinhas para os senhores esta noite. Estamos só esperando... – O olhar penetrante do homem varreu o espaço antes de pousar em Rune. – Ah, lá está ela. Cidadã Winters, pode vir aqui por um instante?

Será que é outra armadilha?

Rune observou o mar de rostos, mas os convidados pareciam tão surpresos quanto ela. A mão de Verity se fechou ao redor de seu pulso, mas Rune não podia negar o chamado do comandante, e a amiga sabia.

Relutante, Verity a soltou.

Sem escolha, ela seguiu na direção do tablado. Conforme se aproximava, viu o lábio cortado de Seraphine e o olho roxo que marcava sua pele marrom.

– Nossa convidada de honra é uma patriota exemplar. Sua coragem, lealdade e recusa em tolerar a bruxaria são um exemplo para todos nós.

Quando ouviu o nome *Winters*, Seraphine voltou o rosto de supetão para Rune, semicerrando os olhos castanhos.

Com ódio, pensou Rune.

Ela engoliu em seco e seguiu até o tablado, o horror só crescendo conforme se dava conta do que estava acontecendo.

Seraphine seria executada. Bem ali, no meio daquele pátio.

Aquele era o espetáculo da noite: um expurgo particular para os convidados do Jantar de Luminares.

A pulsação de Rune retumbava alto em seus ouvidos. Ao redor dela, sussurros baixos vibravam no ar. Ela olhou ao redor, procurando Gideon. Será que ele sabia? Será que aquela era mais uma de suas armadilhas?

Mas o capitão não estava em lugar algum.

Quando ela alcançou o Nobre Comandante, que pousou a mão pesada em seu ombro, Laila abriu uma caixa preta e tirou de lá uma faca de expurgo. Aninhou a peça de forma quase amorosa em um pedaço de veludo vermelho, depois a estendeu para Rune.

Um sorriso se espalhou pelos lábios dela ao dizer:

– Rune Winters, garanto à senhorita o privilégio de expurgar Seraphine Oakes esta noite.

TRINTA E OITO

RUNE

O SILÊNCIO SE ESPALHOU pelo pátio enquanto o fio letal da faca de expurgo brilhava no espaço entre elas. Uma faca que tinha tomado a vida não só da avó de Rune, mas de centenas de outras bruxas.

Rune esperava que a lâmina queimasse ao encostar em sua pele. Quando Laila a colocou em suas mãos, porém, tanto o punho quanto o aço pareceram gelados ao toque. Rune torcia para que seu tremor não denunciasse o que sentia.

O que vou fazer?

Caso se recusasse a matar a bruxa à sua frente, revelaria a verdade a cada um de seus outros inimigos. Rune estava cercada. Não havia só Laila e os outros soldados da Guarda Sanguínea contra os quais lutar. Ela precisaria encarar o Nobre Comandante em pessoa, sem mencionar as centenas de patriotas sentados às mesas e os milhares de guardas que patrulhavam os corredores do palácio.

Um pânico gélido corria no sangue de Rune.

Ela estava encurralada.

O comandante fez um sinal para que os músicos começassem a tocar. Aquela era a parte mais repugnante dos expurgos particulares: a música. Como se cortar a garganta de uma garota e a observar sangrar no chão não fosse assassinato ou carnificina, e sim uma arte refinada.

Os dedos de Rune se fecharam com mais força ao redor do punho da faca.

Laila se afastou, seguindo na direção das alavancas. Logo ela as empurraria, as correntes estalariam e Seraphine seria puxada em direção ao céu, pendurada de ponta-cabeça. Como um animal prestes a ser abatido.

Rune e Seraphine ficaram sozinhas no palanque por um momento.

Ela poderia conjurar um feitiço. Para isso, porém, precisaria pegar o frasco de vidro em seu bolso, tirar a rolha e traçar as marcas. Alguém notaria o que estava fazendo e a deteria antes que pudesse terminar.

Posso cortar meu dedo com a faca, pensou. *Só a pontinha. E usar o sangue para traçar uma marca na palma.*

Mas qual feitiço seria rápido o bastante? Um que não fosse exigir muito sangue ou chamar muita atenção?

E a cicatriz prateada resultante a condenaria, de qualquer forma.

Talvez aquele fosse o preço que ela precisava pagar para salvar Seraphine. Para cumprir o último desejo da avó.

A música ainda tocava quando Laila levou a mão às alavancas.

– Tenho nojo de você – cuspiu Seraphine. A saliva atingiu a bochecha de Rune, sobressaltando-a e atraindo sua atenção de volta à bruxa. – Kestrel teria vergonha de você.

Sob a sujeira das várias noites passadas em uma cela imunda, Seraphine era esbelta e bonita. Fazia Rune se lembrar de um pardal.

– Você não merece o sobrenome Winters.

Os olhos da bruxa queimavam como um fogo escuro. Como se, caso estivessem em posições opostas, Seraphine já fosse ter cortado a garganta de Rune.

Eu procurei por você, Rune queria dizer. *Andei tentando salvar você.*

Mas, com tantas pessoas podendo ouvir suas palavras, não teve coragem.

– Você não tem *nada* para me dizer? – A voz de Seraphine vacilou; talvez por ódio de Rune, pela dor da perda de Kestrel, ou talvez porque sabia que estava prestes a morrer.

Elas precisavam de uma distração. Algo que fizesse o recinto entrar em pânico.

Fogo seria bom. Rune poderia causar o mais completo caos usando fogo. Mas conjurar chamas de verdade era um feitiço complexo que exigia muito sangue fresco, e Rune não sabia as marcas nem tinha o insumo necessário.

Mas a *ilusão* de um incêndio… Isso, sim, era capaz de fazer.

Laila empurrou a alavanca. Houve uma série de estalidos horríveis de metal contra metal. Rune sabia o que vinha a seguir. Todo mundo sabia.

As correntes puxaram Seraphine pelos pés. O corpo da bruxa balançou impotente enquanto ela era içada de ponta-cabeça.

Sem escolha, Rune decidiu arriscar o estigma de conjuração.

Estava a um passo de encostar o dedo na ponta afiada de metal e apertar com força quando o cheiro acre de fumaça preencheu o ar.

– Fogo! – gritou alguém.

O quê? Rune ainda nem tinha se cortado.

– FOGO! – Mais pessoas se juntaram ao coro.

Rune baixou a faca e ergueu o olhar. Uma fumaça escura adensava o ar, atraindo seus olhos para a coluna de fogo que se erguia na extremidade oposta do pátio. Em vez de vermelhas, as chamas eram pretas. Como os olhos de Seraphine.

Fogo conjurado.

Não é meu feitiço, percebeu.

Ela se lembrou do olhar assassino de Seraphine.

Será que é dela?

De repente, a coluna começou a se mover. *Rápido*. Serpenteando na direção da plataforma de expurgo. Seguindo direto até Rune. Assim que se deu conta, ela inspirou fundo, e o ardor da fumaça queimou sua garganta.

Rune teve um acesso de tosse, e seus olhos ardiam com lágrimas, tornando difícil enxergar.

Ajudar Seraphine.

Enquanto tropeçava em meio à fumaça, alguém chamou Rune pelo nome. Verity? Ela nem se virou, porém. Precisava tirar a outra bruxa dali antes que o fogo conjurado devorasse ambas.

Chamas pretas crepitavam ao redor. O calor furioso percorreu as costas de Rune e chamuscou seu cabelo. A faca em sua mão ficou cada vez mais quente, a ponto de queimar a pele. Ela largou a arma.

Antes que pudesse saltar na direção de Seraphine, as labaredas escuras se espalharam entre elas. A bruxa sumiu, deixando Rune sozinha no meio do fogo conjurado.

Obedecendo a algum comando invisível, o círculo implacável se fechou, cercando Rune por todos os lados.

Como se a intenção fosse queimá-la viva.

TRINTA E NOVE

GIDEON

DEPOIS DE DEIXAR a cena grotesca na rua da Água Fresca, Gideon cavalgou até o palácio, torcendo para não ter perdido todo o Jantar de Luminares. Ao deixar o cavalo no estábulo, viu as carruagens já sendo manobradas diante da porta, o que sinalizava que o evento estava quase no fim. Gideon subiu correndo os degraus e se dirigiu ao pátio.

Estava avançando pelo corredor central, tentando tirar da mente a imagem do cadáver de James Tasker, quando se sobressaltou com vários gritos de "Fogo!".

Vinham todos da mesma direção.

Ao ouvir mais vozes ecoando o berro frenético, Gideon saiu correndo. Por ter vivido naquele palácio, conhecia as rotas mais rápidas; quando chegou ao pátio, encontrou os convidados forçando passagem pela porta, tropeçando uns nos outros na tentativa de escapar.

O cheiro de fumaça atingiu suas narinas. Gideon varreu os fugitivos com o olhar até encontrar Rune parada sozinha em uma plataforma de expurgo conforme um pilar de chamas pretas rodopiava na direção dela.

– Não...

Gideon se jogou no meio da turba desesperada, empurrando as pessoas para os lados sem se importar com os protestos. Ignorou os socos e cotoveladas enquanto passava pelas portas que levavam ao pátio, tentando chegar até Rune.

Cambaleando, ele ergueu o rosto e viu a jovem desaparecer entre as labaredas.

– Rune!

Gideon tirou o paletó – o paletó caro que Rune lhe enviara naquele dia mais cedo – e cobriu a cabeça com ele antes de mergulhar na fumaça espessa.

Tentou não respirar enquanto avançava, esbarrando em mesas e trombando em cadeiras. Recuperou o equilíbrio e continuou seguindo, mesmo com a fuligem fazendo seus olhos arderem e o calor queimando sua pele. Quando tropeçou de novo, foi nos degraus da plataforma. Gideon subiu cambaleando, puxando mais o paletó ao redor da cabeça, e correu direto para dentro das chamas escuras que rodopiavam ao redor do ponto onde Rune sumira.

O cheiro era o de uma pira. Madeira queimada e cabelo chamuscado.

Quando ele atravessou as chamas rodopiantes, encontrou Rune, que se virou para ele. O peito do capitão se apertou ao ver seu rosto pálido.

Gideon cruzou o espaço entre eles em uma única passada e jogou o paletó em cima dela, protegendo seu rosto. O corpo inteiro da garota tremia de choque.

– Você veio – sussurrou ela.

Ele puxou Rune para junto de si, tentando protegê-la do calor. O que teria acontecido se ele houvesse chegado cinco minutos depois? Se nem tivesse ido ao jantar?

Não pense nisso. Só saia daqui.

– Pronta para correr?

Ela assentiu.

Pegando Rune no colo, Gideon saltou as chamas. Não sentiu o calor fulminante na pele – apenas o rosto de Rune contra a base de sua garganta e os braços dela bem apertados ao redor de seu pescoço. Ao irromper do outro lado, Gideon engasgou com a fumaça grossa. Não viu os degraus, e a descida foi mais despencando do que andando, quase derrubando a garota.

Na base da escada, recuperou o equilíbrio e se endireitou, depois continuou correndo para fora da fumaça na direção dos limites do pátio. Os braços de Rune se apertaram ainda mais ao redor dele quando ela espiou alguma coisa por cima de seu ombro.

– Está vindo atrás de nós.

Ele sentia o calor às costas. Viu, pelo canto do campo de visão, as labaredas pretas tremulando.

Chegue até a saída.

Aquele fogo não era natural. Havia uma bruxa por ali, e bem poderosa. Gideon não via uma magia formidável daquelas havia muitos anos. Esperava apenas que tal bruxa, quem quer que fosse, não tivesse decidido trancar a porta para prendê-los no pátio.

A dez passos da porta, Gideon forçou as pernas, acelerando.

O ombro se chocou com tudo contra a madeira e a porta cedeu na mesma hora, escancarando-se e jogando o capitão e Rune no chão do corredor. Enquanto caíam, Gideon virou o corpo para aterrissar no mármore com o ombro. Fez uma careta de dor com o impacto, mas conseguiu poupar Rune, que acabou esparramada em cima dele.

Os convidados tinham todos fugido. O corredor estava vazio.

Espalmando as mãos no chão uma de cada lado da cabeça de Gideon, Rune se sentou sobre ele. Ainda estava com seu paletó, quase todo chamuscado, pendurado nos ombros; seu cabelo loiro-acobreado estava todo emaranhado, ocupando boa parte do campo de visão de Gideon.

O rosto de Rune foi tomado por uma expressão de choque.

– Por que você fez isso?

Ele franziu a testa, levando as mãos aos quadris dela.

– Como assim?

– Por que... Por que arriscou a vida por mim?

Gideon também se sentou, ficando cara a cara com ela.

– Achou que eu ia deixar você ser queimada viva?

– Talvez? Não sei! O que eu devia achar? – Ela ainda estava sentada no colo dele, com o vestido puxado ao redor das coxas. – Não tive notícias suas por três dias. Você nem me mandou flores!

Flores?

Do que ela está falando?

Gideon encarou seu rosto manchado de fuligem.

– Você... quer flores?

– O quê? – Rune saiu de cima dele, tentando se desvencilhar do paletó. – *Não*. Esqueça.

Claramente, ela estava em estado de choque.

Antes mesmo que Gideon pudesse processar aquela conversa, o cheiro de madeira queimada encheu o ar. Ambos se viraram a tempo de ver o fogo sobrenatural consumindo as portas. Como se estivesse faminto e apenas Rune pudesse saciá-lo.

Enquanto guardas e funcionários do palácio chegavam com baldes de água para aplacar as chamas, Gideon se levantou com dificuldade. Puxou os restos do paletó – todo queimado, quase reduzido a cinzas – dos ombros de Rune. Sabendo que água não apagaria aquelas labaredas, Gideon a pegou pela mão e a puxou para longe da porta.

Continuaram correndo.

Lembrando-se dos dias em que vivera naquele palácio, Gideon a guiou pelos aposentos dos criados e depois pela cozinha. Os funcionários congelaram, encarando de queixo caído o capitão da Guarda Sanguínea e a aristocrata descabelada correndo pelo lugar.

Ele saiu com Rune pela porta dos fundos, usada para descarregar suprimentos. Assim que ela se fechou atrás deles e ficaram seguros, ao menos por hora, Rune soltou a mão de Gideon e se largou contra a parede de pedra, a respiração arquejante. Apoiou as palmas nos joelhos, inclinando o corpo para a frente.

Gideon manteve os olhos na porta da cozinha, quase esperando que ela também irrompesse em chamas.

Estava silencioso ali, e os dois se viram sozinhos. A lua cheia pairava no céu, sendo coberta e descoberta pelas nuvens.

– O que raios foi *aquilo*?

– Um feitiço – falou Rune.

– Sei que foi um feitiço. Por que ele estava mirando em *você*?

– Não sei. *Não sei.* – Rune escorregou as costas pela parede até se sentar no chão sujo do beco. Fuligem escura manchava seu rosto. – Mas se você tivesse visto o olhar de Seraphine... Ela me queria morta, Gideon.

– Acha que foi ela?

Gideon podia não ser uma bruxa, mas havia passado quase dois anos na presença constante de uma. Para Seraphine conjurar um feitiço poderoso daqueles, precisaria de muito sangue – e, mais importante, teria de usar as mãos, que estavam envoltas pelas contenções de ferro.

– Não é possível.

A porta da cozinha se escancarou e Gideon levou imediatamente a mão à pistola presa à cintura. Era apenas uma criança de olhos arregalados, porém – filha de alguém que trabalhava na cozinha, provavelmente. A menininha estava com um copo em mãos e, depois de olhar para Gideon com medo, agachou-se para entregar a água para Rune.

– O fogo conjurado sumiu, Srta. Winters.

Depois de aceitar o copo com dedos trêmulos, Rune tocou a bochecha da criança – gesto que, por alguma razão, fez o peito de Gideon se apertar.

– Obrigada, meu bem.

Ele a viu sorver a água enquanto tentava compreender o que estava acontecendo.

Uma bruxa tinha tentado matar Rune naquela noite.

Bruxas não matavam outras bruxas.

Portanto, Rune não podia ser uma delas.

Certo?

Quando a menininha voltou para dentro e os dois ficaram sozinhos de novo, Gideon se lembrou das palavras estranhas que Rune dissera alguns momentos antes.

– O que você quis dizer lá no corredor? Sobre as flores?

As bochechas de Rune ficaram vermelhas.

– Não sei por que falei aquilo.

Ela se pôs de pé às pressas.

– Você está chateada comigo. Por quê?

Rune desviou o olhar, cerrando os punhos.

– Por favor, esqueça isso.

Gideon se aproximou, segurou seu rosto com as duas mãos e fez com que ela olhasse para ele.

– Me conte.

Rune cerrou os dentes, então ele correu o polegar ao longo de seu maxilar até ela relaxar. Ficar tão próximo dela daquele jeito era perigoso. Como a lua e a maré, quanto mais perto estava dela, mais ele a queria. Queria que sua maciez rechaçasse as lembranças do rosto exangue de James Tasker. Queria que seu beijo apagasse o aviso agourento escrito na parede do beco.

Rune era uma luz queimando em uma noite longa e escura.

Mas ela não é para você.

– Fiquei esperando um telegrama – disse ela. – Ou algum outro sinal de que talvez não fosse tão fácil assim me largar. Mas nada chegou, até aquele seu bilhete hoje mais cedo... E ele só dizia que você se atrasaria. – Rune ergueu o rosto. – Achei que estivesse me dispensando.

– *Dispensando*? – Gideon arqueou as sobrancelhas. Quase caiu na gargalhada. – Rune, faz três dias que só penso em você.

A testa dela se franziu de confusão. Ele estava prestes a provar sua sinceridade quando o som de passos esmagando o cascalho os interrompeu.

Gideon a soltou assim que alguém surgiu na entrada do beco, uma silhueta contra as luzes da rua além.

Daquela vez, ele sacou a arma.

– Quem está aí? – perguntou, usando o corpo para proteger Rune.

– *Pela misericórdia das Ancestrais* – disse uma voz feminina. – Vasculhei o palácio todo atrás de você! Tudo bem?

Rune semicerrou os olhos para enxergar melhor.

– Verity? – Dando a volta em Gideon, ela começou a seguir na direção da voz.

– Espere – alertou o capitão. – Pode ser uma ilusão.

Mas Rune já estava correndo.

– Por que não dá um tiro em mim e vê se sangro? – disse Verity, materializando-se na escuridão.

Ela encarou Gideon com olhos semicerrados enquanto puxava Rune para um abraço.

– Tentador – disse ele, guardando o revólver.

Rune olhou para ele de cara feia antes de se virar para a amiga.

– Você está bem?

Verity assentiu.

– Estou, mas precisamos sair daqui. Ainda não pegaram a bruxa responsável por aquelas chamas. Ela pode estar em qualquer lugar.

Gideon não gostava nada da ideia de Rune voltando sozinha para a Casa do Mar Invernal. Não depois de uma bruxa tentar matá-la.

– Me deixe mandar soldados para escoltarem você.

– Aprecio sua preocupação, mas não é necessário – falou Rune.

– *Você* era o alvo daquele feitiço. Se a bruxa que o conjurou voltar, você não vai ser capaz de lutar sozinha contra ela.

– E você vai? – questionou Verity.

Claro que vou, Gideon queria dizer. No entanto, não era páreo para uma bruxa poderosa, e todos ali sabiam.

– Vai ficar tudo bem – garantiu Rune. Ela voltou até Gideon, ficou na ponta dos pés e deu um beijo rápido em sua bochecha. – Obrigada por não ter me deixado queimar.

Gideon sentiu o olhar de Verity fixo nele. Ela não fazia esforço algum para esconder que não o considerava digno de Rune. Irritado pelo desdém da garota e tomado pelo ímpeto repentino de provar que ela estava errada, Gideon envolveu o pescoço de Rune com as duas mãos e a beijou na boca, impedindo que ela se afastasse. Deu um beijo lento e profundo nela, reivindicando Rune na frente de Verity. Ou ao menos foi como começou. Mas quando Rune cedeu e correu a mão pelo peito dele, Gideon se esqueceu completamente de qualquer espectador, bem quando Rune pareceu se lembrar.

Ela se afastou de Gideon, interrompendo o beijo, e saiu de seu alcance.

– Ranúnculos são minhas favoritas – sussurrou, sem fôlego, enquanto recuava de costas. – Mas margaridas também são aceitáveis.

O canto da boca de Gideon se curvou em um sorrisinho.

– Anotado.

Vê-la ir embora, sem saber que perigos a aguardavam além daquele beco, ia contra todos os instintos de Gideon. Mas, como Verity bem tinha apontado, havia pouco que ele pudesse fazer para proteger Rune.

Exceto capturar a bruxa que a atacara naquela noite.

Atrás dele, a porta da cozinha se escancarou. Gideon se virou e deu de cara com Laila saindo para o beco.

– Você precisa vir ver uma coisa, mas tem que ser rápido. Já está sumindo.

Curioso, ele a seguiu para dentro.

De volta ao pátio, que fedia a fumaça, mas estava livre de fogo conjurado, Laila arrancou a toalha chamuscada de uma das mesas longas e apontou para debaixo do tampo.

Gideon se agachou, virando a cabeça.

Algo brilhava no espaço entre as cadeiras, claro e delicado como o luar.

– É uma assinatura de conjuração – falou Laila, atrás dele.

Gideon se apoiou nos joelhos e nas mãos, semicerrou os olhos, tentando enxergar melhor. Engatinhou para debaixo da mesa, o cascalho deslizando sob seus joelhos, até que compreendeu exatamente o que estava olhando.

Ele via aquele símbolo todas as noites em seus pesadelos. Encontrava o desenho queimado no peito toda vez que se olhava no espelho.

Uma rosa repleta de espinhos cercada por uma lua crescente.

A visão o fez sentir náuseas.

– Havia uma bruxa escondida entre os convidados de hoje.

A marca em seu peito ardeu de repente. Gideon a esfregou, mas a dor sumiu rápido, fazendo-o questionar se havia sido só coisa da sua cabeça.

Laila se juntou a ele sob a mesa e se sentou de pernas cruzadas do outro lado da assinatura. Com a cabeça inclinada sob a madeira, ela alternou o olhar entre o capitão e a marca flutuante.

– De quem é?

O passado surgiu para abocanhar Gideon, tentando arrastá-lo de volta em suas presas.

Ele queria poder negar o que estava bem diante de seus olhos, dizer que havia alguma outra explicação, mas conhecia muito bem aquela assinatura.

– De uma bruxa que deveria estar morta. – Ele olhou Laila nos olhos. – Cressida Roseblood.

QUARENTA

RUNE

– QUE BELA PERFORMANCE – falou Verity enquanto a carruagem de Rune deixava o palácio, sacolejando pelas ruas de paralelepípedos. – Com esse talento para atuar, você deveria fazer audições para o Teatro Real.

Ao lado dela, Rune suspirou. Verity estava chateada. Quase morrera de preocupação vendo a amiga ser engolida pelo fogo conjurado; depois, quando enfim a encontrou com vida, ela estava flertando com uma força igualmente perigosa: Gideon Sharpe.

– É sério. Se eu não a conhecesse, acreditaria que está mesmo toda apaixonada por um capitão da Guarda Sanguínea que caça pessoas como você.

Rune desviou o olhar, incapaz de fugir da culpa que a tomou.

– Não estou apaixonada – disse, vendo o centro da cidade surgir na janela. – E estou mais do que ciente de que ele odeia pessoas como eu. É por isso que estou deixando que Gideon me corteje, lembra? Para conseguir informações.

– E quantas informações você já conseguiu, exatamente?

Rune abriu a boca para responder – a única informação que Gideon lhe dera, porém, tinha se revelado falsa.

Será que ela está certa?

Será que cortejar Gideon não passava de uma perigosa perda de tempo?

– Preciso baixar mais as guardas dele. Quando ele confiar completamente em mim, vou tê-lo à minha disposição.

Verity se virou para a janela.

– Certo, então.

Sabendo que Verity não estava realmente brava com ela, e sim com as pessoas que tentavam feri-la, Rune mudou de assunto.

– E Seraphine, está bem?

Verity assentiu, relaxando visivelmente.

– Foi levada de volta para a cela.

Com a tensão dissipada, as duas ficaram em silêncio até a carruagem chegar ao Palacete do Espinheiro.

O lar de Alex ficava aninhado dentro de uma floresta. As velhas árvores assomavam sobre elas quando as garotas saíram da carruagem e pegaram a trilha que levava à casa de pedra.

Está mais para um pequeno castelo, pensou Rune, erguendo o rosto. Um torreão adornava cada um dos quatro cantos da construção e velas queimavam em quase todas as janelas, dando a Rune a impressão de que eram olhos. Como se o antigo lar de Cressida estivesse observando a aproximação das duas.

Ela correu para acompanhar o passo de Verity, que já passava pela porta.

Agora que Verity tinha obtido informações sobre a prisão, precisavam de um plano sólido para tirar Seraphine da cadeia – o quanto antes.

Assim que adentraram o lar de Alex, foram recebidas por notas de piano pairando pelos corredores. Aquilo fez Rune se acalmar um pouco. Enquanto Verity ia para a cozinha atrás de refrescos para a reunião, ela seguiu o som até o outro lado da casa, focando nas notas como um navio em perigo focaria em um farol.

Com o cabelo exalando cheiro de fumaça, Rune puxou o xale para envolver mais o corpo. Tinha passado dois anos sendo caçada pela Guarda Sanguínea. Estava acostumada a ter pessoas querendo matá-la, mas nunca lhe ocorrera que outra bruxa quisesse isso. A ideia a abalava.

A porta da sala de música estava entreaberta. Assim que viu o pianista, Rune parou para assisti-lo tocar.

Os ombros de Alex estavam curvados enquanto as mãos se moviam como aranhas sobre as teclas. Vê-lo era apaziguador. Como se envolver com uma manta quentinha em um dia frio.

Alex era constância e segurança. Delicadeza e gentileza.

Rune se apoiou no batente e deixou a mente viajar, apenas por um instante, considerando aceitar a oferta dele. Deixar tudo para trás e ir para Caelis, onde poderia viver sem medo e enfim ser ela mesma.

Não. Tinha um propósito ali na Nova República. Um *dever*.

Bruxas ainda estavam sendo presas e expurgadas. Rune não podia abandoná-las. Eram inocentes, e ela devia aquilo à avó. Salvar garotas de serem assassinadas pela República era a única forma de honrar a morte de Kestrel.

Era a escolha que Rune tinha feito.

E, por mais que sonhasse com uma vida diferente, era àquela vida ali que pertencia.

A mão de Alex vacilou, esbarrando nas teclas erradas, e a canção foi interrompida.

– Rune. – Ele tirou o cabelo dourado dos olhos para enxergá-la melhor. – Que susto.

– Desculpe. – Ela deixou a soleira e adentrou o cômodo, indo na direção dele. – Não quis interromper.

Alex se levantou do banco, examinando-a.

– O que aconteceu?

Rune olhou para baixo. Fuligem manchava todo o belo vestido que Gideon tinha feito para ela. Seu rosto também devia estar sujo.

– É... É uma longa história. Conto assim que Verity voltar da cozinha.

Alex abriu espaço para ela no banco, parecendo preocupado. Rune se sentou e deixou o xale cair no chão atrás deles.

Apontou para as teclas com a cabeça.

– Não pare só por minha causa.

Sem tirar os olhos dela, Alex pousou os dedos nas teclas do piano e voltou a tocar.

E, em um estalar de dedos, ele tinha partido. Voado para longe dela.

– Você toca melhor do que seu irmão, disso não tenho dúvidas – falou Rune quando ele terminou, lembrando-se de Gideon batendo em teclas aleatórias em sua biblioteca.

– Ah, é? Ele anda fazendo serenatas? – O tom brincalhão foi incapaz de disfarçar a ferocidade em sua voz. Antes que ela pudesse responder, porém, Alex fechou a tampa do instrumento e as teclas desapareceram. – Tenho uma coisa para lhe mostrar.

Ele se levantou e caminhou até a parede mais distante do cômodo, onde uma escrivaninha se aninhava entre duas janelas. Pegou uma folha grande de papel, que levou até ela.

– É o contrato da casa em Caelis.

Rune encarou o documento, inundada por um estranho atordoamento.

– Você comprou? – A compreensão fez seu estômago doer. – Já?

– Vou colocar o Palacete do Espinheiro à venda amanhã. Por favor, não faça essa carinha triste.

– Claro que estou feliz por você. – Rune devolveu o papel. – É o que você quer.

Só não era o que *ela* queria.

Alex era seu porto seguro. Podia ser ela mesma com ele. Alex, junto com Verity, havia preenchido um buraco na vida de Rune depois da morte de Kestrel. Os dois sempre estavam presentes – depois de cada noite perigosa salvando bruxas, depois de cada festa ridícula, quando a cabeça de Rune doía de tanto fofocar, flertar e fingir ser quem não era, nos momentos silenciosos e nos caóticos.

E, ao contrário de Verity, que era um fogo incitando-a sempre a seguir, Alex era como uma nascente fresca, um lugar para Rune descansar e se recuperar, um lembrete de que ela era uma garota com necessidades e fraquezas, não uma salvadora invencível.

O que vou fazer sem você?

Talvez aquele fosse o problema. Rune precisava de Alex mais do que ele precisava dela. Ele lhe dera muito, enquanto ela pouco retribuíra.

Era o que estava fazendo naquele momento: sendo egoísta. A atitude mais altruísta seria permitir que ele partisse.

Rune engoliu o gosto amargo na boca e tentou ser uma amiga melhor.

– Eu *quero* que você termine seus estudos. – Ela sorriu, torcendo para que não parecesse forçado. – E depois quero que você se torne um compositor mundialmente famoso cujo nome eu possa exibir em festas, contando para todo mundo que a gente se conhece desde que você era incapaz de diferenciar *adagio* de *allegro*.

Alex a analisou por um longo tempo, pensando.

– Você vai voltar para me visitar? – perguntou Rune.

– Se... você quiser, sim.

Não era a resposta de que ela precisava. Queria que ele *quisesse* voltar. Que precisasse dela como ela precisava dele.

Enquanto se ajeitava de novo no banco do piano, os olhos de Alex se fixaram nos dela. O rapaz tinha os olhos mais lindos do mundo. Dourados e brilhantes, cheios de manchinhas marrons.

– Mas vai ser mais fácil para você se afastar de vez – concluiu ela, colocando em palavras o que ele não disse. – Deixar esta ilha para trás. – Mais baixo, acrescentou: – Me deixar para trás.

– Não. – A voz de Alex saiu suave, embora firme. Ele ergueu as mãos para segurar o rosto dela. – Rune, nunca. Eu quero...

Antes que ele pudesse terminar, Verity adentrou a sala com uma bandeja de chá e biscoitos.

– Tem mais alguém aí *morrendo de fome*?

Alex deixou as mãos caírem enquanto se virava de costas para Rune em um movimento abrupto. Ela o viu se levantar do banco e ir até a lareira, onde avivou as chamas com gentileza. Rune se lembrou das palavras de Gideon no jardim.

Quando vi Alex do seu lado, soube exatamente quem você era... A garota que estava completamente fora do meu alcance, porque meu irmão mais novo tinha chegado primeiro.

Na ocasião, Rune pensara que ele estava falando sobre arruinar sua amizade com Alex. Agora, se perguntava se Gideon não estava se referindo a outra coisa.

– E então, como foi o jantar? – perguntou Alex enquanto Verity pousava a bandeja na mesa e servia três xícaras de chá.

Verity repassou tudo que já informara a Rune – como bruxas eram mantidas além do sétimo portão, e como havia uma ficha de acesso de que precisavam para adentrar a prisão – antes de falar sobre o fogo conjurado que Seraphine usara para quase matar Rune.

Alex cuspiu o chá de volta na xícara.

– Seraphine fez *o quê*?

Rune, ainda no banco do piano, atravessou o cômodo e se abandonou na namoradeira.

– A gente ainda não sabe com certeza se foi ela. Não deveria ser possível, já que estava com as mãos envoltas pelas contenções.

– Quem mais teria sido?

O silêncio serviu de resposta.

Com as chamas crepitando na lareira, Alex apoiou o atiçador na parede e se juntou a Rune na namoradeira.

– Se a intenção deles era expurgá-la esta noite, os dias de Seraphine estão contados – falou Verity. – Precisamos tirá-la daquela prisão o quanto antes.

– Só que, se Seraphine estiver sendo mantida no sétimo círculo da prisão, vou precisar de um uniforme da Guarda Real e de uma ficha de acesso para passar pelo Portão de Bravura – disse Rune.

A questão era: como conseguir aqueles dois itens?

Verity tirou o bloco de anotações e a pena da bolsinha dourada.

– Se eu usasse o marcha-fantasma para entrar escondida em algum quartel da Guarda Sanguínea, poderia roubar o uniforme e a ficha de acesso de alguém. O problema é que só tenho um frasco de sangue. Gostaria de guardar, se possível, para caso algo dê errado dentro da prisão.

A amiga bateu com a pena no queixo, pensando.

– Talvez eu consiga arrumar um uniforme para você. Tem uma garota no meu dormitório que é estagiária no Ministério de Segurança Pública. Ela não deve ter uma ficha de acesso, mas deram um uniforme para ela como parte do treinamento. – Verity olhou para Rune de cima a baixo antes de prosseguir: – Vocês duas têm mais ou menos o mesmo tamanho. Só vou precisar entrar no quarto dela, o que é fácil. E a ficha de acesso...

– Eu arrumo a ficha – interrompeu Alex.

Rune e Verity se viraram para ele.

– Como?

– Vocês disseram que todo membro de alto escalão da Guarda Sanguínea tem uma. – Alex girou o anel fino no mindinho esquerdo. – Meu irmão é um capitão da Guarda, e só tem um ponto fraco, até onde sei. Se me derem alguns dias, posso conseguir a ficha dele.

Ao longo de toda a amizade entre os dois, Alex tinha se recusado a tomar partido. Ou melhor, se recusado a escolher o lado de *Rune* em vez do de Gideon.

O que o fizera mudar de ideia?

– A menos que ache que vão expurgar Seraphine antes.

– Tenho a sensação de que vão esperar até o Dia da Liberdade – falou Verity, os olhos sombreados à luz do fogo.

O Dia da Liberdade marcava o aniversário de dois anos desde a Nova Aurora – a noite em que os revolucionários tinham derrubado o governo das rainhas. Sempre havia um festival que movimentava a cidade toda, com celebrações do nascer ao pôr do sol.

– Concordo – falou Rune. – É um evento público, e o Nobre Comandante sempre quer a maior quantidade de gente possível assistindo enquanto ele mata uma bruxa lendária. O Dia da Liberdade é daqui a uma semana, então ele não vai precisar esperar muito.

O povo tinha sido privado da diversão naquela noite, e o Dia da Liberdade era a próxima melhor oportunidade para transformar o expurgo de Seraphine em um espetáculo.

Isso significava que precisavam colocar o plano em ação antes daquela data.

QUARENTA E UM

RUNE

UM TROVÃO FEZ a casa chacoalhar, interrompendo a reunião.

— Talvez seja melhor vocês duas passarem a noite aqui — disse Alex quando a chuva apertou, rugindo no telhado.

Verity negou com a cabeça.

— Tenho uma prova amanhã bem cedo. — Ficou de pé. — Preciso ir.

— Então vá com minha carruagem — propôs Rune, notando como a amiga parecia exausta. — Pelo menos não vai pegar chuva.

Um relâmpago cortou o céu e as janelas da sala de música se iluminaram todas ao mesmo tempo. Rune foi espiar lá fora. A água já começava a empoçar no chão. Torceu para as estradas não estarem tão enlameadas; a última coisa que queria era a amiga presa na rua no meio de uma tempestade.

Depois de passar as instruções para o cocheiro, Rune parou à porta do Palacete do Espinheiro e ficou olhando o veículo sair com Verity dentro.

Alex se aproximou dela.

— Vou pedir que os criados arrumem um quarto para você.

RUNE JÁ HAVIA PASSADO a noite ali dezenas de vezes, mas isso fora antes de Gideon contar a ela as coisas horrendas que tinham acontecido naquela casa. Ela suspeitava de que havia outras que ele não lhe contara, poupando-a do pior. Só de pensar naquilo, sentia calafrios.

Deitada na cama de hóspedes, encarando o teto sob o qual já dormira tantas vezes, Rune não conseguia parar de pensar: em que quarto será que

Cressida trancara a irmã moribunda dos garotos? Em que cama se deitara com Gideon depois de coagi-lo, noite após noite?

Será que foi nesta?

Rune se sentou, o corpo formigando. Aquilo era um erro. Devia ter ido embora com Verity. Jamais conseguiria dormir naquela noite, quando tudo em que conseguia pensar era Gideon e a irmã ali, à mercê de uma bruxa cruel.

Jogando as cobertas de lado, ela foi descalça até as janelas e puxou a cortina. Os trovões só tinham ficado mais intensos desde a partida de Verity, e a chuva ainda não parara de cair. Se as vias estavam enlameadas antes, àquela altura deviam estar parecendo um charco. Seria tolice tentar voltar para a Casa do Mar Invernal.

Mas Rune também não conseguiria dormir ali.

O frio do chão foi subindo por suas pernas enquanto ela caminhava pelo corredor escuro. Os criados tinham apagado as lamparinas e ido para a cama, fazendo a casa parecer abandonada. Ela contou as portas até chegar à do quarto de Alex e entrou.

Quando as tábuas do assoalho rangeram sob seu peso, ela o ouviu se virar na cama.

– Rune? – Alex se sentou. Estava com o cabelo todo bagunçado, apertando os olhos para ver no escuro.

– Não consigo dormir – disse ela, indo pé ante pé até a cama. – Tudo bem se eu...?

Alex se ajeitou, abrindo espaço para ela. Rune se deitou na área quentinha onde o corpo dele estivera e se aninhou. O travesseiro tinha o cheiro dele. Um cheiro cálido e masculino.

Ficaram ali por alguns instantes, calados e imóveis.

– Você sabe o que aconteceu nesta casa? – sussurrou ela, enfim. – Com seu irmão, digo.

Alex se virou para ela em meio à escuridão.

– Ele nunca fala sobre isso, mas tenho meus palpites. – Alex se espreguiçou, colocando as mãos atrás da cabeça. – Foi depois dos funerais de Tessa e de nossos pais que notei que havia alguma coisa errada. Gideon parecia... Parecia que algo tinha apagado sua luz. No começo, achei que fosse o luto. A gente tinha perdido nossa mãe, nosso pai e nossa irmã caçula em alguns dias. Claro que ele não estava bem.

"Mas não era só luto. Quando voltei para casa, para os velórios, foi como se Gideon mal suportasse olhar para mim. Ele mergulhou num projeto de costura para Cressida, me evitando, mesmo sabendo que eu ficaria pouco tempo em casa e ainda não tinha noção de quando o veria de novo.

"No começo, logo que me mudei para o continente para estudar, Gideon e eu trocávamos cartas toda semana. Depois da morte de nossos pais e da nossa irmã, continuei escrevendo ao voltar para a escola, mas ele parou de me responder. Pedi que alguns velhos amigos conferissem como ele estava, mas ninguém encontrava ou falava com Gideon havia meses. Ele estava escondendo algo de mim, e eu não entendia por quê. A gente sempre contava tudo um para o outro.

"Não me dei conta de que ele estava me protegendo. Não sabia que era *ele* quem precisava ser protegido."

Alex engoliu em seco, esfregando a testa. Rune continuou em silêncio, esperando que prosseguisse.

– Pouco antes do trimestre da primavera, recebi uma carta de um amigo que tinha visto meu irmão em um ringue de boxe na noite anterior. *Completamente drogado* foram as palavras que ele usou. *Vai acabar se matando*. Não parecia meu irmão. Então, no mesmo dia, pedi uma licença dos estudos e embarquei num navio para casa.

"Fui até a academia de boxe, procurando por ele. Conferi todos os assentos da plateia e, como não encontrei meu irmão, perguntei sobre ele para o atendente do bar. O homem apontou para o ringue. 'O capacho de bruxa? Está ali'. Demorei um instante para compreender: o rapaz sendo surrado no ringue era Gideon. Estava com o rosto tão machucado e ensanguentado que eu não o reconhecera.

"O homem me disse: 'O capacho de bruxa vem toda noite, depois que ela se farta dele.' Dava para ver o nojo nos olhos do sujeito. Nos olhos de todos os presentes. Quando Gideon levou um último golpe, caiu e não levantou mais, fiquei olhando jogarem o corpo do meu irmão no beco, no meio do lixo. Como se fosse algo rotineiro. Como se ele fosse lá todas as noites, bêbado ou chapado, e se deixasse ser surrado quase até a morte. Como se ele achasse que merecia aquilo."

As palavras esmagaram o peito de Rune, pesadas como pedras. Ela fechou os olhos.

Alex sentiu sua reação e estendeu a mão para segurar a dela sob as cobertas. Seus dedos se encontraram, e ele os entrelaçou com força.

– Eu não sabia o que fazer. Meu irmão mais velho, jogado ali no beco, parecia um estranho. Nicolas Creed me ajudou a acordar Gideon, e juntos nós o carregamos até o antigo apartamento dos meus pais. Quando o efeito do láudano passou, Gideon não ficou nada feliz em me ver.

"Perguntou por que eu não estava na escola. Respondi que não voltaria para lá até ele estar melhor. Bom, ele não quis me ouvir. Disse que eu precisava retornar. Que meu lugar era em Caelis, não ali. Que eu não podia ficar perto dele. Teria ficado magoado se meu irmão não parecesse estar com tanto medo. Lembro de pensar: *Ele está me afastando para me proteger de alguma coisa.*"

– De Cressida – falou Rune.

Alex assentiu.

Soltando os dedos dela, ele enlaçou sua cintura com o braço e a puxou para si até ficarem de conchinha, abraçando Rune como uma criancinha abraçava uma mantinha para se reconfortar.

– Comecei a ir até a academia de boxe à noite, esperando Gideon aparecer. Ele me ignorava. Odiava me ver testemunhando sua tristeza e seu ódio por si mesmo. Mas se houvesse algo que eu pudesse fazer para salvar meu irmão, eu precisava *tentar*.

"Toda noite, Nicolas e eu o resgatávamos do beco e o levávamos para casa. Quando Gideon despertava, a gente discutia e depois ele saía batendo a porta. Sempre voltava para ela. Acho que tinha medo do que aconteceria se não voltasse."

Alex abraçou Rune com mais força antes de continuar:

– Certa noite, Nicolas me disse que só tinha um jeito de salvar meu irmão. Me levou até uma reunião no porão da casa de um amigo. O lugar estava lotado e, quando Nicolas se levantou para falar diante daquelas pessoas, logo me dei conta do que exatamente aquilo se tratava: um ato de traição. Havia protestos há anos, mas aquele encontro era diferente. Os homens e as mulheres ali estavam planejando uma *revolução*. Um mundo onde bruxas não estariam no poder. Uma sociedade sem magia. Só então teríamos um mundo onde os mais pobres não precisariam passar fome, trabalhar para receber pouquíssimo em condições atrozes ou se vender como servos para salvar a família da fome. Pelo menos era nisso que eles acreditavam. Os frequentadores tinham histórias de partir o coração, e muitos motivos para estarem irritados. Mas aquele ódio, o desejo de vingança... Aquilo me assustou.

"Quando Gideon soube que eu tinha ido àquela reunião, ficou furioso. Quem era pego conspirando contra as Rainhas Irmãs desaparecia para sempre, contou ele. Ninguém sabia o que acontecia com aquelas pessoas. Falei que, se Gideon quisesse me manter em segurança, precisava ir àquelas reuniões comigo. Então, mesmo a contragosto, ele foi.

"Depois de algumas semanas, ele começou a beber e a lutar menos. Logo se voluntariou para comandar um grupo de resistência armada em uma invasão ao palácio, junto com Nicolas. Eu quis ir junto, mas ele negou. Ainda me via como o irmão mais novo que precisava ser poupado das coisas difíceis. Não alguém do mesmo nível que ele, ou alguém em quem poderia confiar para dividir seus fardos ou lhe dar cobertura.

"Tivemos uma briga grande e nos separamos sem fazer as pazes. Enquanto Gideon e Nicolas guiavam os outros para dentro do palácio, eu vim até o Palacete do Espinheiro com um revólver carregado. Sabia que Cressida raramente saía de sua casa particular, e aquela era a única coisa que eu podia fazer por meu irmão. Uma forma de *ele* ser protegido, pelo menos uma vez na vida."

Alex se calou. Como se aquele fosse o máximo da história que era capaz de contar. Ainda estava abraçando Rune, o corpo aninhado ao dela. Ela sentia o coração dele batendo contra suas escápulas.

Depois de vários minutos, ela disse:

– Não acha difícil dormir nesta casa, sabendo o que aconteceu aqui?

– Por que acha que estou colocando a propriedade à venda? – respondeu ele. – Gideon ficou com o Palacete do Espinheiro depois da queda do Reinado das Bruxas, mas não queria saber desta casa, então a deu para mim. Ele evita ao máximo colocar os pés neste lugar. Não vem nem para me visitar. – Alex suspirou, o que fez o cabelo de Rune se agitar. – Passei dois anos aqui, tentando trazer meu irmão de volta. Mas o Gideon que eu conhecia e amava... Ele se foi, Rune. Não vai voltar.

Segundos depois, ela sentiu Alex estremecendo. Sentiu a gota quente de uma lágrima em seu pescoço. Rune se virou para ele, mas estava escuro demais para que pudesse ver seu rosto.

Vê-lo chorar partiu algo dentro dela. Rune o abraçou pelo pescoço e o apertou com força.

Alex começou a tremer mais ainda.

Rune ficou ali, deixando-o chorar até adormecer em seus braços. Quando os trovões cessaram e a chuva parou, a lua surgiu de trás das nuvens, banhando a cama com respingos de luz prateada. Rune ficou observando o amigo adormecido, tentada a ficar... por ele.

Mas não conseguiria. Não naquela casa.

Quando teve certeza de que Alex estava dormindo profundamente e de que não corria o risco de acordá-lo, Rune se desembolou com cuidado dos braços dele. A tempestade tinha acabado. Ela se vestiu rápido, pegou um manto e um cavalo emprestados e cavalgou até a Casa do Mar Invernal antes do nascer do sol.

QUARENTA E DOIS

GIDEON

– VAMOS REINSTAURAR UM TOQUE de recolher – falou Nicolas Creed, erguendo-se de sua mesa. – Colocar mais soldados da Guarda Sanguínea nas ruas. Voltar com as revistas nas casas e interrogar qualquer pessoa que *pareça* suspeita, mesmo que não haja prova alguma. Precisamos garantir que as pessoas compreendam a severidade da situação. Se tiverem medo o bastante, vão cooperar.

Gideon, que acabara de relatar ter visto a assinatura de conjuração de Cressida, fitou o Nobre Comandante.

– Normalmente eu concordaria, senhor.

Nicolas ergueu a sobrancelha.

– E não concorda agora?

– Os toques de recolher e as revistas foram impopulares durante a Paz Rubra. Tomar essas medidas não só vai fazer os simpatizantes das bruxas apoiarem ainda mais a causa de Cressida, como também pode virar cidadãos contra nós. As pessoas não gostam de ter os direitos desrespeitados, senhor.

Nicolas saiu de trás da escrivaninha. Por um momento, Gideon se deu conta de como o homem tinha envelhecido. As rugas no rosto de seu mentor, assim como os fios grisalhos, não existiam dois anos antes.

– Pode me acompanhar? Tenho uma reunião do Tribunal em alguns minutos.

Gideon assentiu e seguiu o Comandante, lembrando-se do Nicolas de dois anos antes: alguém que entrava no ringue com ele bem depois do fechamento da academia de boxe e lá ficava até o amanhecer, impedindo que o rapaz desistisse. Acreditando nele quando nem o próprio Gideon acreditava em si mesmo.

Na época, Cressida havia destruído tanto Gideon que não restava mais nada de bom. Ele estava no fundo do poço, sem meios de se içar para fora. E, por mais que Nicolas tentasse jogar uma corda, várias e várias vezes, nunca parecia o bastante.

Depois de uma noite particularmente ruim, quando Gideon se recusara a se levantar do ringue, Nicolas havia se agachado ao lado dele.

Não vou desistir. Os olhos de Nicolas brilhavam enquanto ele fitava Gideon. *Não vou virar as costas. Vou ficar bem aqui, até quando for preciso. Está me escutando?*

Por quê?, ele tinha perguntado.

Nicolas Creed era um estranho. Não precisava se preocupar com o filho de um alfaiate morto.

Levante e descubra.

Gideon não se achava digno de ser salvo – já cruzara aquela linha muito tempo antes. Mas quando encarou Nicolas de volta, cogitou a possibilidade de acreditar *naquele homem*. Confiar no que Nicolas via quando olhava além do homem arruinado que as outras pessoas enxergavam em Gideon.

Talvez ele pudesse substituir aquela voz em sua cabeça – a que dizia que ele era *inútil, nojento, e era melhor estar morto* – pela voz de Nicolas.

E foi o que ele fez.

Gideon usara a confiança que aquele homem tinha nele como um apoio. Havia demorado meses, mas, aos poucos, a fé de Nicolas foi ficando indistinguível da que ele mesmo botava em si. Logo, Gideon parou de permitir que os oponentes o espancassem até ficar inconsciente. Começou a se levantar e revidar os golpes com cada vez mais força. Começou a acreditar que *talvez* houvesse alguma coisa pela qual valia a pena lutar.

– Compreendo seu ponto sobre tirar a liberdade das pessoas – falou Nicolas, interrompendo o devaneio de Gideon enquanto avançavam a passos largos pela ala oeste do palácio, seguindo pelos corredores iluminados por lamparinas a gás até chegar à sala do trono. Soldados marchavam adiante e atrás deles, protegendo o Comandante. – Um bom líder se preocupa profundamente com as pessoas de quem cuida. E, várias vezes, você provou ser esse tipo de líder.

Surpreso pelo elogio, Gideon estufou o peito.

– Infelizmente, porém, as pessoas nem sempre sabem o que é melhor para elas – prosseguiu o Comandante. – Às vezes, precisam que a gente tome a frente e as proteja de si mesmas.

Gideon não tinha como discordar. Se Nicolas não tivesse interferido na vida dele, dois anos antes, ainda estaria deitado no chão do ringue de boxe desejando estar morto.

Talvez até *estivesse* morto.

– Um bom líder é corajoso o bastante para tomar decisões difíceis que os outros não querem tomar – continuou Nicolas. – Faz isso em nome do bem. Para proteger os inocentes. É o dever dele.

– Concordo.

Mas Gideon também se lembrava de Rune permitindo que os Penitentes usassem as trilhas em sua propriedade. Entre misericórdia e punição, Rune escolhia a misericórdia. E se Gideon pudesse fazer o mesmo? Talvez houvesse alguma forma de encontrar e prender Cressida sem violar os direitos dos cidadãos. Sem fazer com que vivessem com medo da Guarda Sanguínea.

Seguindo para a Câmara dos Comuns, onde o Tribunal se reunia, Nicolas saiu do corredor e entrou no salão do trono.

Gideon foi atrás.

O recinto estava mais escuro do que os corredores iluminados por lamparinas, e os passos dos dois ecoavam no espaço vazio. A noite escurecia os vitrais nas janelas. Os pilares dourados projetavam sombras longas no chão de ágata.

Três tronos escuros assomavam à distância. Quando Gideon os viu, um calafrio percorreu sua nuca, feito uma mão gelada.

O fato de estarem vazios deveria deixá-lo aliviado. A visão deveria representar o triunfo sobre o mal. Em vez disso, parecia mais uma ausência ansiando por ser preenchida. Como se o salão – e os tronos – estivessem esperando o retorno de suas rainhas.

Gideon queria acelerar o passo, deixar o sentimento para trás. Porém, Nicolas parou diante dos três assentos de poder, encarando-os diretamente.

– Os toques de recolher, as revistas, os interrogatórios... são medidas emergenciais. Numa emergência, às vezes os direitos individuais devem ser colocados de lado até que o perigo tenha passado. Você precisa colocar as duas coisas na balança, Gideon: de um dos lados, as violações temporárias para manter as pessoas em segurança; do outro, a possibilidade muito permanente de que Cressida Roseblood volte ao trono e perpetre sua vingança sobre nós.

Ele se virou para encarar Gideon.

– O que é pior, a longo prazo?

Não era uma pergunta: claro que Cressida era pior.

Gideon fitou seu mentor. Tinham mais ou menos a mesma altura; embora Nicolas fosse mais esbelto que ele, era musculoso. Um lutador. Àquela altura, Gideon não sabia qual dos dois venceria uma luta de boxe.

Nicolas apertou o ombro dele.

– Tenho orgulho do homem que você se tornou, e confio no seu julgamento. A escolha é sua. Apenas se lembre de que um grande líder pesa as consequências de todas as suas decisões, e deve aguentar o peso de tais consequências. Então pergunte a si mesmo: com quais consequências quer conviver?

Nicolas soltou o aperto, endireitou os ombros e olhou de soslaio para os tronos. Como se tivesse sido acometido pelo mesmo calafrio e quisesse espantar a sensação.

– Pense com calma – falou, virando-se para sair. – Depois me informe sua decisão.

Gideon encarou os tronos vazios.

Eram um lembrete gritante de tudo por que ele tinha lutado. Se não agisse rápido, se não conseguisse encontrar Cressida e abafar a revolta antes que ela criasse asas, perderia tudo que importava: tanto sua liberdade quanto a habilidade de proteger os mais vulneráveis.

Pessoas sofreriam muito mais do que antes, porque Cressida era uma criatura vingativa, e sua retaliação sobre a República seria implacável. Laila e Harrow. Alex. Rune. Estavam todos em perigo.

Rune não tem que cumprir o mesmo dever que eu, pensou ele, lembrando-se da gentileza que ela oferecia aos Penitentes. *Pode se dar ao luxo de demonstrar misericórdia.*

Gideon não podia. Precisava manter as pessoas protegidas do mal. Precisava deter Cressida a todo custo.

– Tomei minha decisão – falou para Nicolas, que já estava na metade do cômodo. O Nobre Comandante se virou. – Vamos reinstaurar o toque de recolher e as revistas. E vamos triplicar a presença da Guarda Sanguínea nas ruas.

Não era hora de demonstrar misericórdia.

DEPOIS DE REPASSAR SUAS novas ordens ao quartel-general da Guarda Sanguínea, Gideon se dirigiu ao Velho Bairro. Já era começo da noite quando chegou em casa e encontrou um telegrama entregue por baixo da porta. Achando que fosse de Rune, pegou a missiva e abriu o papel.

Porém, vinha do Palacete do Espinheiro.

GIDEON SHARPE
RUA DA CAUTELA, 113, VELHO BAIRRO

IRMÃO, ESTOU INDO PARA CAELIS NO FIM DA SEMANA PARA RETOMAR MEUS ESTUDOS. VOU VENDER A PROPRIEDADE E DAR UMA PEQUENA FESTA DE DESPEDIDA ESTA NOITE. NADA DE MAIS, SÓ UM CARTEADO ENTRE AMIGOS. ADORARIA SE VOCÊ SE JUNTASSE A NÓS.

ALEX

Fazia dois anos que Gideon não botava os pés no Palacete do Espinheiro, mas seus pesadelos constantemente o levavam de volta ao lugar. Ele odiava a propriedade e as memórias nela contidas. Saber que Alex a venderia lhe trazia alívio.

Mas Caelis ficava do outro lado do Estreito do Sepulcro. Gideon tinha poucos motivos para viajar até o continente, e não podia se dar ao luxo de tirar folga – especialmente com Cressida à espreita. Quando veria o irmão?

Esfregou o maxilar, lembrando-se do soco que Alex desferira nele no ringue de boxe.

Se o irmão estava partindo, Gideon devia a ele o esforço de encarar seus demônios e ir à tal festa. Reparar as coisas entre eles tanto quanto fosse possível, especialmente se havia uma chance de nunca mais se verem.

Mais importante de tudo: Alex precisava saber que Cressida estava viva. Que ele *não tinha* matado a bruxa. Precisaria ficar atento dali em diante.

Gideon pegou o casaco.

O Palacete do Espinheiro era só uma casa. Ele estava cansado de se acovardar.

QUARENTA E TRÊS

GIDEON

GIDEON ESTAVA PARADO na chuva, encarando as portas em arco flanqueadas dos dois lados por leões de pedra em meio a um rosnado. A chuva encharcava seu cabelo e suas roupas, fazendo com que sentisse mais frio a cada segundo, e, por dentro, aquela proximidade fazia seu sangue gelar com uma intensidade ainda maior.

Ele não conseguia fazer as pernas se moverem. Não conseguia ordenar o corpo a entrar na casa.

Eu estava errado.

Não dou conta disso.

Estava prestes a se virar e ir embora, já planejando o telegrama com o pedido de desculpas que mandaria para Alex no dia seguinte, quando as palavras de Rune abriram uma brecha no frio. Como o primeiro dia de primavera depois de um inverno rigoroso.

O que aconteceu com você não o define, Gideon.

A voz dela invocou algo sob os pesadelos. Algo mais forte do que a correnteza do passado. Um pico de adrenalina, uma dose de coragem.

Gideon respirou fundo e entrou na maldita casa.

Os mesmos carpetes verde-safira decoravam o chão. O mesmo papel de estampa floral adornava as paredes. O ar ainda cheirava levemente à magia de Cress, sangue e rosas. O aroma era estagnado e enjoativo.

Enquanto o mordomo de Alex o escoltava pelos corredores do Palacete do Espinheiro, Gideon teve a sensação de estar voltando no tempo. Sentiu os músculos ficarem tensos à medida que cenas do passado surgiam diante dele como neblina. Mas tudo que precisava fazer era pensar em Rune e as coisas horríveis sumiam.

Quando chegaram ao salão, Gideon foi até a mesa redonda perto da lareira, onde meia dúzia de jovens jogava cartas ao redor de moedas empilhadas. Ele viu Noah Creed, Bart Wentholt e vários outros rostos familiares.

O irmão estava de costas para ele.

– Gideon Sharpe! – Bart indicou uma cadeira vazia para Gideon, o cabelo vermelho brilhando à luz do fogo. – Você chegou na hora certa. Alex, distribua as cartas para ele.

Gideon se acomodou e tirou o paletó. Do outro lado da mesa, Alex abriu um sorriso contente enquanto embaralhava e contava cartas, aparentemente feliz com sua presença. Recostando-se na cadeira, Gideon se deu conta de todas as coisas que admirava no irmão mais novo.

Alex sabia socializar, para começo de conversa. Tinha amigos que convidava para eventos, e seus convites eram aceitos. Sabia como conversar de forma educada com todo tipo de pessoa. Nunca resmungava, olhava feio ou discutia... Exceto naquele dia em que socara Gideon no ringue – mas a culpa tinha sido do próprio Gideon.

O rapaz se vestia e dançava bem. Usava os utensílios corretos para cada refeição, servia vinhos que impressionavam seus convidados e se dedicava de verdade às coisas. Embora tivesse interrompido os estudos, algo que Gideon desejava ter lutado mais para evitar, Alex nunca parara de praticar sua música.

Depois da revolução, fora Alex quem ficara com Gideon por semanas, ajudando o irmão a combater o vício em láudano. Alex só saíra do lado dele depois que Gideon já não tremia mais com as ânsias.

Gideon não sabia o que faria sem o caçula.

Se Rune Winters de fato estivesse procurando um marido, não tinha escolha melhor do que Alexander Sharpe.

O pensamento o fez sentir um gosto amargo na boca.

Antes de engolir o fel, ele se permitiu ponderar: *E se Alex não estivesse apaixonado por ela? Será que eu pararia de fingir e a cortejaria de verdade?*

Por um segundo, permitiu-se imaginar a situação. Teria de ir às festas de Rune. Aprender como dançar suas músicas. Passar menos tempo no Velho Bairro e mais na Casa do Mar Invernal.

Seria factível. Um preço pequeno a se pagar pelo luxo de sair em longas caminhadas pela floresta junto com ela. Ou pelo privilégio de discutir com Rune. Ou pelo presente raro de ver aquela garota selvagem que ela mantinha escondida sob a superfície.

Não importa. Ele cerrou os punhos. *Porque será sempre um fingimento ou não será nada.*

– Gideon? – Bart deslizou três moedas de cobre na direção do centro da mesa. – Você paga?

Arrancado do devaneio, Gideon assentiu.

– Pago.

Ele pegou a bolsinha de dinheiro do bolso do paletó, tirou dela três moedas de cobre e as jogou no centro da mesa.

Enquanto Alex dava as cartas, Gideon notou uma linha mais pálida do que a pele bronzeada bem na base do mindinho do irmão, onde ele geralmente usava um anel.

A aliança de nossa mãe, lembrou ele. Gideon dera a joia para Alex depois do funeral dos pais.

Algo que Harrow tinha dito lampejou em sua mente.

Uma hora antes de zarpar, uma carga extra foi levada a bordo de última hora: dois barris de vinho entregues por um aristocrata.

O homem usava um anel no mindinho.

Simples e fino. De prata, talvez. Os homens disseram que parecia a aliança de um homem humilde.

Gideon ficou olhando as cartas se moverem pela mesa, distribuídas pelo irmão. Tentou se lembrar das características da aliança da mãe.

Imediatamente, interrompeu o próprio pensamento.

Alex, cúmplice de uma bruxa criminosa? Depois de bruxas terem destruído nossa família?

Era impensável. Alex não seria capaz de passar a perna no irmão daquela forma. Sabia como Gideon queria capturar a Mariposa Escarlate.

Alex jamais me sabotaria.

– Gideon? É sua vez.

Quando despertou, viu Noah apontando com a cabeça para as cartas viradas logo abaixo das mãos de Gideon. Ao percorrer o olhar pela mesa, notou que todos o estavam esperando.

Separou as cartas que formavam um *straight* e as colocou na mesa.

– Você causou um bafafá considerável entre a aristocracia no outro dia – falou Noah, baixando um *flush* e ganhando de Gideon.

– Causei? Quando?

– Quando apareceu na festa de Rune Winters.

– Ah – disse Gideon, baixando dois pares de cartas quando chegou sua vez de novo. – Bom, não é difícil chocar a aristocracia. É só usar a colher errada no jantar. Ou um vestido fora de moda.

Noah sorriu, mas seus olhos pareciam fragmentos de gelo. Dos irmãos Creed, Gideon sempre preferira Laila, que carregava sua agressividade como carregava sua arma – exposta, à vista. Noah era... menos direto.

– Verdade. Mas o que deu em você? Semana passada, foi à festa de Rune. Hoje, veio a nosso carteado. Se a gente bobear, logo vai estar dando o próprio baile beneficente.

– Se for o caso, prometo que você vai ser meu primeiro convidado – respondeu Gideon, comprando mais cartas para repor as que tinha baixado.

Noah abriu um sorrisinho.

– Você não tem uma reputação a zelar? A do solteirão mais indisponível da Nova República?

– Gideon – interrompeu Alex, como se estivesse sentindo a tempestade se formando e quisesse apaziguar. Era por isso que era sempre melhor Gideon ficar em casa. – Conte o que aconteceu na noite passada, no Jantar de Luminares. É verdade o que os jornais estão dizendo?

– Sim, conte tudo. – Um rapaz cujo nome Gideon não sabia estava sentado do outro lado da mesa, os olhos cintilando à luz da lareira. – Houve mesmo um ataque *dentro* do palácio?

Ele assentiu.

– É verdade.

– E há pistas? – perguntou Alex, vendo Bart descartar sua mão.

– É possível. Ainda estamos investigando.

Alex baixou suas cartas por último – uma quadra. Assim que a viram, todos os outros baixaram o que tinham na mão, derrotados.

– Rune parecia abalada – comentou Alex, puxando as moedas para si enquanto Noah juntava todas as cartas e as embaralhava.

Os demais rapazes fizeram novas apostas, adicionando mais moedas ao centro da mesa.

Quando você viu Rune?, perguntou-se Gideon, olhando para o irmão. Não se passaram nem 24 horas desde o evento.

– O *Novo Arauto* publicou que a cidadã Winters só está viva por sua causa – falou o rapaz cujo nome Gideon desconhecia. – Disse que você correu direto para o meio do fogo conjurado e a tirou de lá.

Gideon preferia não reviver o momento em que Rune sumira no meio das chamas. O medo de não chegar a tempo ainda vibrava forte demais em seu sangue.

– Meu trabalho é caçar bruxas – respondeu ele, tentando dispensar o elogio. – Conheço bem a magia delas.

– Foi a Mariposa Escarlate?

Eles não parariam de insistir no assunto até ele ceder – então foi o que Gideon fez, descrevendo em detalhes os acontecimentos da noite. Enquanto os amigos de Alex absorviam a história como esponjas, mais cartas foram baixadas, e as moedas da bolsinha de Gideon, sumindo aos poucos.

Nunca fora muito bom apostador.

– Bom, *eu* sou grato por termos pessoas como Gideon fazendo o trabalho sujo por nós – comentou Bart enquanto vencia a rodada com um *full house*. – Dá para imaginar? Se colocar nesse tipo de perigo *todos os dias*? – Ele estremeceu. – Não é à toa que ele faz sucesso com as moças.

Gideon quase riu, pensando no que Harrow ou Laila diriam se ouvissem aquilo.

– Falando sobre moças com quem Gideon faz sucesso... – disse Noah, bebericando seu drinque. – Como a Srta. Winters *é*? Ela faz jus à reputação?

Se Gideon fosse um animal, o tom de Noah teria feito os pelos de seu cangote se eriçarem.

– Tenho certeza de que não entendi – disse ele, encarando as cartas sem as ver.

A última coisa que queria era entrar em conflito com o filho do Nobre Comandante, então relevou o comentário de Noah.

– Você entendeu exatamente o que eu quis dizer – rebateu Noah, como se tivesse sentido a tentativa de Gideon de se segurar e quisesse testar os limites do capitão. – Rune Winters flerta como ninguém. Tem um pretendente diferente por semana.

Incapaz de se conter, Gideon mordeu a isca. Apenas de leve.

– Se eu não o conhecesse, diria que está com ciúmes.

– Ciúmes? – Noah bufou. – Ciúmes de quê? Se os rumores forem verdadeiros, ela é rodada como uma rameira.

Antes que Gideon pudesse se levantar, um punho se chocou contra a mesa, fazendo todos se sobressaltarem.

Ele ergueu o olhar, o corpo zumbindo de raiva. Do outro lado da mesa, Alex olhava para Noah como um leão encarando uma hiena.

– Se a insultar de novo, vou botá-lo para fora.

Noah revirou os olhos.

– Foi uma brincadeira, Alex.

– Brincadeira ou não, não vou tolerar que desrespeitem Rune.

Noah baixou as cartas, os nós dos dedos brancos. A mesa inteira ficou em silêncio enquanto os dois rapazes continuavam a se encarar.

– Bom, está muito divertido... – Gideon empurrou a cadeira para longe da mesa; precisava dar o fora dali antes que acidentalmente socasse a cara de Noah. – Mas meu dinheiro acabou.

Sem querer espalhar o pânico entre os cavalheiros ali, decidiu que deixaria uma mensagem com o criado de Alex sobre o retorno de Cressida.

– Mais uma rodada – falou Alex, e Gideon virou a bolsinha de dinheiro para mostrar que não estava mentindo. – Ah, você com certeza tem alguma outra coisa que possa apostar – argumentou o irmão mais novo.

– Uma vez apostei meu lenço de seda – sugeriu Bart.

O que talvez fosse útil... Se Gideon tivesse um lenço de seda. Fez menção de apontar esse fato quando Alex insistiu.

– Esvazie os bolsos.

Gideon ergueu as sobrancelhas, mas obedeceu. Virando os dois bolsos da calça, colocou o conteúdo na mesa: um canivete, uma mensagem amassada de Harrow sobre o encontro deles naquela noite e sua ficha de acesso, que permitia que entrasse com bruxas além do sétimo portão do palácio.

– Isso aí serve. – Alex apontou para a ficha.

Gideon negou com a cabeça.

– Ela não tem valor de verdade. – Não o tipo de valor que interessava àqueles cavalheiros, ao menos. – É inútil para vocês.

– É de prata, não é? Prata pode ser derretida.

– Preciso dela para entrar na prisão – falou Gideon, já devolvendo tudo para os bolsos.

– Você consegue arranjar outra, não consegue? Além do mais, os funcionários da prisão já não sabem quem você é?

– Claro. Só que...

– Só mais uma rodada – repetiu Alex. Como se realmente quisesse que o irmão ficasse. – Por mim.

Gideon se lembrou da briga deles no ringue de boxe. Lembrou-se de desafiar Rune a ficar nua e nadar no mar com ele, mesmo sabendo como Alex a adorava. De beijar a garota no jardim, a boca e as mãos insistentes. Depois, de beijá-la *de novo* naquele beco.

A vergonha queimou dentro dele.

Gideon se sentou.

– Mais uma partida – disse ele, jogando a ficha da prisão na pilha de dinheiro no centro da mesa. – Depois, estou fora mesmo.

Em quinze minutos, ele perdeu aquela rodada também. E, com ela, sua forma de entrar na prisão.

– Vou acompanhar você até a porta – falou Alex, jogando a ficha para cima uma vez antes de guardá-la no bolso.

ESTAVA GAROANDO QUANDO SAÍRAM do salão. Gotas pontilhavam as janelas e estalavam no telhado enquanto os irmãos caminhavam lado a lado rumo à saída.

– Você precisa saber de uma coisa – anunciou Gideon, tentando ignorar o cheiro persistente de rosas no corredor. – Até que eu tenha mais informações, porém, preciso que mantenha isso entre nós.

Alex o fitou.

– Certo.

– Cressida Roseblood esteve no Jantar de Luminares. Foi ela quem conjurou o feitiço que perseguiu Rune.

Alex se deteve na hora. Diminuindo o passo, Gideon se virou a tempo de ver a cor sumir do rosto dele, que ficou branco como papel.

– Tem certeza?

– A gente encontrou a assinatura de conjuração de Cress debaixo de uma das mesas.

– Rune sabe?

Gideon negou com a cabeça.

– Ainda não contei para ela.

– Não deveria contar? Se Cressida...

– Acho que Rune tem noção do perigo que está correndo, mas sim: ela precisa saber. Ainda não tive a chance de...

– Eu conto. – Alex correu os dedos pelo cabelo, avançando pelo corredor como se ainda estivesse tentando compreender o que Gideon tinha dito. – Vou a cavalo até a Casa do Mar Invernal amanhã logo cedo.

– Está bem.

Quando chegaram à entrada do Palacete do Espinheiro, Alex abriu a porta dupla enquanto o irmão colocava o paletó. Chuva pingava do batente, caindo nas lajotas de pedra. O sol se pusera muito tempo antes e a escuridão cobria as matas além da porta.

Uma pergunta ardia dentro de Gideon. Antes que ele saísse para a chuva, virou para fazê-la.

– Alex? Tem alguma chance de Cressida ter sobrevivido, depois de você ter atirado nela?

O irmão o encarou.

– Eu disparei três vezes.

Gideon assentiu. Alex odiava se lembrar daquela noite. Não tinha ímpetos violentos. Tirar a vida de uma garota ia contra tudo em que ele acreditava. Só tinha feito aquilo por Gideon.

Os corpos das três rainhas irmãs haviam sumido na manhã seguinte. Profanados, suspeitava Gideon. Mas, se Cressida estava realmente viva, o que acontecera no quarto naquela noite? Será que Alex, sem perceber, deixara o serviço inacabado? Ou havia alguma magia obscura em ação? Ele conhecia histórias de bruxas do passado que tinham poder suficiente para ressuscitar os mortos, mas achava que não passavam de lendas para assustar e subjugar as pessoas.

Agora, se perguntava se não eram verdadeiras.

– Deixe para lá. – Ele pousou a mão no ombro do irmão para tranquilizá-lo. – Talvez não seja ela. Pode ser outra bruxa se passando por Cressida. E vamos pegar quem quer que seja. Dessa vez, eu mesmo vou dar um fim nisso.

Alex apenas assentiu, sem falar nada. Sentindo que arruinara a noite do irmão, Gideon soltou seu ombro e mudou de assunto:

– Quando você vai para Caelis?

– Daqui a quatro dias.

Tão cedo?, pensou Gideon, engolindo o nó na garganta.

– Você vem se despedir?

– Claro. – Gideon se virou para partir, mas pensou melhor e puxou o irmão caçula para um abraço apertado. – Vou sentir saudades.

Por mais difícil que fosse dizer tchau para Alex, havia uma coisa que seria muito mais complicada.

Alex estava partindo de vez em questão de dias e, se Gideon tinha mesmo se convencido de que Rune não era uma bruxa, então era a hora de se retirar. Assim, o irmão poderia deixar os sentimentos pela garota claros antes de ir.

Era a única coisa decente a se fazer e compensaria a traição anterior.

Da próxima vez que eu a vir, vou dizer que está tudo acabado entre nós, pensou Gideon, infeliz, saindo para a chuva.

QUARENTA E QUATRO

RUNE

UMA BATIDA NA PAREDE falsa fez Rune perder a concentração. Ela ergueu os olhos do símbolo para conjurar o rasga-terra, exposto no livro de feitiços diante dela, e viu Alex parado a alguns passos da escrivaninha. Estava vestindo uma camisa social branca e uma calça risca de giz. O cabelo dele brilhava como fios de ouro.

– Estou atrapalhando?

Ela fechou o tomo.

– Ah. Não. Claro que não. – Quando olhou para baixo, viu que ainda estava de camisola e corou. – Eu... não estava esperando visitantes esta manhã.

Ele adentrou mais o cômodo, deixando a passagem aberta. Alex sempre se esquecia de fechá-la. Se alguém entrasse no quarto, visse aquela porta aberta, fosse espiar e encontrasse os livros de feitiço... seria o fim de Rune.

Ela se levantou e foi fechar a entrada para o conjuratório.

– Trouxe uma coisa para você – disse ele, vendo a parede falsa deslizar sob o toque de Rune.

Quando ela se virou, Alex botou uma ficha de prata em sua mão. Era bem larga e ainda guardava o calor da pele dele. Havia a imagem de uma mulher cunhada numa de suas faces.

Bravura.

O cabelo da Ancestral repousava trançado sobre um dos ombros. Ela estava com o queixo erguido e usava uma bandoleira cruzada no peito.

– A ficha de acesso de Gideon – murmurou Rune, sem acreditar. – Você roubou?

– Ganhei. Numa partida de carteado.

Rune admirou a ficha, depois ergueu o rosto.

– Você odeia agir pelas costas do seu irmão.

– Na verdade... – Ele também ergueu o olhar. – Não ligo mais tanto para isso.

Ela se deu conta de que Alex a estava escolhendo. O garoto que via exatamente quem ela era – *o que* ela era – e não se importava. Ou melhor: se importava tanto que queria devolver a Rune o que a revolução tomara.

Em Caelis, vamos poder ir à ópera todos os dias da semana. Lá, os espetáculos são de verdade, não aquela propaganda que você odeia.

De novo, Rune se permitiu imaginar: uma vida longe da República. Não precisaria mais se preocupar com quem estava olhando ou ouvindo o que ela fazia ou dizia. Não precisaria mais se preocupar em fingir ser alguém que não era.

Rune estaria livre.

Mas que tipo de pessoa seria, se fizesse isso? Como poderia viver uma vida segura e confortável, cheia de coisas boas e bonitas, *sabendo* que a Guarda Sanguínea estava caçando bruxas? Sabendo que poderia detê-los, mas não estava fazendo isso?

Rune não conseguiria conviver com a própria consciência pesada.

– Tem mais uma coisa – falou ele, virando de costas enquanto soltava um suspiro rouco.

Ela o observou.

– O que foi?

– Cressida Roseblood está viva.

A bruxa franziu a sobrancelha, certa de que tinha entendido errado.

– Como assim?

Alex se voltou para ela.

– Sabe o fogo que quase matou você no outro dia? Era um feitiço de Cressida, não de Seraphine. Gideon encontrou a assinatura dela depois do incêndio.

– Não pode ser verdade – falou Rune, negando com a cabeça. – Cressida morreu.

Alex seguiu até a janela, os passos largos ecoando nas tábuas do assoalho. Quando chegou diante do vitral, parou e olhou para fora.

– Não tem como ela ter ido ao Jantar de Luminares – insistiu Rune, precisando de repente que ele concordasse. – Você a matou.

Ele ficou em silêncio por um longo tempo. O cômodo pareceu esfriar.

– Você a matou – repetiu Rune com mais intensidade. – *Certo*, Alex?

– Essa é a outra coisa que vim lhe contar. Não cheguei a terminar a história naquela madrugada. – Ele ficou olhando a paisagem pela janela. – Na noite que antecedeu a Nova Aurora, enquanto meu irmão matava as irmãs dela, eu *de fato* fui até o Palacete do Espinheiro para acabar com Cressida. Encontrei-a adormecida no quarto. Ela acordou com o cano do meu revólver encostado na cabeça. – Ele respirou fundo. – Mandei ela sair da cama, e ela caiu de joelhos implorando que eu poupasse sua vida. Disse que amava meu irmão, razão pela qual tinha feito todas aquelas coisas... Porque Gideon pertencia a ela.

Dava para ouvir a raiva na voz dele enquanto as palavras saíam de sua boca.

– Antes daquele momento, eu nunca tinha sentido vontade de machucar ninguém. Mas, Rune, como eu quis ferir *Cressida*... Queria expulsar o ar daqueles pulmões odiosos e vê-la se contorcer. Estava com uma das bruxas mais poderosas do mundo de joelhos a meus pés, com minha arma em sua cabeça. A garota que havia matado minha irmãzinha e destruído meu irmão mais velho de modo irreparável. Eu só precisava puxar o gatilho. E aquilo me dava prazer.

– E então você atirou nela – falou Rune, agarrando a beirada da escrivaninha, a cor sumindo dos nós dos dedos.

Vá, diga. Me conte que atirou nela.

Ele negou com a cabeça, olhando pela janela como se encarasse o passado.

– Foi como se houvesse duas versões de mim: o Alex que queria destruir aquela mulher e o Alex que *sabia* que matar bruxas não era a resposta. Lá no fundo, eu não acreditava que o derramamento de sangue e a vingança que meu irmão almejava criariam um mundo melhor. Assassinar bruxas nos colocaria no mesmo patamar que elas. E era aquilo que me assustava: apesar de minhas convicções, seria muito fácil ceder à brutalidade. Então ergui a arma e atirei para cima três vezes. Depois, mandei Cressida fugir. Falei que se a visse algum dia, se ela sequer tocasse em Gideon, eu faria com que ela desejasse estar morta. Eu a vi desaparecer na mata atrás do Palacete do Espinheiro.

De repente, Rune se sentiu atordoada. Ainda agarrando a escrivaninha, abandonou-se em uma cadeira.

– Você mentiu – sussurrou ela, sentindo o mundo desmoronar ao seu redor.

Se Alex tivesse dito aquilo algumas semanas antes, quando ela ainda não sabia como Cressida e as irmãs eram verdadeiros monstros, teria louvado o amigo pela atitude. Uma jovem tão poderosa quanto a caçula das rainhas Roseblood poderia salvar muito mais bruxas do expurgo do que a Mariposa Escarlate. Só aquilo teria deixado Rune feliz, ou ao menos aliviada.

Mas agora...

Rune pensou na marca a ferro no peito de Gideon. Nas coisas que Cressida tinha feito com ele. Se a rainha bruxa estivesse viva, Gideon estava em perigo.

Aquilo a assustava.

Aquilo a *enfurecia*.

Seus punhos tremiam.

– Por que você *mentiu*?

– Achei que Gideon poderia seguir com sua vida se pensasse que Cressida estava morta. Talvez até se curar.

Um tremor começou a se espalhar dentro de Rune, soltando todas as suas contenções. Ela olhou para seu mais antigo amigo, mas era como se uma neblina houvesse baixado e ela não fosse mais capaz de enxergá-lo direito através da névoa.

Alex se virou da janela e seguiu a passos largos até a porta.

– Preciso contar a verdade para Gideon. Agora, antes que eu perca a coragem.

– Não – falou Rune, ficando de pé. Podia estar decepcionada com Alex, mas não deixaria que ele admitisse ter poupado a vida de Cressida. – Você vai ser preso por simpatizar com bruxas.

Ele parou e a fitou. Em voz baixa e com um pouco de tristeza, disse:

– Eu de fato simpatizo com bruxas.

As palavras a acalmaram. Aquele era *Alex*, afinal de contas. O garoto que, ao descobrir que a própria Rune era uma bruxa, preparara um banho quente para aliviar suas cólicas em vez de entregá-la para ser morta. Quem mais teria feito aquilo?

Ninguém.

– Se contar a verdade, você vai ser morto. – Rune o segurou pelo braço. – Você não pode falar sobre isso com ninguém. Muito menos com Gideon.

Ele seria o primeiro a entregar Alex.

O amigo não conseguia nem olhar para ela, de tão envergonhado. Envergonhado de si mesmo e da misericórdia que demonstrara.

Rune queria ficar brava com ele, mas sabia que as qualidades que o tinham feito poupar Cressida eram as mesmas que o tinham feito poupá-la. Sua gentileza e compaixão, sua recusa firme em ser cruel, sua disposição de arriscar a vida para fazer o que era certo... Aquelas coisas permitiam que ele visse quem Rune era, não *o que* era, e a amasse apesar dos riscos.

– Poupar a vida de alguém que você odeia não o torna uma pessoa fraca – afirmou ela, talvez mais para si mesma do que para Alex. – Faz com que seja melhor que todo mundo.

O problema era ele ter mentido.

Ela envolveu o rosto dele com as mãos e o virou para si, encarando Alex.

– Se alguma coisa acontecesse com você... – Ela fechou os olhos, tentando reprimir o pensamento. – *Por favor*, Alex. Me prometa que não vai contar para ninguém.

Ele expirou, trêmulo. Enfim, falou:

– Prometo.

QUARENTA E CINCO

GIDEON

GIDEON ESTAVA COM as costas apoiadas na parede, sentindo o cheiro de metal, óleo e tinta. Sacou a pistola e olhou de soslaio para Laila, que imitou seus movimentos do outro lado da porta, o uniforme carmim mal passando de um borrão de cor na escuridão.

A pedido de Gideon, o Ministério da Segurança Pública tinha instituído um toque de recolher, decretando a suspensão temporária de direitos dos cidadãos e autorizando a Guarda Sanguínea a fazer revistas sempre que uma assinatura de conjuração fosse encontrada – ou houvesse alguma suspeita a respeito.

Harrow lhe dera a pista que levara àquela gráfica. Três assinaturas de conjuração tinham sido vistas em um dos armazéns na última semana. Um funcionário dera a dica; como resultado, Harrow enviara vários espiões para observar o estabelecimento. Em menos de uma noite de vigília, ela mandara avisar a Gideon que sete pessoas tinham entrado no lugar depois do horário comercial, quando não deveria haver ninguém ali, e ainda não tinham saído.

Quando eu contar até três, falou Laila, apenas movendo os lábios, depois ergueu três dedos. Uma prensa imensa assomava da escuridão na base da escadaria atrás dela, onde o breu escondia o resto do esquadrão.

Um.

Dois.

Três.

Os dois se afastaram da parede. Enquanto Laila lhe dava cobertura, Gideon chutou a porta com toda força.

A passagem se escancarou.

Subiram até o aposento mais alto da gráfica, as armas erguidas, enquanto o resto do esquadrão se apressava atrás deles. No centro do cômodo, um de costas para o outro, Gideon e Laila analisaram os arredores, percorrendo um círculo com os revólveres apontados para o nada.

– Não tem ninguém.

Dezenas de velas recém-acesas iluminavam o perímetro. Dentro do círculo de chamas, onde estavam Gideon e Laila, alguém desenhara símbolos com sangue no chão.

Gideon olhou das marcas de sangue para os caibros do teto, que também estavam vazios. A porta que haviam arrombado era a única entrada. Então onde estavam as bruxas?

Ele baixou o revólver, fitando as sombras sob a luz tremulante das velas.

– Droga, para onde elas foram?

– Talvez não tenham ido para lugar algum – falou Laila, olhando para o capitão.

As palavras dela fizeram a sala ficar mais fria.

Adentrando o círculo de chamas, ele andou até o centro do recinto, onde uma assinatura de conjuração branca cintilava no ar. Era estranho como as coisas podiam mudar em tão pouco tempo, pois, quando se aproximou, torceu para ver outro desenho.

Aquele não era escarlate nem tinha formato de mariposa. Os espinhos e as pétalas fizeram o sangue de Gideon gelar.

– Gideon?

Ele olhou para os três guardas ainda parados além das velas, como se estivessem com medo de adentrar o círculo. Atrás, Laila encarava um ponto acima da cabeça dele.

– Eu sei para onde elas foram.

Tirando os olhos da assinatura de Cressida, ele se virou para onde a atenção de Laila estava focada: as longas janelas horizontais, a uns três metros do chão. Uma delas estava aberta.

– Vocês três. – Ele fez sinal com a cabeça para os soldados do lado de fora do círculo. – Confiram os becos. – Chegando mais perto da parede, chamou Laila: – Me dá uma ajuda aqui?

Ela atravessou o espaço a passos largos, já juntando as mãos. Ele pousou o pé nelas e Laila deu impulso. Gideon agarrou o beiral da janela aberta e se içou, depois pegou a mão estendida de Laila e a puxou.

Gideon saiu primeiro para o telhado inclinado. Porém a neblina estava tão densa que ele só conseguia ver alguns metros à frente.

A gráfica ficava no meio de uma área de vários quarteirões com construções geminadas. Combinada à bruma, aquela característica fazia com que Cressida e qualquer outra bruxa com ela fossem capazes de transitar por ali facilmente. Àquela altura, poderiam já estar do outro lado da cidade.

– Vamos cobrir mais terreno se a gente se separar – falou Laila, agachada ao lado dele. Ela semicerrou os olhos, analisando a neblina. – Espera... Tem alguma coisa ali!

– Onde?

Ela saiu correndo, cambaleando pelo telhado inclinado antes de desaparecer no meio da névoa cinzenta, já com o revólver em punho.

– Laila, espere... – Gideon a seguiu até a cumeeira do telhado.

Um passo em falso e ele rolaria pelas telhas inclinadas de um lado ou de outro.

Três tiros rápidos de revólver ecoaram vários metros à frente.

Droga, droga, droga...

Ele acelerou o ritmo, correndo pela cumeeira na expectativa do próximo disparo. Nada. Quando uma silhueta surgiu no final do telhado da casa geminada, ele sacou a própria arma.

– Parada aí!

O vulto saltou, desaparecendo na bruma.

Gideon chegou à beira das telhas, mas não viu Laila. Era longe demais para saltar de uma fileira de construções para a próxima, então Gideon pulou para a escadaria de incêndio e desceu correndo os degraus.

No chão, a neblina estava mais densa, obscurecendo o beco.

Outro tiro soou, mais perto dessa vez.

Ele seguiu na direção do barulho.

– Laila!

– Estou aqui – falou ela, surgindo no campo de visão dele. – Não acho que acertei, mas... eu vi as bruxas. – Ela inclinou o corpo para a frente, apoiando as mãos nos joelhos enquanto recuperava o fôlego. – Elas correram para oeste.

– Quantas eram?

– Três, acho.

Gideon olhou na direção de onde Laila tinha vindo, tentando enxergar algo, mas a neblina encobria tudo. Isso lhe causou um mau pressentimento.

– Acho que a gente deveria voltar.
– O quê? Não. Eu quase a peguei!
Ele balançou a cabeça. Tinha algo estranho naquela situação toda.
– Vamos voltar.
Laila fez menção de se negar, mas Gideon estava acima na hierarquia. Então ela apenas o acompanhou em silêncio e os dois seguiram juntos para a avenida principal, com as lâmpadas dos postes iluminando o caminho.
– Eu quase a peguei – repetiu a oficial.
Gideon ouviu algo de um ponto atrás deles, como o farfalhar de um manto ou passos cuidadosos, e sua nuca formigou. Laila ficou tensa, ouvindo também.
Ele se virou para ela, a mão pairando sobre o coldre do revólver. Quando viu seu olhar, ela assentiu. Viraram juntos, as armas apontadas para a neblina, os olhos varrendo a rua de um lado a outro.
– Apareça – rosnou Laila.
Uma movimentação nas sombras fez o sangue pulsar nos ouvidos de Gideon. Ao ouvir outro passo, apertou o gatilho tanto quanto possível sem disparar.
Um vulto escuro se solidificou contra a névoa cinza, saindo da neblina, e baixou o capuz, revelando um rosto familiar.
– Vocês não andam muito assustadinhos, não?
– Harrow – disseram eles em uníssono.
Gideon respirou fundo e baixou a arma.
– Você quase nos matou de susto.
O cabelo de Harrow estava preso no coque de sempre, mostrando a ausência da orelha.
– Achei que era bom vir ver se precisavam de ajuda.
Um pensamento perturbador ocorreu a Gideon.
As bruxas tinham desaparecido na neblina, e Harrow surgira do meio dela. Pensou em Cressida se escondendo debaixo do nariz de todos. Gideon conhecia muito bem todos os tipos de truques e enganações de que bruxas eram capazes.
Será que Harrow pode ser Cressida disfarçada?
Imediatamente dispensou o pensamento. *Impossível.* A quantidade de magia necessária para alterar a aparência de forma tão drástica...
Gideon se deteve, pensando na ideia.

Aquilo seria possível para uma bruxa poderosa como Cressida, mas a drenaria de forma considerável.

E eu conseguiria sentir o cheiro de magia nela.

Harrow cheirava... bem, a *Harrow*.

Normal. Não cheirava a bruxa.

Ele tinha passado os últimos dois anos tentando caçar e desmascarar a Mariposa Escarlate, mas e se estivesse perdendo tempo? E se, durante todo aquele tempo, Cressida fosse a verdadeira ameaça transitando entre eles? Bile subiu queimando por sua garganta. Ele engoliu em seco.

– Pelo jeito, sua revista não deu em nada – falou Harrow, franzindo a testa, enquanto voltavam para a entrada da gráfica.

– Elas devem ter nos ouvido entrar.

Mais à frente, os três soldados que o capitão enviara até o beco voltavam de mãos abanando. Deixando Harrow e Gideon para trás, Laila avançou para descobrir o que os oficiais tinham visto. Gideon deveria mandar um deles prender o proprietário da gráfica e levá-lo até o quartel para ser interrogado, antes que o homem fugisse.

Ele encarou as janelas da construção. As luzes estavam acesas, e ele viu soldados vasculhando as instalações. Podia não haver bruxas lá dentro, mas com certeza encontrariam pistas sobre os encontros que se desenrolavam ali.

Quando Laila saiu do alcance da voz deles, Harrow deteve Gideon pelo braço, impedindo que ele entrasse no estabelecimento.

– Como foram as coisas com Rune? Conseguiu o que precisava dela?

Gideon se retraiu. Não era uma conversa que queria ter naquele momento.

– Mudei de ideia.

Harrow semicerrou os olhos.

– Como assim?

– Sobre Rune. Não faz sentido. Se ela está salvando bruxas em segredo, por que Cressida teria tentado matá-la naquela noite? A explicação mais simples é que estávamos errados. Ela não é uma bruxa.

E não posso dormir com a garota pela qual meu irmão é apaixonado.

– Talvez – falou ela. – Ou talvez não.

– Harrow...

– Me escute. – Ela ergueu a mão esbelta. – A Mariposa Escarlate não mata bruxas, ela as salva. Certo?

Ele cruzou os braços, esperando a explicação.

– Naquela noite, quando chamou Rune até o palanque e entregou a ela uma faca de expurgo, o Nobre Comandante não lhe deu outra escolha a não ser matar Seraphine. Se Rune é a Mariposa, ela jamais assassinaria outra bruxa, e era uma questão de segundos antes que todos os presentes descobrissem isso. O feitiço de Cressida interrompeu o expurgo, impedindo que Rune se revelasse enquanto também a fazia parecer um alvo. É provável que as duas estivessem de conluio.

Gideon franziu a testa, sem gostar de como aquilo fazia sentido.

– Ou... Rune não é uma bruxa e Cressida intercedeu para impedir que ela matasse Seraphine.

– Mas não temos como saber qual é a verdade, certo? Não até você dormir com Rune e encontrar os estigmas dela.

As palavras plantaram uma semente de dúvida em Gideon. Dúvida que ele não queria. Sua vontade era escavar e esmagar aquela semente.

– Pegar a Mariposa Escarlate não é mais a prioridade – disse ele. – Precisamos encontrar Cressida e botar um fim em qualquer plano dela.

– Por que essa relutância repentina? – questionou Harrow, encarando o rapaz. – Se Rune for a Mariposa, e se a Mariposa estiver em conluio com Cressida, capturar a primeira vai ajudar você a deter a segunda.

A semente de dúvida irrompeu como um broto já formado, espalhando raízes por Gideon e sufocando suas defesas. O pensamento de Harrow tinha lógica, e era preocupante que ele mesmo não tivesse pensado em nada daquilo.

De repente, Harrow soltou uma risada.

– Ah, camarada... Me diga que não é o que estou pensando. – Quando Gideon se virou para ela, viu seus olhos semicerrados. – *Essa* é uma reviravolta que eu não estava esperando!

– Do que está falando? – Ele se virou de novo para a gráfica, seguindo na direção da porta.

– Você foi lá e se apaixonou pela socialite bonitinha.

Gideon fez uma careta, empacando perto da entrada do estabelecimento.

Harrow se aproximou a passos leves, abrindo um sorriso presunçoso enquanto entrava no local.

– O que mais teria feito você desistir com tanta facilidade?

Gideon cerrou os punhos junto ao corpo.

E se ela estivesse certa? E se aquele jogo que ele andava jogando com Rune – e os sentimentos que ela despertava nele – houvesse comprometido seu raciocínio? De má vontade, seguiu Harrow, desviando dos soldados que vasculhavam a gráfica, revirando caixas, armários e estoques.

– É igualmente possível estarmos suspeitando da garota errada – falou Gideon, mantendo a voz baixa. – Rune pode não ser uma bruxa.

Um sorrisinho fez os lábios dela se curvarem.

– Se ela não é uma bruxa, como foi que derreteu seu coração gelado?

– Quem tem o coração gelado? – perguntou Laila, limpando o revólver enquanto, se juntava a eles.

– Ninguém – respondeu Gideon, subindo as escadas.

O sorriso de Harrow aumentou.

As duas foram atrás do capitão, que seguiu até o cômodo nos fundos, onde o círculo de velas queimava e a assinatura de Cressida ainda cintilava no ar.

– De quem estamos falando? – insistiu Laila.

– *Foco* – cortou Gideon. – Cressida Roseblood está viva e armando alguma coisa. A gente precisa saber quantas bruxas ela está reunindo nesses encontros e o que exatamente estão fazendo.

Ele entrou no círculo de velas, agachando-se para analisar as marcas de feitiço traçadas em sangue no assoalho e desejando poder decifrá-las. Era em momentos como aquele que se perguntava se tinham sido precipitados demais em queimar todos os livros de feitiços. Seria útil ter algum material como referência.

Gideon poderia copiar as marcas e levar para Seraphine Oakes, ainda em custódia da Guarda Sanguínea. Ela saberia o significado dos símbolos, mas era improvável que cooperasse.

– Se eu fosse uma bruxa vingativa planejando retaliação, atacaria no Dia da Liberdade – falou Harrow, abaixando-se ao lado dele e tocando as marcas com os dedos.

– Concordo – disse Laila, dando a volta no cômodo, procurando qualquer coisa que pudessem ter ignorado na primeira passagem por ali. – A gente devia ao menos...

Ao lado de Gideon, Harrow ergueu a cabeça de repente.

– Estão sentindo esse cheiro?

– Que cheiro? – perguntou Laila.

Gideon farejou o ar. *Sangue e rosas.*

– Parece...

– Magia – completou Gideon, ficando de pé. O medo serpenteou em seu peito. – Elas ainda estão aqui.

Ele olhou para o teto, mas as vigas estavam vazias. Harrow também se levantou. O cheiro ficava mais intenso a cada segundo, deixando Gideon enjoado.

– Precisamos descobrir de onde está vindo – falou Harrow, seguindo até a porta.

Gideon sentiu um calafrio. O mau pressentimento estava de volta. Havia algo errado. A neblina. O cômodo vazio. As velas recém-acesas, como se o encontro ainda nem tivesse começado antes da chegada do esquadrão.

Como se tudo tivesse sido armado.

Estavam nos esperando.

– Harrow, espera.

Ela abriu a porta. Gideon saiu de dentro do círculo de velas, planejando detê-la. Antes que pudesse puxá-la pelo braço de volta para dentro do cômodo, uma explosão ensurdecedora chacoalhou as paredes e o chão. A força incandescente da explosão o jogou para trás, fazendo seu corpo se chocar contra a parede de tijolos.

Fogo lampejou no campo de visão de Gideon segundos antes de o mundo ficar escuro.

QUARENTA E SEIS

RUNE

AO LONGO DOS DOIS ANOS ANTERIORES, desde a morte da avó, Rune passara quase todas as noites se revirando na cama, com a cabeça cheia de pensamentos ansiosos enquanto repassava seus planos, juntava fragmentos de informação e se punia mentalmente pelas bruxas que não tinha conseguido salvar.

Naquela noite, ela dormiu pior do que nunca. Pesadelos sobre Kestrel a perturbaram a madrugada toda; quando enfim despertou, revirando-se debaixo das cobertas, uma camada de suor febril cobria sua pele.

Ainda estava escuro, mas Rune se levantou mesmo assim, com medo de voltar a fechar os olhos. Colocou uma roupa quente, botou a sela em Lady e cavalgou até a praia, tentando clarear a mente enquanto o sol nascia, dissipando a neblina sobre o mar.

Quando voltou à Casa do Mar Invernal, Lizbeth caminhava pelos jardins com um jornal enrolado nas mãos.

Rune desmontou.

– O que é isso?

Lizbeth entregou o periódico para ela.

– Melhor a senhorita ler por si mesma.

Rune desenrolou o *Novo Arauto*, jornal oficial do regime, e analisou a primeira página. Em letras grossas, a manchete anunciava: ATAQUE DE BRUXAS. DEZENAS DE MORTOS.

O coração dela acelerou.

Ataque de bruxas?

Apertando com força a rédea de couro de Lady com uma das mãos, Rune correu os olhos pela notícia.

Na madrugada de ontem, soldados da Guarda Sanguínea comandados pelo capitão Gideon Sharpe fizeram uma revista em uma gráfica onde, segundo relatos, bruxas estavam sendo abrigadas. Os soldados foram atraídos para uma armadilha montada pelas bruxas que tinham ido prender. Mais de uma dezena de homens e mulheres estava no edifício no momento da explosão. Quando reforços partiram para o local, uma segunda detonação atingiu o quartel-general da Guarda Sanguínea. Esta manhã, o fogo ainda queimava. Foram confirmadas 27 vítimas fatais, além de inúmeros outros feridos.

Os ouvidos de Rune zumbiam enquanto ela encarava o nome de Gideon. Duas explosões. Vinte e sete mortos. Ela correu os olhos pela base da página, mas não havia mais informações.

O *Novo Arauto* não publicara o nome dos mortos.

Gideon é um deles?

Contendo o próprio medo, Rune jogou o jornal no chão e montou a égua com rapidez. Agarrou as rédeas de Lady e disparou na direção da cidade.

Rune avistou dois pilares de fumaça rodopiante muito antes de chegar à capital. Seguiu direto até a gráfica onde se dera a operação comandada por Gideon. Passava do meio-dia quando ela se aproximou das ruínas fumegantes. Fuligem enchia o ar, fazendo seus pulmões arderem.

Quando chegou à carcaça chamuscada da construção, os pensamentos horríveis que Rune vinha tentando reprimir irromperam na superfície. Uma imagem do cadáver queimado de Gideon surgiu em sua mente, desestabilizando-a.

A sensação era a de que todo o ar do mundo havia sumido.

Ela não conseguia respirar.

Rune tentou encontrar o ódio que costumava sentir pelo capitão da Guarda Sanguínea, como se fosse uma arma que poderia usar para se defender dos sentimentos avassaladores que começavam a surgir. Porém não encontrava mais aquela raiva.

Desceu da sela e começou a abrir caminho entre a multidão de curiosos.

– Ainda tem alguém aqui? – perguntou ela, atordoada. – Alguém sabe os nomes dos mortos?

Mas todos os presentes perguntavam a mesma coisa. Enquanto ela abria caminho até a frente da turba, pessoas com baldes de água corriam construção adentro, e outras saíam com baldes vazios, pedindo que os curiosos se afastassem.

– A senhorita não pode entrar – falou um deles. – O fogo ainda está queimando.

– Alguém viu Gideon Sharpe? – perguntou ela, mas ninguém sabia dele.

Rune correu com Lady até o quartel da Guarda Sanguínea, local do segundo ataque. A antiga Biblioteca Real parecia um crânio imenso, escurecido e chamuscado, com labaredas ainda rugindo em seus olhos ocos. A explosão destruíra as paredes de vidro e os cacos jaziam na rua, brilhando como o mar.

27 MORTOS ecoava em sua cabeça.

Rune sentiu o estômago revirar.

Será que foi obra de Cressida?

Em vez de voltar para a Casa do Mar Invernal e aguardar novidades, ou então cavalgar até o Palacete do Espinheiro para conferir se Alex tinha mais informações, ela virou Lady e disparou rumo ao Velho Bairro. Amarrou a égua em um pequeno poste e se dirigiu à casa de Gideon.

Bateu na porta, prestando atenção para ver se ouvia passos.

Ninguém apareceu, e ela bateu de novo. Mais alto dessa vez.

Odeio você, Gideon Sharpe. Odeio tanto que até dói. E, se você não abrir esta porta, vou continuar odiando você para sempre...

De novo, sem resposta.

Ela esmurrou a madeira. Socou e socou até as mãos doerem, tentando espantar a imagem do cadáver chamuscado fixa em sua mente.

Rune sentiu que ia vomitar.

Quando ficou claro que ninguém iria atendê-la, ela se jogou contra a porta, apertando a testa na madeira enquanto se questionava de onde tinha vindo aquela tempestade de emoções. Era um turbilhão de tristeza, anseio e algo mais. Algo que não queria nomear. Virando de costas para a porta, ela deslizou até o chão.

Encolheu os joelhos contra o peito e se lembrou do rapaz atravessando as chamas pretas que a perseguiam. Enquanto todos os outros fugiam, ele tinha corrido na direção dela.

Um soluço lhe subiu pela garganta.

Rune sentia as pessoas passando por ela, tentando não encarar a aristocratazinha boba que chorava no chão na parte errada da cidade. Não ligava. Havia uma tormenta se debatendo dentro dela, ameaçando rasgá-la ao meio, e precisava de todas as suas forças apenas para se manter inteira.

Enquanto chorava na soleira de Gideon, um transeunte preocupado se aproximou. Através das lágrimas, ela viu as botas borradas.

Me deixe em paz, pensou, apertando ainda mais os joelhos contra o peito.

– Rune?

Quando ergueu os olhos, um jovem com uniforme da Guarda Sanguínea entrou em foco. Não estava com o paletó de lã vermelha, e sangue manchava a camisa branca com colarinho engomado. Um corte em sua testa fora suturado recentemente, e ele tinha um hematoma feio na bochecha.

Ela mal conseguiu respirar.

Rune se forçou a ficar de pé.

– O que está fazendo aqui? – perguntou Gideon, encarando-a como se ela fosse um quebra-cabeça a ser decifrado.

Ao vê-lo, *vivo*, Rune caiu no choro de novo. Tentou afastar as lágrimas. Tentou respirar entre os arquejos, mas era impossível.

– Ei. *Ei*. Está tudo bem... – De repente, Gideon estava diante dela, com as mãos firmes e quentes pousadas em seus ombros. – Está tudo bem.

– Eu achei que você tinha morrido! – Rune conseguiu dizer entre soluços.

Ela estendeu os braços e o puxou pela camisa, fechando os punhos no tecido e apertando a testa contra o pescoço de Gideon enquanto tremia da cabeça aos pés.

Ele pousou as mãos em sua cintura, segurando Rune com carinho.

– E isso... a chateia tanto assim? Pensar que eu tinha morrido?

Rune se afastou, encarando Gideon. Era uma piada, certo? A expressão dele era inescrutável.

– Gideon, pensar em você dentro daquele prédio... parecia que eu estava me afogando. – Ela baixou o olhar para a veia que pulsava na base do pescoço dele. – Parecia que eu não tinha ar para respirar.

Ele tocou em seu queixo, fazendo com que ela o olhasse nos olhos. Analisou Rune por um longo tempo.

– Acho que essa foi a coisa mais gentil que já me disseram na vida.

O reflexo em seus olhos mostrava uma garota cujo rosto estava manchado por lágrimas, o cabelo emaranhado por ter cavalgado tão rápido. Ela estava um caos. Vestida apenas com as roupas de couro de montaria. Nada parecida com a jovem que se esforçava tanto para fingir ser.

Assustada, Rune se afastou da porta às suas costas.

– *Pela misericórdia das Ancestrais*, eu estou horrorosa. Preciso ir para casa... – Antes que mais alguém a visse e sua reputação fosse ainda mais arruinada.

Rune fez menção de passar por Gideon, mas ele estendeu o braço para bloquear seu caminho. Com a mão na barriga dela, ele a empurrou com gentileza de volta até a porta. Quando Rune ergueu os olhos, o capitão a encarava como se ela estivesse fora de si.

– Você nunca esteve tão bonita quanto agora.

As palavras fizeram a pulsação dela acelerar. *Como assim?*

Ele chegou mais perto. Erguendo a mão, entrelaçou os dedos em seu cabelo.

– Você é primorosa, Rune.

Ela engoliu em seco. *Sou?*

De repente, toda a preocupação com sua reputação sumiu.

– Onde você estava? – perguntou ela. – Perguntei em todo lugar, mas ninguém sabia o que tinha acontecido com você.

– No hospital com minha amiga. Ela se feriu na explosão.

Ele cheirava a fumaça e pólvora. E, por baixo, a *Gideon*.

Com as costas na porta, Rune o fitou.

– Ela vai ficar bem?

Ele assentiu.

As sombras atormentadas em seus olhos tinham sumido, revelando algo puro e voraz. Gideon passou os dedos com delicadeza pelo maxilar de Rune, fazendo-a ansiar por mais.

Ele acabava com ela.

Você está vulnerável, disse a si mesma. *Suba em Lady e volte agora mesmo para a Casa do Mar Invernal. Antes que faça algo de que vai se arrepender.*

Menos de dois minutos antes, porém, Rune achava que nunca mais o veria. E aquilo não deveria importar, nada daquilo deveria importar, mas não conseguia tirar os olhos dele.

Era como um cervo encarando o lobo que o queria devorar.

Cervo idiota.

Mas ela agora conhecia o medo de não ter Gideon, e de repente o desejava por completo. Corpo e alma. Era um sentimento perigoso, que poderia lhe custar tudo.

Gideon se inclinou para beijá-la. O coração de Rune começou a retumbar com mais força. Ela se perguntou como algum dia tinha achado aquela boca cruel. Era maravilhosa. Reverente e dedicada, querendo dar prazer. Rune estremeceu.

Estava se afogando, e ele era o ar. Nem havia se dado conta do quanto precisava dele até quase perdê-lo.

– Quer entrar? – sussurrou Gideon entre seus lábios.

A pergunta acendeu um fogo dentro dela.

Não, disse seu cérebro, mas sua boca a desafiou.

– É o que mais quero.

Ele alcançou a maçaneta, ao lado do quadril de Rune. Ainda a beijando, abriu a passagem e a guiou de costas.

Com um chute, fechou a porta atrás dos dois.

QUARENTA E SETE

GIDEON

NÃO ERA NATURAL o quanto ele a queria. Como se nada mais no mundo importasse além de levá-la até o andar de cima, arrancar suas roupas de montaria e guiá-la para a cama. Como se nada importasse mais do que *ela*. Talvez tivesse sido o flerte com a morte, mas até os sentimentos do irmão mais novo pareciam desimportantes no momento.

Rune era tudo que ele não acreditava poder existir em uma garota.

Ele a queria, e era claramente recíproco. Rune disse isso com todas as letras enquanto envolvia seus ombros com os braços e enlaçava seu quadril com as pernas. Gideon sentiu o fôlego vacilar. Apertou as coxas dela, puxando seu corpo para mais perto.

A boca de Rune era macia e quente. Feroz e faminta. Derrubava todas as suas barreiras.

Harrow achava que o desejo de Gideon por Rune não passava de bruxaria. Que ele não estava enxergando a verdade.

Só tem uma forma de descobrir com certeza, pensou, aninhando o pescoço da garota com as mãos. Beijando sua boca com mais intensidade.

Olhou entre as coxas dela? Porque, se eu fosse uma bruxa me escondendo debaixo do nariz de todo mundo, seria onde eu faria meus estigmas.

Gideon precisava tirar a voz de Harrow da cabeça, porque pensar em estar entre as coxas de Rune o fez parar no meio da escada, atordoado. Apertou o corpo dela contra a parede, ofegando enquanto cogitava a ideia de colocá-la no chão, cair de joelhos e dar prazer a ela ali mesmo, na escadaria.

Não, pensou enquanto Rune beijava seu pescoço, lutando para recuperar o bom senso. *Você nem sabe do que ela gosta.*

Talvez nem ela soubesse.

Gideon não sabia sequer se Rune já tinha feito antes o que eles estavam prestes a fazer.

Comece pela cama, disse a si mesmo, carregando Rune até o segundo andar, onde abriu a porta do apartamento e a levou para dentro. Começaria ali e, caso se provasse digno dela, talvez aquilo pudesse ser mais do que um jogo. Não só flertes, beijos e cortejos, e sim uma vida compartilhada. Talvez Gideon pudesse ter Rune por completo.

Mas será que ela o queria por completo?

Aquela ideia por si só já era aterrorizante.

Comece pela cama.

QUARENTA E OITO

RUNE

RUNE ORGANIZOU SEUS PENSAMENTOS conforme rumava escadaria acima.

Ela era a Mariposa Escarlate. A garota que secretamente salvava bruxas do expurgo. Para continuar com aquela missão, precisava de uma fonte permanente de informações – e Gideon Sharpe era a fonte perfeita.

Rune *precisava* dele.

Não tinha nada a ver com a forma como ele rosnara o nome dela contra seu pescoço. Ou a forma como a venerava com cada carícia. Ou o fato de que a achava mais bonita justo quando ela estava um verdadeiro caos.

Rune precisava ceder àquela atração mortal porque era a melhor forma de fazer seu pior inimigo acreditar, sem mais questionamentos, que ela não era uma bruxa. Que não tinha nada a esconder.

Naquela noite, ela sanaria todas as dúvidas de Gideon.

Naquela noite, venceria aquele jogo de uma vez por todas.

Foram as coisas que disse a si mesma enquanto o rapaz a carregava para o apartamento. Precisava dizer. Porque, se não relembrasse aquilo, uma verdade mais profunda voltaria a toda. Uma verdade que dizia: *E se?*

E se ela não fosse uma bruxa e ele não fosse um caçador?

E se aquilo não precisasse ser só fingimento?

Uma vez no apartamento, ele a colocou no chão e fechou a porta. Naquela distância momentânea, Rune analisou os arredores. A luz baça dos postes entrava pelas janelas, sombreando o mobiliário esparso. Ela teve o estranho ímpeto de acender as luzes e registrar na memória cada prateleira, tábua do assoalho e móvel do lugar. Como se cada objeto pudesse contar um segredo sobre ele. Rune queria conhecer todos.

A mão de Gideon encontrou a dela. Ele a puxou por uma porta, entrando no quarto. Quando ela viu o vulto da cama e se deu conta de onde estava, sentiu um frio na barriga. A sensação era a mesma que a acometia antes de cada missão: uma mistura de nervosismo com empolgação.

Gideon distribuiu beijos pelo pescoço de Rune enquanto os dedos desatavam os cordões de seu casaco de montaria.

– Prometa que vai me dizer se mudar de ideia...

Expondo ainda mais a garganta, ela enfiou os dedos em seu cabelo.

– Não vou mudar de ideia.

– Mas se mudar...

– Gideon. – Rune sussurrou em seu ouvido: – Menos conversa.

Ele sorriu contra a pele dela.

Com mãos ágeis, desceu pelos botões e logo abriu completamente o casaco de Rune. Fez com que tirasse os braços das mangas e soltou a peça no chão. Ela usava apenas um sutiã por baixo, a renda branca iluminada pela luz fraca da rua.

Quando viu a peça, Gideon soltou um som rouco. O corpo todo de Rune estremeceu em resposta. Ela puxou a barra da camisa dele de dentro da calça e correu as mãos por debaixo do tecido, deslizando os dedos pelo peito quente e forte do capitão.

Gideon desabotoou a calça de montaria dela enquanto beijava seu pescoço, suas clavículas, a pele sob a renda do sutiã. Ele a enfeitiçava cada vez mais.

Quando a calça estava aberta, ele deslizou a mão para dentro das roupas de baixo de Rune, tocando com dedos quentes a área entre suas coxas.

Ela soltou um gemido baixo, tremendo sob as carícias.

Gideon não parou. Rune fechou com força as mãos, reagindo ao prazer despertado pelos estímulos dele. Sua respiração ficou entrecortada. Ela abraçou o pescoço de Gideon e apertou o rosto contra a camisa dele, incapaz de pensar. Sem mais se preocupar com o quanto ele era perigoso, o quanto era um risco para ela.

– Tire a camisa – pediu Rune. – Quero ver você.

Ele concordou na mesma hora, ansioso por agradar.

– Faço o que você quiser...

Puxando o sutiã, Rune tirou a peça pela cabeça e a jogou no chão.

Ele arquejou.

– *Rune.*

Ela pegou as mãos dele e as pousou sobre seu corpo, guiando Gideon até os pontos onde mais queria ser tocada. As mãos dele a percorreram, explorando cada centímetro. Aninhando as curvas macias. Acariciando a pele nua.

Ela se deleitava com a aspereza e o calor de suas palmas.

Rune tirou a calça em seguida, junto com as roupas de baixo, ficando completamente nua. Quando viu seu corpo, Gideon pareceu sem fôlego. Ela roçou de leve a ponta do nariz pelo maxilar dele enquanto desabotoava a calça de seu uniforme. Um momento depois, a peça também caiu ao chão.

– Podemos ir para a cama? – perguntou ela.

– A gente pode fazer o que você quiser.

Envolvendo seu pescoço, Gideon a beijou enquanto a empurrava de leve para trás. Rune suspirou contra seus lábios, permitindo que ele a guiasse.

Suas panturrilhas bateram na estrutura de madeira da cama. Empurrando as cobertas de lado, ela se sentou e o puxou para si. Gideon ficou por cima de Rune enquanto se inclinava para beijá-la. Rune se perdeu na sensação da boca dele na sua barriga, do roçar leve dos dentes dele em seu quadril, da aspereza das bochechas enquanto ele beijava entre suas coxas.

Rune nunca tinha sentido aquele tipo de anseio. Ele a afogava na sensação. Ele a afogava com sua boca, suas mãos e seu nome rosnado do fundo da garganta, fazendo com que ela vislumbrasse um mundo com cuja existência Rune sequer havia sonhado.

Antes de levá-la além, Gideon ergueu a cabeça.

– Espera, não – disse Rune, sem fôlego. – Por que você parou?

– Ah, eu não parei. – O corpo dele se estendeu sobre o dela, o nariz roçando sua bochecha. – Aquilo foi só o aquecimento.

Ah.

Ele se moveu contra Rune.

Ah.

Rune o apertou entre as pernas como se fosse uma armadilha.

– A menos que você prefira que eu fique lá embaixo...

– Não – disse ela enquanto as mãos de Gideon percorriam seu corpo de novo, os dedos carinhosos e cálidos.

Ela gostava dele bem ali. Do calor da pele dele contra a dela. Do peso delicioso de Gideon sobre si.

– Você está bem? – Gideon parecia quase sem fôlego.

Ela assentiu, sentindo a temperatura subir e a pele corar enquanto o suor brotava em sua testa.

– Estou – sussurrou.

Gideon foi em frente.

– Seu coração está acelerado...

Rune assentiu. Já sabia. Envolvendo o pescoço dele com os braços, puxou Gideon para mais perto. Levou os lábios à cicatriz em seu peito, sentindo o gosto de sua pele.

Gideon falou o nome dela como se fosse um encantamento, o que fez a ânsia cálida entre as pernas de Rune se intensificar e se espalhar até haver mais ânsia do que mulher.

Gideon continuou, movendo-se sobre ela. Mais fundo, com mais força, insistente.

Ela estava perdendo o controle.

– Gideon...

– Quer que eu pare?

– Não. *Não.* – Rune soltou uma risada abafada. – Por favor, não pare.

Ela o abraçou mais forte. A mão dele, sobre seu seio, desceu para envolver sua cintura, puxando o quadril de Rune contra o dele, totalmente focado no que estava fazendo. Quando ela arqueou as costas uma última vez, algo se rompeu. O sangue pulsava em seus ouvidos. O mundo ao redor desapareceu.

Perdida naquela fragmentação, ela gritou o nome dele.

Ele suspirou.

– *Rune.*

Ela ficou abraçada a Gideon, esperando o mundo voltar ao foco. Perguntando a si mesma se o planeta ficaria para sempre fora de órbita.

Ele beijou o ombro, o pescoço de Rune.

– Eu não sabia – sussurrou ela quando terminaram, encarando o rapaz.

– Não sabia...?

– Que seria assim.

Gideon se apoiou nos antebraços, a testa se franzindo enquanto a encarava. Como se ela tivesse acabado de dizer que não ficara satisfeita.

– Assim como?

Rune sorriu, aninhando carinhosamente o rosto dele entre as mãos.

– *Poderoso* – sussurrou ela, beijando sua testa até as rugas sumirem. – Como duas almas se fundindo.

Como se fosse magia.

– Ah – disse ele, e sorriu.

Sorriu.

Rune nunca tinha visto Gideon Sharpe sorrir de verdade na vida. Será que havia outras formas de animá-lo daquela forma?

Ela queria descobrir.

FOI SÓ MAIS TARDE, após Gideon ter adormecido com ela nos braços, que Rune ficou ali deitada, desperta, sentindo o corpo inteiro zumbir ao se dar conta de uma coisa assustadora.

Estou apaixonada por ele.

Em vez de superar seu anseio por Gideon Sharpe naquela noite, Rune se viciara nele.

A presa tinha se apaixonado pelo predador.

QUARENTA E NOVE

GIDEON

GIDEON ACORDOU COM o som do assoalho rangendo. Abriu os olhos, deixando-os se ajustar à escuridão, e viu a silhueta de Rune pegando as roupas no chão.

Ele se sentou, observando-a se vestir enquanto pensava no que haviam feito apenas algumas horas antes. A forma como ela arqueara o corpo em reação a seu toque, a sua boca. Os gemidos baixos que ela soltava quando ele fazia algo que a agradava.

Seu corpo ficou tenso de tesão.

Gideon tinha sido especialmente minucioso ao longo da noite. Assim, podia dizer sem dúvida alguma que Rune Winters não tinha estigmas de conjuração no corpo.

Podia dizer sem dúvida alguma que queria repetir o que tinham feito.

De novo.

E de novo.

Sentiu o peito apertar. O sentimento que se revirava dentro dele – não desejo, e sim algo mais profundo – o assustava um pouco. Parecia uma espécie de rédea. Como se ele tivesse lhe entregado uma parte de si naquela noite, talvez antes mesmo daquela noite. Como consequência, ela agora tinha poder sobre ele.

A última vez que fizera algo similar...

Gideon reprimiu o pensamento.

– Já cansou de mim? – perguntou ele enquanto Rune juntava o resto das roupas.

Ela congelou como um ratinho avistado por um falcão.

– O quê? Não, eu... – A voz dela soou estranha. Trêmula.

Gideon se arrastou para a beirada do colchão.

– O que foi?

– N-nada – gaguejou ela, abraçando as roupas de montaria. Gideon acendeu a lamparina na mesinha de cabeceira e saiu da cama. – Acho que eu devia ir para casa, só isso. Os criados devem estar preocupados.

Mas Gideon sabia que Rune frequentava regularmente as festas de outros aristocratas, eventos que não raro terminavam só ao amanhecer. Os funcionários da Casa do Mar Invernal deviam estar acostumados a ver a patroa voltar tarde da noite.

À luz da lamparina, ele viu o brilho de lágrimas nos olhos dela.

Gideon ficou de pé e, parado onde estava, ponderou se a culpa era dele. Será que tinha entendido errado os sinais? Talvez ela não quisesse nada daquilo.

– Você está com medo de alguma coisa – disse ele. – Me diga o que é.

Rune mordeu o lábio inferior.

Gideon queria se aproximar, pegar seu rosto entre as mãos e dizer que a protegeria. Mas se deteve.

– *Você* – sussurrou ela. – Estou com medo de *você*.

O coração dele pesou no peito.

– De mim?

Ela recuou um passo.

– O que você me faz sentir... – Ela abraçou as roupas emboladas com mais força. – Tenho medo de me acostumar. De *precisar* disso. – Rune balançou a cabeça. – Tenho medo de que você acabe comigo, Gideon. – Depois, mais baixo, acrescentou: – Talvez já esteja acabando.

Rune parecia acreditar de fato naquilo – na possibilidade de ele ter algum poder de acabar com ela.

Será que achava que Gideon a estava usando?

E não estou?, pensou ele, lembrando-se da conversa com Harrow.

Não a levara para a cama para provar que Rune não era uma bruxa?

Não, pensou. Aquela era só sua justificativa para fazer o que queria sem se preocupar em partir ou não o coração do irmão.

Essa súbita compreensão – do que tinha feito com a garota que Alex amava – o atingiu como um soco.

Gideon fechou e abriu os punhos. Estava em uma encruzilhada. Havia dois caminhos nítidos diante dele.

O primeiro era o que planejara tomar desde o princípio: fingir que estava cortejando Rune para pegar a Mariposa Escarlate. Esse caminho deveria terminar quando Gideon abrisse mão dela – para o expurgo, se ela fosse uma bruxa, ou para Alex, se não fosse. Era o mais justo dos caminhos. Permitiria que ele saísse daquela situação com a consciência tranquila. Para seguir por ele, Gideon só precisava acabar com aquela farsa.

Mas agora outro caminho se abria diante dele. Um caminho em que Rune dizia que estava se apaixonando por ele. Que aquilo não era fingimento.

A coisa certa a fazer, a coisa nobre, era optar pela primeira estrada. Acabar com tudo naquela noite. Gideon só precisava mentir e dizer que não sentia a mesma coisa por ela.

Mas ele não era nobre. E não fez a coisa certa.

Porque queria aquilo tudo.

– Também estou com medo.

Ela ergueu o rosto, surpresa.

Gideon tivera bons motivos para guardar para si o que acontecera nos anos mais recentes. Tinha sido vulnerável com Cressida, e ela usara tal vulnerabilidade como uma arma contra ele. Precisava tomar cuidado. Não podia se abrir para qualquer pessoa.

– E se eu lhe pedisse para confiar em mim?

Rune pareceu prestes a irromper em lágrimas.

– Quer que eu confie em você?

– A gente pode confiar um no outro – falou ele, chegando mais perto.

Pela expressão de Rune, ela achava a tarefa difícil, se não impossível.

– Você confia nisso aqui? – continuou ele, inclinando o corpo para beijar sua testa. A pulsação dela respondeu, assumindo um ritmo frenético. – Ou nisso? – Ele afastou o cabelo dela para o lado e beijou o ponto sensível atrás da orelha, fazendo Rune estremecer. – E nisso? – Gideon pousou a mão no ventre dela, descendo devagar.

A respiração dela mudou, cada vez mais ofegante e acelerada. Rune relaxou sob o toque, derretendo. Como se ela fosse gelo e ele fosse fogo.

Por que era tão gostoso dar prazer a ela?

– Quero você por inteiro, Rune. – Gideon beijou sua testa. – Não apenas esta noite, mas em todo momento a partir de agora.

– Também quero – sussurrou ela, tombando a cabeça para trás. – Mas como vamos fazer isso? Me ajude a imaginar.

Gideon sorriu com a ideia.

– Todos os dias, depois do meu turno, vou voltar para casa e vamos preparar o jantar juntos.

– Tenho criados para isso.

Ele mordiscou a ponta de seu nariz.

– Assim você estraga a fantasia...

– Desculpa – sussurrou ela. – Continue.

Gideon prosseguiu, plantando beijos em seu ombro.

– E aí, toda noite, depois do jantar, a gente vai caminhar pela propriedade por um bom tempo, e vou colher flores silvestres para fazer um buquê, e vamos conversar... ou ficar em silêncio. Não importa, contanto que você esteja comigo.

Ele a sentiu relaxar.

– Você vai frequentar algumas das minhas festas?

Gideon espalmou as mãos nas costas nuas de Rune.

– Todas.

Ela se afastou um pouco, olhando para ele.

– Mas você odeia festas. Sinto que não gosta dos meus amigos também.

– Posso aprender a gostar. – Gideon a abraçou pela cintura e a puxou para mais perto. – Posso ser civilizado.

Rune ergueu uma sobrancelha, como se perguntasse se ele podia mesmo.

Por você, sim.

Ela mordeu de novo o lábio, pensativa.

– E vai dançar comigo?

– Com certeza.

– E se a gente brigar o tempo todo?

– Gosto mais de brigar com você do que de fazer a maioria das outras coisas.

Ela franziu a testa de surpresa.

– Sério?

– Sim. – Ele correu a ponte do nariz pela bochecha de Rune, inspirando seu cheiro de sabonete. – E depois que a gente terminar de brigar, vou levar você para a cama e vamos fazer as pazes. Na verdade, acho até que podemos brigar todo dia se formos nos reconciliar à noite.

Gideon sentiu a respiração dela acelerar. Gostava daquele som.

Ela estava se convencendo.

– E você não vai se arrepender de estar comigo? – sussurrou ela.
– Por quê? – A respiração de Gideon se misturou à dela.
– Por ser superficial e boba.
– Você não é nada disso, Rune.
Ela franziu o nariz.
– Às vezes, vou ser.
– Às vezes, vou ser um brutamontes. Você pode lidar com isso?
Rune inclinou a cabeça.
– Acho que sim. – Um sorrisinho repuxou sua boca. – Sim.

Ela subiu as mãos pelo peito e pelos ombros de Gideon, entrelaçando os dedos em seu cabelo.
– Precisa de um pouco mais de persuasão?
– Hum, sim, por favor – murmurou ela, puxando-o para um beijo. – Tente usar menos palavras dessa vez.

Gideon riu contra os lábios dela, depois a pegou no colo e a levou até a cama.

NA MANHÃ SEGUINTE, GIDEON acordou com Rune adormecida, aninhada em seu peito. Bem onde deveria estar. O cabelo acobreado estava espalhado sobre os travesseiros brancos e, assim tão de perto, ele conseguia contar as sardas em seus ombros.

Cogitara a possiblidade de acordar na cama vazia, sem traço algum dela. Ou então de descobrir que havia sonhado.

Mas ela ainda estava ali. E parecia tão *certo*. Como se Rune pertencesse àquela cama, abraçada a ele.

Beijando seu ombro, Gideon inspirou seu cheiro.

Rune não usava os perfumes artificiais tão populares entre a elite da Nova República. Não tinha cheiro de lilases, jasmins ou rosas; seu odor era muito particular. Era como estar à beira das falésias depois de uma tempestade. Como inspirar ar fresco vindo do mar.

Gideon queria sorvê-la inteira.

Rune se mexeu, apertando o lençol entre eles. Gideon congelou, vendo a testa dela se franzir. Como se estivesse tendo um pesadelo. Sua vontade era passar a mão pelos vincos, fazer carinho até que sumissem.

Rune tentou se acomodar mais perto de Gideon. Passou uma das pernas entre as dele e dobrou o joelho, enganchando-se a ele. Satisfeita, ficou imóvel de novo, mergulhando mais fundo no sono.

Tenho medo de que você acabe comigo.

Gideon queria convencer Rune de que ela não podia estar mais enganada.

Esperou até ela estar profundamente adormecida de novo antes de desenlaçar gentilmente as pernas e, com cuidado, sair da cama. Depois de se vestir, enfim conseguiu parar de olhar para ela e foi preparar um café, descendo as escadas até a velha alfaiataria dos pais.

Com as palavras de Rune ainda pairando na mente, ele abriu a porta de uma saleta estreita na qual não entrava havia anos. Apertou o interruptor e a luz se acendeu, iluminando um espaço cheio de caixas empoeiradas.

Gideon olhou para a prateleira mais alta, onde repousava uma pilha de livros diversos. Era a biblioteca da mãe, títulos que ela usava para se inspirar. Quando encontrou o que queria, uma enciclopédia de flores silvestres, baixou o tomo, assoprou a poeira e o abriu.

Folheou as páginas até encontrar o capítulo que estava procurando. Abrindo mais o volume, ele analisou o desenho botânico à sua frente.

Talvez houvesse uma forma de provar que suas intenções eram genuínas.

Gideon começara a seguir na direção dos tecidos quando alguém bateu à porta do estabelecimento. Sem saber quem poderia visitá-lo àquela hora, largou o livro na mesa e foi atender.

Deu de cara com Harrow. Metade de seu rosto estava ferido, e um traço de pontos pretos marcava sua bochecha. Ela tinha um dos braços imobilizado em uma tala.

– Você não deveria estar no hospital? – perguntou ele.

Laila surgiu ao lado de Harrow, sem uniforme, com o cabelo castanho preso em um coque elegante.

– Ele abriu o bico.

As duas entraram na loja sem hesitar.

– Quem? – perguntou Gideon, fechando a porta.

– O proprietário da gráfica – respondeu Laila. – Foi levado à prisão agora de manhã.

Harrow virou uma das cadeiras junto à bancada de trabalho e se largou nela.

– Uma universitária pagava o sujeito para usar o armazém dele, alegando que precisava do espaço para um projeto da faculdade. Ele diz que não sabia o que ela aprontava lá dentro.

Gideon cruzou os braços.

– Ele não achou suspeito uma *aluna* pedir para usar um armazém?

Laila deu de ombros.

– O dinheiro devia ser polpudo o bastante para abafar a curiosidade dele.

– Você pegou o nome da tal aluna?

A oficial fez que não.

– Só uma descrição. Com base no relato, o desenhista da Guarda Sanguínea fez isso.

Ela enfiou a mão no bolso da calça e tirou um pedaço dobrado de papel, que entregou para Gideon.

Ele descruzou os braços e pegou o retrato, desdobrando a folha. Olhou para o desenho de uma garota. Os cachos castanhos na altura do ombro combinavam com os olhos escuros e fundos, parcialmente escondidos atrás de um par de óculos.

– Parece bastante com a amiga de Rune, não acha? – falou Harrow.

Verity de Wilde, ela queria dizer.

Claro, havia uma leve semelhança, mas o desenho poderia muito bem ser o de qualquer outra estudante míope. Gideon o devolveu para Laila.

– Vamos precisar de mais do que um retrato falado.

– Você poderia começar perguntando para sua queridinha onde a amiga dela estava na noite do ataque – falou Harrow em um tom incisivo, cruzando os braços sobre o encosto da cadeira.

Gideon correu a mão pelo cabelo, sem gostar nada do rumo daquela conversa.

– Discordo – disse Laila, apoiando as costas na bancada da alfaiataria. – Se a suspeita for *de fato* Verity de Wilde, é provável que Rune esteja metida no esquema. Falar com ela só vai fazer com que a garota corra para avisar a amiga.

– Esperem aí – falou Gideon. – Não temos como garantir que *esta*... – ele agitou o vago retrato falado – é mesmo Verity de Wilde. Mesmo que tenha algumas semelhanças, o dono da gráfica pode ter dado uma descrição falsa.

Harrow abriu a boca, mas Gideon apenas ergueu a mão e a encarou antes de continuar:

– E o mais importante: Rune não está metida no esquema.

A informante semicerrou os olhos.

– Tem certeza?

Gideon se lembrou de Rune sentada diante da porta dele, chorando. Achando que ele estava morto.

Pensou em tudo que tinham feito na noite anterior.

– Ela não é uma bruxa.

– Tem provas dessa vez? – A voz de Harrow exalava desconfiança.

Ciente do olhar de Laila, Gideon se remexeu, desconfortável. Se aquele era um impasse, porém, ele não podia se deixar intimidar. Rune merecia ser eximida de qualquer suspeita.

– A prova está dormindo na minha cama, neste exato momento.

– Você *dormiu* com Rune Winters? – Laila arregalou os olhos. – Está maluco?

Gideon olhou para sua companheira de caçadas, querendo defender Rune. Só que Harrow já suspeitava de que ele estivesse encantado pela garota. Se Gideon confirmasse tal suspeita, ela o acusaria de ser parcial. E, se ele estivesse sendo parcial, Laila precisaria denunciá-lo.

Então Gideon apenas disse:

– Era a única forma de saber com certeza.

– Ele quer dizer que era a melhor forma de procurar estigmas de conjuração – explicou Harrow, os olhos cor de mel fixos em Gideon. Como um gato esperando um ratinho dar as caras. – E aí? Como foi, camarada? Ela era tudo que você esperava?

Ele sentiu o corpo inteiro formigar, não gostando nada do tom – ou da pergunta. Precisava ter cuidado, porém, tanto por Rune quanto por ele mesmo. Precisava fazer com que Harrow e Laila acreditassem que não sentia nada por ela. Que suas motivações tinham sido puramente profissionais.

Encarando Harrow, ele se obrigou a dizer:

– Já tive melhores. Você estava certa, não foi um grande esforço, mas não planejo repetir a empreitada tão cedo. – A mentira se espalhou por ele como veneno. – Ela não passa de um rostinho bonito.

Harrow fez menção de responder, mas uma tábua do assoalho estalou fora do cômodo. Como se houvesse alguém entreouvindo a conversa.

Os três olharam para a porta fechada.

Em três passadas, Gideon atravessou o cômodo e abriu a porta.

Rune estava parada no batente, o rosto lívido e o cabelo todo emaranhado. Seu olhar de choque e dor atingiu Gideon como uma machadada no peito.

– Rune...

Tremendo visivelmente, ela gaguejou:

– Eu... Eu preciso ir.

Antes que ele pudesse detê-la, ela se virou e cambaleou para a rua.

CINQUENTA

RUNE

RUNE NÃO SABIA o que doía mais: Gideon ter usado um golpe tão baixo em sua missão de desmascarar a Mariposa Escarlate ou ela ter caído na armadilha.

Já tive melhores. As palavras a assombravam conforme ela avançava pela rua, correndo na direção de Lady, que aguardava lealmente amarrada ao poste. *Ela não passa de um rostinho bonito.*

Como se dormir com Rune fosse uma tarefa a ser cumprida. Algo a resolver de uma vez.

Se ela não tivesse entreouvido aquela conversa, ainda acreditaria que fora real. Que ele gostava dela de verdade. Talvez até a *amasse*.

Sentiu vontade de chorar.

Acabou. Bastava de cortejos. De fingimento. *Chega de Gideon Sharpe.*

Ele tinha feito um favor a ela. Curado o que poderia ter sido o começo de uma patética e nada recíproca paixão *mortal*.

Ainda assim...

Gideon a alcançou.

– Rune, espere.

Ele a puxou pelo pulso e Rune se desvencilhou antes de dar meia-volta e fulminá-lo com o olhar.

– *Não ouse.*

Gideon recuou num passo trêmulo, erguendo as mãos. A respiração dele se condensava no ar fresco da manhã.

– Aquilo... foi tudo da boca para fora.

Certo. *Claro.*

Com medo de irromper em lágrimas, sem querer que ele estivesse por perto quando isso acontecesse, Rune correu o resto do caminho até Lady.

Ao redor, pessoas paravam o que estavam fazendo para olhar.

– Por favor, me dê uma chance de explicar. O que você ouviu...

– O que eu ouvi me embrulhou o estômago! – disse ela, colocando o pé no estribo e se içando para a sela. Como estava furiosa, acrescentou: – Foi baixo mesmo para alguém como *você*.

Gideon deu mais um passo para trás.

– Alguém como eu.

Ela balançou a cabeça.

– Eu estava certa a seu respeito desde o começo. Verity e Alex estavam certos. Você é um brutamontes egoísta e horrível. Não liga para quem magoa, contanto que consiga o que quer. Você me dá *nojo*.

Gideon se encolheu diante das palavras, mas Rune não se arrependeu de dizê-las.

Incapaz de olhar para ele por mais um segundo que fosse, puxou as rédeas de Lady e se virou para longe do capitão da Guarda Sanguínea.

– O que havia entre nós está acabado, Gideon. Não quero ver você nunca mais.

Rune esporeou a égua até o animal sair a galope.

Queria deixá-lo para trás o mais rápido possível.

CINQUENTA E UM

GIDEON

GIDEON DIMINUIU O PASSO, vendo Rune fugir.

Ela não olhou para trás. Nem uma única vez.

Ele era esquecível nesse nível.

Achou mesmo que isso tinha como acabar bem?

A desconfiança macularia o relacionamento dele com Rune desde o princípio. Gideon só tinha concordado com aquele cortejo falso porque acreditava que ela era a Mariposa Escarlate, uma crença derrubada na noite anterior.

Ele tinha se enganado.

Se enganado *demais*.

E logo quando confiava nela, quando sabia como era acordar a seu lado, acreditava que uma vida com ela estava ao alcance, Gideon tinha arruinado tudo.

Deixando a cabeça pender para trás, ele soltou um suspiro trêmulo. Merecia cada gota daquela ira. Ao concordar com o plano idiota de Harrow, Gideon tinha sido tudo que Rune o acusara de ser.

Me embrulhou o estômago.

Um brutamontes egoísta.

Ele merecia perdê-la.

CINQUENTA E DOIS

RUNE

O VENTO NORTE SOPRAVA o cabelo de Rune em seu rosto. Os cascos de Lady levantavam poeira enquanto avançavam pelas estradas do interior. Campos, charcos e florestas passavam em borrões.

Quero você por inteiro, Rune. Não apenas esta noite, mas em todo momento a partir de agora.

Ela se sentia febril. Possessa. Incapaz de parar de pensar no que ela e Gideon tinham feito. Nas possibilidades que se permitira almejar.

Sou tão idiota!

Rune não conseguia se livrar da memória da boca dele descendo com reverência por seu corpo, ou do carinho em sua voz enquanto sussurrava coisas bonitas na escuridão.

Também estou com medo, ele dissera.

A gente pode confiar um no outro. Como se cada palavra fosse sincera.

Ela deixou as lágrimas fluírem enquanto cavalgava, permitindo que o vento as secasse. Forçou Lady a acelerar, querendo matar aquela coisa que florescera dentro dela ao toque de Gideon. Querendo se livrar dele para sempre.

Rune sabia desde o começo que ele a estava caçando. Que a queria morta. Gideon não passava de um garoto cruel que gostava de matar bruxas.

Misericórdia, por que isso dói tanto?

De repente, Lady diminuiu a velocidade. Rune enxugou as lágrimas e ergueu a cabeça. Nem notou para onde estava galopando até ver o lugar à sua frente.

O Palacete do Espinheiro.

Um dos cavalariços a viu chegar e foi encontrá-la na entrada da casa. Rune desmontou e entregou as rédeas de Lady para ele, passando sem hesitar pelos dois leões de mármore que guardavam a porta de entrada.

Alex estava no hall de entrada, falando com um criado. Assim que ela apareceu, ele se deteve e se virou na direção da garota.

– Rune? – Quando viu seu rosto tomado por lágrimas, ele ficou sério. Dispensando o criado, foi até ela e pousou as mãos em seus ombros. – O que houve?

Rune fechou os olhos. Alexander Sharpe, o rapaz do qual não precisava se esconder. O gentil Alex, que nunca a machucaria ou trairia. A pessoa para quem podia contar qualquer coisa.

– Você estava certo sobre Gideon. Não quero mais nada com ele.

Uma série de emoções contraditórias perpassou o rosto dele. Choque. Alívio. E... algo a mais. Algo que Rune não sabia precisar.

– Ele machucou você?

– O quê? *Não*. – Não fisicamente. – Ele...

Ela olhou de soslaio para o criado ainda parado no corredor. Sem querer que ninguém os ouvisse, Rune pegou Alex pela mão e o levou à sala de música, fechando a porta atrás deles.

– Seu irmão suspeitava de mim desde o começo. – Levando as mãos ao rosto, ela balançou a cabeça. Passou pelo piano e seguiu até a escrivaninha de Alex, então girou e caminhou de volta. – Ele só estava fingindo me cortejar porque achou que eu era a Mariposa.

– E ainda acha?

Rune pensou no fragmento de conversa que tinha entreouvido. Depois de despertar na cama vazia e se dar conta de que já estavam no meio da manhã, ela havia se vestido e seguido o som da voz de Gideon até o térreo. Só tinha pegado o fim da conversa desagradável com Laila e Harrow, mas Gideon parecera firme: não acreditava que ela fosse uma bruxa.

– Acho que não.

– Mas você não tem certeza.

– Eu...

– Rune. – A voz de Alex saiu estranha. Ainda andando de um lado para outro, ela chegara de novo à escrivaninha. – Por favor, não me obrigue a deixá-la aqui.

Ela se virou para Alex.

– Como assim?

– Aqui. Nesta ilha. – Alex foi até a amiga. – Se eu precisar deixar você para trás, vou morrer um pouco. Por favor, venha comigo.

Rune fez que não.

– Você sabe que não posso ir.

Ficou só olhando enquanto Alex levava a mão ao bolso do paletó e tirava algo de lá. Parando diante dela, ele estendeu a mão.

– Não pensei que teria coragem de fazer isso algum dia...

Rune assistiu Alex colocar o anel em seu dedo anelar. Era fino e frio contra sua pele.

– Passei anos às margens, vendo você escolher pretendentes estrategicamente. Olhando para os escolhidos, vendo como nenhum deles a merecia e me perguntando o tempo todo por que você não via o que estava bem diante dos seus olhos. Mas você realmente não vê, não é?

Rune afastou a mão da dele, levantando-a na altura do peito e alisando a aliança com a ponta dos dedos.

O que ele está dizendo?

– É por isso que você tem tanto medo de olhar para mim, às vezes. Porque eu sei o que você é, e sei o que fez, e *te amo*.

O coração de Rune quase parou.

O quê?

O rosto de Alex estava a centímetros do dela, a respiração quente em seus lábios.

– Eu te amo, Rune Winters. Desde o dia em que a conheci.

Os olhos dela arderam.

– Eu te amo – repetiu ele, aninhando o rosto dela entre as mãos. – Você acredita em mim?

Ele a amava. Não como amiga ou irmã. E sim como...

– Seja minha esposa, Rune. Venha comigo para Caelis. Me deixe lhe dar a vida que você deveria ter tido.

Uma a uma, as lágrimas caíram. Rune levou as mãos aos olhos para escondê-las. *Esposa.*

Alex era seu porto seguro. Tudo que ela não merecia.

Mas será que eu o amo?

Como amigo, sim. Como irmão? Definitivamente.

Será que ele poderia ser mais do que isso?

Rune não sabia. Talvez.

Mas havia um problema: ele partiria em breve. Para sempre. E ela não podia ir junto.

Ela recuou, balançando a cabeça.

– Se eu fosse com você para Caelis, passaria a vida consumida pela culpa, me odiando.

– Você já faz isso – argumentou ele.

Ela desviou o olhar.

– Talvez, mas aqui ao menos eu posso fazer alguma coisa. Não posso permitir que bruxas indefesas sejam mortas enquanto vivo uma fantasia num lugar distante.

– Rune. – Ele pousou as mãos nos quadris dela. – Olhe para mim.

Ela se forçou a olhar Alex nos olhos.

– Acha mesmo que era isso que Kestrel iria querer para você? Uma vida tentando se redimir por uma escolha impossível, uma escolha que *ela concordou* que você fizesse? Acha que ela ia querer ver você se arriscando sem parar até acabar morta? É hora de se perdoar.

Não era tão simples.

– Eu...

– Cressida está viva e é mais poderosa do que você jamais será. Deixe que ela assuma a causa. – Antes que Rune entendesse o que estava acontecendo, Alex se inclinou para a frente. – Ela pode terminar o que você começou.

E então ele beijou Rune.

Beijar Alex não era em nada parecido com beijar o irmão dele. Gideon era perigoso. Mortal. Estava literalmente caçando Rune. Ela jamais poderia ficar com Gideon, a menos que quisesse morrer.

Enquanto Alex a beijava, não havia nenhum fogo voraz se espalhando por ela. Não havia um anseio desesperado. Nenhuma dor cálida.

Havia gentileza, conforto e segurança.

Havia amor.

Talvez eu possa...

As mãos de Alex desceram pelos braços de Rune e se acomodaram em sua cintura, puxando-a mais para perto. Quando os beijos dele ficaram mais ávidos, ela se entregou, aberta à possibilidade. Alex a empurrou até a escrivaninha e a colocou sentada no tampo. Quando avançou para ficar entre as pernas de Rune, puxando seu corpo contra o dele, ela sentiu uma minúscula faísca se acender dentro de si.

Um dia, talvez, aquela faísca pudesse se avivar e queimar na forma de uma chama estável.

– Venha comigo, Rune. Sua avó ia querer que você fosse feliz.

Rune não tinha como rebater aqueles argumentos. A avó a amava mais do que qualquer coisa; queria *sim* que Rune fosse feliz. E Alex estava certo sobre Cressida – não havia bruxa viva tão poderosa quanto ela. Era tolice imaginar que a própria Rune seria capaz de fazer mais do que a rainha bruxa.

– Você *merece* ser feliz – murmurou ele contra seus lábios. – Me deixe tentar fazer isso.

Rune não se lembrava da última vez em que chorara tanto em um dia só.

– Está bem – sussurrou ela.

Ele se afastou, entreabrindo a boca de surpresa.

– Sério?

Rune assentiu.

– Vou com você para Caelis. Aceito ser sua esposa.

Alex não era a escolha estratégica; era a escolha segura. O garoto com quem Rune podia ser ela mesma. O garoto com quem *realmente* poderia dividir a vida – porque ele não a queria morta.

CINQUENTA E TRÊS

RUNE

RUNE PASSOU O DIA seguinte arrumando as malas e fazendo uma lista de coisas que mandaria buscar depois que ela e Alex estivessem acomodados no continente. Tinham decidido que ela partiria no mesmo navio que Alex, na manhã seguinte ao resgate de Seraphine.

Que seria dali a dois dias.

Um calafrio desceu por suas costas.

– Há uma pilha de malas na soleira da sua porta – disse uma voz surgida do nada. – Está com visitas?

Rune ergueu os olhos da lista de viagem e viu Verity entrando no conjuratório, as botas de salto alto estalando no assoalho enquanto ela tirava as luvas.

Rune enviara uma carruagem para buscá-la mais cedo, antes que Alex chegasse para a última reunião deles sobre o resgate do dia seguinte. Erguendo-se da escrivaninha, a garota mordeu o lábio e se virou para a amiga, que olhava ao redor. Sua atenção pousou nos caixotes de madeira cheios de livros de feitiços, depois nas prateleiras. Verity franziu a testa.

– É sobre isso que eu queria falar com você. – Rune sentiu o estômago se revirar. Não estava nem um pouco ansiosa para aquela conversa, ou para deixar Verity para trás. Respirando fundo, disse: – Estou indo embora da Nova República.

Verity a encarou, surpresa.

– Vou com Alex para Caelis – continuou Rune, tocando o cordão fino pendurado no pescoço e puxando-o de dentro do corpete do vestido para que Verity pudesse ver a aliança ali. – Ele me pediu em casamento.

Verity hesitou.

– E você aceitou.

– Sei que você queria que eu escolhesse alguém mais *útil*... – Rune franziu o nariz, sem gostar da insinuação de que Alex não tinha valor. – Mas eu...

– Não – interrompeu Verity, balançando a cabeça. – Não, fico grata por você não ter seguido meu conselho. – Ela se aproximou de Rune e segurou suas mãos, apertando com força. Seus olhos castanhos cintilavam ao prosseguir: – Eu nunca deveria ter feito aquela lista idiota. Não estava pensando em você, estava pensando na missão. – Balançou a cabeça com mais força ainda, como se estivesse irritada consigo mesma. – Fui uma péssima amiga.

Rune soltou o ar, aliviada.

– Achei que você ficaria mais chateada.

– Eu *estou* chateada. Você é como uma irmã para mim. – De repente, ela assumiu uma expressão séria. – Não quero que vá embora, mas quero que seja feliz. E fique em segurança. Em Caelis, você vai conseguir as duas coisas. Além disso, Alex adora você. Ele vai te mimar, com certeza.

Rune sorriu.

– Você vai nos visitar?

Verity apertou suas mãos de novo.

– É claro.

Rune a puxou para um abraço, sem se importar com o perfume forte de Verity.

– Obrigada por compreender.

– Eu sempre compreendo – sussurrou Verity.

POUCO DEPOIS DA CHEGADA de Alex, os três se juntaram no conjuratório de Rune uma última vez para discutir o plano do dia seguinte. Enquanto o sol mergulhava no horizonte, Verity tirou da bolsa dois uniformes roubados da Guarda Sanguínea.

– Talvez fique um pouco grande – disse ela, entregando um dos trajes a Rune. – Mas deve servir.

O casaco de lã vermelha, a camisa de algodão, as calças, as botas e o barrete tinham sido todos roubados da aluna que morava em seu alojamento. Com sorte, a garota não notaria nada antes que Verity devolvesse as peças.

Rune pegou a pilha de roupas.

– Por que tem dois?

– Um é para mim – disse ela, tirando os óculos para esfregar os olhos cansados.

– Mas por que você precisa de um?

– Porque vou junto com você.

Rune franziu a testa.

– De jeito nenhum. É perigoso demais, Verity.

A amiga a ignorou, colocando o barrete preto na cabeça.

– Todos sabem que caçadores de bruxas trabalham em dupla, quando não em bando. Pode parecer suspeito você aparecer lá sozinha.

– Concordo – falou Alex.

Estava sentado de pernas cruzadas ao lado de Rune, com uma das mãos pousada nas tábuas do assoalho atrás dela e o ombro encostado no da garota. Com a proximidade, vinha seu reconfortante calor, além do cheiro de couro e carvalho.

– Você vai estar mais segura com Verity do seu lado.

Rune semicerrou os olhos para os dois.

– E se algo der errado?

Verity empinou o queixo para enxergar melhor sob a aba do barrete.

– Nesse caso, você não vai estar sozinha quando a jogarem numa cela.

Considerando a forma como ela comprimia os lábios, não aceitaria "não" como resposta – e Rune de fato se sentiria mais calma sabendo que Verity estaria lá.

– Certo. – Ela suspirou. – *Obrigada*.

Pousou a pilha de roupas no tapete à frente, perto da ficha de acesso de Gideon e seu último frasco de sangue. Estava quase todo cheio. Rune viera tentando economizar o máximo de sangue possível para a missão do dia seguinte, caso algo desse errado e ela precisasse conjurar um feitiço – ou vários – para sair da prisão.

Teria sido ótimo repor ao menos parte do estoque de sangue antes do dia seguinte, mas sua menstruação ainda não descera.

– Eu me sentiria melhor se a gente repassasse o plano uma última vez – falou Alex.

E assim fizeram.

Às três da tarde, Rune se encontraria com Verity e, juntas, vestiriam os uniformes da Guarda Sanguínea. Enquanto multidões enchessem as ruas para as festividades do Dia da Liberdade, elas iriam até o palácio e entrariam na prisão.

Alex esperaria com os cavalos a um quarteirão dali.

Uma vez dentro da prisão, Rune e Verity usariam a ficha de acesso de Gideon para ultrapassar o sétimo portão, dizendo aos guardas que tinham ordens de levar Seraphine para o expurgo. Depois resgatariam Seraphine, tirariam a bruxa da prisão do palácio e a levariam até Alex e os cavalos.

Em seguida, Rune e Alex pretendiam esconder Seraphine no Palacete do Espinheiro. No dia seguinte, embarcariam no navio para Caelis com a bruxa escondida clandestinamente no meio da carga, rumo à liberdade.

O coração de Rune estremeceu com o pensamento. Em dois dias, estaria navegando pelo Estreito do Sepulcro em direção a uma vida nova.

Como se estivesse ouvindo seus pensamentos, Alex estendeu a mão e entrelaçou os dedos aos dela.

Verity bocejou.

– A gente devia tentar dormir bem esta noite – falou Rune, preocupada com a exaustão da amiga. Ela se levantou. – Vamos. Vou acompanhar vocês até a porta.

DEPOIS DE SE DESPEDIR de Verity e Alex, Rune voltou ao quarto e colocou a camisola. Antes de entrar embaixo dos lençóis, viu uma caixa amarrada com um laço no pé de sua cama.

Passara o dia tão ocupada com as malas da mudança para Caelis que Lizbeth provavelmente não quisera perturbá-la com aquilo.

Sentando-se na ponta da cama, ela pegou a caixa e puxou o bilhete de baixo da fita. Ao desdobrar o papel, reconheceu a caligrafia e parou de ler na hora.

Era de Gideon.

Um lampejo da conversa que tinha entreouvido dele com a garota chamada Harrow lhe veio à mente, queimando seu peito. Raiva e mágoa flamejavam dentro dela.

A vontade de Rune era jogar a carta no fogo sem nem ler.

Mas... Será que era justo odiá-lo tanto pelo fingimento? Rune fizera o mesmo. Ela o usara da mesma forma que ele a usara.

Fora Rune quem o convidara até o quarto, na noite de seu primeiro beijo. *Ela* havia considerado cruzar a linha intransponível em sua tentativa de arrancar dele o que precisava. Praticamente implorara para que ele a levasse para a cama – para enganá-lo, de uma vez por todas. Para fazer com que acreditasse na mentira que ela havia criado a fim de convencê-lo a se casar com ela, de modo que pudesse usar Gideon no futuro.

Aquela era parte da situação, ao menos. A menor parte, mas ainda assim.

Rune vinha julgando Gideon Sharpe com dois pesos e duas medidas, mas estavam jogando o mesmo jogo. No fundo, ela não era diferente dele.

O pensamento a deixou incomodada.

Respirando fundo, ela ergueu a carta e começou a ler.

> Rune,
>
> Por mais horrendas que tenham sido as coisas que você entreouviu ontem de manhã, eu as falei para proteger a nós dois. Se eu tivesse dito a verdade a Harrow, ela me declararia suspeito. Eu precisava que ela e Laila acreditassem na sua inocência, e a melhor forma de fazer isso era convencer as duas de que não sinto nada por você.
>
> Isso não absolve minhas ações – é verdade que comecei a cortejar você para tentar desmascarar a Mariposa. Não espero seu perdão, mas preciso que saiba que o que fizemos na outra noite não foi uma mentira. Não para mim. Tudo que falei foi muito sincero.
>
> Gideon

Rune sentiu como se uma âncora tivesse sido lançada dentro dela e agora a puxasse para o fundo do oceano.

Queria acreditar nele.

Seria uma tola se acreditasse.

E aquele era exatamente o ponto, não era? Independentemente do que ele dissesse ou fizesse, Rune não poderia confiar em Gideon. Ele achava que ela era inocente – era por isso que estava pedindo perdão. Por isso pensava estar apaixonado por ela. Mas se soubesse da verdade...

Ele me prenderia agora mesmo e me entregaria para o expurgo.

O pensamento a acalmou. Gideon era seu inimigo.

Vou me casar com o irmão dele.

Rune mordeu o lábio. Não apenas ia se casar com Alex; ia embora com ele. Gideon ao menos merecia ouvir a notícia diretamente dela.

Ela precisava contar. E dizer adeus.

Olhando para a caixa, Rune soltou o laço e ergueu a tampa.

Quando abriu o papel pardo, viu surgir um buquê de ranúnculos de seda.

Sua pulsação acelerou quando ela estendeu a mão para erguer as flores, que eram mais simples do que a rosa que ele lhe dera na festa após a ópera, mas dez vezes mais numerosas. Rune segurou o buquê, acariciando as minúsculas pétalas feitas de seda macia, correndo os dedos pelos pontos.

Ele as fez para mim.

Rune dissera a Gideon que ranúnculos eram suas flores favoritas e, em vez de ter colhido algumas, ele as *costurara*. Será que tinha passado a noite em claro para terminar?

Sua pulsação começou a retumbar.

Por que tinha de ser justo *Gideon* quem sabia falar com sua alma?

Os olhos dela arderam.

Não posso aceitar.

Precisava devolver as flores.

Amanhã, pensou. *Vou devolver o buquê antes de ir me encontrar com Verity.* Porque, depois do dia seguinte, quem saberia quando ela o veria de novo?

Antes de resgatar Seraphine, superaria Gideon de uma vez por todas – e, além dele, também deixaria para trás seu papel de Rune Winters. Não fingiria mais ser uma socialite bobinha. O caminho que tinha começado a percorrer depois da morte da avó estava chegando ao fim; os dias de arriscar a vida como Mariposa Escarlate estavam quase acabando.

Rune iniciava uma nova jornada, que levava a Caelis e a Alex. À segurança e à alegria. Estava indo viver a vida que a avó queria que ela vivesse. A vida que fora roubada de ambas no dia em que a Guarda Sanguínea levara Kestrel embora.

Assim, ela pousou o buquê de flores de seda de novo dentro da caixa e fechou a tampa.

No dia seguinte, diria adeus a Gideon Sharpe – para sempre.

CINQUENTA E QUATRO

RUNE

ARCANO: (s.m.) a categoria mais mortal de feitiços.

Feitiços arcanos exigem sangue extraído de outra pessoa contra sua vontade, em quantidades que não raro resultam na morte do fornecedor. Arcanos são não apenas mortais para a pessoa dona do sangue, mas também corrompem a alma da bruxa que os utiliza. Por essa razão, foram proibidos pela rainha Raine, a Inocente. Feitiços arcanos vão de complexas ilusões sustentadas por longos períodos de tempo a atos proibidos, como trazer pessoas de volta à vida.

– Regras da magia, *de rainha Callidora, a Destemida*

NA MANHÃ SEGUINTE, RUNE mal conseguia abrir os olhos conforme os raios de sol entravam pelas frestas da janela.

Levante, pensou, sentindo-se mais cansada do que em anos. Como se seus membros tivessem se transformado em areia. Como se suas pálpebras fossem feitas de pedra.

Será que era como Verity se sentia o tempo todo?

Preciso salvar Seraphine hoje.

E, dada a posição do sol, já era quase meio-dia.

Rune se lembrou das flores que Gideon fizera para ela e de como decidira devolver o buquê. Resmungando, arrastou-se para fora da cama. Ditou um rápido telegrama para Lizbeth, perguntando a Gideon se podiam se encontrar naquela tarde.

A resposta dele chegou uma hora mais tarde, curta e direta.

SRTA. RUNE WINTERS
CASA DO MAR INVERNAL

ME ENCONTRE NA ALFAIATARIA ÀS DUAS DA TARDE.

GIDEON

Com o encontro marcado às duas, Rune tinha uma hora para resolver tudo antes de se encontrar com Verity, o que era tempo de sobra.

Após comer alguma coisa às pressas, foi juntar o que precisaria para a noite: o uniforme roubado, a ficha de acesso de Gideon e seu último frasco de sangue. Durante a reunião com Alex e Verity, Rune tinha colocado a ficha e o frasco no bolso do uniforme, que deixara dobrado sobre a mesa de conjuração.

Quando foi pegar os objetos, porém, achou apenas a roupa.

Os bolsos estavam vazios.

Rune se ajoelhou, olhando embaixo da mesa para ver se os itens tinham caído no tapete, mas não havia sinal da ficha ou do frasco. Conferiu de novo os bolsos do uniforme. Vazios. Verificou cada centímetro do conjuratório, depois o quarto. Nada.

Esfregou os olhos, tentando pensar. Será que estava tão cansada que havia esquecido onde colocara as coisas?

Sem o frasco, e com o começo do ciclo menstrual fora de vista, Rune não tinha sangue com que conjurar. E, sem a ficha de acesso, jamais passaria pelos portões da prisão.

Verity deve ter pegado o uniforme errado por engano.

Se Rune saísse da Casa do Mar Invernal naquele momento, poderia passar na universidade e pegar o sangue e a ficha com Verity antes de se encontrar com Gideon. Assim, vestiu às pressas as roupas de montaria e guardou o anel de Alex – ainda em uma corrente ao redor do pescoço – sob a gola da camisa.

Quando a aliança de prata se acomodou entre seus seios, imagens do futuro surgiram em sua mente: ela parada com Alex na proa do navio enquanto o continente surgia no horizonte. Os dois caminhando juntos pelas ruas elegantes de Caelis. Um grupo de amigos de quem não precisariam esconder quem eram de verdade. Ela lendo diante da lareira enquanto Alex tocava piano no fim da tarde.

Em breve, disse a si mesma, jogando o manto sobre os ombros e prendendo-o no pescoço. *Em breve.*

Depois de guardar o uniforme da Guarda Sanguínea em um dos alforjes de Lady e a caixa de flores de seda de Gideon no outro, Rune conferiu mentalmente se estava com tudo de que precisava – exceto o frasco de sangue e a ficha – e partiu para a universidade. Deixou Lady no estábulo da faculdade e tomou os caminhos familiares que atravessavam o campus e levavam ao Pavilhão Estival. Depois de empurrar as portas duplas e cumprimentar a funcionária na entrada com um gesto de cabeça, ela pegou o corredor dos dormitórios – silencioso àquela hora do dia, já que a maior parte dos alunos estava em aula.

Quando chegou à porta de Verity, Rune bateu uma vez.

– Verity?

Ninguém respondeu. Ela bateu mais forte. Quando ainda assim não teve resposta, empurrou a maçaneta, que estava destrancada. Abriu a porta e entrou.

– Verity, será que...

Rune congelou. O espaço parecia menor do que ela se lembrava, mais como um armário de vassouras. E, em vez da cama de Verity no canto, havia um esfregão e um balde. As prateleiras cheias de livros e potes com projetos de pesquisa tinham dado lugar a estantes repletas de materiais de limpeza. Uma das paredes era ocupada por uma pia de cerâmica, com trapos sujos pendurados na borda.

– Posso ajudar? – perguntou uma voz rouca atrás dela.

Quando se virou, Rune se deparou com uma mulher de bochechas rosadas e mãos apoiadas na cintura, olhando para a garota como se *ela* fosse a esquisitice ali.

– Ah. Hum. – Devia ter pegado o corredor errado. – Estou procurando minha amiga, Verity de Wilde.

– A menos que sua amiga seja uma vassoura, não vai encontrar ela aqui.

– Certo. – Rune engoliu em seco. – Me enganei.

A mulher murmurou algo enquanto Rune passava por ela. No corredor, olhou por cima do ombro, certa de que aquela porta era a do quarto de Verity.

Mas não pode ser, pensou, seguindo em frente e tentando se orientar. *Aquele é um armário de vassouras.*

Deu uma volta completa no andar, procurando o quarto real de Verity, mas acabou voltando ao armário. A faxineira enchia um balde de água e espuma.

Será que Rune estava tão exausta que esquecera onde ficava o dormitório da melhor amiga?

Aquele era um péssimo sinal.

Desistindo, ela voltou à recepção e sorriu educadamente, abordando a moça atrás do balcão.

– Oi. É meio constrangedor, mas estou procurando o quarto de minha amiga, Verity de Wilde. Você pode, por gentileza, indicar onde ele fica?

A garota olhou para Rune com uma cara esquisita.

– Qual é o sobrenome mesmo?

– ... de Wilde.

A recepcionista pegou uma prancheta e correu o dedo por uma lista de nomes e números de quartos. Conferiu duas vezes antes de se virar para Rune.

– Acho que a senhorita está no prédio errado. Não tem ninguém com esse nome aqui.

Rune ficou atônita.

– O quê?

A moça repetiu as mesmas palavras, muito mais devagar daquela vez, como se isso fosse ajudar Rune a entender.

– Verity de Wilde não mora aqui.

Rune olhou para o papel de parede familiar com estampa de dálias. Para as lajotas verdes sob seus pés.

– Aqui é o Pavilhão Estival.

A garota confirmou com a cabeça.

– Isso mesmo. Qual pavilhão a senhorita está procurando?

Este mesmo, pensou Rune.

Uma sensação ruim fez seu estômago se revirar, mas ela já estava quase atrasada. Se não partisse logo, não conseguiria chegar à alfaiataria para falar com Gideon às duas da tarde.

– Obrigada – disse apenas, virando-se para as portas duplas.

Lá fora, o ar ficava mais frio, com o sol pairando baixo no céu, e o vento soprava nuvens de tempestade do mar para a terra.

Será que estou ficando doida?

Primeiro, o frasco de sangue e a ficha de acesso desapareciam. Agora Verity não estava em lugar algum?

Enquanto Rune corria para os estábulos, com o manto voejando atrás de si, tentou pensar.

Tinha ido ao Pavilhão Estival centenas de vezes. Conseguia ver o quarto de Verity claramente na cabeça. As rosas brancas no papel de parede. A cama eternamente desarrumada. A pilha de livros usados no chão, ameaçando cair a qualquer momento.

Não tinha como aquilo tudo não existir.

A menos que fosse uma ilusão.

O pensamento fez Rune se deter.

Pensou em como Verity estava sempre fuçando seus livros de feitiços, os dedos traçando os símbolos.

Será que estava memorizando as marcas?

Depois se lembrou do perfume em que Verity sempre se encharcava, de cheiro tão forte que não raro fazia Rune ficar com dor de cabeça.

E se ela faz isso propositalmente, para encobrir outro cheiro?

O cheiro de sua magia.

Mas aquilo significaria que Verity era uma bruxa. E, se fosse verdade, por que esconder a informação de Rune, que *também* era uma bruxa?

O céu escurecia e Rune ergueu o olhar. Nuvens de tempestade se aproximavam, velozes.

Sua cabeça girava, incapaz de tirar algum sentido de tudo aquilo. Mas Rune estava ficando sem tempo; já estava atrasada para se encontrar com Gideon. Depois de falar com ele, iria para o palácio – onde, esperava, Verity estaria aguardando com uma explicação.

A chuva já começava a cair quando ela pegou Lady no estábulo, e juntas dispararam em direção ao Velho Bairro.

CINQUENTA E CINCO

RUNE

GIDEON A ESTAVA ESPERANDO na porta.

Deixando Lady na chuva, que caía a cântaros, Rune tirou a caixa com o buquê do alforje e correu até a alfaiataria, mantendo o capuz erguido.

Estava grata pela tempestade. Ajudaria a encobrir seus rastros depois que tirasse Seraphine do palácio.

Enquanto Gideon segurava a porta aberta, Rune chegou pingando à antessala.

– Entre – disse ele, seguindo para o estabelecimento dos pais, onde as luzes já estavam acesas.

O cheiro de pólvora que ele emanava preenchia a entrada, e fez Rune ser inundada por memórias que não queria reviver naquele momento. Reprimiu todas as lembranças e o seguiu, deixando a porta se fechar atrás de si.

– Não posso me demorar.

– Algum compromisso importante?

A voz dele parecia estranha – como se estivesse desprovida de emoções, vazia e fria.

– N-não, eu...

Por onde começar? Muita coisa tinha acontecido nos três dias desde aquela noite.

Primeiro, as flores.

Rune estendeu a caixa contendo os ranúnculos de seda que Gideon lhe dera.

– Vim devolver isso.

Ele se virou para encará-la. Estava com a barba por fazer e olheiras escuras, como se tivesse passado a noite em claro. Como ele permaneceu parado ao lado da bancada, sem fazer menção de pegar a caixa, Rune se aproximou e a deixou sobre a superfície de madeira. Recuou no mesmo instante, abrindo distância.

Agora, o noivado.

Era a parte que ela mais temia. Tinha repassado tudo na cabeça, tentando encontrar a forma certa de contar a Gideon sobre Alex, mas nenhuma parecia adequada.

– Posso perguntar uma coisa, Srta. Winters?

– É claro – respondeu Rune, feliz pela interrupção, mas se perguntando por que ele estava sendo tão formal.

– Alguma coisa foi verdade?

– Verdade? – Ela franziu a testa. – Como assim?

– Você. Eu. *Nós.* – Gideon enfiou as mãos nos bolsos. – O que aconteceu entre a gente, três noites atrás. Você queria mesmo ou estava brincando comigo o tempo todo?

Rune sentiu o estômago se embrulhar. Do que ele estava falando?

Gideon tirou as mãos dos bolsos e as estendeu, então Rune viu o que ele segurava.

Um frasco de sangue e uma ficha de acesso.

Como...?

– Então é assim que você faz – disse Gideon, erguendo o tubo para ver melhor o sangue. – É como usa magia sem ficar com estigmas de conjuração.

Rune congelou.

Ele sabe o que eu sou.

– Mariposa Escarlate – sussurrou ele quando seus olhares se encontraram. – Finalmente peguei você.

Rune recuou. *Idiota, menina idiota.* Era uma armadilha. Ela não só caíra como um patinho como a armara pessoalmente!

Virando-se, Rune correu na direção da antessala da alfaiataria. Assim que colocou a mão na porta que levava para a rua, onde Lady a aguardava, alguém a abriu por fora.

Laila Creed surgiu emoldurada pelo batente. Atrás dela havia meia dúzia de membros da Guarda Sanguínea, todos de revólver em punho.

Rune cambaleou para trás. Olhou para a escada, sabendo para onde levava. Se conseguisse chegar lá em cima e se embarcar no apartamento de Gideon, talvez pudesse fugir por uma janela...

– Não tão rápido, *bruxa.*

Laila a agarrou pelo cabelo, arrastando-a para dentro da loja. Rune sentiu a dor lancinante no couro cabeludo e caiu no chão. Seus olhos se encheram de lágrimas enquanto se esforçava para ficar de pé, mas, quanto mais ela tentava se desvencilhar, com mais força a oficial a puxava, obrigando-a a ficar imóvel.

Mãos fortes a pegaram pelos braços e a arrastaram de volta até a alfaiataria. A porta se fechou atrás dos guardas com um estrondo.

O brutamontes cujos dedos carnudos apertavam os braços de Rune a jogou para a frente. Ela tropeçou, caindo diante de Gideon, que não se moveu para ajudar.

– Não e-estou entendendo... – O chão de cimento estava frio sob suas palmas. – C-como você...

– Eu fui até a Casa do Mar Invernal na noite passada – falou Gideon. – Queria me desculpar pessoalmente e virar a página.

Claro. As flores. Não fora Lizbeth quem as deixara sobre a cama de Rune, e sim Gideon.

– Quando cheguei, a casa estava escura e nenhum criado foi me receber. Quase me virei e fui embora, mas o som de vozes chamou minha atenção. Meu primeiro pensamento foi que Cressida talvez tivesse ido atrás de você. Temendo o pior, segui as vozes.

Ele ouviu nosso plano de resgate de Seraphine, compreendeu Rune.

– Deve imaginar minha surpresa quando a parede do seu quarto se abriu diante dos meus olhos. Me escondi enquanto você e seus cúmplices saíam do conjuratório.

Fora *assim* que ele encontrara o frasco de sangue. Enquanto Rune levava Alex e Verity até a porta, Gideon devia ter se esgueirado para dentro do cômodo secreto. Provavelmente vira tudo: os livros de feitiço, o sangue, os símbolos no chão.

– Não sei o que me dá mais nojo: o que você *é* ou o fato de que caí na sua armação.

As palavras doeram como um tapa.

– Quer que a gente tire a roupa dela, capitão? – perguntou o brutamontes às costas de Rune.

– Ele já conferiu – respondeu Rune, pondo-se de joelhos. Sua voz estava trêmula de raiva. – Não conferiu, Gideon? Conferiu cada centímetro do meu corpo três noites atrás.

A expressão dele se fechou.

– Não é preciso despi-la. Já tenho a prova de que preciso.

– A gente devia ao menos fazer uma revista – falou Laila. – Rune pode estar armada.

– Certo. Faça isso. – Ele apontou com o queixo para um soldado na antessala. – A égua dela está lá fora. Dê uma olhada nos alforjes.

O sangue de Rune gelou nas veias. O uniforme da Guarda Sanguínea estava em um deles.

É o fim, percebeu. Havia muitas evidências contra ela.

Laila a colocou de pé, depois abriu sua capa e a entregou para outra pessoa. Enquanto o sujeito truculento segurava os braços de Rune, Laila se abaixou, apalpando a parte de dentro das botas de cavalgada dela com uma das mãos enquanto, com a outra, apontava o revólver para seu rosto.

– Sem movimentos bruscos.

Conforme a mão de Laila subia por uma perna e depois pela outra, Rune encarou Gideon. Lembrando mais uma vez o que ele era. Um inimigo formidável. Um rapaz que queria sangrar e matar garotas como ela.

Ele estivera juntando evidências contra a garota desde o início, esperando o momento certo para agir. Os presentes. Os beijos. As palavras sussurradas na escuridão, entre os lençóis...

Nada daquilo tinha significado.

– Você é tudo que eu achei que fosse – disse Rune.

Laila encontrou a faca amarrada a sua coxa e puxou a arma da bainha, jogando-a de lado. Gideon ficou observando a lâmina deslizar pelo chão.

– E você não é nada que eu pensei que seria – respondeu ele, quase em um sussurro.

Para alguém que a vinha caçando implacavelmente por dois anos, ele deveria soar mais triunfante, pensou Rune. Deveria estar se vangloriando, exultante. Em vez disso, parecia... destruído.

Laila continuou apalpando o corpo de Rune, sem jamais olhá-la nos olhos. Como se a bruxa não passasse de um cachorro.

– Não tem mais nada – avisou Rune, o rosto ardendo de raiva. – Só a faca.

– Sou eu quem decide se tem ou não tem – rebateu a oficial.

O soldado que tinha ido checar os alforjes voltou, se encaminhando até Gideon com o uniforme roubado da Guarda Sanguínea em mãos. Pousou as roupas na mesa.

Rune engoliu em seco, vendo Gideon semicerrar os olhos. Claramente estava se perguntando onde ela havia conseguido aquilo.

– O que é isso? – Laila apertou o cano frio da arma no peito de Rune, puxando a corrente de prata cujo pingente estava escondido sob a camisa.

Rune assistiu enquanto Laila usava a arma para exibir o anel que Alex lhe dera. A peça balançou, refletindo a luz.

Rune tentou pegar a aliança, mas seus braços estavam presos, e Laila foi mais rápida. O punho da oficial se fechou ao redor do anel de prata e ela puxou com força, arrebentando o cordão. Entregou a peça para Gideon.

Pela forma como ele cerrou o maxilar, Rune soube que tinha reconhecido a joia na mesma hora.

Ela sentiu o mundo desmoronar ao seu redor. Não queria que ele tivesse descoberto daquela forma.

– Vocês ficaram *noivos*?

Gideon parecia ter levado um soco no estômago.

– Eu ia contar. – Rune libertou um dos braços e deu um passo na direção dele, tocando sua manga com a ponta dos dedos. – Gideon...

Ele se retraiu, como se seu toque queimasse. Sombras tomaram os olhos de Gideon ao encontrarem os dela.

– Nunca mais encoste em mim.

Rune se encolheu, sentindo algo murchar dentro de si.

Mas por que se encolher? Fora ele quem ludibriara Rune para que ela se apaixonasse. Dos dois, ele era o consumido pelo ódio. Era quem estava entregando uma garota para ser assassinada.

Rune endireitou as costas.

– Sim. Estamos noivos, *sim*. Seu irmão é um homem muito melhor do que você jamais será.

A dor nos olhos dele era inconfundível.

– Quer saber de uma coisa? – Gideon se aproximou, puxou a mão dela e enfiou a aliança em seu dedo anelar. – Fique com isso.

Por alguma razão estranha, o gesto fez Rune querer irromper em lágrimas.

– Já acabamos aqui – falou ele, passando por ela sem olhar para trás. – Prendam a Mariposa Escarlate.

Ela o observou se afastar, fazendo os soldados abrirem caminho. Viu a porta bater depois que ele saiu a passos largos, deixando-a à mercê de caçadores de bruxas.

Como se não pudesse respirar o mesmo ar que ela por mais um segundo sequer.

CINQUENTA E SEIS

GIDEON

GIDEON DESTRUIU O FRASCO de Rune nos paralelepípedos, vendo a chuva lavar o sangue.

Não conseguia parar de pensar na aliança da mãe naquele cordão ao redor do pescoço dela. Um anel que ele próprio dera a Alex como lembrança.

Alex pedira Rune em casamento. E ela havia aceitado.

Você é um completo idiota, disse a si mesmo enquanto montava no cavalo.

Claro que nada entre eles tinha qualquer significado. Claro que *ele* não havia significado nada. Não para Rune. Era tudo um jogo. Embora Gideon considerasse que, no fim, ele vencera, de alguma forma ainda tinha a sensação de que não valera de nada.

Ela havia escolhido Alex.

E quem não escolheria?

Seu irmão é um homem muito melhor do que você jamais será.

As palavras fizeram o coração de Gideon virar gelo.

Por que aquilo importava? Ela era a Mariposa Escarlate – uma pedra constante em seu sapato ao longo daqueles dois anos. A droga de uma *bruxa*.

Ele fora enganado uma segunda vez. Tinha se aberto apenas para ser apunhalado *de novo*. Acreditara na garota que Rune fingia ser. Havia se permitido ter esperanças. Pensar que os dois poderiam viver algo bonito juntos. Algo *bom*.

Será que Gideon tinha alguma falha que o fazia ser tão inocente? Tão suscetível à enganação?

Ele esfregou o rosto, secando as gotas de chuva. Depois que Laila enfim colocou as contenções nas mãos da bruxa, arrastando Rune da alfaiataria até um cavalo, ele não conseguiu mais olhar para ela. Só encarou um ponto fixo à frente enquanto a encaminhavam em meio à tempestade até o centro da cidade, na direção da plataforma de expurgo construída na praça central, onde a execução de Seraphine logo se desenrolaria.

Agora, uma segunda bruxa se juntaria a ela.

Relâmpagos marcavam o céu quando chegaram, iluminando as vigas do tablado. Uma multidão já se juntara ali, esperando o início dos expurgos.

Gideon tentou endurecer o coração patético para o que aconteceria a seguir. Devia estar celebrando a captura de uma criminosa notória. Aquela bruxa fora sua obsessão por dois anos. Ele a caçara, e agora a condenaria à morte e veria a justiça enfim ser feita.

Rune era a razão pela qual ele levantava da cama todos os dias.

Agora que a capturara e a justiça parecia ao alcance, porém, tudo que sentia era um vazio.

– Gideon!

A voz do irmão o fez virar a cabeça de repente, perscrutando a multidão. Encontrou Alex ao longe. A chuva emplastrava seu cabelo loiro conforme ele avançava pela turba.

Gideon desceu do cavalo.

– O que você está fazendo aqui? – gritou Alex, encharcado.

– O que *eu* estou fazendo?

Alex empurrou Gideon para o lado e tentou chegar até Rune, ainda montada no cavalo de Laila.

– Soltem ela.

Gideon agarrou o irmão pela lapela e o puxou para longe.

– Cuidado, irmão. Você está em terreno perigoso.

Alex o fulminou, seus olhos normalmente gentis cintilando de fúria. Apontou para Rune enquanto as pessoas sibilavam e cuspiam nela.

– Você está tranquilo em fazer *isso*?

Colocando-se entre o irmão e a Mariposa Escarlate, Gideon repetiu algo que ouvira Bart Wentholt dizer certa vez:

– Alguém precisa fazer o trabalho sujo para proteger vocês de bruxas perigosas.

– Ela não é uma bruxa perigosa! – gritou Alex na cara dele. – É uma garota inocente!

– *Inocente?* – Gideon quase riu. – Ela enfeitiçou você, Alex.

Enfeitiçou nós dois.

– Veja bem o que está fazendo, pelo menos uma vez na vida! – A chuva escorria pelo rosto de Alex. – Esse senso de justiça deturpado está destruindo você! – Ele balançou a cabeça, fazendo gotas de chuva voarem para todos os lados. – Está prestes a matar a garota que eu *amo*. Não vê como isso é absurdo?

Gideon cerrou os punhos.

– Ela é uma bruxa, Alex. – Sua voz saiu tão fria quanto o céu cinzento daquele instante. – Simpatizar com gente como ela é um crime punível com a morte.

Alex ergueu o queixo, desafiador.

– Então me prenda.

As palavras atingiram Gideon como um soco. Depois de todos aqueles anos tentando proteger Alex, o irmão agora jogava seu sacrifício na cara de Gideon.

– Não seja idiota.

Foi tomado pelo ímpeto de agarrar o caçula pela camisa e levá-lo embora. Trancá-lo em um armário até tudo aquilo acabar. Provavelmente nunca o deixar sair. Pelo bem do próprio irmão.

Os olhos de Alex flamejavam. Olhando para Gideon de cima a baixo, gritou para que toda a multidão pudesse ouvir:

– Eu sabia quem era a Mariposa Escarlate e não te contei!

– Alex – interrompeu Rune, atrás deles. – Não faça isso.

O coração de Gideon se contorceu quando viu os dois se entreolharem. Ouviu o tremor na voz de Rune quando ela disse:

– Por favor, *por favor*, vá embora.

– Escute a garota – falou Gideon.

Alex a encarou.

– Sinto muito, Rune, mas, se acha que vou ficar aqui parado vendo você ser morta, está redondamente enganada. – Virando as costas para a noiva e o irmão, ele se dirigiu à multidão sedenta de sangue. – Ajudei Rune a tirar bruxas das celas da prisão do meu irmão! Eu a ajudei a transportar clandestinamente criminosas para fora desta ilha maldita! *Sou culpado!*

Os olhos dele faiscavam quando se virou de novo para Gideon.

– Agora, pode me prender.

Gideon cerrou o maxilar. Alex declarara de forma claríssima que era um inimigo da República. Um simpatizante de bruxas.

Ele sabia o que precisava fazer.

Mas Alex era seu irmão mais novo, e era trabalho de Gideon mantê-lo em segurança a todo custo.

– Capitão – chamou Laila, baixinho. – Se você não o prender, eu vou.

Ela ergueu um par de algemas de ferro, a corrente tilintando ao vento. Alex estendeu os pulsos, esperando. Desafiando Gideon a fazer o impensável.

Mas Gideon fizera um juramento: erradicar bruxas e simpatizantes. Impedir que elas voltassem a impor de novo sua tirania sobre os inocentes. Aquele era o seu propósito. Sua *vocação*.

Assim, com o coração se partindo, Gideon pegou as algemas da mão de Laila e as fechou ao redor dos punhos do irmão mais novo.

CINQUENTA E SETE

RUNE

AS CONTENÇÕES PESAVAM no colo de Rune, ferro gelado envolvendo suas mãos do punho à ponta dos dedos, garantindo que ela não fosse capaz de se cortar ou traçar marcas de feitiço.

Trovões ribombavam no céu enquanto ela olhava a multidão. Muitos dos que cuspiam, xingavam e exigiam que ela pagasse por seus crimes com a própria vida já haviam se sentado a sua mesa e dançado em seu salão.

Rune não estava nem um pouco surpresa.

Aquelas pessoas nunca tinham sido suas amigas.

Por um lado, era um alívio. Não precisaria mais fingir. Enfim sabiam o que ela era. Porém, ela se preocupava com Alex, que agora encarava a morte certa – que chegaria pelas mãos de seu irmão mais velho.

O olhar de Alex se encontrou com o de Rune em meio aos membros da Guarda Sanguínea entre eles.

– Você devia ter me renegado – disse ela enquanto Laila a pegava pelos braços e a arrancava de cima do cavalo. – Devia ter se salvado.

– Não dá para renunciar ao nosso próprio coração – respondeu Alex, dando um passo na direção dela, os olhos marejados de emoção.

Ele baixou a cabeça, pousando a bochecha na testa de Rune.

Antes que pudesse fazer mais do que isso, Gideon os separou.

– Chega.

Rune correu o olhar pelo paletó do uniforme do capitão da Guarda Sanguínea. A lã carmim estava tão encharcada pela chuva que parecia quase preta.

Gideon estava pétreo. Frio e inabalável como uma montanha.

– Chegou a hora – disse ele, virando Rune na direção da plataforma.

Havia dois lances de degraus, um de cada lado do tablado. Enquanto ele guiava Rune até a escada mais próxima, ela viu outra pessoa sendo empurrada do outro lado. Uma mulher com feições aquilinas e cachos morenos desgrenhados. *Seraphine*. As mesmas contenções de ferro envolviam suas mãos.

Rune tentou engolir o medo.

Este era o único fim possível. Você mandou sua avó para o expurgo, e agora vai ter o mesmo destino que ela.

Achar que poderia escapar com Alex tinha sido um erro. Apenas tolos acreditam em finais felizes.

Enquanto Gideon a levava para a morte, Rune pensou em como era adequado ser ele a entregá-la para o expurgo. Ela passara dois anos odiando Gideon. Parecia apropriado que continuasse detestando-o até o último suspiro.

Só que, mesmo naquele momento, no fim, seu ódio falhou.

Rune sabia o que bruxas tinham feito com a família dele. Sabia os horrores que Gideon sofrera nas mãos de uma das rainhas. Rune, como outra bruxa antes dela, havia brincado com ele. Enganado e traído Gideon. Ele tinha razões mais do que suficientes para acreditar que todas as bruxas eram iguais: horrivelmente cruéis e infinitamente malignas.

Como ela poderia odiá-lo?

Especialmente com a mão dele pousada em suas costas. Mesmo com raiva, ele era carinhoso com Rune. O estoico Gideon – tão firme em sua convicção, tão diligente em seu dever – estava relutante. *Em conflito*. Ela focou na sensação da palma dele contra suas costas.

Rune se lembrou das últimas palavras que a avó dissera antes de ter a garganta cortada. *Eu te amo*, sussurrara ela enquanto encarava a neta no meio da multidão.

Engoliu o nó na garganta e olhou de soslaio para o rapaz a seu lado.

Eu te perdoo, pensou. Talvez fosse uma tola por isso, mas que diferença fazia, se aquele era o fim?

Assim que o perdoou, uma coisa esquisita aconteceu: Rune perdoou a si mesma também. Pelo que tinha feito com a avó.

Todo aquele tempo, o que ela precisara estivera sempre ali, dentro dela.

Gideon não olhou para Rune enquanto a entregava aos quatro soldados da Guarda Sanguínea que esperavam para prender as correntes em seus calcanhares. Correntes que a pendurariam de cabeça para baixo para ser assassinada. O calor constante da mão dele desapareceu de suas costas quando ele se virou para se afastar.

– Gideon.

Ele se contraiu e parou, mas não se virou.

– Sinto muito – disse Rune. – Sinto muito por tudo.

Enfim, ele olhou para ela, e a expressão ferida em seu rosto a acertou como uma punhalada.

Sob o pingar pesado da chuva, ela o ouviu dizer:

– Eu também.

E se afastou a passos largos enquanto o ferro gelado mordia os calcanhares nus de Rune e as trancas se fechavam.

CINQUENTA E OITO

RUNE

SERAPHINE E RUNE ESTAVAM lado a lado. A roldana puxou as correntes, prestes a erguer as duas de ponta-cabeça, expondo a garganta para a faca de expurgo.

Seraphine semicerrou os olhos escuros, encarando Rune. Em vez de se surpreender com o fato de que ela era uma bruxa, disse apenas:

– Por que você entregou Kestrel?

Lágrimas começaram a rolar pelo rosto de Rune enquanto ela processava a inevitabilidade de tudo aquilo.

– Alguém nos traiu. A Guarda Sanguínea teria matado nós duas: minha avó por ser bruxa, e eu por não entregá-la. Ela disse que, se eu a amasse, tinha que traí-la. Para que ela não precisasse me ver morrer.

Seraphine franziu a testa, um gesto quase delicado.

Um relâmpago atravessou o céu e o ar carregado fez os pelos de Rune se eriçarem.

– Vovó me pediu para procurar você. Fui até a sua casa na noite em que você foi presa. Passei dois anos atrás do seu paradeiro, mas cheguei tarde demais.

O que teria acontecido se Rune tivesse aparecido uma hora mais cedo?

Será que alguma delas estaria ali, esperando o golpe da faca?

– Falhei com vocês duas.

O olhar de Seraphine ficou mais afiado.

– Não – disse ela, suas íris faiscando de um jeito estranho, como se algo ao longe tivesse chamado sua atenção. – Não acho que falhou.

Uma luz cintilou na visão periférica de Rune. Quando ergueu o rosto, quatro cometas pretos flamejantes acertaram a plataforma, feito tiros de canhão, acertando diretamente os guardas de cada lado das duas bruxas. Rune ouviu o som dos corpos caindo na madeira.

Ao redor delas, o palanque começou a queimar. Apesar da chuva, o calor fazia o ar crepitar. Mais projéteis acertaram a plataforma, derrubando a viga vertical. Rune cobriu a cabeça com as mãos presas pelas contenções, mas sabia que não adiantaria. Seraphine e ela estavam completamente expostas.

Algo *estalou* e Rune ergueu a cabeça a tempo de ver o caibro logo acima delas começar a rachar.

E cair.

Enquanto o pedaço pesado de madeira despencava, Seraphine se jogou na direção de Rune, tirando-a do caminho. A viga bateu com tudo no palanque, bem onde as duas haviam estado segundos antes.

Seraphine ficou de pé.

– Você está bem?

Rune assentiu.

No ar, pairava o cheiro de carne queimada e... alguma outra coisa.

Sangue e rosas, pensou a garota.

Magia.

Rune já tinha sentido aquele cheiro antes, na noite do Jantar de Luminares. O odor a encobria.

Alguém na multidão berrou.

Enquanto outros gritos soavam, Seraphine se jogou sobre o parapeito de madeira na beirada da plataforma, inclinando o corpo tanto quanto as correntes nos tornozelos permitiam. Rune estava prestes a se levantar também quando sentiu o estômago se contrair. Uma sensação cálida e intensa se espalhou por seu baixo-ventre.

Aquela dor. Ela passava boa parte de cada mês esperando por ela.

Quando um fluido quente e úmido brotou entre suas coxas, Rune sentiu uma onda de alívio.

Sua menstruação havia chegado.

Sangue fresco com o qual conjurar...

Não que ela estivesse em condições de usá-lo – suas mãos estavam envoltas em ferro. Tentando entender por que não havia soldados se aproximando para matar as duas bruxas de uma vez e acabar com aquilo, Rune ficou de pé e se juntou a Seraphine no parapeito, analisando a plataforma.

– Pela misericórdia das Ancestrais – murmurou Seraphine.

Dezenas de vultos com mantos cinzentos avançavam pela praça da cidade na direção do palanque de madeira. Os uniformes carmim da Guarda Sanguínea seguiam na direção deles à medida que a turba ao redor se dispersava. O caos irrompeu. Cidadãos tentavam escapar, gritando e se empurrando, desesperados para sair do caminho.

Sob o céu escuro, trovões ribombavam, perigosos, enquanto tiros zumbiam pelo ar.

Rune semicerrou os olhos, tentando ver os rostos sob os capuzes cinzentos.

– Quem são aquelas pessoas?

– Bruxas – respondeu Seraphine.

O coração de Rune acelerou. Ela tentou com mais afinco enxergar, e viu que reconhecia algumas das garotas sob os mantos. Bruxas que ela havia resgatado das garras de Gideon. A maioria ela sequer conhecia, mas à frente ia uma jovem que lhe era muito familiar.

Verity de Wilde.

Seus óculos cintilaram quando outro relâmpago cortou o céu, e seus cachos caíam soltos sobre os ombros. Na mão, carregava uma faca que Rune nunca vira antes, com uma lâmina curva, em forma de lua crescente.

– Cressida Roseblood está viva... – Seraphine semicerrou os olhos. – E, de alguma forma, reuniu um exército de bruxas.

– Aquela não é Cressida – corrigiu Rune. – É minha amiga, Verity.

Rune conhecera Cressida. Verity e a rainha bruxa não se pareciam em nada.

– Garanto que aquela garota é uma Roseblood – disse Seraphine. – Apenas alterou sua aparência.

Rune franziu a testa, relembrando o quarto desaparecido de Verity. Sua exaustão infinita. O perfume pesado que sempre usava.

Será que tudo não passava de uma ilusão elaborada?

A magnitude daquilo – fingir ser outra pessoa em tempo integral ao longo de dois anos – exigiria muito poder.

E muito sangue fresco.

Uma sensação horrível começou a dominar Rune.

Verity reagira quase na defensiva quando fora questionada sobre as irmãs Roseblood usarem feitiços arcanos. E estivera no Jantar de Luminares na noite em que, segundo evidências, Cressida Roseblood também havia aparecido. E se Verity fosse a responsável pelo fogo conjurado?

E se Verity de Wilde *de fato* fosse Cressida Roseblood disfarçada?

– Sinto muito, mas sua amiga Verity não existe – falou Seraphine. – Ou, se algum dia existiu, não existe mais.

– Está dizendo que Cressida *matou* Verity e roubou sua identidade?

– É muito provável.

– Mas isso significa que...

Que Cressida Roseblood, e não Verity de Wilde, fora a maior confidente de Rune por dois anos – sem que ela soubesse.

Durante todo aquele tempo, Rune havia sido confidente e confiado em uma *assassina*. Na garota que tinha torturado Gideon e matado a irmãzinha dele.

Ela pousou sobre o parapeito as mãos envoltas em contenções, tentando se estabilizar.

Não pode ser verdade.

Verity era sua amiga.

Mas Rune só havia se aproximado da garota nos meses após a revolução. Naquela época, Cressida já tinha sido destronada – e, agora ela sabia, estava à solta. Tempo mais do que suficiente para que ela tivesse matado a garota e assumido sua identidade *antes* de fazer amizade com Rune.

Pensar em Verity – na Verity de verdade, garota que agora Rune precisava admitir nem conhecer – sendo encurralada pela rainha bruxa a fez sentir vontade de vomitar.

Como eu não vi os sinais?

Rune viu a garota que conhecia como Verity abrir caminho em meio à multidão, com um exército de bruxas atrás de si. Apesar de seu horror e de seu ódio, precisava admitir que Cressida era a coisa mais próxima de uma aliada que ela e Seraphine tinham no momento.

Todos os outros presentes as queriam mortas.

Lembrou-se das inúmeras vezes em que Verity – *não, Cressida* – traçara casualmente as marcas de feitiço nas páginas abertas de seus livros. Se estivesse memorizando todas aquelas magias, era provável que soubesse o encanto para soltar as mãos de Rune e de Seraphine.

O rompe-tranca.

Inclinando o corpo sobre o parapeito tanto quanto possível, Rune gritou, a voz batalhando contra o trovão:

– Minha rainha!

A garota que roubara a identidade de Verity ergueu o rosto, fixando o olhar em Rune como se fosse um falcão.

Enquanto fumaça pairava pelo ar, Rune levantou as mãos presas com ferro.

– Uma ajudinha?

A rainha bruxa sorriu, e Rune estremeceu com a visão. Ela estendeu o antebraço pálido coberto de marcas de feitiço traçadas com sangue e, com a outra mão, borrou os símbolos.

A ilusão se desfez.

Ela não era mais Verity.

Os cachos castanhos se alisaram, clareando até um prateado da cor do luar. Os olhos, antes escuros, assumiram um azul cristalino. E as curvas do corpo sumiram, se encolhendo e esticando até formar o esbelto físico da rainha de quem Rune se lembrava.

Cressida agarrou uma jovem do meio da multidão, puxando sua cabeça para trás pelos cabelos. Enquanto a vítima gritava e lutava, tentando se desvencilhar, Cressida expôs a garganta clara e usou a faca afiada em forma de lua crescente para degolar a garota.

Rune desviou o olhar tarde demais para não ver o sangue vermelho descer como riachos pelo pescoço da moça. Ela despencou nos paralelepípedos, sem conseguir respirar. Cressida mergulhou os dedos no sangue e traçou um símbolo novo.

O feitiço lampejou. As contenções de Rune e de Seraphine estalaram. Os blocos pesados de ferro que prendiam suas mãos se abriram, assim como as correntes nos tornozelos. Tudo caiu no chão, batendo na plataforma incendiada com um estalido metálico.

Rune e Seraphine estavam livres.

CINQUENTA E NOVE

GIDEON

A MULTIDÃO SE DISPERSOU ao redor de Gideon. Para todos os lados que olhava, pessoas gritavam e se empurravam, tentando sair da praça e se afastar das bruxas que chegavam. Gideon correu para o meio do empurra-empurra, sacando o revólver.

Havia mais bruxas que soldados. O fogo conjurado matara os membros da Guarda Sanguínea posicionados na plataforma, deixando apenas os que estavam no chão. Havia gente o bastante para levar um expurgo a cabo, mas não para conter um ataque como aquele. E o som de tiros pela praça significava que as bruxas estavam armadas.

Ou seja, os soldados de Gideon estavam em menor número e ainda por cima com menos armas.

Ele sabia que Cressida vinha armando algo. Deveria ter se preparado. Deveria ter estado pronto para qualquer coisa.

A turba se dispersou, deixando apenas as bruxas – dezenas delas, com seus mantos cinzentos. Elas avançavam em sincronia. As da frente atiravam e recuavam para recarregar as armas enquanto as de trás se adiantavam para cobrir as lacunas.

Blam, blam, blam!

Balas passaram zumbindo por Gideon. Ele atirou de volta, convocando a Guarda Sanguínea a voltar até a plataforma de expurgo, cuja estrutura de madeira – agora em chamas – poderia ser usada como proteção.

Gideon continuou atirando enquanto seus subordinados obedeciam às ordens – todos exceto Laila, que ainda disparava ao lado dele.

– Vá.

Ela o ignorou, o cano do revólver fumegando.

– Algumas daquelas garotas são as bruxas que a gente capturou.

Ele assentiu. As que Rune tinha libertado, com a ajuda de seu irmão.

– E a que está à frente delas...

O rapaz estremeceu. *Cressida*. A garota de seus pesadelos estava ali, em carne e osso. Ele não queria pensar no que aquilo significava. Se perdessem aquela batalha...

De repente, as bruxas se detiveram. Pararam de atirar, e o silêncio ecoou pela praça.

– Gideon Sharpe! – exclamou Cressida. – Diga a seus vira-latas para recuarem!

A voz dela fez um calafrio descer pelas pernas dele, que quase cederam.

Ele e Laila pararam de disparar, mas continuaram com as armas erguidas. Quando os membros da Guarda Sanguínea atrás deles fizeram o mesmo, Cressida se destacou da formação com outra bruxa a seu lado.

A segunda mulher arrastava alguém pela gola. O prisioneiro cambaleava. Seu rosto estava tão ensanguentado e inchado que Gideon demorou para reconhecê-lo.

– Papai! – gritou Laila.

Gideon olhou com mais atenção. Era *mesmo* Nicolas Creed. O homem que o carregava do beco atrás da academia de boxe, o homem que o ensinara a revidar.

Como Cressida o capturou?

O Nobre Comandante ficava fortemente protegido o tempo todo.

Mas se Cress fora capaz de se disfarçar de Verity, poderia se disfarçar de qualquer pessoa. Um dos soldados mais dedicados de Nicolas, talvez. Sua esposa, quem sabe um de seus filhos. Ele não teria chance alguma contra ela.

A bruxa jogou o Nobre Comandante no chão, aos pés de Cressida.

Laila baixou a arma e tentou avançar. Gideon estendeu o braço para impedi-la.

– Não perca a cabeça – falou. – É a única forma de ajudar seu pai agora.

Laila engoliu em seco, assentindo. Voltou a se colocar ao lado de Gideon, sem tirar os olhos de Nicolas.

Cressida embainhou a faca – aquela de lâmina em forma de lua crescente que Gideon conhecia bem demais – e sacou um revólver. Deu alguns passos adiante e encostou o cano na testa do Nobre Comandante. Sangue vermelho-vivo manchava seus dedos, e um de seus braços cheio de cicatrizes estava completamente coberto por marcas de feitiços desbotadas.

Seu olhar afiado pousou em Gideon.

– Diga a seus soldados para largarem as armas em uma pilha ali. – Ela apontou com a cabeça um ponto vários metros à frente. – Depois, traga Rune Winters e Seraphine Oakes. Faça isso agora, ou mato o homem.

Nicolas estava ajoelhado, com as mãos amarradas atrás das costas. O Nobre Comandante ergueu os olhos; um deles estava fechado pelo inchaço.

Laila apertou o revólver com mais força.

Nicolas encarou Gideon.

– Não obedeça. Não ceda.

Cressida pressionou o cano da arma com mais força. Seus olhos escuros brilhavam.

– Me entregue as armas, Gideon.

– Lembre-se de como era quando a gente vivia à mercê delas – falou Nicolas Creed.

Cressida baixou a cabeça de repente, encarando sua vítima.

– Nicolas – murmurou ela em uma voz suave. *Falsamente* suave. Gideon conhecia aquele tom. Seus sentidos ficaram em alerta, e o medo se infiltrou. – Pare de falar.

– Comandante – falou Gideon. – Com todo o respeito, acho que devemos fazer o que ela está dizendo.

Nicolas olhou de Gideon para Laila, depois voltou a encarar Gideon. Podiam ter surrado seu corpo, mas seu espírito estava intacto. Ele não parecia resignado, e sim determinado.

– Pense no que ela vai fazer com as pessoas que você ama. O que vai fazer *com você*. Quer aquela vida de novo? Ou quer...

Um tiro ecoou pela praça.

Gideon se encolheu.

Laila arquejou.

O silêncio perdurou enquanto o corpo do Nobre Comandante tombava para a frente, caindo todo desconjuntado. Seus olhos estavam vazios quando pousaram em Gideon.

Um entorpecimento gélido se espalhou pelo peito dele. Fitou seu mentor – um homem que fora como um pai – morto nos paralelepípedos.

– Chega disso – falou Cressida.

— Papai...

Laila se moveu, forçando Gideon a se mexer também. Guardando a arma no coldre, ele agarrou a colega pela cintura, impedindo que ela chegasse mais perto da bruxa.

— Vou matar você. Vou matar você! — Laila se debatia nos braços dele. — Me solte, Gideon!

Ele lutou para arrancar a arma da mão dela e jogá-la no chão, diante de Cressida. Prendeu os braços de Laila junto ao corpo, imobilizando-a.

— Me solte, me solte, me solte...

Ela estava chorando. Implorando. Gideon apertou com mais força. Aquela não era a Laila que ele conhecia. Laila era durona. Resiliente. Indestrutível.

Gideon não podia permitir que Cressida a destruísse também.

— Não perca a cabeça — repetiu ele, o peito fervilhando de fúria. Não sabia se estava falando aquilo para Laila ou para si mesmo. — É o que seu pai ia querer que você fizesse.

Era *por aquela razão* que a revolução precisara acontecer. Por aquela razão, Gideon se tornara um caçador de bruxas. Para nunca mais estar à mercê delas. Para garantir que bruxa alguma voltasse ao poder.

— Gideon?

Ao se virar, ele se deparou com Alex a seu lado. Os pulsos do irmão estavam livres das algemas, e ele segurava o casaco de um uniforme da Guarda Sanguínea ajeitado de modo a parecer um cesto. Dentro dele, Gideon viu as armas de alguns de seus soldados. O irmão mais novo as estava coletando para a rainha bruxa.

Rune e Seraphine estavam ao lado dele.

Havia um pedido silencioso de perdão nos olhos de Alex quando ele estendeu o casaco, esperando que Gideon acrescentasse o próprio revólver à pilha. Gideon queria cuspir naquele olhar sentido. Alex claramente mentira, dizendo que tinha matado a caçula Roseblood na noite da revolução. Aquilo fazia Gideon questionar até onde ia o envolvimento do irmão na conspiração.

Alex era tão cúmplice quanto Rune.

Gideon soltou Laila, que caiu de joelhos, aos prantos. Depois, jogou a arma no meio das outras.

— Você não tem noção do que fez.

Alex ficou calado. Apenas se virou para entregar os revólveres, seguido por Rune e Seraphine. Gideon viu o irmão depositar os armamentos aos pés de Cressida. Viu um sorriso se abrir nos lábios dela. Era o mesmo sorriso que surgia em seus pesadelos. O sorriso de alguém que sabia o poder que tinha sobre as pessoas e queria que elas também soubessem.

O sorriso de um monstro que retornara da morte.

Cressida ergueu o revólver, dessa vez apontando diretamente *para Gideon*.

– Tem mais uma coisa – falou ela. – Você vem conosco, Gideon.

Ele quase riu.

– Não, obrigado. Prefiro morrer.

O sorriso de Cressida se fechou.

– Prefere que *ela* morra também? – Ela apontou a arma para Laila, que ainda estava de joelhos.

Gideon entrou na frente dela, protegendo a colega do tiro.

– Você vai descobrir que muitos de nós preferem morrer a voltar a se curvar a seus pés, Cress.

Ela semicerrou os olhos.

– É justo – disse ela, apontando o revólver para o peito dele.

Gideon aguardou o projétil. Estava pronto para recebê-lo. Esperava que a morte viesse rápido.

O tiro, porém, nunca o atingiu.

Quando a arma foi disparada, seu irmão se jogou na sua frente.

SESSENTA

GIDEON

– NÃO!
Alex cambaleou com o impacto. Gideon ouviu Rune gritar. Alex oscilou, virando-se para o irmão.
Seus olhares se encontraram.
Sangue já brotava no peito dele.
– Não, não, não...
A praça desapareceu enquanto Alex entrava em foco. Ele baixou o rosto, olhando a mancha vermelha que se espalhava depressa pela camisa branca. Levou os dedos à ferida, assimilando o que acontecera.
Gideon começou a correr na direção do irmão mais novo. Precisava pegá-lo antes que caísse. Antes que seus olhos ficassem vazios como os de Nicolas.
Não, por favor. Você é tudo que me resta...

SESSENTA E UM

RUNE

UM GRITO RASGOU a garganta de Rune quando ela viu Cressida erguer a arma e apertar o gatilho. Estivera tão focada em Gideon na linha do tiro que, quando viu Alex avançar, já era tarde demais.

– ALEX! – berrou Gideon.

O coração de Rune parecia prestes a sair do peito.

Era um pesadelo.

Gideon já corria na direção do irmão, mas Rune estava bem mais perto. Quando as pernas de Alex cederam, foi ela quem o segurou.

Rune o agarrou pela cintura, caindo de joelhos sob seu peso. Alex focou no rosto dela enquanto sangue brotava na camisa, a mancha maior a cada instante.

– Rune – sussurrou ele enquanto ela o colocava no chão. – Faça um favor para mim? Diga a meu irmão que eu o amo.

Os olhos dela ardiam. Balançou a cabeça, aninhando o garoto contra o peito.

– Você mesmo vai dizer isso.

O som súbito de armas disparando, de balas zunindo no ar, fez Rune erguer a cabeça. Ela ouviu gritos e coturnos batendo em uníssono no chão. Viu um mar de uniformes vermelhos inundando a praça.

A Guarda Sanguínea estava ali. Ao lado de soldados treinados marchavam cidadãos comuns, que avançavam na direção das bruxas. Parecia haver milhares deles. Comerciantes e estivadores. Mães e filhos. Patriotas que prefeririam arriscar a vida a ver o Reinado das Bruxas ressurgir.

Estavam preenchendo toda a praça. Cercando as bruxas.

Estamos perdidas.

Rune olhou para Cressida, cujo rosto tinha empalidecido. Sua boca não passava de uma linha fina.

– O que está acontecendo? – perguntou Alex.

– É o fim – respondeu Rune. – Acabou.

Alex tocou o rosto dela, chamando sua atenção.

– Quero que você faça uma última coisa por mim.

Rune o puxou para mais perto, abraçando-o com força. Como se só aquilo pudesse deter o fluxo da morte.

– Shiu, não faça esforço.

Ela o seguraria até que a matassem e o arrancassem de seus braços gelados e sem vida.

Alex ergueu a outra mão e aninhou o rosto dela enquanto mais sangue quente jorrava de seu ferimento, encharcando as roupas de Rune e empoçando nos paralelepípedos.

– Não tenho muito tempo, mas você... Você tem uma vida toda pela frente. *Rune*. Quero que você viva tudo que tem para viver.

Ela fechou os olhos.

– Não importa agora. – Baixou a cabeça, beijando o cabelo dele.

Mesmo que sobrevivessem àquilo, ela teria perdido tudo. Todos sabiam quem ela era. Gideon a queria morta. E agora Alex...

– Estou implorando, Rune. Salve-se.

Ela fez que não. O cheiro acre de pólvora voltou a queimar no ar. A qualquer momento, a Guarda Sanguínea começaria a abater as bruxas ali mesmo, uma a uma. Cressida era poderosa, mas sozinha não poderia deter um exército auxiliado por milhares de patriotas determinados.

Os olhos de Rune ainda estavam fechados quando Alex pegou a mão dela e a apertou contra o próprio peito, onde a bala o atingira. Ela sentiu o sangue quente e molhado.

– Estou lhe dando permissão.

Rune abriu os olhos. *O quê?*

– Até hoje, você conjurou apenas feitiços pequenos e ilusões, só porque nunca teve sangue o bastante para fazer mais que isso.

Rune franziu a testa.

– Como assim?

– Use *meu* sangue. Não vou precisar dele por muito mais tempo. – Alex sorriu, meio triste. – Pegue quanto precisar.

– Não... Não posso.

Mas podia, e ambos sabiam. Magia só corrompia as bruxas se o sangue fosse coletado contra a vontade da pessoa.

– Mesmo que eu pudesse, por que faria isso?

O olhar dele ficou mais fraco.

– Para sobreviver – respondeu Alex, prendendo uma mecha de cabelo atrás da orelha dela. – Para que eu ao menos possa lhe dar isso, já que não vou poder dar o resto.

Rune apoiou a testa na dele, sentindo o próprio queixo tremer.

– Prometa que minha morte não vai ter sido em vão, Rune – continuou Alex. – Diga que vai usar meu sangue para se salvar.

Ela negou de novo com a cabeça.

– *Por favor*.

Rune apertou os olhos, sabendo que era egoísta continuar negando. Se estivesse no lugar dele, imploraria para que Alex fizesse o mesmo.

Já que ia perdê-lo, poderia ao menos lhe dar aquela alegria. Não poderia?

– Certo. – A voz dela falhava. Lágrimas escorriam por seu rosto. – *Prometo*.

Entrelaçando os dedos no cabelo de Rune, Alex a puxou para um último beijo.

Ela retribuiu, e aquela pequena faísca tremulou em seu peito. Uma faísca que jamais teria a chance de crescer até se tornar uma chama estável.

Rune o beijou até o peito de Alex descer e não voltar a subir sob sua mão. Até que um último suspiro escapasse por entre seus lábios.

Quando se afastou, os olhos dourados dele estavam calmos como um mar vítreo. Refletiam a tempestade lá em cima.

Alex tinha partido.

Um soluço irrompeu das profundezas de seu ser. Queria continuar chorando em cima dele. Deitar a seu lado até que a própria morte chegasse.

A única coisa que a impediu foi a promessa que fizera a Alex. Não podia quebrá-la.

O mundo girava como se Rune estivesse no meio de um furacão. O ar cheirava a sangue e fumaça, magia e pólvora. Enquanto se lembrava das páginas dos livros de feitiço da avó, os gritos dos soldados e os estouros dos revólveres pareceram ser suspensos por um instante.

Rune tinha folheado páginas com inúmeros feitiços ao longo dos anos, muitos inacessíveis, pois não tinha o sangue necessário.

Agora tinha.

Precisava aproveitar o recurso ao máximo.

Salve-se, ecoou a voz de Alex em sua mente.

Conforme o corpo dele ficava mais gelado, Rune permitiu que aquelas palavras a guiassem. Lembrou-se do último livro de feitiços que havia aberto, pensando em um feitiço poderoso demais para ser conjurado por uma bruxa como ela.

O rasga-terra.

As sete marcas douradas lampejaram em sua mente.

Com Alex ainda nos braços, ela ergueu a mão de seu peito ensanguentado e começou a desenhar nos paralelepípedos ao redor. Não deveria se lembrar dos símbolos com tanta facilidade, mas lembrava. Traçou cada um no chão, a mão guiada por algo misterioso. Ancestral. O rugido familiar preencheu seus ouvidos. O gosto salobro tomou sua língua. A onda poderosa crescia – daquela vez, porém, Rune crescia junto. Seus dedos se moviam como se possuídos, guiados pela própria magia.

Assim que terminava uma marca, começava a outra.

É essa a sensação de ser uma bruxa?

Bom. Fácil. *Certo.*

Com uma quantidade imensa de sangue fresco, nada a detinha. O oceano dentro de Rune não estava acontecendo *com* ela; *era* ela. A garota e a magia eram uma coisa só.

Quando enfim terminou a última linha do símbolo final, envolvendo a si e a Alex em um círculo de marcas de brilho branco, ergueu os dedos ensanguentados da terra. Ao fazer isso, a onda imensa quebrou, estremecendo dentro dela, irrompendo enquanto o chão tremia e um rugido de estourar os tímpanos rachava o mundo ao meio.

SESSENTA E DOIS

GIDEON

GIDEON VIU O IRMÃO CAIR. Viu Rune pegá-lo nos braços e colapsar sob seu peso. Viu Alex aninhar o rosto de Rune entre as mãos, e ela se abaixando para lhe dar um beijo.

Foi aquilo que fez os passos de Gideon vacilarem.

Alex não o queria a seu lado. Queria que fosse *ela*.

Quando ouviu o soluço arrasado de Rune, soube que o irmão havia partido.

Sua garganta se apertou. *Não...*

Alex estava morto. Assassinado por um tiro destinado a ele.

O mundo pareceu perder toda a cor.

Não consegui me despedir.

Ele caiu de joelhos, apoiando os punhos cerrados nos paralelepípedos. Levou a testa às mãos, o corpo todo trêmulo com a perda da única pessoa que lhe restava. Um grito áspero o rasgou por dentro, escapando de sua garganta.

É esse o meu fardo? Perder todos que amo?

Uma explosão repentina soou pela praça. Gideon ergueu a cabeça e viu o mundo escurecer. Era como se algo tivesse engolido o sol. Ouviu o estalo antes de sentir: a terra estava rachando. Subindo e colapsando sob seus pés, como um mar revolto.

O aroma metálico de magia e sangue se espalhou pelo ar, misturando-se a outro. Sal. Como o mar.

Gideon tentou se levantar, mas não conseguia firmar os pés.

Quando o sol voltou, ele se deparou com um abismo aberto à sua frente, separando-o do corpo do irmão. O oceano fluiu para aquele buraco, protegendo as bruxas da multidão que partia para cima delas. Rasgando a praça ao meio.

O chão continuou a chacoalhar, forçando Gideon a se afastar da beirada para evitar que os sacolejos da terra o jogassem no buraco. Enquanto ondas brancas espumavam, correndo para preencher o vão, a poeira do terremoto se ergueu no ar, acinzentando os arredores. Seu irmão desapareceu atrás da névoa.

Gideon se virou para o caos que o cercava. Procurava Laila ou Harrow – cuja voz agora ouvia, disparando ordens. Torceu para que nenhuma das duas estivesse perto da rachadura que se alargava. Se estivessem, seriam engolidas.

Quando olhou para trás, viu Cressida encarando-o do outro lado da fissura. Através da nuvem cinzenta de pó. Seraphine estava a sua esquerda. Rune, a sua direita.

Os olhos claros de Cressida se fixaram em Gideon, e ele soube que aquilo ainda estava longe de acabar.

A rainha bruxa recuou. Seu movimento fez a poeira rodopiar, obscurecendo seu vulto. Seraphine foi atrás, deixando apenas Rune, cujo olhar cheio de dor se encontrou com o de Gideon, e ali permaneceu até ela também sumir de vista, engolida pela névoa.

Ele cerrou os punhos.

– Não vou parar nunca de te caçar, Rune Winters. Aonde quer que você vá, vou atrás.

No espaço onde ela estivera pouco antes, Gideon viu algo flutuando no ar, logo acima do abismo. Pequena e delicada, as asas brilhando no breu.

Uma mariposa escarlate.

O coração de Gideon se apertou.

ENTREATO

RUNE

RUNE ENCARAVA O MAR cintilante, vendo a ilha arruinada se afastar cada vez mais. Sentia-se uma estranha no próprio corpo. Tudo que a tornava *Rune Winters* estava – ou estivera – naquela ilha, e agora ela estava indo embora.

Enquanto as gaivotas gritavam no céu e as velas estalavam ao vento, ela listou as coisas que tinha perdido.

A Casa do Mar Invernal, seu lar.

Lady, sua égua fiel.

Alex, seu amado amigo.

Rune engoliu em seco, lembrando-se dos últimos momentos dele. Olhando para ela, cheio de amor e confiança.

Ele nunca terminaria os estudos ou comporia outra canção. Sua música não mais ecoaria pelos corredores, atraindo Rune. Ela jamais mergulharia em seu abraço e saberia que estava segura. Jamais assistiria a outra ópera ou a uma sinfonia com ele. Não caminharia pelas ruas de Caelis a seu lado.

Alex tinha partido.

Rune se sentia arrasada sob o peso de sua ausência. Os sonhos de uma vida nova tinham se arruinado e jamais seriam reconstruídos.

Um barulho atrás dela a fez desviar os olhos da escotilha.

Do outro lado da cabine do navio de carga de Rune, Cressida estava sentada a uma mesa com várias outras bruxas, planejando os próximos passos. Viu Cressida se levantar e se inclinar sobre um mapa aberto no tampo. Apontava para algo que Rune não conseguia ver. Quando se movia, os estigmas botânicos que desciam por seus braços cintilavam, prateados, à luz das velas.

Era doloroso olhar para ela.

Por dois anos, Rune confiara a própria vida àquela mulher, acreditando que fosse Verity de Wilde. Ficava atordoada de pensar que, durante todo aquele tempo, sua melhor amiga não era uma universitária, e sim uma assassina.

Que relação temos agora?

E o que Cressida esperava de Rune, quando chegassem ao continente?

Ao longo de todo aquele tempo, sem saber, Rune salvara bruxas para formar o exército de Cressida. Agora que sabiam que a última herdeira da linhagem dos Roseblood estava viva, mais bruxas queriam se juntar a ela. O navio de Rune estava velejando para Caelis, onde a rainha bruxa fortaleceria seu exército e se prepararia para retomar o que lhe haviam roubado – iniciando, assim, um novo Reinado das Bruxas.

Rune não era fã da Nova República, onde sua cabeça agora estava a prêmio. Mas também não queria voltar ao que tinham antes do regime. Sabia do que Cressida era capaz e não tinha interesse algum em trocar um mal pelo outro.

Não tinha mais para onde ir, porém. Não poderia voltar para casa, onde a Guarda Sanguínea esperava para matá-la. E, sem Alex, não havia nada para ela no continente.

Alguém pigarreou atrás de Rune, despertando-a de seus devaneios. Quando se virou, viu Seraphine, que trazia uma caneca de chá fumegante entre as mãos.

– Se você consegue rachar uma cidade ao meio, ela vai querer descobrir do que mais você é capaz – falou Seraphine. – Para o caso de ser útil para ela.

Rune se encolheu com a ideia.

– Não tenho a intenção de ser útil.

Seraphine arqueou as sobrancelhas.

– Melhor ser útil do que morrer.

Rune analisou a mulher jovem à sua frente, beberricando o chá. Irrompendo pela gola de renda havia um pequeno traço de um estigma de conjuração prateado destacando-se contra sua pele marrom-avermelhada. Rune não conseguia distinguir a imagem. Penas, talvez.

Um pássaro?

A voz de Kestrel soou de repente na mente de Rune: *Me prometa que vai encontrar Seraphine Oakes, meu bem.*

Rune estivera tão ocupada tentando completar a primeira parte do pedido da avó que nunca dera atenção à segunda.

Ela vai lhe contar tudo o que eu não pude.

– Ela queria que você me treinasse – falou Rune.

Se quisesse ter alguma chance de sobreviver ao que viria pela frente, precisaria do máximo de ajuda que conseguisse.

– Quem?

– Minha avó.

As sobrancelhas finas de Seraphine se arquearam.

– Queria, é?

– Acho que foi por isso que ela me pediu para encontrar você. Acho que, de alguma forma, ela sabia que eu era uma bruxa.

Ao seu lado, o peito de Seraphine subiu e desceu com um suspiro enquanto ela baixava a caneca.

– Você tem muito a aprender – disse ela, olhando para Rune de cima a baixo.

Rune estava prestes a responder que não tinha medo de trabalhar duro, que estava determinada a aprender tanto quanto possível, mas Cressida ergueu a cabeça e a encarou.

Um calafrio desceu pelas costas de Rune.

Havia algo insaciável na expressão da rainha bruxa. Era o olhar de um predador. Alguém capaz de matar a inocente Verity de Wilde e assumir sua identidade tão perfeitamente que ninguém havia notado. Capaz de atrair o corajoso Gideon Sharpe e depois quebrar seu espírito em milhões de caquinhos.

Gideon.

Rune estava tentando desesperadamente não pensar nele.

Desviou o olhar de Cressida, incapaz de negar o buraco em seu peito que tinha a forma do rapaz – era como um ferimento de bala.

Ele aparecia em seus sonhos todas as noites. Aqueles olhos escuros cheios de raiva fulminando seu coração. A boca séria pronunciando seu nome como uma maldição, jurando caçá-la. Quando acordava, Rune estava com as bochechas molhadas de lágrimas. Lágrimas por ele e pela vida – pela *parceria* – que fora iludida a acreditar que queria ter com ele.

Precisava se lembrar o tempo todo de que os dois eram inimigos mortais. Que o ódio de um pelo outro era o que os ligava – e não amor ou afeição. E era por *aquela razão* que parecia tão errado ter um oceano inteiro entre os dois: o capitão da Guarda Sanguínea caçara a Mariposa Escarlate por tanto tempo que ela se sentia perdida sem ele em sua cola.

Gideon era o rival perfeito, um inimigo mortal a ser superado. Sem ele, Rune não precisava exercer todo o seu potencial. Era por isso que, lá no fundo, ela *queria* que ele a seguisse. Ansiava por ser desafiada por ele. Precisava dar um fim àquela situação inacabada entre os dois.

Virando-se de novo para a escotilha, Rune encarou o mar gélido. Não sabia o que a esperava no horizonte; o futuro estava imerso em bruma.

Apenas uma coisa era certa.

Gideon iria atrás dela e, quando isso acontecesse, Rune estaria pronta.

AGRADECIMENTOS

Antes de mais nada, agradeço à baronesa Orczy por ter nos dado *Pimpinela Escarlate*, uma história que vive em minha imaginação desde a infância e que inspirou (um pouco) este livro.

Agradeço especialmente a Danielle Burby por ter acreditado *demais* nesta história e ter sempre mantido as expectativas lá em cima.

Obrigada a Vicki Lame, por ter dado uma chance a este romance quando não passava de uma ideia, e por ter me ajudado a transformá-lo em um Livro de Verdade. E ao time da Wednesday Books, por ser tão incrível: Vanessa Aguirre, Sara Goodman, Eileen Rothschild, Kerri Resnick, Alexis Neuville, Austin Adams, Brant Janeway, Alyssa Gammello, Chris Leonowicz, Eric Meyer, Cassie Gutman e Martha Cipolla.

Agradeço a Taryn Fagerness, por ter dado a essa bruxa e seu caçador asas para voar pelo mundo.

Obrigada, Elizabeth Vaziri e Ajebowale Roberts, por terem defendido este livro, e a toda equipe da Magpie por ter levado a história ao público britânico.

Tanaz, Jo, Rosaria e Eloise: serei sempre grata por terem lido os primeiros rascunhos desta obra e feito comentários afiadíssimos. Obrigada, Emily e Whitney, pela revisão rápida!

Ao Conselho Canadense de Artes: agradeço por terem financiado este projeto. Vocês realmente colocam a mão na massa no que diz respeito a apoiar artistas mulheres e mães trabalhadoras. Têm minha eterna gratidão.

Agradeço especialmente a Jolene, papai, mamãe, Art e Myrna por terem cuidado da bebê enquanto eu escrevia este livro. Eu não conseguiria ser mãe e escritora sem a imensa ajuda de vocês.

Sybil, obrigada por ter mudado minha vida para melhor.

E, por último, e o mais importante, Joe: obrigada por lavar as roupas, fazer comida, ler rascunhos, construir minha cabana de escrita e compartilhar comigo essa coisa doida e preciosa que chamamos de vida. Eu te amo, camarada.

CONHEÇA OUTROS LIVROS DA EDITORA ARQUEIRO

Princesa das Cinzas
Laura Sebastian

A jovem Theodosia tem seu destino alterado para sempre depois que seu país é invadido e sua mãe, a Rainha do Fogo, assassinada. Aos 6 anos, a princesa de Astrea perde tudo, inclusive o próprio nome, e passa a ser conhecida como Princesa das Cinzas.

A coroa de cinzas que o kaiser que governa seu povo a obriga a usar torna-se um cruel lembrete de que seu reino será sempre uma sombra daquilo que foi um dia. Para sobreviver a essa nova realidade, sua única opção é enterrar fundo sua antiga identidade e seus sentimentos.

Agora, aos 16 anos, Theo vive como prisioneira, sofrendo abusos e humilhações. Até que um dia é forçada pelo kaiser a fazer o impensável. Com sangue nas mãos, sem pátria e sem ter a quem recorrer, ela percebe que apenas sobreviver não é mais suficiente.

Mas a princesa tem uma arma: sua mente é mais afiada que qualquer espada. E o poder nem sempre é conquistado no campo de batalha.

Castelos em seus ossos
Laura Sebastian

Quando as trigêmeas Beatriz, Daphne e Sophronia nasceram, sua mãe, a imperatriz Margaraux, já havia traçado um plano: elas deveriam ser rainhas. Agora, aos 16 anos, as três precisam deixar sua terra natal e se casar com um príncipe.

Belas, inteligentes e reservadas, elas parecem ser as noivas perfeitas, mas não são nada inocentes. Treinadas nas artes da falsificação, dos venenos e da sedução, as irmãs têm como objetivo derrubar monarquias. Seus casamentos são apenas a primeira etapa de uma trama muito maior da imperatriz para reinar sobre todo o continente de Vesteria.

As princesas passaram a vida se aprimorando e agora estão prontas, cada uma com a própria habilidade. Ainda assim, elas vão precisar lidar com ameaças, segredos e inimigos que nunca poderiam imaginar... e mal sabem que Margaraux não lhes contou todo o plano. O futuro delas está além de todas as previsões.

Para saber mais sobre os títulos e autores da Editora Arqueiro,
visite o nosso site e siga as nossas redes sociais.
Além de informações sobre os próximos lançamentos,
você terá acesso a conteúdos exclusivos
e poderá participar de promoções e sorteios.

editoraarqueiro.com.br